Aimee Friedman

Zweimal Sommer zum Verlieben

Aimee Friedman

ZWEIMAL SOMMER ZUM VERLIEBEN

Aus dem Amerikanischen
von Catrin Frischer

cbj

1. Auflage 2016

Mit freundlicher Genehmigung von SCHOLASTIC INC.,
557 Broadway, New York, NY 10012 USA.
Die Originalausgabe erschien unter dem Titel *Two Summers*.
Dieses Werk wurde vermittelt durch die
Literarische Agentur Thomas Schlück GmbH, 30161 Hannover.

Aus dem Amerikanischen von Catrin Frischer
Lektorat: Christina Neiske
Umschlaggestaltung: *zeichenpool, München
Umschlagillustration: © Gettyimages/AleksandarNakic;
Shutterstock/oneinchpunch
MI • Herstellung: UK
Satz: KompetenzCenter, Mönchengladbach
Druck: CPI books GmbH, Leck
ISBN 978-3-570-16511-9
Printed in the Czech Republic

www.cbj-verlag.de

Für meine Familie – die beste in jedem Universum

Im unendlichen Raum müssen selbst die unwahrscheinlichsten Ereignisse irgendwann geschehen ... Dort gibt es Menschen mit deinem Aussehen, Namen und deinen Erinnerungen, die jede nur erdenkliche Lebensentscheidung von dir durchexerzieren.

Max Tegmark

Ich verliere mich in Möglichkeiten.

Emily Dickinson

Prolog

Montag, 3. Juli, 19:37 Uhr

Einundzwanzig, zweiundzwanzig, dreiund …

Ich starre auf die Zeitanzeige meines Handys und zähle stumm die Sekunden, aus 19:37 wird langsam 19:38. Mein Herz schlägt im selben Rhythmus, scheint mir.

Zweiunddreißig, dreiunddreißig …

»Summer, lass das«, befiehlt mir meine beste Freundin, Ruby Singh. Ich gucke zu ihr rüber. Ihr Blick ist auf die Straße gerichtet, aber sie errät trotzdem, was ich mache. »Das bringt uns auch nicht schneller ans Ziel«, sagt sie.

»Weiß ich doch«, behaupte ich mit glühenden Wangen. Ich rutsche auf dem Beifahrersitz herum und lasse das Telefon von einer verschwitzten Hand in die andere wandern.

Fünfundvierzig, sechsundvierzig, siebenund …

Die Sache ist die, ich wünschte, ich hätte Kontrolle über die Zeit und könnte sie ganz nach Belieben schneller oder langsamer laufen lassen. Minuten und Stunden sind für mich irgendwas Flatterhaftes, nicht Greifbares. Den größten Teil meines zweiten Oberstufenjahres (das erst letzte Woche zu Ende ging) bin ich mit hängender Zunge zu spät zur Schule gekommen. Aber wenn ich mal am Samstagabend zu einer Party eingeladen war, was echt selten vorkam, bin ich immer peinlich früh aufgetaucht. Ich krieg's einfach nicht gebacken.

An diesem schwülen Sommerabend bin ich schon wieder kurz davor, den Kampf zu verlieren. Ich reiße mich vom Display meines Handys los und riskiere einen Blick auf die Straße vor uns, die noch immer total verstopft ist. Die roten Rücklichter glimmen wie Glühwürmchen.

»Ich verpasse meinen Flug«, murmele ich, und Angst macht sich in meinem Bauch breit.

Ich bin ja selbst schuld. Schließlich war ich diejenige, die den Koffer zwei Mal packen und endlos über jedes Kleidungsstück schwafeln musste. Und ich war diejenige gewesen, die mit meiner Mutter einen riesigen Streit angezettelt hatte, als wir gerade aus dem Haus gehen wollten, sodass ich unter Tränen Ruby anrufen und sie bitten musste, mich zum Flughafen zu fahren.

»Tust du nicht«, sagt Ruby energisch und wechselt die Spur. Dabei rutschen die geknüpften Freundschaftsarmbänder an ihren Handgelenken hoch und runter. »Nicht, solange ich das in der Hand habe. Und ich meine es ernst, steck das Handy weg. Ist der Akku nicht gleich leer?«

»Ja«, gestehe ich seufzend ein. Ich fummele an meinen eigenen geknüpften Armbändern herum – die beiden, die Ruby für mich gemacht hat, trage ich immer – und gucke dann schnell noch mal auf mein Handy.

Achtundfünfzig … neunundfünfzig …

Ehe die Minute voll ist, lasse ich das Telefon in die pralle Tasche vom Whitney Museum vor meinen Füßen fallen. Ich hätte das Handy nicht mitnehmen sollen, in Europa kann ich damit sowieso nichts anfangen. Aber es fehlt mir jetzt schon wie ein Körperteil, das amputiert worden ist. Ob Mom mir wohl eine Nachricht schickt und sich entschuldigt? Oder wartet sie vielleicht darauf, dass ich zuerst schreibe? Diesen Gedanken schiebe ich beiseite.

Das Auto ruckelt ein Stück vor. Verstohlen werfe ich einen traurigen Blick auf die kaputte Uhr an Rubys Armaturenbrett, die ewig blinkend 12 Uhr anzeigt. Um mich abzulenken, wühle ich in meiner Tasche herum und vergewissere mich, dass ich alles Nötige dabeihabe: Kaugummi und Zeitschriften fürs Flugzeug. Den dicken Hochglanzreiseführer. Einen Ausdruck von Dads E-Mail mit seiner Adresse und den Telefonnummern. Meine tolle neue Kamera. Meinen Pass.

Ich hole das dunkelblaue Büchlein hervor und spüre ein aufgeregtes Kribbeln, als ich die frischen, ungestempelten Seiten durchblättere. Ich war noch nie im Ausland. Als ich zu der Seite mit meinem Foto komme, runzele ich die Stirn. Mein aschblondes Haar ist wellig, mein Lächeln schief und das eine graublaue Auge ist ein ganz klein wenig größer als das andere. Mit sieben habe ich zum ersten Mal ein Picasso-Gemälde gesehen, eine Frau mit umgekrempelten Gesichtszügen – mit der hatte ich mich irgendwie verwandt gefühlt. Ich sei irre, hatte Ruby gesagt, als ich diesen Gedanken mit ihr geteilt hatte.

»Irre!«, sagt Ruby jetzt mit ungläubiger Stimme. »Hab ich tatsächlich schon wieder recht gehabt?«

Blinzelnd schaue ich auf und stelle fest, dass wir schnell vorankommen. FLUGHAFEN verheißt das Ausfahrtschild vor der Windschutzscheibe. Erleichterung überschwemmt mich wie eine warme Welle und ich quietsche begeistert. Das mache ich nur selten, aber diese Situation verlangt geradezu danach.

»Du hast einfach immer recht«, stelle ich fest. Meine beste Freundin wirft mir ein Lächeln zu. Donner grollt über uns, als sie auf die Ausfahrt zusteuert, und wir zucken beide ein bisschen zusammen.

Eigentlich ist nicht überraschend, dass ein Gewitter aufzieht, die Luft ist schon den ganzen Tag schwer und feucht – Mückenwetter. Ich liebe den Sommer, und das nicht nur, weil ich Summer heiße. Ich mag es, wenn frisch gemähtes Gras meine nackten Fußsohlen kitzelt. Und ich mag leichte Baumwollkleider. Wassereis mit Gefrierbrand. Und den rauchigen Duft vom Grill, wenn es dunkel wird. So ein magisches Gefühl, als ob nichts unmöglich wäre, spannt sich wie eine Brücke zwischen Juni und August. Als ob einfach alles passieren könnte.

Bislang hat dieser Sommer mehr Magie – ja, sogar mehr Mögliches – verheißen als sonst. Aber jetzt, als sich dicke Wolken über uns zusammenziehen, beschleichen mich düstere Vorahnungen.

»Und wenn das nun ein böses Omen ist?«, frage ich Ruby und zwirbele meine Haare nervös zu einem unordentlichen Knoten.

Die ersten Rollbahnen kommen in Sicht und Ruby in ihren Plateausandalen gibt Gas. »Du und deine Omen«, sagt sie abfällig.

Ein weiteres Donnerkrachen lässt mich erschauern. Ich weiß, es ist albern, an Zeichen und Vorboten zu glauben. Aber für unentschlossene Menschen wie mich ist Aberglaube manchmal ganz hilfreich – so sind wir aus dem Schneider, die Entscheidung wird uns abgenommen.

Ruby fährt vor dem wuseligen Terminal D vor, doch ich verspüre nicht die erwartete Vorfreude. Mit unsicheren Fingern löse ich den Sicherheitsgurt. Die ersten Regentropfen klatschen auf die Windschutzscheibe.

»Und wenn nun …«, beginne ich. Plötzlich ist meine Kehle trocken und mein Kopf voller Zweifel.

»Das sind deine drei Lieblingswörter«, sagt Ruby und nimmt ihren mittlerweile wässrigen Eiskaffee aus dem Getränkehalter. Sie war gerade mitten in ihrer Schicht im Café, als ich sie vorhin angerufen habe. Sie musste eine Ausrede für den Geschäftsführer erfinden, damit sie abhauen konnte, aber vorher hat sie noch Getränke für uns beide zusammengerührt. Meinen Eiskaffee hab ich schon unter Tränen geschlürft, als wir losgefahren sind.

»Und wenn nun wahr ist, was meine Mom gesagt hat?« Ich denke daran, wie meine Mutter und ich uns in der Küche angegangen sind – an die Schärfe ihrer Worte und die Wut- und Sorgenfurchen auf ihrer Stirn. Unbehaglich rutsche ich auf meinem Sitz herum und lausche dem nahen Dröhnen der startenden und landenden Flugzeuge. »Vielleicht ist das hier ein Fehler …«

»Okay. Nein.« Ruby schüttelt den Kopf, ihr seidiges schwarzes Haar wischt dabei über ihre gebräunten Schultern. »Das ist kein Fehler. Es ist dein Schicksal.« Ruby reißt ihre stark geschminkten Augen auf und guckt mich so eindringlich an, dass ich das Gefühl bekomme, sie stößt mich gleich aus dem Auto. »Denk nicht an deine Mutter. Das wird der beste Sommer, den du je erlebt hast, Summer.« Sie kichert und ich muss einfach lächeln. Ich spüre, wie ich mich entspanne. »Du findest einen hinreißenden französischen Freund«, sie zieht die Augenbrauen hoch, »und Hugh Tyson verblasst in der Erinnerung.«

Ich lache, heiß kriecht mir die Röte über den Nacken. Natürlich muss Ruby ausgerechnet jetzt auf meinen hoffnungslosen Langzeitschwarm anspielen. Ich denke an Hugh, seine graugrünen Augen, die leichte Bräune seiner Haut. Seine Brillanz, die ihn wahrscheinlich als Jahrgangsbesten abschließen lassen wird. Und daran, dass ihm nicht mal bewusst ist, dass es mich gibt.

»Der Aufenthalt in einem anderen Land wird mich nicht schlagartig für die männliche Bevölkerung wahrnehmbar machen«, merke ich an.

Ruby seufzt. Meine beste Freundin – mit ihrem überbordenden Selbstbewusstsein und der kurvenreichen Figur – kennt die Bedeutung des Wortes »unerwidert« nicht. Sie hatte schon drei So-gut-wie-Freunde (an dieser Stelle muss erwähnt werden: das sind drei mehr, als ich je gehabt habe), und letzte Woche hat sie mir verkündet, sie habe vor, sich diesen Sommer »in echt« zu verlieben. Ich bin klug genug, mir selbst nicht so unrealistische Ziele zu setzen.

Trotzdem verspüre ich einen zaghaften Hoffnungsschimmer. Das reicht, um meine Mom-Sorgen vorläufig zu zerstreuen. Ich stopfe meinen Pass wieder in die Tasche zurück, die ich mir über die Schulter hänge.

»Aber danke.« Ich lehne mich über den Schalthebel und ziehe sie heftig an mich. Ihr vertrautes blumiges Parfum steigt mir in die Nase. »Hab dich lieb mal zwei.«

»Hab dich lieb mal zwei«, sagt Ruby auch. Diesen Satz haben wir damals in der ersten Klasse erfunden, da haben wir uns nämlich kennengelernt. Ich habe noch ein paar andere gute Freundinnen, aber nur Ruby ist beinahe wie eine Schwester für mich. Plötzlich bekommt die Vorstellung, ohne sie zu diesem Abenteuer aufzubrechen, etwas Beängstigendes. Wie soll ich das alles bloß allein überleben?

»Geh«, sagt Ruby und macht sich von mir frei. Sie nickt Richtung Terminal. »Sims mir, wenn du – oh, das wirst du da nicht können.«

»Ich rufe an«, verspreche ich. »Und maile. Und gucke auf Instagram. Bedenklich oft.«

Ich höre Ruby lachen, als ich die Autotür aufmache und ins Bordsteingetümmel trete. Privatwagen und Taxis halten hier, die Türen stehen offen wie Mäuler, während Leute mit Gepäck hantieren und sich Abschiedsgrüße zurufen. Kalter Regen trommelt mir auf Beine und Füße, und ich bereue, nur Shorts und Flipflops zu T-Shirt und Kapuzenjacke angezogen zu haben. Ich ziehe den Reißverschluss der Jacke hoch, renne zum Kofferraum und hieve meinen Koffer raus, um ihn zu den Glasschiebetüren des Terminals zu zerren.

Dann bleibe ich stehen und werfe schnell einen Blick zurück. Ich verspüre den Drang, nach der Kamera zu greifen und ein Foto von Rubys Auto im Regen zu machen. Mein letzter Eindruck vor der Abreise. Aber da fährt Ruby schon los, die Scheibenwischer klacken. Und ich weiß auch ohne auf die Uhr zu gucken, dass ich mich beeilen muss. Also hole ich tief Luft und betrete den neongrellen Flughafen.

Geh, hat Ruby gesagt. Ich kriege einen Adrenalinschub und schlängele mich um die Scharen von Reisenden herum, fremde Sprachen schwirren durch die Luft. Ich schaffe es tatsächlich, meine Bordkarte abzuholen und den Koffer aufzugeben, und bin ganz stolz und aufgeregt und erstaunt über meine Kompetenz. Ich bin erst ein Mal allein geflogen, nach Florida zu meinen Großeltern, übers Wochenende. Alle anderen Reisen habe ich mit Mom gemacht.

Mom. Meine Kehle schnürt sich zu und ich stolpere über einen Rollkoffer.

Ruby hat gesagt, ich soll nicht an Mom denken. Aber als ich auf die Sicherheitskontrolle zuspurte, kann ich an nichts anderes mehr denken. Ich stelle sie mir in unserem stillen Haus vor, wie sie ihre Hornbrille gerade rückt und in den Regen guckt. Ob sie sich wohl wünscht, ich würde nicht bei so schlechtem Wetter fliegen? Ob sie sich wohl wünscht, wir hätten uns nicht im Streit getrennt? Oder ich wäre gar nicht abgereist?

Wieder denke ich daran, wie ich mit meinem Gepäck in die Küche gekommen bin, strahlend und auf den letzten Drücker. Ich war bereit. Mom hatte am Küchentresen gelehnt, mit gesenktem Blick und ziemlich blass. Sie hatte noch nicht mal Schuhe an. Mein Magen zog sich zusammen. Mir war klar, dass Mom nicht viel von dieser Reise hielt. Sie benahm sich total komisch, seit Dad mich eingeladen hatte. Ich hätte also so tun sollen, als würde ich dieses komische Verhalten nicht bemerken. Ich hätte einfach aus der Tür und zum Auto gehen sollen. Aber wie bei einer vernarbten Wunde, von der man die Finger nicht lassen kann, hab ich sie gefragt, was los war.

»Ich …« Sie hustete. »Nun ja, ehrlich gesagt, Summer, ich weiß nicht recht, ob du fahren solltest.« Ich spürte, wie mir das Blut in den Adern gefror. »Ich bin mir nicht sicher – ob du richtig … darauf vorbereitet bist.« Sie hustete wieder. »Ich befürchte, dass du … hängen gelassen wirst. Du weißt ja, wie er ist.«

In meinem Inneren wurde der Hebel umgelegt, von

eiskalt auf kochend heiß. »Er« war mein Vater: Moms Todfeind. Ihre Wut auf ihn machte mich wütend. Ja, sie hatten sich scheiden lassen, als ich elf war – ein klarer Schnitt, wie mit dem Fleischerbeil. Dad war nach Europa gegangen, während Mom und ich in unserer langweiligen Heimatstadt Hudsonville im Bundesstaat New York geblieben waren. Und ja, seitdem war Dad eine Art geisterhafte Präsenz, er schickte nur gelegentlich eine E-Mail oder skypte ganz selten mal. Ein Mal war er nach Hudsonville zurückgekommen und hatte mich zu einem schnellen Mittagessen ausgeführt (»Wie läuft's in der Schule? Du bist so groß geworden. Nun muss ich mich aber beeilen, Schatz«), ehe er wieder abgedüst war.

Aber ich mache meinem Vater seine Unzuverlässigkeit nicht zum Vorwurf, er ist schließlich Künstler. Ein berühmter Künstler. Nicht so berühmt, dass der Security-Typ ihn kennen würde, der mich gerade durch den Metalldetektor winkt. Aber doch so berühmt, dass seine großen, schönen, farbenfrohen Gemälde in Museen und Galerien hängen. Und so berühmt, dass er manchmal in der Zeitung erwähnt wird. Ich weiß noch, wie stolz ich war, als ich letztes Jahr seinen Namen, Ned Everett, im Kulturteil der New York Times entdeckt habe, neben einem Foto von ihm, auf dem er richtig gut aussah in seinen farbbespritzten Sachen.

Das Bild, das Dad als Künstler berühmt gemacht hat, war übrigens ein Porträt von mir, das er gemalt hat, als ich elf Jahre alt war: ein blondes kleines Mädchen mit großen Augen in einem Mohnfeld, das er sich zusammengeträumt hat. Ich habe dieses Bild noch nie persönlich gesehen, es hängt in einer Galerie in Südfrankreich.

Und zufällig bin ich gerade auf dem Weg dorthin.

Mein Herz schlägt Purzelbäume vor Aufregung, als ich die Kontrollen eilig hinter mir lasse. Ich reise nach Frankreich! Nicht nur, um mir »mein Gemälde« anzuschauen, wie ich es insgeheim nenne, sondern um endlich meinen Vater zu besuchen und tatsächlich Zeit mit ihm zu verbringen. Meine Tasche schlägt an meine Hüfte, als ich auf mein Gate zulaufe, und ich denke an die alles verändernde E-Mail, die er mir im April geschickt hat.

Mein Schatz, stand da, *ich kann gar nicht glauben, dass du diesen Sommer sechzehn wirst (wo bleibt die Zeit nur?). Komm her und feiere mit mir! Wie du weißt, verbringe ich den größten Teil des Jahres in Paris, aber im Sommer bin ich in Südfrankreich, in der wunderschönen Provence. Ich habe ein großes Ferienhaus in einer kopfsteingepflasterten Straße, in dem befreundete Künstler sich die Klinke in die Hand geben. Wir können in der Sonne sitzen, Croissants essen und Neuigkeiten austauschen. Was hältst du davon?*

Ungläubig und total aus dem Häuschen hatte ich auf den Monitor gestarrt. Aber dieses eine Mal in meinem Leben war ich nicht zaghaft gewesen, ich hatte nicht lange rumüberlegt. Mein Blick war in meinem Zimmer herumgewandert – über das irgendwie ständig gleiche Einerlei von Postern und Büchern – und zum Fenster raus auf die Reihe identischer Bungalows auf der anderen Straßenseite. Ich konnte entkommen. Ich konnte den Sommer – *meine* Jahreszeit – an einem Ort mit Kopfsteinpflaster und Croissants verbringen. Ich war mir so sicher, dass mir davon ganz schwindelig war.

Mom war natürlich nicht so leicht zu überzeugen gewesen. Zuerst hatte sie rundheraus Nein gesagt, die Vorstellung schien ihr regelrecht Angst zu machen (ich war sofort in Tränen ausgebrochen – obwohl ich eigentlich nicht viel heule, offenbar nur, wenn es um diese Reise geht). Darauf folgten Telefonate mit gedämpften Stimmen zwischen meinen Eltern – soviel ich weiß, redeten sie zum ersten Mal seit Jahren wieder miteinander –, und ich bekam mit, wie Mom sagte, ich sei noch nicht so weit, was mir einen Stich versetzte. Einige meiner Mitschüler hatten schon Touren durch Europa und Südamerika unternommen. Ruby war schon zwei Mal mit ihrer Familie in Indien gewesen. Klar, ich war schüchtern und führte ein ruhiges, behütetes Vorstadtleben. Aber Mom konnte mich doch nicht für immer in dieser Seifenblase festhalten – oder doch?

Nachdem noch eine Woche weiter am Telefon geflüstert worden war und ich mir die Fingernägel abgekaut hatte, erklärte Mom sich einverstanden, mich fahren zu lassen – aber nur, weil Dad zugestimmt hatte, mich gewissermaßen als Assistentin zu beschäftigen. »Wenn du da nicht irgendeinen Job hast, hängst du nur rum und weißt nichts mit deiner Zeit anzufangen«, hatte Mom in einem Unheil verkündenden Ton erklärt.

Es stimmte schon, seit ich dreizehn war, hatte ich jeden Sommer gearbeitet, Knie verpflastert beim Ferienlager des YMCA, Popcorn verkauft im Multiplexkino im Einkaufszentrum, und im letzten Jahr hatte ich in unserem Buchladen *Between The Lines* Taschenbücher in die Regale geräumt. Nun würde ich die Skizzen in Dads Atelier ordnen und online neue Pinsel für ihn bestellen. Und das klang doch ganz so, als ob ich es ohne Weiteres hinkriegen könnte. Solange ich nicht selbst etwas Künstlerisches machen musste. Ich kann nämlich nicht mal Strichmännchen zeichnen.

Verschwitzt und aus der Puste erreiche ich mein Gate. Mein Flug, Delta 022 direkt zum Flughafen Marseille, ist zum Boarding aufgerufen. Während ich verschnaufe, gucke ich aus der breiten Fensterfront auf das Rollfeld. Da steht das Flugzeug, weiß und schlank und mit Regentropfen gesprenkelt. Erleichterung und Übermut prickeln in mir. Ich hab es geschafft!

Ich stelle mich in die lange Schlange, hinter eine Mutter und ihre kleine Tochter, die sich auf Französisch unterhalten. In der Schule hab ich Spanisch (Moms Idee), aber seit April google ich französische Vokabeln. Die Mutter sagt irgendwas über den Regen – *la pluie* – und die Tochter kichert. Ich schlucke heftig.

Ich bin ein Einzelkind, und meine Mutter und ich stehen uns sehr nahe, das ist ja oft so, wenn man zu zweit ist. Abends machen wir es uns gern mal mit Netflix auf dem Sofa gemütlich oder wir sitzen mit einem großen Becher Eis auf der Veranda und betrachten die Sterne. Mom erzählt mir dann von den Theorien, mit denen sie ihre Studenten am Hudsonville College vertraut macht. Einmal hat sie mir erzählt, dass manche Philosophen und Wissenschaftler der Meinung sind, es müsse Leben auf anderen Planeten geben – es gibt nämlich so viele Galaxien, dass es anders gar nicht möglich sein kann. Da kam mir der Gedanke, dass es für mich, wenn es auf der Erde keine Jungs gab, die mich mochten, vielleicht bei einem Jungen aus einer anderen Galaxie noch Hoffnung geben könnte. Im Grunde wünschte ich mir einen außerirdischen Freund. Wahnsinn.

Aber die liebste von Moms Theorien war mir die von den Paralleluniversen: die Vorstellung, dass irgendwo da draußen in Raum oder Zeit unendliche Versionen von uns selbst existieren. Und jede Version lebt jede mögliche Folge unserer diversen Entscheidungen aus. So eine Art kosmisches »Wähle dein eigenes Abenteuer«. Diese Vorstellung verfolgt mich, sodass mir Schauer über den Rücken laufen und der Nachthimmel mir noch riesiger vorkommt.

Diesen Sommer wird Mom ganz allein mit ihren Theorien auf der Veranda sitzen, nur unser mürrischer Kater Ro wird ihr Gesellschaft leisten. Na gut, meine Tante, Moms Zwillingsschwester, könnte gelegentlich vorbeischauen, aber normalerweise ist sie abends immer unterwegs, zu Konzerten oder ins Theater. Vielleicht hatte Moms Zögern wegen meiner Reise ja weniger mit Dad oder mir zu tun und mehr mit der Aussicht auf diese einsamen Abende.

Die Reue pulsiert in mir wie ein zweites Herz. Während ich in der Schlange aufrücke, wühle ich in meiner Umhängetasche nach dem Handy. Ich bin immer noch sauer auf Mom, aber ich sollte ihr eine Nachricht schreiben oder sie anrufen, ehe ich ins Flugzeug steige. Wenn ich an unseren letzten Wortwechsel in der Küche denke, wird mir ganz anders.

»Du willst bloß nicht, dass ich glücklich bin!«, hatte ich gebrüllt. »Ich bin so weit! Ich bin fast sechzehn!« Und vielleicht hab ich auch kindisch mit dem Fuß aufgestampft. »Warum hasst du Dad eigentlich so sehr? Er bezahlt doch, dass ich da hinfahre. Kannst du nicht mal ein bisschen nachsichtig sein?« Heiße Tränen standen mir in den Augen.

Mom hatte mich nicht getröstet. Mit blassen Lippen hatte sie geblafft: »Ich weiß, dass dein Vater dich mit diesem wahnsinnigen Angebot überwältigt hat. Aber du solltest dir klarmachen ...« Sie hustete wieder. »Dass es anders sein könnte, als du erwartest. Nicht alles ist so, wie es scheint.«

Dass sie so vage war, hatte mich nur noch mehr frustriert. Ganz so, als würde es an einer Stelle am Rücken jucken, die nicht zu erreichen war. Meine Tränenschleusen hatten sich geöffnet, und ich hatte ihr vorgeworfen, sie sei ungerecht. Sie hatte gesagt, sie sei nur so, weil sie sich Sorgen mache – eine Entschuldigung, die Eltern gern anbringen, wenn sie ungerecht sind. Ich war aus der Küche gerannt, und als Ruby schließlich kam und mich abholte, habe ich das Haus verlassen, ohne mich von Mom zu verabschieden.

Jetzt sehe ich auf meinem Handy, dass zwei verpasste Anrufe und eine SMS von Mom angezeigt werden. Ich empfinde eine Mischung aus Schuldgefühlen und Triumph, vermutlich hat sie sich als Erste entschuldigt. Aber in ihrer Nachricht steht nur: *Gib mir Bescheid, wenn du am Flughafen bist, okay?* Kühl und emotionslos.

Mit der freien Hand zwirbele ich die Armbänder an meinem Handgelenk. Was soll ich antworten? Der Akku wird immer schwächer, wahrscheinlich ist er gleich leer. Vielleicht sollte ich einfach im gleichen Ton zurückschreiben: *Bin da, steige jetzt ein.* Ruby würde das bestimmt empfehlen. Aber eigentlich will ich sagen: *Ich wünschte, wir hätten uns nicht gestritten, Mom, und bitte sag mir, es ist in Ordnung, dass ich nach Frankreich fahre, denn ehrlich gesagt, habe ich ein bisschen Angst. Okay?*

Ehe ich irgendwas schreiben kann, merke ich, dass die französische Mutter und ihre Tochter in der Schlange ein ganzes Stück aufgerückt sind, und ich beeile mich, die Lücke zwischen uns zu schließen. In diesem Moment sehe ich einen gewaltigen Blitz am Himmel über dem Rollfeld zucken. Ich schnappe nach Luft, wie ein Pfeil schießt die Angst durch mich hindurch. Um mich herum schnappen alle anderen genauso nach Luft. Omen, Omen, Omen, denke ich.

Hast du das gesehen?, schreibe ich Mom mit zitternden Fingern.

Nein, was denn?, schreibt sie sofort zurück. Ob sie das Telefon wohl die ganze Zeit in der Hand gehalten und gewartet hat? Was soll das denn?

Hudsonville ist über zehn Meilen vom Flughafen entfernt, es könnte also sein, dass das Gewitter da noch gar nicht angekommen ist. Die Leute am Gate murmeln alle irgendwas und gucken aus dem Fenster. Es knistert in den Lautsprechern, und die Airline-Angestellte verkündet ruhig, dass alle Passagiere einsteigen sollen, die Wetterverhältnisse würden die Flugsicherheit nicht beeinträchtigen. Mein Magen krampft sich zusammen und ich umklammere das Handy. Ich will Mom nicht beunruhigen, indem ich schildere, was ich beobachtet habe. Und wenn die Verhältnisse wirklich gefährlich wären, würde die Fluggesellschaft den Flug doch wohl streichen, oder? Damit beruhige ich mich.

Was weiß ich denn? Ich bin ja noch nicht mal sechzehn.

Ich versuche Ruby zu imitieren – die unerschütterliche, reife Ruby –, recke das Kinn und gehe weiter. Die Schlange bewegt sich jetzt schneller.

Nichts, schreibe ich an Mom. Meine Finger sind ein bisschen ruhiger. *Bin da, steige jetzt ein.*

Sicheren Flug!, schreibt Mom sofort. *Ruf mich gleich an, wenn du landest.*

Ich studiere ihre Worte eingehend. Wünscht sie mir einen »sicheren« Flug, weil sie von dem Blitz weiß?

Oder interpretiere ich da zu viel hinein, weil ich nach einem Grund suche ... Wofür? Nicht ins Flugzeug zu steigen? Das ist verrückt. Auch ohne Moms Billigung, selbst mit meinen anhaltenden Zweifeln und der Nervosität, selbst mit dem Gewitter will ich diese Reise unbedingt machen. Ich werde fliegen.

Die französische Mutter rückt vor, sie nimmt ihre Tochter auf den Arm. Ich sehe, wie sie dem Angestellten die Bordkarten reicht und durch die offene Tür zum Flugzeug geht. Das kleine Mädchen beäugt mich vorsichtig über die Schulter ihrer Mutter hinweg.

Jetzt bin ich dran.

Aufregung durchzuckt mich, als ich mit gezückter Bordkarte einen Schritt vor mache, das Telefon halte ich immer noch in der anderen Hand. Jetzt gibt es kein Zurück mehr.

Dann summt mein Handy. Ein Anruf.

Ich halte inne und schaue aufs Handy. Das muss Mom sein. Oder Ruby.

Aber nein. Auf dem Display steht: *Unbekannt.*

Ich zögere.

Wer kann das sein? Hat sich jemand verwählt? Ruft Mom von einem anderen Anschluss an?

Soll ich rangehen? Oder es ignorieren?

Eine Entscheidung ist gefordert. Und ich kann mich nie entscheiden.

Summ, summ, summ, summ.

Ein behäbiger Mann mit einem Koffer schnaubt laut und geht um mich herum. Er lässt seine Bordkarte scannen und geht durch die offene Tür. Noch mehr Leute ziehen an mir vorbei. Ich bleibe reglos stehen, wie ein Pfahl, den man in einen Fluss gerammt hat.

Summ, summ, summ, summ.

»Dies ist der letzte Aufruf für Flug 022!«, spricht die Airline-Angestellte in das Mikro auf ihrem Tisch, aber sie guckt mich dabei an. Sie ist zu stark geschminkt und trägt ein enges dunkelblaues Kostüm und Schuhe mit megahohen Absätzen. »Ich wiederhole, der letzte Aufruf.«

Mein Handy summt weiter, ich sollte es stumm schalten. Es ignorieren. Der Akku ist fast leer und laut Flugplan starten wir in zwei Minuten.

Andererseits ...

Was wäre wenn? Was, wenn das hier wichtig ist? Was, wenn mein Leben eine ganz andere Richtung nehmen würde, wenn ich diesen Anruf annehme?

Die Boardingfrau guckt mich mit hochgezogenen Augenbrauen an. Mein Handy summt. Mein Herz rast. Draußen kracht der Donner.

Und ich ...

TEIL EINS

Kopfsteinpflaster und Croissants

Montag, 3. Juli, 21:43 Uhr

Ich gehe nicht ran.

Mit einem Knopfdruck lasse ich das Summen verstummen und stecke das Handy in die Jackentasche. Dann trete ich vor und halte der Angestellten die Bordkarte hin. Sie lächelt mit verkniffenen Lippen. Als ich durch die Tür gehe, werfe ich einen Blick über die Schulter. Es ist keiner mehr am Gate, ich bin der letzte Fluggast.

Ich laufe durch den mit Teppich ausgelegten Korridor, meine Flipflops klatschen. Die Wände sind mit Anzeigen von FedEx vollgekleistert. THE WORLD ON TIME, steht da, immer wieder.

Ein Schritt, dann bin ich im Flugzeug. In der Kabine riecht es nach abgestandenem Kaffee, französische und englische Unterhaltungen überlagern sich. Das Bordpersonal guckt mich sauer an, eine schmuddelige junge Zuspätkommerin. Alle sitzen schon oder versuchen noch angestrengt, Handgepäck in den Fächern über den Sitzen zu verstauen. Ich bin froh, dass ich nur meine bewährte Umhängetasche dabeihabe, die ich auf dem Weg zu meinem Platz fest an mich drücke.

Oh, Mist. Ich hab den Platz zwischen dem dicken Mann, der vorhin um mich rum gegangen ist, und der französischen Mutter mit der Tochter. Mir fällt auf, dass die braunen Haare der Mutter zu einem exakten Bob geschnitten sind – wie die meiner Mutter. Und die Tochter ist dunkelblond wie ich. Nur hat die Tochter zwei sehr niedliche ordentliche Zöpfe, während meine Haare ziemlich unelegant aus dem Knoten quellen.

Ich versuche es mir auf meinem Platz bequem zu machen, lege die Beine übereinander und ziehe den Reißverschluss meiner Jacke auf, während die Flugbegleiter mit den Sicherheitshinweisen anfangen. Dann dringt aus meiner Jackentasche der klagende Laut, der signalisiert, dass mein Handy verreckt ist.

Ich hole es hervor und schaue auf das leere Display. Die Neugier nagt an mir, und ich überlege, wer mich wohl eben angerufen haben mag. Selbst wenn der geheimnisvolle Anrufer eine Nachricht auf der Mailbox hinterlassen hätte, könnte ich mir die erst anhören, wenn ich im August wieder nach Amerika komme.

Das Flugzeug fährt über die Rollbahn, erst langsam, dann immer schneller. Wenn ich den Hals recke, kann ich aus dem Fenster aufs Rollfeld schauen. Das Gewitter hat sich verzogen, die Nacht ist ruhig, der Mondschein glitzert auf den Pfützen. Komisch, wie schnell dieser Wechsel war.

»Flugbegleiter und Crew«, sagt der Kapitän durch. »Bitte bereit machen zum Start.«

Ich lehne mich zurück. Der dicke Mann neben mir

stößt an meinen Ellenbogen, das kleine französische Mädchen fängt an laut zu jammern, ein Vorbote dessen, was noch kommen wird. Ist mir aber egal. Das Flugzeug befindet sich jetzt im Steigflug. Ich lasse alles hinter mir, den langweiligen Staat New York, Moms seltsames Verhalten in letzter Zeit. Mein sinnloses Schmachten nach Hugh Tyson. Meine wehmütige Beobachterrolle, wenn Ruby mühelos mit Jungs flirtet. Und vor allem meinen Wunsch, Dad besser kennenzulernen.

Die Maschinen röhren. Das Flugzeug scheint schneller zu sein als die Zeit. Als wir abheben, beflügelt das auch meine Hoffnung. Ich erinnere mich an das, was Ruby im Auto gesagt hat, und ich lächele, weil ich mir plötzlich ganz sicher bin. Das hier ist tatsächlich mein Schicksal – und das wird der beste Sommer, den ich je erlebt habe.

Dienstag, 4. Juli, 11:32 Uhr

Schlimmer kann es nicht kommen.

Ich stehe mit dem Koffer in der Hand am Gepäckband vom Flughafen Marseille, die Gurte der Umhängetasche schneiden in meine Schulter. Mein Mund ist staubtrocken, ich hab einen steifen Nacken von dem langen, schlaflosen Flug – und meine Verzweiflung wächst mit jeder Sekunde.

Dad ist nicht hier.

In unserem letzten E-Mail-Wechsel hat er gesagt, er würde mich am Flughafen abholen. Sobald ich aus dem Flugzeug gestiegen bin, habe ich nach seinen aschblonden Haaren und seiner großen Gestalt Ausschau gehalten. Vielleicht würde er ja als Gag sogar ein Schild mit »Bonjour, Summer!« hochhalten und ich würde lachen und ihn umarmen. Aber weit und breit kein Schild und von Dad keine Spur.

Um mich herum kreischen Leute vor Freude und rennen auf ihre Lieben zu, um sie zu umarmen. Wie betäubt beobachte ich die französische Mutter und ihre Tochter, die zu einem Mann laufen, der die Arme um sie schlingt. Ich gucke weg und umklammere den

Koffergriff fester. Angst und Verärgerung tanzen Tango in meinem Bauch. Hat Dad etwa vergessen, wann mein Flug landet? Hat er mich vergessen ... Punkt?

Denk nicht an das, was Mom gesagt hat. Denk nicht an das, was Mom gesagt hat.

Die Menge lichtet sich. Die Zeit vergeht. Verzweifelt lange ich in meine Umhängetasche, schiebe mein nutzloses Handy aus dem Weg und greife nach dem Ausdruck von Dads E-Mail mit seiner Adresse und den Telefonnummern. Soll ich ihn anrufen? Gibt es hier irgendwo Telefonzellen? Wie funktionieren die überhaupt? Ich bin schon ganz erschöpft davon, so viel allein gemacht zu haben, so mutig und tüchtig gewesen zu sein am Flughafen zu Hause. In diesem Spiel habe ich das höchste Level erlangt und alle neuen Leben verbraucht.

Ruby, murmele ich wie ein Mantra und kämpfe gegen den stärker werdenden Drang zu weinen an. Ich erinnere mich daran, wie sie und ich in den Winterferien mit dem Zug nach New York City gefahren sind, das zwei Stunden südlich von Hudsonville liegt. Als wir aus dem Bahnhof in das Gewirr aus Verkehr, Lärm und vorüberhastenden Menschen hinausgekommen sind, hätte ich mich am liebsten zusammengerollt und versteckt. Aber Ruby hatte eine behandschuhte Hand hochgehalten und gewinkt – und wie durch Zauberei hatte ein Taxi vor uns gehalten.

Ich atme tief und zittrig ein. Vielleicht steckt doch irgendwo noch ein Rest Tüchtigkeit in mir. Langsam gehe ich zum Ausgang und schleife den Koffer und meine Unsicherheit hinter mir her. Ich bin mir nicht sicher, ob ich auch nur annähernd das Richtige tue.

Als ich hinaustrete in den kühlen Morgen mit dem blauen Himmel, gucke ich nach links und rechts, immer noch auf der Suche nach Dad. Der Platz mit den Taxis, Gepäckwagen und abgehetzten Reisenden hat mit dem zu Hause geradezu unheimliche Ähnlichkeit. Zaudernd winke ich in den langsam dahinfließenden Verkehr, denn irgendwie erwarte ich immer noch, dass Dad sich irgendwo manifestiert und mich rettet. Stattdessen hält ein verbeultes silbernes Taxi mit quietschenden Bremsen vor mir. Hab ich tatsächlich ein Taxi gerufen?

Der grauhaarige Fahrer, dem eine Zigarette von den Lippen hängt, hilft mir, meinen Koffer in den Kofferraum zu wuchten. Fassungslos setze ich mich auf den Rücksitz und wir ordnen uns wieder in die Fahrspur ein.

»*Alors*«, sagt der Fahrer, der sich mit der einen Hand die Zigarette anzündet und mit der anderen lenkt, »wo wollen Sie hin, Mademoiselle?«

Ich bin ebenso überrascht wie erleichtert, dass er gemerkt hat, dass ich Amerikanerin bin. »Oh«, antworte ich und falte den E-Mail-Ausdruck auseinander. »Rue du Pain 13«, lese ich vor. Mein Magen zieht sich zusammen. Wenn das kein böses Omen ist. *Straße des Schmerzes?*

Der Fahrer schmunzelt und weicht einem Typen auf

einem Moped aus. »*Peng* wird das ausgesprochen«, sagt er mit heftigem Akzent. »In Frankreich heißt das Brot.«

»Oh«, murmele ich, wie peinlich. Klar.

»Aber welche Stadt?«, fragt der Fahrer, während er auf eine Schnellstraße schlingert. »In der Provence haben wir viele Städte. Avignon, Aix-en-Provence, Cassis ...«

»Ach ja. Hm. Die heißt ... Les Deux Chemins«, lese ich wieder laut vor. Bestimmt entstelle ich die Aussprache. Mal wieder.

»*Très bien*«, sagt der Fahrer und stößt dabei Rauch aus. »*C'est une belle ville.* Schöne Stadt. Sie werden sehen.«

Aber alles, was ich sehe, während wir in halsbrecherischer Geschwindigkeit die Autobahn entlangfahren, sind Straßenschilder und flaches Land, das man auch irgendwo in Amerika finden könnte. Ich spähe in die vorbeifahrenden Autos, als ob ich Dad auf der anderen Straßenseite entdecken könnte, auf dem Weg zum Flughafen, wo er mich abholen will. Dann gebe ich auf. Im Taxi ist es warm, deshalb ziehe ich die Jacke aus und stopfe sie in meine Umhängetasche.

Als ich wieder aufschaue, hat sich die Landschaft dramatisch verändert.

Grün-braune Berge erheben sich ringsherum, und majestätische Bäume in einem dunklen Smaragdgrün, wie Pinien, aber mit wilden, zackigen Konturen ragen in den Himmel. Zypressen, denke ich, und mir fällt das berühmte Gemälde von Van Gogh ein. Wir fahren an einem Feld voller sich im Wind wiegender Sonnenblumen vorbei, noch ein zum Leben erwachtes Gemälde.

Ich lächele zum ersten Mal, seit ich gelandet bin, und spüre, wie der Stress wegen Dad und Mom und allem anderen langsam nachlässt. Was ist das nur für ein fantastischer Ort! Ich öffne mein Fenster und lasse die frische Luft hereinwehen. Süß und erdig duftet sie, wie Zitronen. Und Oliven. Lavendel vielleicht auch? Ja, Lavendel. Ich entdecke einen Hügel, über den sich eine lila Decke breitet.

Ich hole meine neue Nikon DSLR aus der Tasche und schraube vorsichtig die schwarze Kappe von der Linse, ich bin noch dabei zu lernen, wie man diese professionelle Kamera benutzt. Meine Tante Lydia, die Fotografin ist, hat sie mir letzte Woche geschenkt – gegen Moms Einwände. Sie hat gesagt, sie habe ausreichend Kameras zu Verfügung, die Nikon sei ein verfrühtes Geburtstagsgeschenk. »Ich sehe doch, dass du immer Fotos mit deinem Handy machst«, hatte Tante Lydia gesagt und an meinem Pferdeschwanz gezupft. »Das ist ja gut und schön, aber ich dachte, für deine erste Auslandsreise wäre etwas Besonderes bestimmt nicht verkehrt.«

Jetzt, als ich durch den Sucher schaue, überkommt mich eine Welle von Dankbarkeit. Hoch über einem Weinberg liegt ein kleines rosa Bauernhaus. Ich schaffe es, den Zoom einzustellen, und mein Herz hüpft, als ich die dicken grünen Trauben erkennen kann, die in der Sonne glänzen. Ich mache ein Foto, obwohl das vermutlich verwackelt, das Taxi fährt ziemlich schnell. Der Wind weht herein und löst meinen Haarknoten auf. Die Haare wehen mir in Mund und Augen. Aber ich mache weiter Fotos, von strohgedeckten roten Häusern, zerklüfteten Felswänden und Feldern, die aussehen wie ein Meer von Lavendel.

Wenn ich früher an Frankreich dachte, habe ich mir immer Paris vorgestellt. Den Eiffelturm, die romantischen Brücken. Die Provence ist auf ganz andere Weise bezaubernd. Es kommt einem ganz unmöglich vor, dass diese sonnendurchflutete Landschaft auf demselben Planeten, im selben Universum existiert wie Hudsonville im Staate New York.

»*Et voilà*, wir sind in Les Deux Chemins«, sagt der Fahrer und biegt nach einer Haarnadelkurve auf eine breite Straße. Ich nehme die Kamera runter und halte mich am Türgriff fest, damit ich nicht umkippe. »Das ist die … wie sagt man bei euch?«, fragt er. »Die Einkaufsstraße?«

»Ja, *oui*, stimmt«, antworte ich lachend und richte mich wieder auf.

Der Fahrer nickt erfreut. »Sie heißt Boulevard du Temps.«

Platanen säumen den Boulevard, deren Äste sich treffen und einen Baldachin aus dichtem Blattwerk bilden, die niedrigen Häuser mit den abgerundeten Ecken sind in allen erdenklichen hellen Ockertönen gefärbt. Wir fahren an einem Café vorbei, vor dem die Leute Kaffee aus winzigen weißen Tassen nippen, an einem Laden mit farbenfrohen Kleidern im Schaufenster und an einer reich verzierten Kathedrale aus Stein, deren Glocken das Mittagsläuten anstimmen. Überall sprühen Springbrunnen im hohen Bogen Wasser. Mir stockt der Atem. Ich glaube, bis jetzt war mir die Bedeutung des Wortes »bezaubernd« noch gar nicht recht bewusst.

Ein Stück voraus, neben einem Springbrunnen mit in Stein gehauenen Putten, stehen ein Junge und ein Mädchen in meinem Alter eng zusammen und küssen sich. Es scheint ihnen gar nichts auszumachen, dass alle sie sehen können. Ich werde rot und denke an Hugh Tyson bei mir zu Hause. Nicht, dass ich Hugh je geküsst hätte. Oder irgendeinen anderen Jungen.

Ich beobachte das Paar noch immer aus dem Rückfenster, als der Fahrer von der Avenue in eine schmale Straße abbiegt. Dann hält er mit einem Ruck an.

Wir stehen vor einem großen, pfirsichfarbenen Haus mit hübschen grünen Fensterläden. Ich blinzele und sehe, dass über der schweren Holztür die Nummer 13 eingeschnitzt ist. Mein Puls geht schneller. Irgendwie, so unwahrscheinlich es auch ist, bin ich bei Dads Haus angekommen.

Ich fummele in meiner Brieftasche nach den Euros, die ich mir auf Moms Geheiß letzte Woche von der Bank geholt habe, und bezahle den Fahrer. Er hilft mir, meinen Koffer aus dem Kofferraum zu holen, ich murmele »*Merci*« und er lässt mich allein auf dem Kopfsteinpflaster zurück.

Ein köstlicher Duft liegt in der Luft – nach frischem Brot. Ich drehe mich um und entdecke eine kleine, altmodische Bäckerei auf der anderen Straßenseite. Auf das Fenster ist das Wort BOULANGERIE gepinselt worden, dahinter liegen gebräunte runde Laibe und lange Baguettes. Aha. Rue du Pain. Straße des Brotes.

Mein Magen knurrt, als ich auf Dads Haustür zugehe. Ich könnte mir jetzt *pain* holen. Aber eigentlich bin ich zum Essen zu nervös.

Ich streiche mir die Haare aus den Augen, hole tief Luft und klopfe an die Tür.

Stille.

Ich schaue am Haus empor, Efeu rankt sich an den Wänden hoch. Die Fenster sehen dunkel aus. Ist keiner da? Oh Gott. Wo ist Dad bloß?

Denk nicht an das, was Mom gesagt hat. Denk nicht an das, was ...

Eine blitzartige Bewegung. Oben im ersten Stock flattert eine Spitzengardine zur Seite und ein blasses Gesicht schaut zu mir runter. Den Bruchteil einer Sekunde später fällt die Gardine wieder zurück an ihren Platz.

Ich fröstele. Wer war das denn?

Ich erinnere mich, dass Dad in seiner ersten E-Mail geschrieben hatte, dass Künstlerfreunde ständig bei ihm ein und aus gehen würden. Toll. Mir ist jetzt allerdings gar nicht danach, andere Leute kennenzulernen. Das ist auch sonst nicht meine Lieblingsbeschäftigung.

Ich überlege, ob ich noch mal klopfen soll oder nicht, da geht die Tür auf.

Eine Frau in Moms Alter steht da und guckt mich verwirrt an. Sie hat rötliche Haare, die sie zurückgebunden hat, und strahlend blaue Augen – und sie trägt ein gestreiftes Hemd und enge schwarze Hosen. In einer Hand hält sie einen trockenen Pinsel. Offensichtlich eine befreundete Künstlerin.

»Äh, hi«, quieke ich. »*Bonjour.*« Ich spüre, wie meine unvermeidliche Schüchternheit in mir hochkriecht. »Ich bin, äh, die Tochter von Ned Everett. Ich bin …«

»Summer«, sagt die Frau. Sie nimmt mich genauer unter die Lupe, ihre Augen werden ganz groß. »Du bist Summer.« Mit ihrem französischen Akzent klingt mein Name wie *Some-air.*

Ich nicke, erleichtert, dass man mich kennt. »Ist mein Vater da?«, frage ich und mache einen zaghaften Schritt nach vorn. »Er sollte mich am Flughafen abholen …«

Die Frau runzelt die Stirn und kneift die Augen zu, wobei sie sich die Schläfen mit den Fingerspitzen massiert. Ich frage mich, ob sie vielleicht nicht so gut Englisch versteht.

»*Pardon*«, sagt sie eine ganze Weile später und sieht mich wieder an. »Dein Vater hat dich nicht erreicht? Er hat es dir nicht gesagt?«

Ich erstarre. »Was soll er mir gesagt haben?« Schlimmste Befürchtungen befallen mich.

Die Frau seufzt und schüttelt den Kopf. »Ich fürchte,

dein Vater ist in Berlin«, erklärt sie, immer noch stirnrunzelnd. »Er musste ganz plötzlich abreisen, zu einer Ausstellungseröffnung in einem Museum.«

Moment mal. *Was?* Mir schwirrt der Kopf. Berlin? Dad ist nicht mal im Land? Und ich bin ganz allein, hier, in Frankreich? Panik steigt in mir auf, mein Mund wird trocken.

»Wissen Sie ... wissen Sie, wann er wiederkommt?«, platze ich heraus. In meinen Ohren klinge ich piepsig und verängstigt.

»Nächste Woche vielleicht?« Die Künstlerfrau macht eine ratlose Geste. »Ich bin mir nicht sicher«, sagt sie entschuldigend.

Benommen schaue ich sie an. Auf der anderen Straßenseite geht die Tür der Bäckerei mit Glöckchengebimmel auf. Warum hat Dad mir nicht gesagt, dass er in Berlin sein würde? Wie kann er mich nur in diese Lage bringen? Was soll ich denn jetzt machen?

Dieses Mal kann ich Moms Worte nicht ausblenden. Sie schießen mir in den Kopf und wiederholen sich ständig, als ob die Wiederholungstaste klemmt. *Ich befürchte, dass du hängen gelassen wirst. Du weißt ja, wie er ist. Ich befürchte, dass du hängen gelassen wirst. Du weißt ja ...*

»Bitte, komm rein«, sagt die Künstlerfrau, und ich blinzele. Sie sieht mich teilnahmsvoll an, Schock und Enttäuschung sind mir wahrscheinlich ins Gesicht geschrieben. »Du bist müde von der Reise, *non*?«, sagt sie und macht die Tür weit auf. »Und vielleicht würdest du deinen Vater gern anrufen?«

Keine Ahnung, was ich gern würde. Ein Teil von mir würde gern zum Flughafen zurückfahren und dann wieder über den Atlantik fliegen – alles zurückspulen. Ein anderer Teil von mir würde gern auf dem Boden zusammensacken und heulen wie das kleine französische Mädchen im Flugzeug.

Doch ich mache weder das eine noch das andere. Wie festgekleistert bleibe ich auf der Türschwelle stehen, meine Gedanken wirbeln durcheinander. Ich muss natürlich Mom anrufen und ihr sagen, dass ich angekommen bin. Aber das heißt, ich muss ihr auch sagen, dass sie recht hatte.

»Ich kann dir eine *chocolat chaud* – heiße Schokolade machen«, sagt die Frau und ich schaue sie an. »Dein Vater sagt, das magst du, *n'est-ce pas*?«

Ich spüre, wie ich lockerer werde. Das ist genau, was ich möchte, wird mir klar. Heiße Schokolade trinken. Um den Rest kümmere ich mich später.

Dad erinnert sich daran, dass ich heißen Kakao liebe, und hat sich die Mühe gemacht, das einer seiner Künstlerfreundinnen zu erzählen! Diese Tatsache gibt mir so viel Schwung, dass ich ins Haus stolpere. Was für eine Erleichterung, den schweren Koffer und die Umhängetasche im dunklen Flur absetzen zu können. An einem Haken an der Wand hängen identische, altmodische Schlüssel und in der Ecke steht ein Eimer voller Pinsel. Die Frau lässt ihren Pinsel in den Eimer fallen. Obwohl sie eine todschicke, wildfremde Künstlerin ist, hat sie mich ein bisschen beruhigen können.

»Danke, äh, Madame …?« Ich weiß nicht, wie ich sie ansprechen soll.

Die Frau lächelt und zeigt etwas schiefe Zähne. »Ich bin Vivienne LaCour. Bitte, sag Vivienne zu mir.«

»Okay.« Ich nestele an meinen Armbändern. »Es ist schön, Sie kennen …«, setze ich an, und Vivienne erwischt mich völlig unvorbereitet, als sie einen Schritt nach vorn macht und mich auf jede Wange küsst.

Okay. In meinem Reiseführer habe ich gelesen, dass Franzosen sich so begrüßen und verabschieden. Unbeholfen stehe ich da und beschließe, dass mir diese Sitte zuwider ist.

Vivienne tritt zurück und betrachtet mich noch mal, ihre Miene ist eine Mischung aus Neugier und Mitgefühl. Was sie wohl von mir hält? Ob ich wohl anders bin, als man sich die Tochter des großen Ned Everett vorstellt? Dann klatscht sie in die Hände, dreht sich um und führt mich in die große, helle Küche.

»*S'il te plait*, nimm Platz«, sagt sie.

Ich sinke auf einen Stuhl an dem alten Eichentisch. Die Küche ist rustikal, Messingtöpfe und Pfannen hängen an Haken und die Fenster gehen auf einen großen Garten hinaus. Von meinem Platz aus kann ich eine rote Scheune und einen glitzernden blauen Pool sehen. Meine Laune wird gleich besser. Dads Ferienhaus ist noch schöner, als ich erwartet hatte. Vielleicht kann ich hier ja eine Woche allein durchstehen. Vielleicht.

»Wohnen Sie hier im Haus?«, frage ich Vivienne, die gerade einen Topf auf den Herd stellt. Sie nickt und gießt Milch in den Topf. »Und sind noch andere Leute hier?« Hoffentlich bin ich nicht unhöflich. Ich fühle mich noch immer benebelt und desorientiert und möchte gern wissen, woran ich bin.

»Zurzeit nur noch meine Tochter«, antwortet Vivienne und rührt in der Milch.

»Sie haben eine Tochter?« Das überrascht mich. Vivienne wirkt irgendwie viel zu hip für eine Mutter.

»*Oui.*« Sie schaut auf, an mir vorbei – und zieht die Augenbrauen hoch. »Ah. Da ist sie ja.«

Ich drehe mich schnell um und bin ganz verschreckt beim Anblick des Mädchens, das in der Küche steht. Wie konnte sie so lautlos reinkommen? Sie scheint ungefähr in meinem Alter zu sein, vielleicht ein kleines bisschen jünger – und sie ist wunderschön mit langen goldenen Locken und etwas schräg stehenden blauen Augen. Das weiße Spitzennachthemd unterstreicht ihr ätherisches Erscheinungsbild. Plötzlich bin ich mir sicher, dass *sie* aus dem Fenster zu mir runter gespäht hat.

Vivienne räuspert sich. »Summer, das ist Eloise. Eloise, das ist Summer.«

Eloise mustert mich so eindringlich, dass ich mir vorkomme wie ein unter einem Glas gefangener Käfer. Sie blinzelt nicht, sie lächelt nicht. Theoretisch sollte es mich freuen, dass eine Gleichaltrige hier ist, jemand, mit dem ich mich potenziell anfreunden könnte. Aber von Eloise kommt nicht ein Funken Freundlichkeit. Nicht der geringste.

Schließlich schießt ihr eisblauer Blick rüber zu Vivienne und eine Maschinengewehrsalve Französisch rattert aus ihrem Mund.

»Pourquoi est-elle ici? J'ai pensé que …«

»Pas maintenant.« Viviennes Ton ist streng. *»Sois polie. Dis bonjour.«*

Ich sitze still da, höre ganz genau hin und wünschte, ich würde außer *bonjour* noch irgendwas verstehen.

Eloise verschränkt die Arme über der Brust und schaut gebieterisch auf mich herab. »Hallo«, sagt sie in dem genervten Ton einer Schülerin, die gezwungen wird, die Hausaufgabe laut vorzulesen. Ich muss mir keine Sorgen machen, dass sie mich in nächster Zeit auf die Wangen küsst, da bin ich mir ziemlich sicher.

»Hallo, du«, nuschele ich, meine Zunge fühlt sich taub an. Ich erinnere mich, dass ich als kleines Mädchen das Buch *Eloise* so gern gemocht habe. Da ging es um ein quirliges kleines Mädchen, das im Hotel Plaza in Manhattan wohnte. Jetzt verblassen sämtliche positiven Assoziationen mit diesem Namen rasend schnell.

»Bist du wirklich aus New York?«, verlangt Eloise zu wissen. Ihr Englisch ist makellos, ein Akzent kaum wahrnehmbar. Ich kriege mit, dass sie mich stumm bewertet, sie registriert meine unordentlichen Kräuselhaare (verstohlen versuche ich sie zu glätten) und den O-Saft-Fleck auf meinem weißen T-Shirt (Turbulenzen im Flugzeug, hab gekleckert).

»Nicht aus New York City«, stelle ich klar, und es ärgert mich, dass meine Wangen rot anlaufen. »Aus dem Bundesstaat, nördlich der Stadt.« Ich nestele an meinen Armbändern. Über Hudsonville würde Eloise bestimmt ihre kecke Nase rümpfen.

Ehrlich gesagt, wo ich jetzt an Hudsonville denke, fällt mir auch ein, an wen Eloise mich erinnert: an meine Klassenkameradin Skye Oliveira. Die Bezeichnung »Zicke« wäre zu freundlich für Skye. Sie und ihr Rudel makelloser Freundinnen pirschen in Designerboots durch die Schulflure, immer auf der Jagd nach frischer Beute. Offenbar lässt das Phänomen Skye sich auf Frankreich übertragen.

Vivienne kommt an den Tisch und reicht mir einen großen Becher – eigentlich ist es eher eine Suppenschüssel –, der bis zum Rand mit der dicksten heißen Schokolade gefüllt ist, die ich je gesehen habe. Lecker. Ich danke ihr, nehme einen Schluck und genieße die süße, köstliche Wärme.

»Wow«, sagt Eloise gehässig. »Königliche Behandlung für dich, Summer.« Ich schaue sie über den Rand meiner Becherschüssel an und wünschte, ich hätte den Mut, ihr den Inhalt über den Kopf zu gießen. Ruby würde so was tun, meine beste Freundin lässt sich von Skye und ihresgleichen nicht unterkriegen. »Mir macht *maman* nie *chocolat chaud*«, fügt Eloise hinzu und lehnt sich an den Türstock.

»Ich kann dir jetzt welche machen, Eloise«, sagt Vivienne in einem angespannten Ton. Sie stellt feine Teller mit Blümchenmuster auf den Tisch, einen Korb mit goldenen Croissants und Gläser mit Marmelade.

Ich bin dankbar, mein Hunger ist wieder da, mit voller Kraft. »Komm, iss was mit uns.«

Bitte, iss nichts mit uns, bitte, iss nichts mit uns.

»Keine Zeit, *Maman*«, zickt Eloise und wirft die prinzessinnenhaften Haare nach hinten. Sofort fühle ich mich erleichtert. »Ich muss mich für den Kurs fertig machen.« Sie guckt mich mit einem selbstgefälligen Blick an, so, als sollte ich eifersüchtig auf diesen Kurs sein. Ich beachte sie nicht und trinke meinen Kakao weiter.

»Dann hättest du nicht so lange schlafen sollen.« Vivienne setzt sich mit ihrer eigenen Becherschüssel Kakao neben mich. »Gehst du heute Abend wieder aus?«

»Wahrscheinlich, mit Colette und den anderen«, erwidert Eloise träge und betrachtet ihre Fingernägel, die kurz und blassrosa lackiert sind – mit kleinen schwarzen Herzen in der Mitte.

Diese Colette muss entzückend sein. Ich stelle mir ein Double von Eloise vor und unterdrücke ein Schaudern, während ich nach einem Teller greife.

»*D'accord*«, sagt Vivienne. Sie nippt an ihrem Kakao. »Ich gehe ohnehin mit Monsieur Pascal essen.« Einen Moment ist sie still, dann nimmt sie ein Croissant und schneidet es mit einem Brotmesser mittendurch. Sie guckt mich flüchtig an und wirkt nachdenklich, dann schaut sie wieder zu ihrer Tochter. So langsam kriege ich ein richtig schlechtes Gefühl. »Ah, Eloise?«, sagt Vivienne so pseudo-entspannt.

Nein. Nein. Neihein.

»*Oui, Maman*?«, antwortet Eloise zögernd und total argwöhnisch.

Zu Recht.

»Vielleicht«, fährt Vivienne fort, während sie emsig Marmelade auf ihre Croissanthälfte streicht, »würdest du heute Abend ja gern Summer mit zu deiner Verabredung nehmen?«

Bingo.

Mein Magen schlägt Purzelbäume.

Ich kapier ja, dass Vivienne gern helfen möchte, weil ich hier gestrandet bin, ohne Vater, ohne Plan. Aber die Vorstellung, mit Eloise und ihrem miesen Gefolge Zeit zu verbringen, ist ungefähr so reizvoll wie die, mich mit dem Brotmesser zu erdolchen. Ich riskiere einen Blick zu Eloise, die ihre Mutter hasserfüllt anstarrt. Wenigstens darin sind wir uns einig.

»Das ist nicht nötig«, sage ich, zu laut. Ich schnappe mir ein noch warmes Croissant aus dem Brotkorb. »Ich mach mir nicht so viel aus … Ausgehen. Und – äh – ich bin ziemlich erledigt. Ihr wisst schon, vom Jetlag.« Als ich das sage, beginnt sich die Erschöpfung in mir breitzumachen.

»Na gut, dann warten wir einfach ab, wie du dich später fühlst«, sagt Vivienne zu mir, dann guckt sie wieder Eloise an. »Ihr geht doch ins Café des Roses auf dem Boulevard du Temps, *non*? Um welche Zeit?«, fragt sie ihre Tochter. Ich erinnere mich, dass der Taxifahrer den Boulevard du Temps die Einkaufsstraße genannt hat, obwohl ich es für das Beste halte, diese irrelevante Tatsache im Moment nicht kundzutun.

Eloises Gesicht läuft rot an. »So gegen neun«, presst sie durch die Zähne, als ob das Sprechen ihr Qualen bereiten würde. Sie funkelt Vivienne noch mal an, dreht sich um und stapft aus der Küche. Ich denke an meinen Streit mit Mom in unserer Küche, der so viele Stunden und einen Ozean weit weg ist.

»Ich muss mich für meine Tochter entschuldigen«, sagt Vivienne leise. Sie nimmt einen kleinen Bissen von ihrer Croissanthälfte. »Sie ist zurzeit ... etwas gestresst.«

Stress? Was für ein Stress denn? Ist ihr die Haarspülung ausgegangen? Hat ein Junge sie nicht angelächelt?

Statt zu antworten, folge ich Viviennes Beispiel - ich schneide mein Croissant in zwei (ungleiche) Hälften und streiche Erdbeermarmelade auf beide Seiten. Die Marmelade ist süß und fruchtig, gespickt mit kleinen Kernen, und das Croissant ist perfekt, butterig und locker. Zumindest die kulinarische Seite meines Tages ist ein Erfolg.

»Eloise macht diesen Sommer einen Malkurs fürs Lycée - die Highschool«, fährt Vivienne fort und rührt mit einem Löffel in ihrem Kakao. Ich weiß nicht, ob das die Erklärung für Eloises Stress sein soll oder ob sie nur die Stille überbrücken will.

Ich nicke kauend. Ein kleines neidisches Kribbeln spüre ich jedoch, ich wollte schon immer mal einen coolen Sommerkurs machen. Aber meine stets praktisch veranlagte Mutter hat mich immer dazu ermuntert, mir einen Job zu suchen.

Apropos Job. »Oh«, ich schlucke, »ich sollte so eine Art Sommerassistentin für meinen Dad sein? Sie wissen doch sicher, wo sein Atelier ist?«

Vivienne nickt, sie wirkt zerstreut. Sie steht auf und geht zum Fenster. »Das da ist das Atelier.« Sie zeigt auf die rote Scheune, ihre Ringe funkeln im Sonnenlicht. Sie zieht eine Schachtel Zigaretten aus der hinteren Hosentasche und hakt das Fenster auf.

Ich will raus und mir dieses Scheunenatelier ansehen, aber mein Kopf ist so schwer. Es hagelt alles auf mich ein, die anstrengende Reise, Dads Abwesenheit, meine atemberaubende, aber fremde neue Umgebung. Wahrscheinlich ist es vierundzwanzig Stunden her, seit ich das letzte Mal geschlafen habe – oder noch länger? Ich kann jetzt nicht nachrechnen.

Ich will Vivienne fragen, wo das Telefon ist, damit ich Mom anrufen kann – und Dad, doch meine Frage geht in einem mächtigen Gähnen unter.

»*Eh, bien*, du musst dich ausruhen, *non*?« Vivienne dreht sich mit einer Zigarette zwischen den Fingern zu mir um. »Oben ist ein leeres Gästezimmer, neben *la salle de bain*, dem Bad.«

Ich frage mich, ob Dad ein Zimmer extra für mich vorgesehen hatte. Ist aber egal. Ich brauche nur ein Bett, in das ich fallen kann. Ich stehe auf, stelle mein Geschirr in die Spüle, bedanke mich bei Vivienne und hoffe, dass sie mir hilft, meinen Koffer nach oben zu tragen. Aber sie scheint in Gedanken zu sein, guckt aus dem Fenster und zündet sich ihre Zigarette an. Es stört mich, dass hier anscheinend alle rauchen. Mom würde das nicht gefallen.

Wie in Trance hole ich mein Gepäck aus dem Eingangsbereich. Gegenüber der Küche ist eine Wendeltreppe, die ich vorsichtig hochsteige, den Koffer lasse ich hinter mir herrumpeln. Die alten, ausgetretenen Stufen ächzen und stöhnen, und ich muss an Gespenster denken.

Oben ist dann klar, dass der Raum gleich links das Bad ist, die Tür ist zu und die Dusche läuft. Aber hinter dem Wasserrauschen höre ich noch ein anderes Geräusch: Jemand weint. Ein Mädchen.

Eloise? Warum weint Eloise? Ich empfinde einen Mix aus Besorgnis und Neugier und frage mich, ob hinter diesem Mädchen vielleicht doch mehr steckt, als es den Anschein hat.

Die Tür neben dem Bad steht weit offen, also gehe ich hinein, lasse mein Gepäck fallen und runzele die Stirn. Das muss das Gästezimmer sein. Es ist winzig, nur ein Doppelbett und eine wacklige Kommode. Die Wände sind kahl, bis auf einen Spiegel mit Sprung und ein großes Bild von einer Standuhr, die am blauen Himmel schwebt. Seltsam.

Wenigstens gibt es ein schmales Fenster, das zum Garten hinaus geht und Tupfen von Sonnenlicht und Blütenduft hereinlässt.

Einen Deckenventilator gibt es auch, ich bringe ihn

mit einem Ruck an der Kordel in Gang. Die Rotorblätter drehen sich träge, ohne die abgestandene Luft groß aufzumischen.

Ich mache die Tür zu und falle aufs Bett. Die Matratze ist hart und erbarmungslos, das Kissen flach. Ich denke an mein Zimmer zu Hause – mit dem Doppelbett und den vielen Kissen. Ich denke an meine auf höchster Stufe laufende Klimaanlage, die Bücherstapel auf meinen Regalen, die farbigen Renoir- und Degas-Poster an den Wänden. Über die Vertrautheit hatte ich vor Kurzem noch genervt gestöhnt, aber jetzt sehne ich mich danach. Es fehlt mir.

Ich drehe mich um und gucke runter auf meine Whitney-Museum-Umhängetasche. Wenn ich doch mein Handy rausholen und mich durch Instagram scrollen könnte. Wenn ich Ruby doch eine Nachricht schreiben könnte. Dann würde ich ihr von Eloise berichten – und meine beste Freundin würde mir spitzenmäßige Ratschläge geben. Vielleicht rufe ich Ruby an, gleich nachdem ich Mom angerufen habe. Und Dad. Den rufe ich auch bald an. Erst mache ich aber einen kleinen Moment die Augen zu.

Ganz schwach höre ich unten das Telefon klingeln. Ich glaube, Vivienne geht ran und fängt an, ziemlich aufgeregt Französisch zu sprechen. Vielleicht bilde ich mir das aber auch nur ein. Alle Eindrücke und Gedanken verschmelzen schon schläfrig miteinander.

Das Klingeln unten erinnert mich daran, dass mein Handy geklingelt hat, ehe ich ins Flugzeug gestiegen bin. Ich stelle mir vor, dass ich diesen Anruf annehme, aber ich spreche dabei Französisch und Blitze zucken – und da sind Sonnenblumenfelder und jemand weint, und still und leise rutsche ich aus der Wachwelt in die Welt der Träume.

Dienstag, 4. Juli, 21:01 Uhr

Das Telefon klingelt immer noch. Laut. Beharrlich.

Ist Vivienne denn nicht rangegangen?, frage ich mich und bohre meinen Kopf tiefer in das dünne Kissen. Nein, sage ich mir. Das war ein Traum.

Warum geht denn keiner ran?

Ich mache ein Auge auf, dann das andere – und setze mich im Bett auf. Meine Haare kleben am Hals. Das Licht, das durchs Fenster fällt, hat sich verändert. Vorhin war es strahlend, golden; jetzt ist es gedämpft und rosig. Unter der Decke dreht sich der Ventilator. Ich stehe auf und recke mich. Ich bin ziemlich erschöpft, aber nicht mehr so benommen wie noch vor ... Wann eigentlich? Vor fünf Minuten?

Wie lange habe ich geschlafen?

Brrring, brrring, tönt es von unten. Brrring, brrring. Ich reibe mir die Augen und mache die Tür vom Gästezimmer auf. Ich rechne damit, Eloise aus dem Bad kommen zu sehen, angetan mit Handtuch und finsterer Miene. Aber im Flur ist keiner.

»Hallo?«, rufe ich, meine Stimme krächzt. Ich höre nichts außer dem schrillen Klingeln.

Barfuß tapse ich die Stufen runter und folge dem Klingeln um eine Ecke in ein elegantes Wohnzimmer. Da steht ein meerblaues Sofa, an der Wand hängt ein farbstarkes Gemälde – und auf einem Schreibtisch mit einem tollen Computer steht das klingelnde Telefon.

Etwas zögerlich nehme ich den Hörer ab.

»Äh, *bonjour*?«, sage ich.

»Summer!« Moms Stimme ist wie eine Explosion in der Leitung, ängstlich und erleichtert gleichzeitig.

»Mom?« Ich blinzele und fahre mir mit der Hand durch die verklebten Haare. Es bringt mich total durcheinander, meine Mutter hier zu hören. Ich stehe am Schreibtisch und schaue aus dem Fenster auf die kopfsteingepflasterte Rue du Pain. Die Bäckerei ist geschlossen.

Ich beiße mir auf die Lippe. Das ist unser erster Wortwechsel seit dem Streit.

»Warum hast du mich nicht angerufen?«, verlangt Mom zu wissen. Schuldgefühle überwältigen mich. »Ich hab deinen Flugstatus gleich heute Morgen gecheckt und hab gesehen, dass du gelandet bist, aber das ist zehn Stunden her!«

»Moment mal.« Ich drehe mich um mich selbst und gucke, ob hier irgendwo eine Uhr ist. »Zehn Stunden?«

»Ja.« Mom seufzt ungeduldig. »Hier ist es drei Uhr nachmittags. Und bei euch? Neun Uhr abends oder so?«

Oh.

Jetzt ergibt das alles einen Sinn: die geschlossene

Bäckerei, das leere Haus, das rosige Licht. Hier geht die Sonne wohl noch später unter als zu Hause. Ich sehe vor mir, wie ich oben in dem schmalen Bett schlafe, während um mich herum die Zeit weiterläuft – Eloise und Vivienne machen ihre Sachen, der blaue Himmel über Les Deux Chemins wandelt sich zu einem staubigen Rosa.

»Ich hab ein ziemlich ausgedehntes Nickerchen gemacht«, erkläre ich kleinlaut und lasse mich auf den Schreibtischstuhl fallen. »Sorry.«

Ob dieses »sorry« wohl auch irgendwie als Entschuldigung für unseren Streit herhalten kann? Das ist mit Sicherheit leichter, als jetzt auch noch dieses unangenehme Fass aufzumachen. *Hey, Mom, weißt du noch, wie ich ausgerastet bin, als du meintest, Dad würde mich hängen lassen? Also, es hat sich herausgestellt, dass du da den richtigen Riecher hattest.*

»Nein, mir tut es leid«, sagt Mom. Ich setze mich aufrechter hin. Ist das etwa ihre Version einer alles abdeckenden Entschuldigung? »Ich wollte dich nicht wecken.« Sie hat sich schon ein bisschen beruhigt. »Ich hatte nicht vor, auf dem Festnetzanschluss anzurufen, aber ich hab's zwei Mal mit der Handynummer deines Vaters probiert und keine Verbindung bekommen.« Sie räuspert sich. »Wie geht's ihm überhaupt?«, fragt sie schroff.

Ich schlucke heftig und gucke auf den dunklen Computermonitor. Mom weiß also nicht, dass er in Berlin ist.

Vielleicht muss sie das auch nicht wissen.

Mein Herz schlägt schneller. Normalerweise lüge ich Mom nicht an, dank meiner guten Zensuren und meines suboptimalen Soziallebens hab ich so was nie nötig gehabt.

»Ehrlichkeit ist keine Einbahnstraße«, sagt Mom gern, womit sie meint, wenn ich offen mit ihr bin, ist sie auch offen mit mir. In diesem Moment überlege ich allerdings, ob ich nicht etwas Ferien von der Ehrlichkeit machen kann.

Wenn ich Mom nämlich die Wahrheit sage, wird mich ihr »hab ich doch gleich gesagt« für den Rest des Lebens verfolgen. Sie wird mich zwingen, sofort wieder nach Hause zu kommen – und dann ist alles futsch, mein Schicksal wird sich in Rauch auflösen. Ja, es verstört und verunsichert mich, dass Dad nicht hier ist. Aber dieses ängstliche, unruhige Gefühl, das ich bei meiner Ankunft hatte, ist deutlich schwächer geworden. Ich fühle mich mutiger.

»Es geht ihm ... bestens«, sage ich schließlich. Meine Handflächen sind ganz feucht. Ich habe noch nicht so richtig gelogen, Dad geht es vermutlich bestens. Nur eben in Berlin. »Hat viel zu tun«, ergänze ich, was auch zutreffend ist, nach allem, was Vivienne über Ausstellungseröffnungen in Museen gesagt hat und so.

»Hat er das nicht immer?«, schnaubt Mom. Dann schweigt sie. Ich halte die Luft an und bete, dass sie nicht weiter bohrt und auf ein Körnchen Wahrheit trifft. »Und ... wie geht es dir?«, fragt sie einen Moment später etwas stockend. »Ich meine, du weißt schon, wie ist es da denn so?«

»Richtig hübsch«, antworte ich. »Das Essen ist gut.« Alles nicht gelogen so weit.

»Gut«, sagt Mom. Sie hüstelt. »Aber ist da …« Sie hält inne, so, als wäre sie sich selbst ins Wort gefallen. »Ich meine, hast du schon …«

Der Rest geht im vertrauten Dröhnen unseres Mixers unter. Dann höre ich eine bekannte Stimme im Hintergrund irgendwas über Blaubeeren sagen.

»Tante Lydia ist da?«, frage ich, erpicht darauf, das Thema zu wechseln. »Was macht ihr?« Meine Tante ist wie meine Mutter Professorin am College von Hudsonville, nur unterrichtet sie Fotografie, nicht Philosophie. Die beiden geben dieses Jahr übrigens beide Sommerkurse am College. »Warum seid ich nicht bei der Arbeit?«, frage ich noch. Ich fürchte schon, dass Mom ihren Kurs abgesagt hat, weil sie sich solche Sorgen um mich gemacht hat.

Mom gibt einen prustenden Laut von sich. »Ist das dein Ernst? Heute ist doch der 4. Juli.«

Mir ist ganz schwindelig, als mir das plötzlich aufgeht. »Oh, stimmt ja«, stammele ich. Hallo? Diese kurze Zeit in einem fremden Land hat mich offenbar meinen Lieblingsfeiertag vergessen lassen. Ich gucke aus dem Fenster und rechne fast damit, Kinder mit Wunderkerzen und amerikanischen Fähnchen die Straße runterrennen zu sehen. Aber auf der Rue du Pain ist natürlich alles ruhig.

»Wir machen blau-weiß-rote Smoothies«, brüllt Mom über den Mixer hinweg. »Die trinken wir später, wenn wir uns das Feuerwerk anschauen.«

Ob sie mich wohl wehmütig und nostalgisch machen will? Das funktioniert nämlich irgendwie. Da ist so eine Enge in meiner Brust und in der Kehle. Plötzlich will ich Mom alles gestehen: dass Dad nicht am Flughafen war, dass ich mir über seinen Verbleib von einem x-beliebigen Hausgast Auskunft geben lassen musste, dass es noch einen anderen widerwärtigen Hausgast gibt, dass alle rauchen ... Wenn ich noch eine Sekunde länger am Telefon bleibe, kann ich mein Geständnis vermutlich nicht länger zurückhalten.

»Äh, ich muss jetzt mal los«, platzt es aus mir heraus. Ich schiebe den Stuhl zurück, als wollte ich tatsächlich gehen.

»Wo willst du hin?«, fragt Mom argwöhnisch.

»Ich ...« Ich überlege schnell, und mir fällt der Vorschlag ein, den Vivienne vor ein paar Stunden gemacht hat. »Ich habe hier eine Freundin gefunden.« Und das, meine Damen und Herren, ist eine echte Lüge. »Mit der treffe ich mich in einem Café – ein paar Freunde von ihr kommen auch noch dazu.« Vielen Dank, Eloise.

»Eine Freundin? Das ist schön«, sagt Mom. Aber ihr Ton kriegt wieder so was Angespanntes. »Wie hast du ... ich meine, wer ...«

»Lass Summer in Frieden!«, ruft Tante Lydia im Hintergrund. Wenn doch transatlantische Umarmungen möglich wären!

»Wir reden später, Mom«, sage ich schnell. »Und grüß Tante Lydia von mir. Schönen Feiertag!«

»Bitte sag deinem Vater, er soll mich anrufen«, sagt Mom, aber zu spät. Ich lege auf und stelle das Telefon wieder zurück auf die Station.

Ich stütze mich auf den Tisch und atme aus, die Unsicherheit macht mich ganz zittrig. Mein Ellenbogen berührt die Computermaus und der Bildschirm leuchtet auf. Oben in der rechten Ecke, wo die Zeitanzeige sein sollte, sind die Zahlen 21:14 zu sehen. Keine Ahnung, was das bedeutet. Ich weiß gar nichts.

Nein. Stimmt nicht ganz. Ich weiß, ich muss Verbindung mit Dad aufnehmen und ihm sagen, dass Mom glaubt, er wäre bei mir in Les Deux Chemins. Lügen ist echt kompliziert, weil jede Lüge weitere Lügen nach sich zieht.

Dads Nummer ist irgendwo oben in meiner Umhängetasche vergraben, und ich bin mir sowieso nicht sicher, ob ich ein weiteres elterliches Telefongespräch ertragen kann. Also bringe ich meine Finger auf der seltsam anmutenden Tastatur in Stellung – die Buchstaben sind hier anders angeordnet – und logge mich in meinen E-Mail-Account ein.

Zu meiner Überraschung wartet da schon eine Mail von Dad auf mich, eine eilige Mitteilung, dass er versucht habe, mich im Haus zu erreichen, aber ich habe geschlafen. Er habe auch versucht, mich vor meiner Abreise nach Frankreich zu erreichen. Es tue ihm unendlich leid, dass er nicht da sein kann, ich solle mich aber ganz wie zu Hause fühlen, in zwei Wochen sei er hoffentlich wieder zurück, er habe mich lieb und *Ciao, mein Schatz.*

Zwei Wochen? Ich lasse den Kopf hängen. Ich dachte, es wäre nur eine. Und hat Dad wirklich versucht mich zu erreichen, bevor ich abgereist bin? Irgendwas klingelt ganz leise in meinem Hinterkopf, aber ich kann es nicht festmachen. Langsam und ungeschickt tippe ich meine Antwort, schreibe Dad, dass ich Mom angelogen habe, und frage ihn, ob ich anfangen soll, sein Scheunenatelier in Ordnung zu bringen.

Dann logge ich mich aus, aber sofort bereue ich, dass ich Ruby nicht auch gleich gemailt habe. Inzwischen brauche ich ihren Rat zu einem ganzen Haufen von Problemen. Ich könnte sie anrufen, ihre Nummer habe ich im Kopf. Aber erst will ich mir auf Instagram ansehen, was bei ihr läuft. Das ist die von uns bevorzugte Art der Kontaktaufnahme, SMS steht an zweiter Stelle. Wir hinterlassen gern Kommentare und Insiderwitze unter den Bildern, die die jeweils andere gepostet hat. Ich logge mich in meinen Account ein. Auf meiner Seite sind nur Bilder von Ruby und mir beim Fratzenschneiden oder von Kater Ro, der in seltsamen Stellungen döst. Ich erwäge, die Bilder zu posten, die ich heute aus dem Taxi heraus geschossen habe, aber dazu würde ich ein Smartphone brauchen. Abgesehen davon sind sie wohl auch nicht besonders gut geworden.

Ich scrolle mich durch diverse Bilder von Klassenkameraden, Burger auf dem Grill und rosa Wassermelonenscheiben auf Papptellern. Dann stoße ich auf ein Bild, das mir einen Stich versetzt.

Es ist Rubys jüngstes Foto, das sie heute hochgeladen hat. Sie und unsere Freundin Alice Johansen grinsen Wange an Wange. Ruby hat den Arm ausgestreckt, um das Bild aufzunehmen, und Alice legt Lippenstift auf. Sie sind in Rubys Zimmer, ich erkenne die lila Lackkommode hinter ihnen, auf der Schminksachen und Schmuck herumliegen. Aber es ist die Überschrift, die mich umhaut: *Aufbrezeln für die Party! #independence dayrealness#redwhiteandblue*

Was für eine Party? Jeden 4. Juli gehen Ruby und ich und die Freundinnen, die noch in der Stadt sind, in den Pine Park und schauen uns das Feuerwerk an. Wir essen Hotdogs und Eis – und es ist perfekt. Ich weiß, dass andere Leute aus der Schule – wie etwa Skye Oliveira, die Eloise von Hudsonville – aufwendige Grillpartys veranstalten. Aber Ruby und ich haben uns nie was aus solchen Partys gemacht.

Zumindest dachte ich das. Ein bitterer Geschmack macht sich in meinem Mund breit. Gibt Ruby eine Party? Geht sie auf die Party von jemand anderem? Warum hat sie kein Wort davon erwähnt? Auf der Fahrt zum Flughafen gestern hätte sie Zeit genug dazu gehabt.

Ich sehe mir das Bild genau an. Rubys Augen funkeln vor Aufregung. Ich muss es zugeben: Irgendwie hatte ich gehofft, dass meine beste Freundin ohne mich die Ohren hängen lassen würde. Dass sie den Sommer gerade so durchstehen und die Tage bis zu meiner Rückkehr zählen würde, während ich weit weg jede Menge wahnsinnig prickelnde ERFAHRUNGEN machte. Der Beweis ist so eindeutig wie dieses Foto: Ruby ist immer noch diejenige, die ERFAHRUNGEN macht – und ich hocke hier an einem Schreibtisch in einem leeren Haus.

Eine Welle von Neid steigt in mir auf. Anscheinend kommen in Hudsonville alle in ihrem Leben weiter, mixen Smoothies und brezeln sich für Partys auf, obwohl sie mir doch so viele Stunden hinterherhinken. Das fühlt sich fast an wie Verrat.

Toll!, tippe ich voller Wut unter Rubys Foto – als ich nach ein paar Versuchen endlich die richtigen Buchstaben treffe. *Bin in Frankreich angekommen und es ist WAHNSINN.* Auf einmal will ich, dass sie glaubt, auch ich würde vorankommen. *Ziehe jetzt los und treffe mich mit ein paar neuen Freunden in einem Café! Hab dich lieb mal zwei!*

Ehe ich es mir noch mal überlegen kann, poste ich den Kommentar und logge mich aus. Dann stehe ich schnell auf, so, als wollte ich Abstand gewinnen von all meinen Lügen.

Zur Beruhigung atme ich durch – und frage mich: Muss *diese* Lüge denn eine Lüge sein?

Ich schüttele den Kopf. Was ist nur los mit mir? Hab ich etwa ernsthaft vor, loszuziehen und mich mit Eloise und ihren Freunden zu treffen? Sei doch nicht blöd,

Summer. Abgesehen davon, dass es garantiert grauenhaft werden würde, habe ich keinen Schimmer, wo ich die überhaupt finden soll.

Obwohl ...

Was hatte Vivienne noch gesagt? Ich schaue mich im Wohnzimmer um und versuche mein Gedächtnis auf Touren zu bringen. Ein Café ...

Mein Blick fällt auf das Gemälde an der Wand. Es stellt einen älteren Mann dar, der zwischen zwei Rosenbüschen steht. Ein wunderschönes, lebendiges Bild. Plötzlich sehe ich, dass Dad es gemalt hat, ich kann sogar seine schwungvolle Signatur am unteren Bildrand erkennen. Ich lächele und bin zum Platzen stolz. Mehr denn je sehne ich mich danach, Dads Bild von mir in der Galerie hier in der Nähe anzuschauen. Dad ist bekannt dafür, Menschen draußen in der Natur zu malen. Auf meinem Porträt stehe ich zwischen Mohnblumen und dieser alte Mann steht zwischen Rosen ...

Das war's. So hieß das Café. Café des Roses. Mir fällt wieder ein, was Vivienne gesagt hat: *Café des Roses auf dem Boulevard du Temps.*

So ganz ohne Schimmer bin ich also doch nicht. Nun bleibt mir nur noch zu entscheiden, ob ich den Mut habe.

Oder blöd genug bin.

* * *

Ich laufe wieder nach oben und denke mir, bevor ich eine endgültige Entscheidung treffe, mache ich mich schon mal zum Ausgehen fertig. Das Bad ist eine kleine Herausforderung, die Toilette verbirgt sich seltsamerweise hinter einer anderen Tür. Und die Dusche hat keinen Duschkopf unter der Decke, sondern nur so eine Brause, die man mit der Hand halten muss. Das Ding glitscht mir immer wieder aus den Fingern.

Offenbar sind viele Dinge in Frankreich seltsam anders.

In meiner Kammer durchwühle ich meinen Koffer. Ich hatte mit großer Sorgfalt gepackt und nur Outfits mitgenommen, die ich für cool genug befunden hatte. Aber jetzt, mit meinem neuen Blick, kommen mir meine Skinny Jeans und die Tanktops so langweilig, so Hudsonville vor. Ich sage mir, dass es mich nicht kratzen sollte, wenn irgendein versnobbtes Franzosenmädel die Nase über meine Klamotten rümpft. Dennoch gehe ich auf Nummer sicher: ein weißes Leinenkleid, das ich von Ruby geerbt habe. Bei ihr sah es besser aus, das wird mir klar, als ich mir vor dem Spiegel mit dem Sprung die nassen Haare auskämme. Aber es wird schon gehen. Ich schlüpfe in meine Flipflops, schnappe mir die Umhängetasche und knipse das Licht aus.

Die Tür gegenüber steht offen und ich gucke in das dunkle Zimmer, dabei habe ich das Gefühl, etwas Verbotenes zu tun. Auf dem Boden liegen Spitzenröcke, Sandalen und dicke Modezeitschriften herum, dazwischen Skizzenblocks und Kohlstifte, die aus einem Lederranzen rutschen. Eloise. Offenbar hat sie ihre

Sachen nach dem Kurs hier abgeladen und ihren tollen Kleiderschrank geplündert, bevor sie wieder abgehauen ist. Ob sie sich dieses Gästezimmer mit Vivienne teilt? Wie viele Zimmer mag es hier noch geben? Ich werfe einen Blick den dunklen Flur entlang und mich fröstelt ein bisschen. Das erkunde ich ein anderes Mal, bei Tageslicht.

Ich klappere die Treppe runter und bin noch immer hin- und hergerissen zwischen bleiben und weggehen. Mein Blick fällt auf den Haken neben der Haustür, da hängt jetzt nur noch ein Schlüssel. Ich vermute, das ist der Schlüssel, mit dem ich die Tür hinter mir abschließen soll, wenn ich weggehe. Aber vielleicht auch nicht.

Wenn der Schlüssel nicht passt, ist das ein Zeichen, beschließe ich. Ein Zeichen dafür, dass mein Vorhaben tollkühn ist und ich bleiben soll, wo ich bin. Wenn er passt, dann ... na ja, ab ins Café des Roses.

Leider dreht sich der Schlüssel wie geschmiert im Schloss. Also hole ich tief Luft und trete hinaus in den warmen, windigen Abend.

Rubys Kleid flattert mir um die Knie, als ich an den pastellfarbenen Häusern der Rue du Pain vorbeigehe. So langsam wird es dunkel. Es duftet immer noch nach Brot, aber auch süß und blumig, nach Jasmin vielleicht.

Wenn ich um die Ecke gehe, dann – da bin ich mir ziemlich sicher – bin ich auf dem Boulevard du Temps, genau an dem Springbrunnen, an dem der Junge und das Mädchen sich heute Morgen geküsst haben. Ich habe einen recht guten Orientierungssinn, ziemlich erstaunlich, wenn man bedenkt, wie unsicher und durcheinander ich immer bin. »Das hast du von deinem Vater geerbt«, gesteht Mom immer widerwillig ein. Und so muss es sein, Mom kann sich nämlich in ihrem eigenen Haus verlaufen.

Und ja, ich bin tatsächlich auf dem Boulevard du Temps. Die malerische Allee mit dem Kopfsteinpflaster, die ich aus dem Taxi gesehen habe, ist zu einer lebendigen, funkelnden Schneise geworden, in der es von Menschen wimmelt. Sie plaudern, küssen sich auf die Wangen, rauchen und flanieren, gehen in den hell erleuchteten Läden und Restaurants ein und aus. Überwältigt bleibe ich bei der Puttenfontäne stehen, spüre Wasserstaub auf der Wange. Dann zwinge ich mich, den Weg fortzusetzen.

Ein paar Schritte von dem Brunnen entfernt ist ein kleiner Laden mit einem roten Schild, auf dem TABAC steht, da scheint es Zeitungen, Zigaretten, Süßigkeiten und Lotterielose zu geben. Nebenan ist eine schicke Boutique, deren Türen weit offen stehen. Französischer Hip-Hop dröhnt auf die Straße. Ein Mann mit einer Schürze steht an einem Wagen an der Ecke und bereitet frische Crêpes für eine Schlange von Leuten zu.

Aber Cafés gibt es am meisten. Nahezu identische Straßencafés, alle mit runden weiß eingedeckten Tischen und Korbstühlen, alle voller Gäste, die in aller

Ruhe essen und trinken. Im Vorbeigehen lese ich die Namen auf den Markisen: Café Cézanne, Café des Jumelles, Café de la Lavande ... Erwartungsfreude und Furcht vermischen sich in mir, und ich frage mich, ob es überhaupt existiert, dieses ...

Café des Roses.

Da ist es, in schwungvollen Buchstaben steht es auf der rot-weiß gestreiften Markise.

Ich bleibe so abrupt stehen, dass mir die Familie hinter mir beinahe in die Hacken tritt. Dann versuche ich mich zusammenzunehmen, streiche Rubys Kleid glatt und rücke die Umhängetasche auf meiner Schulter zurecht. Dabei scanne ich die besetzten Tische mit unruhigem Blick.

Mädchen flirten mit Jungs über Papiertüten mit Pommes frites hinweg. Frauen mit Seidentüchern sitzen raubärtigen Männern gegenüber, die Zeitungen lesen, die sie wahrscheinlich im Tabac gekauft haben. Kellner mit weißen Hemden und schwarzen Fliegen stellen Weingläser und Perrierflaschen auf Tische. Ich erstarre, als ich eine Gruppe ausgesprochen herausgeputzter Mädchen kichern höre – aber Eloise ist nicht dabei. Eloise ist anscheinend überhaupt nicht hier.

Ich drehe mich um und schaue auf den Springbrunnen in Form eines Delfins auf der anderen Straßenseite. Eigentlich müsste ich begeistert sein, dass ich Eloise und ihre Freunde verpasst habe. Aber ich bin doch noch nicht so ganz bereit, wieder in Dads Haus zurückzukehren. Vielleicht liegt das an der elektrisierenden Energie in der Luft oder an den Farben des Sonnenuntergangs – dunkles Pink mit goldenen Streifen. Ich hole die Kamera aus der Umhängetasche.

»*Bonsoir!*«, sagt eine männliche Stimme hinter mir. Eine Hand berührt meine Schulter, mein Herz macht einen Satz. »*Pourquoi tu viens si tard?*«

Ich wirbele herum. In dieser Millisekunde registriere ich, dass der Typ mir gegenüber in meinem Alter ist – oder ein paar Jahre älter – und sehr gut aussieht. Dunkelblaue Augen, olivfarbene Haut, schwarze Haare und markante Wangenknochen. Ich registriere auch, dass mir die Kamera, die kostbare Nikon DSLR, aus der Hand rutscht.

Der Typ fängt sie geschickt, bevor sie auf dem Boden aufschlägt.

Verwirrt starre ich ihn an.

»Oh, danke … *merci*«, stottere ich schließlich hervor. Meine Wangen glühen. Eigentlich will ich sagen: Wer bist du und warum hast du mich angesprochen? Aber ich weiß nicht, wie man das auf Französisch fragt.

»*Excuse-moi.*« Der Typ guckt wahrscheinlich genauso konfus wie ich. »Tut mir leid, dass ich dich erschreckt habe«, sagt er mit reizendem Akzent. »Ich habe dich für jemand anderen gehalten.«

»Nun, ich bin es nicht«, sage ich mit einem Lachen. Halt die Klappe, Summer, hör sofort auf damit. Der Wind weht mir die Haare in die Augen. Ohne ersichtlichen Grund rede ich weiter. »Ich bin … nur ich. Nur … Summer. So heiße ich.«

Wie komme ich dazu, mit Jungs zu reden?

»Hallo, Nur Summer«, antwortet er mit wölfischem Lächeln. »Ich heiße Jacques Cassel.« Er gibt mir meine Kamera. Unsere Fingerspitzen berühren sich, als ich sie entgegennehme – und ich werde noch roter. Ohne Vorwarnung kommt mir Rubys Prophezeiung von gestern in den Sinn: *Du wirst einen hinreißenden französischen Freund finden ...*

Ich stecke die Kamera wieder in die Tasche und trete mich dafür, dass ich so absurde Schlüsse ziehe. Dass dieser unbekannte französische Typ mein Freund werden könnte, ist genauso wahrscheinlich wie, dass mein Schwarm Hugh Tyson zu Hause in Hudsonville mit mir ausgehen will – gehört also in die Fantasy-Abteilung. Und Hugh ist still und irgendwie schusselig, nicht so strahlend selbstsicher wie dieser ... Jacques.

»*Alors*«, sagt Jacques jetzt. »Wartest du auf einen Tisch?«

»Einen was?« Ich schaue von meiner Tasche hoch.

»Einen Tisch«, wiederholt er und zeigt aufs Café.

Da erst nehme ich ihn so im Ganzen wahr: Er trägt ein weißes Hemd und einen schwarzen Schlips – und eine schwarze Hose –, und in der Hand, mit der er nicht meine Kamera gerettet hat, hält er eine Speisekarte. Er ist Kellner. Im Café des Roses. Langsam verarbeitet mein Hirn diese Daten. Süß. Kellner. Tisch.

Ein Teil von mir hält es für weise, *non* zu sagen und abzuhauen, ehe ich mich noch mehr zum Affen mache. Aber der überwiegende Teil von mir merkt, dass ich hungrig bin und sowieso schon hier stehe. Und wenn ich den Mund voll habe, kann ich auch nicht ganz so viel Blödsinn reden.

»*Oui*«, antworte ich schließlich, um Würde bemüht. »Ein Tisch für eine Person.«

Jacques guckt belustigt und führt mich an einen kleinen runden Tisch. Wie in Trance setze ich mich auf den Korbstuhl. Ich habe noch nie allein in einem Restaurant gegessen. Jacques reicht mir die Speisekarte und verschwindet, wenig später kommt er mit einem kleinen Glas Wasser wieder zurück. Kein Strohhalm, kein Eis. Wieder ganz anders, als ich es kenne.

»Hast du gewählt?«, fragt er und zückt Stift und Block.

Hab ich natürlich nicht. Ich schlage die Speisekarte auf und überfliege sie. *Poulet rôti. Bouillabaisse. Salade niçoise.* »Das ist ja alles auf Französisch«, sage ich, und es klingt so dumpf, wie ich mich fühle.

Ich schaue auf und sehe, dass Jacques' Lippen zucken. Seine rechte Wange hat ein Grübchen. »Du bist in Frankreich«, ruft er mir ins Gedächtnis.

Für eine Sekunde geht mir auf, wie weit ich von Hudsonville weg bin, von meinem Zuhause, von Hugh Tyson. Alles hier, die würzigen Düfte, die von den Tellern der anderen Gäste herüberwehen, Jacques und sein französischer Akzent, das Wasser ohne Eis, ja, sogar der Silbermond, der am Himmel aufgeht ... alles ist mir völlig fremd. Beklommenheit bekriecht mich.

»Könnte ich einen Burger bekommen?«, frage ich

schließlich. Ich will etwas, das nach zu Hause, nach Unabhängigkeitstag schmeckt.

»*Non*«, sagt Jacques mit frechem Blick

»*Non?*« Ich gucke wieder auf die Speisekarte, irgendwo hab ich da doch Hamburger gelesen, es sei denn, das war die Fata Morgana eines englischen Wortes.

»Du bist gerade erst in der Provence angekommen, *n'est-ce pas?*«, fragt Jacques, und wieder ist da dieser schelmische Blick. Ich nicke frustriert, weil meine Fremdheit so offensichtlich ist. »Dann ist ja alles klar.« Jacques klappt seinen Block zu. »Meine Eltern – ihnen gehört das Café, musst du wissen – würden mich umbringen, wenn ich einem amerikanischen Mädchen als erste Mahlzeit in Frankreich einen Burger serviere. Ich bringe dir was Besseres. *Un moment.*«

Ehe ich ihm erklären kann, dass es genau genommen nicht meine erste Mahlzeit in Frankreich ist, und ehe ich ihn bitten kann, mir auf keinen Fall Schnecken zu bringen, die Franzosen ja so gern essen, ist er schon weg. Mit großen Schritten geht er an dem Tisch voller hübscher Mädchen vorbei, die mir vorhin aufgefallen waren, und die gucken ihm alle hinterher und stoßen sich gegenseitig an. Offenbar bin ich nicht die Einzige, die bemerkt hat, dass er der jüngste und am besten aussehende Kellner hier ist.

Ich beobachte die Mädchen, die kichern und lachen und mit Perrier anstoßen, und zwirbele die geknüpften Armbänder an meinem Handgelenk. Ruby fehlt mir. Wenn sie hier wäre, würde sie mir allerdings Order geben, mich Jacques gegenüber wie ein normaler Mensch zu benehmen. Oder *sie* würde sich wie ein normaler Mensch benehmen – und mich eifersüchtig machen. Ich nehme einen Schluck Wasser und frage mich, was Ruby wohl gerade macht. Ist sie mit Alice auf dieser Party? Ich wünschte, ich hätte mein Handy dabei. Ich bin es nicht gewohnt, allein so ganz ohne dazusitzen.

»*Et voilà.*« Jacques ist wieder da. Offenbar hat er die besondere Gabe, sich unbemerkt an mich anschleichen zu können, und mein Herz macht einen Satz.

Er stellt eine randvolle Schüssel mit einer duftenden Tomatenbrühe vor mich hin, voller Gemüse und Meeresfrüchte. Getoastete Baguettescheiben sind kunstvoll oben drauf geschichtet.

»Bouillabaisse für dich«, erklärt er. »Spezialität des Hauses.«

»Wow. *Merci*«, sage ich und kann mich nicht entscheiden, ob ich ein Foto machen oder gleich reinhauen soll. Mein Hunger siegt und ich schlinge einen Löffel voll in mich hinein. Die Suppe ist heiß, ich verbrenne mir die Zunge, aber sie ist auch wunderbar und schmeckt nach Meer und frischen Kräutern wie Rosmarin und Thymian.

Ich spüre, dass Jacques mich beobachtet, was noch viel peinlicher wäre, wenn ich nicht mit meiner Bouillabaisse genug zu tun hätte. Ich stippe eine Scheibe Baguette in die Brühe und nehme einen Bissen.

»Ich freue mich, dass es dir schmeckt«, sagt er hochzufrieden mit sich. Ich erwarte eigentlich, dass er sich jetzt umdreht und geht, macht er aber nicht. »Und du heißt wirklich Summer?«, fragt er mich stattdessen. Verlegen nicke ich, warum interessiert ihn das? Jacques zieht eine schwarze Augenbraue hoch. »In Frankreich haben wir diesen Namen nicht. Summer ist hier *été*.«

»Été«, wiederhole ich, das Wort ist so neu auf meiner Zunge wie die Bouillabaisse. Ich lächele, obwohl ich ganz hibbelig bin. »Das wäre wohl ein komischer Name, oder?«

»Aber vielleicht ganz cool, *non*?« Jacques lächelt. Und dann, zu meiner Überraschung, setzt er sich auf den Korbstuhl mir gegenüber.

Mir bleibt fast die Luft weg. »Was … Musst du nicht arbeiten?«, stammele ich. Mein Blick geht zu den anderen Tischen.

Jacques schmunzelt und lockert seinen Schlips. Wieder macht mein Herz einen Sprung. »Meine Schicht ist fast zu Ende«, sagt er und lehnt sich verschwörerisch vor. »Meine Eltern werden es mir nicht übel nehmen, wenn ich eine kleine Pause mache.«

»Bist du aus Les Deux Chemins?«, frage ich ihn. Diese idyllische Stadt wirkt wie ein Ferienort, aber da müssen ja auch Menschen leben.

Jacques nickt. »Ich bin hier geboren und aufgewachsen. Seit drei Jahren helfe ich meinen Eltern im Café. Mit … wie sagt ihr … *quatorze ans*? Mit vierzehn habe ich angefangen.« Seine blauen Augen funkeln, als er mich über den Tisch hinweg ansieht. »Und wo kommst du her?«

Ich wende den Blick ab und nehme noch einen Löffel voll Bouillabaisse. »Aus Hudsonville«, antworte ich. Mein Wortwechsel mit Eloise fällt mir dabei wieder ein. Jacques wirkt aber nicht verurteilend oder versnobt.

»Die Stadt liegt zwei Stunden nördlich von New York City. Es ist keine Stadt wie diese«, stelle ich klar und deute auf den Boulevard du Temps. »Anders. Eher wie eine Vorstadt?« Ich beiße mir auf die Lippe, denn ich bin mir nicht sicher, dass Jacques mich versteht.

»*Oui*, Vorstadt«, sagt er lächelnd. »Das Wort kenne ich.«

Meine Hand zittert ein wenig, als ich mein Wasserglas anhebe. »Dein Englisch ist sehr gut«, sage ich wahrheitsgemäß. »Ich wünschte, ich würde so gut Französisch sprechen.«

Über unseren Köpfen raschelt der Wind in den Blättern eines Zitronenbaums. Ich hab das Gefühl, ganz losgelöst zu sein von diesem Tisch, wie aus der Ferne beobachte ich mich selbst bei einer Unterhaltung mit diesem gut aussehenden französischen Jungen. Das kann ich nicht sein, denke ich benebelt. Das ist eine andere Summer. Eine, die keine Angst hat. Über Jacques' Schulter hinweg bemerke ich, dass der ganze Tisch Mädchen uns unverhohlen anstarrt, die kriegen den Mund nicht mehr zu. Völlig verständlich, dass sie geschockt sind. Ich bin es auch.

Fast schüchtern senkt Jacques den Kopf. »Ich wäre gern besser in Englisch«, sagt er. »Wir lernen es hier in der Schule, aber ich brauche mehr Übung.« Er macht eine Pause und malt mit dem Finger ein Muster auf den Tisch. »Vielleicht …«

»Jacques!«, blafft jemand.

Ich blinzele und schaue auf. Eine schöne, füllige Frau steht an unserem Tisch, die Hände auf die Hüften gestemmt. Sie ist ungefähr so alt wie Mom und trägt eine Schürze über ihrem grünen Kleid. Sie bellt Jacques etwas auf Französisch zu, und er zuckt mit den Schultern und sagt: *»Pardon, Maman.«* Da ist mir klar, dass es seine Mutter ist. So viel also zu seinen Eltern, die nichts dagegen haben, dass er eine kleine Pause macht. Ihr Ton lässt darauf schließen, dass dies möglicherweise nicht zum ersten Mal passiert.

»Ich muss gehen«, sagt Jacques unnötigerweise. Er steht auf und seine Mutter fegt davon. Er schenkt mir ein Lächeln. »Hättest du noch einen Wunsch? Etwas Süßes?«

Die Röte, die schon so schön verblasst war, kehrt mit Wucht zurück. Mein Gesicht ist vermutlich puterrot, als ich den Kopf schüttele und um die Rechnung bitte. Wenn ich weiter hier rumsitze und einen Nachtisch esse, fordere ich mein Glück nur heraus. Das wäre etwa so, als würde man versuchen, einen schönen Traum weiterzuträumen, nachdem man schon aufgewacht ist.

Als die Rechnung dann kommt, wird sie von einem älteren, buckligen Kellner gebracht. Ich vermute, Jacques ist zum Abwaschen verdonnert worden – zur Strafe. Meine Laune geht den Bach runter, aber was hatte ich denn erwartet, ich albernes Ding? Ich drehe das dünne Stück Papier um und greife in meine Tasche, um das Portemonnaie rauszuholen.

Und ich erstarre.

Auf der Rechnung – unter dem gedruckten Preis der Bouillabaisse – ist eine Reihe von Zahlen gekritzelt worden – und in einer jungenhaften Schrift stehen da folgende Worte:

Für Summer: Wenn du Französisch üben möchtest – oder mir mit meinem Englisch helfen magst ... J

Mein Herz fängt an zu rasen. Nein. Ich kapiere es nicht. Sind diese Zahlen eine Telefonnummer? Hat da eben ein Junge – und zwar nicht irgendein Junge, sondern der süße Kellner Jacques – mir seine Telefonnummer gegeben? Das kann nicht sein. Ich schlafe wohl noch, oben im Gästezimmer. Oder?

Aber der Beweis liegt vor mir. Verwundert starre ich auf die Rechnung, ehe ich mit zitternden Fingern danach greife und sie in meine Umhängetasche stopfe. Dann, mein Kopf schwebt immer noch völlig losgelöst von mir über dem Rest meines Körpers, lege ich einen vermutlich völlig falschen Betrag Euros auf den Tisch, stehe auf und gehe.

Der Himmel ist pechschwarz und der Mondschein hüllt den Boulevard du Temps in diffuses Licht. Ich habe den Augenblick verpasst, in dem es Nacht geworden ist. Ich treibe dahin, der Austausch mit Jacques läuft vor meinem inneren Auge noch einmal ab. Sein wissendes Lächeln. Seine Worte auf der Rechnung, flirtend und kühn. Es kann überhaupt nicht angehen, dass er was für mich übrighat, sage ich mir. Jungs mögen mich nicht. Wahrscheinlich habe ich das alles missverstanden.

Aber wenn nicht?, frage ich mich mit einem Kribbeln im Bauch. Was, wenn ich das überhaupt nicht missverstanden habe?

Was, wenn Ruby nun recht hatte?

Ich muss es ihr unbedingt erzählen.

Ich lache laut auf. Ob ich wohl wirke wie eine Irre? Mir fällt so am Rande auf, dass jetzt weniger Leute unterwegs sind und manche Cafés und Läden zumachen. Das Café des Jumelles ist noch offen und ziemlich voll. Als ich an den Tischen draußen vorbeigehe, sehe ich aus dem Augenwinkel etwas, das mich zum Stillstand bringt. Ich gucke noch mal genauer hin.

Ein Mädchen mit goldenen Locken in einem leichten weißen Sommerkleid sitzt an einem der Tische. Mein Herz, das eben noch himmelhoch hüpfte, bekommt einen Dämpfer. Das ist Eloise.

Sie nippt an einer Kaffeetasse und unterhält sich angeregt mit einem Jungen und einem Mädchen. Ich zucke noch mal zusammen – das ist das Paar, das sich heute Morgen am Brunnen geküsst hat. Seltsam. Der Junge ist blass und hat dunkelblonde Haare, er trägt ein *Daft-Punk*-T-Shirt. Er hat den Arm um das Mädchen gelegt, das umwerfend hübsch ist, dunkelbraune

Haut, braune Haare, die toll geschnitten sind, und knallroter Lippenstift. Sie hört Eloise konzentriert zu. Die drei haben irgendwie gar nichts von der »Clique der Beliebten«, sie wirken eher wie die schlauen Künstlerkids. Auch das ist seltsam.

Ich stehe auf dem Bürgersteig rum und überlege noch, wie schnell ich abhauen kann, als es passiert: Eloise dreht den Kopf. Mir stockt das Blut in den Adern. Ich beobachte, wie sie mich entdeckt. Ihre blauen Augen werden ganz groß und die Farbe weicht aus ihrem Gesicht. Mir fällt diese Redensart ein: als ob man einen Geist gesehen hätte. Ich überlege, ob ich winken oder zu ihr hingehen soll oder ob ich so tun soll, als hätte ich sie gar nicht bemerkt. Aber ich kann nur dastehen.

Eloises Gesicht wird hart, sie kneift die Augen zusammen und ihr Mund wird schmal und grausam. Sie dreht den Kopf und flüstert dem Jungen und dem Mädchen etwas zu. Dann gucken sie zu mir rüber. Das Mädchen – ist das vielleicht Colette? – mustert mich interessiert, aber auch ein wenig feindselig, offenbar weiß sie, dass ich unerwünscht bin. Der Typ hingegen guckt ein bisschen verlegen, so, als hätte er etwas falsch gemacht und wäre dabei erwischt worden.

Und dann fällt der Groschen bei mir. Ich kapiere es. Eloise und ihre Freunde sind heute Abend mit Absicht nicht ins Café des Roses gegangen, weil Eloise wusste, dass ich dahin kommen könnte. Deshalb sind sie hier, im Café des Jumelles – und müssen mit dem leichten Unbehagen fertigwerden, mich dennoch zu sehen.

Ich würge den Kloß im Hals runter. Warum hasst sie mich?, frage ich mich, als ich Eloises eisigem Blick begegne. Was hab ich ihr denn getan? Aber ich hab zu Hause ja auch nichts gemacht, um mir die Verachtung von Skye Oliveira und ihrer Truppe zu verdienen, außer vielleicht, dass ich schlecht in Sport bin oder irgendwie nicht mitgekriegt habe, wie man ein beliebtes Mädchen wird. Und als ich hier jetzt auf dem Bürgersteig von einem Fuß auf den anderen trete, fühle ich mich plötzlich unwohl. Komisch. Ganz das Gegenteil von dem aufgeregten, fast hoffnungsvollen Gefühl, das ich noch vor ein paar Sekunden hatte.

Eloises Hassblick macht irgendwie zunichte, was im Café des Roses passiert ist. Ich bin echt blöd, denke ich. Ein plapperndes amerikanisches Mädchen mit wirren Haaren, das ihre Bouillabaisse runtergeschlungen hat und rot geworden ist. Jacques wollte nur ein bisschen harmlosen Spaß. Oder ein gutes Trinkgeld.

Der Kloß in meinem Hals will nicht verschwinden und – schlimmer noch – Tränen brennen mir in den Augen. Schnell wende ich den Blick von Eloise und ihren Freunden ab, senke den Kopf und gehe weiter, schneller, immer schneller, meine Flipflops klatschen aufs Kopfsteinpflaster. Bestimmt lacht Eloise jetzt über mich und darüber, wie seltsam es war, dass ich sie schweigend angestarrt habe.

Der Boulevard fliegt an mir vorbei, die geschlossene Boutique, der Tabac mit dem leuchtend roten Schild und schließlich der Amorbrunnen. Die steinernen Putten mit Pfeil und Bogen scheinen mich auszulachen. Trotzdem gehe ich direkt auf sie zu und setze mich auf den Rand des Beckens.

Eigentlich sollte ich zu Dads Haus laufen und Ruby mailen, um sie zu fragen, wie ich mit Eloise umgehen soll und mit Jacques und überhaupt. Nur, dass Ruby wahrscheinlich auf dieser Party ist und für Ratschläge nicht zur Verfügung steht. Weshalb mir nur noch mehr zum Heulen ist.

Hinter mir plätschert der Springbrunnen. Ich will nicht weg aus Frankreich, aber ich sehne mich auch nach nichts mehr als nach der Vertrautheit meines Zuhauses. Wenn ich doch nur an zwei Orten gleichzeitig sein könnte. Wenn ich mich doch nur in zwei Hälften schneiden könnte wie ein Croissant.

Ich lege den Kopf zurück und schaue in den Sternenhimmel, dabei denke ich an die Veranda bei mir zu Hause und an Moms Theorien über das Universum. Dieser Himmel hier in Frankreich ist derselbe wie der über Hudsonville. Genau derselbe. Das kommt mir ebenso unwahrscheinlich vor wie manche von Moms Theorien.

Es wird kühl, und ich weiß nicht, wie spät es ist. Aber ich bleibe noch eine Weile auf dem Brunnenrand sitzen, schaue nach oben und suche in den Sternen nach Antworten auf meine Fragen.

TEIL ZWEI

Zerrüttete Verhältnisse

Montag, 3. Juli, 21:43 Uhr

Ich nehme den Anruf an.

Ich trete einen Schritt zur Seite und halte das Handy ans Ohr.

»Hallo?«, sage ich. Ich kann spüren, dass die Boardingfrau mich beobachtet.

Keine Antwort, nur Rauschen.

Mein Herz rast immer noch. »Hallo?«, wiederhole ich lauter, und irgendwie bereue ich, dass ich rangegangen bin.

»Summer?«

Eine Männerstimme dringt durch das Rauschen. Eine bekannte Stimme, aber keine, die ich hier am Flughafen von New York Sekunden vor meinem Abflug zu hören erwartet hätte.

»Dad?!«, rufe ich lächelnd. Ich stehe neben einem der braunen Stühle am Terminal und rücke die Umhängetasche zurecht, damit sie nicht rutscht. Ruft Dad etwa an, um sich noch mal zu vergewissern, dass er weiß, wann mein Flugzeug landet? Dazu ist er viel zu chaotisch. »Was ist los?«, frage ich.

»Hör zu, mein Schatz ...« Dad macht eine Pause und

es rauscht wieder. »Ich bin mir nicht sicher ... gute Idee ... kommst ... im Moment.« Seine Stimme geht immer wieder unter.

Ich presse einen Finger auf das andere Ohr und merke, dass ich nervös werde. »Dad, ich kann dich nicht hören!«, brülle ich praktisch. Die Boardingfrau räuspert sich. »Was hast du gesagt?«

Es knistert in der Leitung, dann lässt das Rauschen etwas nach. »Ist es jetzt besser?«, fragt Dad. »Ich bin in meinem Hotel in Berlin, der Empfang hier ist furchtbar.«

»Berlin?« Ich bin verwirrt.

»Miss? Entschuldigen Sie bitte. Miss?«

Ich drehe mich um und sehe, dass die Boardingfrau mich sauer anguckt.

»Das Flugzeug muss jetzt die Türen schließen«, erklärt sie, ihr Ton schwankt zwischen Höflichkeit und Verärgerung. Die Verärgerung überwiegt. »Wollen Sie noch mit?«

»Oh. Äh«, antworte ich und gehe auf sie zu. Plötzlich fällt mir auf, dass außer mir keine Passagiere mehr am Gate sind. »Dad? Warte mal einen Moment. Ich muss ins Flugzeug steigen.«

Dad lacht nervös. »Also, das ist es ja, mein Schatz. Ich denke, das solltest du nicht tun.«

Ich bleibe stehen. Mir wird eiskalt. »Was soll ich nicht tun?«

»Jetzt sofort, Miss«, blafft die Boardingfrau.

Ich höre Dad seufzen. »Ich denke, du solltest nicht

kommen, Summer.« Er schweigt, ich auch – und dann fängt er an ganz schnell zu reden. »Ich weiß, das ist jetzt buchstäblich in letzter Minute und ich entschuldige mich auch von Herzen, mein Schatz, aber ich hab viel darüber nachgedacht, und das ist jetzt wirklich nicht der ideale Zeitpunkt für einen Besuch, ich meine, wo ich doch wegen meiner Arbeit in Berlin bin und so – und dann könnten sich da noch ein paar andere Dinge ergeben, also, vielleicht nächsten Sommer …«

Nächsten Sommer? Nicht der ideale Zeitpunkt? Dads Worte ergeben keinen Sinn. Ich hab das Gefühl, mein Kopf steckt in einer Schraubzwinge, die immer fester gedreht wird, hinter meinen Lidern bricht der Schmerz auf.

»Ich soll nicht kommen?«, flüstere ich mit zugeschnürter Kehle. »Ich soll nicht ins Flugzeug steigen?«

»Es tut mir furchtbar leid, Schatz«, sagt Dad leise. »Das ist einfach nicht der richtige …«

Er wird von einem kläglichen Laut unterbrochen und dann herrscht Stille. Ich nehme das Handy vom Ohr und schaue verblüfft auf das leere Display. Na toll. Der Akku ist leer. Irgendwie ist mir danach, auch so ein Geräusch von mir zu geben.

»Wenn Sie nicht boarden, Miss«, sagt die Frau, »dann schließe ich jetzt die Tür. Tut mir leid.« Jetzt ist sie wütend.

Ich schaue sie an, Tränen verschleiern mir den Blick. »Mein Dad hat mir eben gesagt, dass ich nicht kommen soll«, sage ich zu ihr, als ob sie das verstehen könnte, als ob ihr das irgendwas bedeuten würde.

Aber offenbar ist es für sie das Startsignal. Ungläubig sehe ich zu, wie sie auf ihren hohen Absätzen zu der Tür rübergeht, die zum Flugzeug führt. *Klick.* Sie macht sie mit einer Endgültigkeit zu, die mich erschüttert.

Mein Kopf tut echt weh, meine Beine sind zittrig, also lasse ich mich auf den braunen Stuhl hinter mir fallen. Ich presse die Umhängetasche an meine Brust und unterdrücke ein Schluchzen. *Ich finde, du solltest nicht kommen*, hat Dad gesagt. Seine Stimme klingt noch in meinen Ohren. Warum tut er das, warum macht er alles rückgängig, warum macht er alles kaputt? Hätte er mir das nicht früher sagen können? All das Planen und Packen und die Aufregung – alles weg mit einem Anruf. Peng. Aus und vorbei. Mit einem Schlag.

Und dann schrillt mir Moms Stimme in den Ohren, es ist, als hätten meine Eltern sich zu einem dissonanten Chor zusammengetan. *Ich befürchte, dass du hängen gelassen wirst. Du weißt ja, wie er ist.* Ich schüttele meinen schweren Kopf. Ich weiß, jetzt weiß ich es. Ich bin hängen gelassen worden, na ja, wohl eher fallen gelassen. Schnell und aus großer Höhe.

Aus dem großen Fenster beobachte ich, wie das Flugzeug langsam rückwärts rollt und sich vom Gate entfernt.

Nein!, will ich schreien. Ich will aufspringen, die

Boardingfrau über den Haufen rennen und die Tür aufreißen wie in einem Actionfilm. Aber das mache ich natürlich nicht. Kann ich nicht. Hat ja auch keinen Sinn. Das Schluchzen, das ich zurückgehalten hatte, kommt jetzt doch über meine Lippen.

Die Boardingfrau macht sich bemerkbar, jetzt ist ihr Ton freundlicher. »Morgen um dieselbe Zeit geht noch ein Flug in die Provence«, sagt sie.

Ich gucke zu ihr rüber und blinzele mit feuchten Augen. »Egal«, sage ich matt. »Ich fliege überhaupt nicht.«

Erschöpfung überfällt mich. Wie deprimierend, wie peinlich, dass ich jetzt wieder zurückmuss. Ich muss Mom anrufen, die – mir krampft sich der Magen zusammen – bestimmt irgendwie Genugtuung empfinden wird. Und dann muss ich Ruby eine Nachricht schreiben: *Rat mal, was passiert ist? Ich bin wieder da, ich war nie weg.* Und das ganze Gerede über den hinreißenden Franzosenfreund kommt mir jetzt echt blöd vor. Ich seufze.

Ich sollte meine neue beste Freundin, die Boardingfrau, fragen, ob sie mir ihr Handy leiht. Ich sollte mir überlegen, wie ich von diesem Flughafen weg und wieder heim nach Hudsonville komme.

Aber jetzt tue ich erst mal gar nichts. Ich bleibe wie erstarrt auf dem Stuhl sitzen, so, als ob ich hier auf dem Flughafen in der Schwebe hängen bleiben könnte, außerhalb der Realität. Hohl starre ich auf das Rollfeld. Das Gewitter ist vorbei.

Die Nacht ist klar: kein Donner, kein Blitz, der Himmel pechschwarz.

Ich schaue zu, wie das Flugzeug immer schneller wird, und halte die Luft an, als es vom Boden abhebt. Die Nase zeigt himmelwärts.

Da fliegt es nun. Und ich hätte mitfliegen sollen. Ich beiße mir auf die Lippe. Das Flugzeug steigt immer höher und mit ihm mein Koffer – und meine Hoffnungen und Träume. Und ich bleibe hier stehen und habe vermutlich den schlimmsten Sommer aller Zeiten vor mir.

Dienstag, 4. Juli, 14:22 Uhr

»Du bist die Beste!«, höre ich meine Mutter in der Küche rufen. »Du bist wirklich die Beste, Lydia. Im Ernst. Du hast uns aus einer Blaubeerkrise gerettet!«

Hä? Ich schlage die Augen auf. Ich liege in meinem Bett, zwischen all meinen weichen Kissen. Die Vorhänge vor den Fenstern sind zugezogen. Mein Kopf tut weh, und ich habe dieses stramme, straffe Gefühl um die Augen, das man kriegt, wenn man eine Zeit lang geweint hat. Warum bin ich zu Hause und nicht in Frankreich?

Als ich mich aufsetze, kommt auch die Erinnerung zurück. Wie ich Dads Anruf am Gate angenommen habe. Wie ich mir das Handy der Boardingfrau geliehen und Mom angerufen habe, die sofort zum Flughafen gekommen ist, ziemlich sauer auf Dad, aber irgendwie auch erleichtert. Mom hat mich nach Hause gefahren, und ich hab ziemlich angespannt neben ihr gesessen und mein Bestes getan, nicht zu weinen. Danach bin ich sofort in mein Zimmer, wo ich die ganze Nacht wach gelegen hab – entweder rasend vor Wut oder schluchzend.

Ich stehe auf, gähne und strecke mich. Als ich in den Spiegel gucke, überrascht es mich nicht, dass meine Haare in alle Richtungen stehen und mein Pyjama zerknittert ist. Was mich allerdings überrascht, ist, dass der Spiegel einen Sprung hat. Über die ganze Länge.

Oh, richtig. Noch eine Erinnerung taucht auf. Gestern Abend habe ich meine Umhängetasche ziemlich heftig ausgepackt und die Sachen überallhin gefeuert. Zum Glück habe ich mich gerade noch bremsen können, bevor ich die neue Kamera von Tante Lydia von mir schleudern konnte. Stattdessen hab ich den Reiseführer quer durchs Zimmer geworfen, er hat den Spiegel getroffen und das Glas ist gesprungen.

Ich zucke zusammen, abergläubisch wie eh und je. Sieben Jahre Pech! Dann erinnerte ich mich daran, dass ich sowieso schon Pech genug hatte. Also, her mit den kaputten Spiegeln, schlimmer kann es nicht werden.

Jetzt tappe ich zum Fenster, ziehe die Vorhänge zurück und blinzele in die strahlende Nachmittagssonne. Das Licht strömt über die Wände und fällt auf mein Lieblingsposter, ein Bild von Renoir: zwei Schwestern, singend am Klavier, eine in einem weißen Kleid, die andere in Rosa. Heute kommt mir das Bild so banal vor. Was für Babys.

Auf meinem unordentlichen Schreibtisch summt das Handy. Ich schnappe es mir, weil ich denke, es ist vielleicht Dad. Aber nein, eine Nachricht von Ruby, eine von vielen, die an diesem Morgen angekommen sind.

Etwas belämmert denke ich an die Salve von Nachrichten, die ich letzte Nacht an meine Freundin geschickt habe, als mein Telefon wieder aufgeladen war. Nachrichten wie: *Notfall!!!* Und *Sitze fest in Hudsonville!* Und *Mein Dad = der Feind.* Ruby hatte offenbar geschlafen, wie jeder normale Mensch, aber ihr Schweigen hatte meine Wut nur befeuert. Meine letzte Nachricht an sie, die ich so um Tagesanbruch abgeschickt hatte, war wohl etwas in Richtung: *Du bist das Letzte* – und danach war ich dann ins Bett gewankt und in einen traumlosen Schlaf gefallen.

Erleichtert sehe ich nun beim Durchscrollen von Rubys Antworten, dass sie nicht sauer auf mich ist, weil ich sie mit Nachrichten bombardiert habe wie eine Irre. Offenbar ist sie genauso niedergeschlagen wie ich und sorgt sich mit um meine Ferien. *Hast du deinen Vater schon angerufen???,* schreibt sie in einer ihrer letzten Nachrichten. *Mach es jetzt! Überzeug ihn davon, dass du unbedingt nach Frankreich kommen musst, egal, was auch sein mag!*

Ich nicke das Handy an. *Du hast wie immer recht, oh weise beste Freundin,* schreibe ich zurück. Ich sollte Dad anrufen, um unser Gespräch zum Abschluss zu bringen – und um noch ein paar Antworten zu kriegen. Und vielleicht – ich spüre einen winzigen Funken Hoffnung – kann ich ihn ja überreden, mich doch noch kommen zu lassen.

In dem Ramsch auf meinem Schreibtisch finde ich den Ausdruck von Dads E-Mail mit seinen Telefonnummern. Nervös rufe ich sein Handy an, aber es kommt nur ein entmutigender Piepton. Sieht so aus, als könne mein Handy internationale Anrufe nur empfangen.

Ich mache die Tür auf und schleiche mich auf den Flur. Unser Haus besteht nur aus dem Erdgeschoss, am anderen Ende des Flures kann ich Mom und Tante Lydia in der Küche reden hören. Mom sagt so was wie: »Sag's ihr nicht.« Tante Lydia murmelt eine Antwort, und dann höre ich meine Tante ganz deutlich sagen: »Warum versuchst du es nicht mal? Das läuft doch schon lange genug!«

Was denn? Worüber reden die? Ich lausche angestrengt, aber jetzt rauscht Wasser in die Spüle. Na gut. Froh darüber, dass Mom anderweitig beschäftigt ist, drehe ich mich um und schleiche in ihr sonniges Schlafzimmer, wo unser Festnetztelefon auf dem Nachttisch steht.

Mein orangefarbener Kater Ro liegt zusammengerollt auf Moms Bett und maunzt mich an. Ich beachte ihn nicht. Ro ist streng genommen mein Haustier, ein Mitleidsgeschenk von Mom, als sie und Dad sich getrennt haben, aber Ro scheint Mom lieber zu mögen. Sie hat ihn sogar getauft, mit vollem Namen heißt er Schrödinger, nach einem berühmten Physiker, der so eine Theorie mit einer Katze entwickelt hat. Ich hatte ihn Krummbein nennen wollen, nach der Katze in *Harry Potter*, aber Ro hatte mich immer angefaucht, wenn ich ihn so rief, also hab ich es gelassen.

Ich sitze auf der Kante von Moms Bett, in sicherer Entfernung von Ro, und nehme den Hörer in die verschwitzten Hände. Erneut wähle ich die Nummer von Dads Handy – und dieses Mal geht der Anruf direkt auf die Mailbox. Auf der Ansage sagt Dad etwas Unverständliches auf Französisch, das schüchtert mich ein und ich lege auf. Mit einem Schulterzucken denke ich mir dann, ich könnte es auch in seinem Haus versuchen. Kann doch sein, dass er aus Berlin zurück ist und bereit, mich doch noch zu empfangen.

Es klingelt ein Mal. Zwei Mal.

»Allô?«

Ein Mädchen hat abgenommen, ihre Stimme ist hell und melodisch.

Nervös räuspere ich mich und versuche mich an irgendeinen Brocken Französisch zu erinnern. »Äh, *bonjour: Parlez-vous anglais?*«, frage ich stockend.

»Ja, ich spreche Englisch«, antwortet das Mädchen nahezu ohne Akzent. Sie klingt ein wenig atemlos, so, als ob sie gerannt ist. »Wer ist denn da?«, fragt sie.

»Ähm, Summer«, antworte ich. »Summer Everett. Die Tochter von Ned Everett?« Ich beiße mir auf die Lippe. »Ich möchte gern mit meinem Vater sprechen. Das ist doch sein Haus?«

Schweigen am anderen Ende. Ich fürchte schon, dass ich die Verbindung verloren habe.

»Er ist in Berlin«, sagt das Mädchen schroff.

»Oh. Immer noch.« Ich lache traurig. Das Mädchen reagiert darauf nicht. »Bist du so was wie seine Assistentin?«, frage ich noch. »Ich sollte das diesen Sommer übernehmen, aber ...«

»Bin ich nicht«, antwortet das Mädchen knapp. »Ich muss jetzt los, meine Freunde warten auf mich.«

Ich gucke auf Moms Wecker und rechne aus, wie spät es in Frankreich ist. Fast neun Uhr abends. Wer mag dieses Mädchen sein? Eine der befreundeten Künstlerinnen, von denen Dad gesprochen hat? Sie klang so, als wäre sie in meinem Alter.

Ich will gerade fragen, ob ich eine Nachricht hinterlassen kann, da tutet das Freizeichen. Sie hat aufgelegt.

Na, das war ja hilfreich. Ich verdrehe die Augen und knalle das Telefon hin. Gedankenverloren schaue ich auf das vertraute Poster an der Wand, ein auf einen schlichten weißen Hintergrund gedrucktes Zitat: *Man kann nicht zwei Mal in denselben Fluss steigen. – Heraklit.* Das ist irgendwas Philosophisches, das weiß ich zwar, aber keine Ahnung, was genau es bedeutet.

Ro scheint meine Niedergeschlagenheit zu spüren, er kriecht übers Bett auf mich zu. Ich fange an ihn zu streicheln, aber er macht den Rücken krumm, maunzt und schnappt nach meinen Fingern. Eine Abfuhr, schon wieder.

Ich stehe auf und zerknülle Dads E-Mail in der Hand. Fast hätte ich sie in Moms Papierkorb geworfen, aber das lasse ich lieber. Ich gehe wieder in mein Zimmer und lasse das nutzlose Stück Papier auf meinen Schreibtisch fallen. Dann schlurfe ich den Flur entlang zur Küche.

Mom und Tante Lydia stehen mit dem Rücken zu mir am Tresen und schnattern immer noch vor sich hin. Mom schneidet Bananen in Stücke und Tante Lydia füllt Eis in den Mixer.

»Was macht ihr da?« So ruppig hatte das gar nicht klingen sollen.

Zwei gleiche Gesichter drehen sich in meine Richtung. Mom und Tante Lydia sehen für mich eigentlich ganz verschieden aus: Mom trägt eine Brille, Tante Lydia nicht. Moms glatte braune Haare haben eine ordentliche Kinnlänge, während Tante Lydias zu einem irren Knoten aufgesteckt sind, der von Essstäbchen gehalten wird. Mom trägt eine rosa Hemdbluse, Tante Lydia ein Bob-Dylan-T-Shirt aus dem Trödelladen.

Ich fand die Vorstellung immer toll, einen Zwilling zu haben, eine beste Freundin/Schwester/einen Klon – alles in einem. Mom und Lydia arbeiten sogar zusammen, am College von Hudsonville. Die Vorstellung ist schon komisch, dass sie beide auf einem Campus sind. Mom unterrichtet Philosophie, Tante Lydia Fotografie. Professor Shapiro im Doppelpack.

Und sie stehen sich wirklich ziemlich nahe. Ich weiß noch, dass Tante Lydia nach der Scheidung fast jeden Tag bei uns reingeschaut hat, mit Chipstüten und ihrer selbst gemachten Guacamole (Heilnahrung hat sie das genannt), und sie hat abends lange mit Mom flüsternd im Wohnzimmer zusammengesessen, während ich am anderen Ende des Flurs versucht habe zu schlafen. In letzter Zeit machen sie und Mom aber eher ihre eigenen Sachen: Mom hört gern klassische Musik oder liest ein Buch über Platon, während Tante Lydia zu spontanen Ausflügen aufbricht, um sich Arcade Fire anzuhören, oder sich mit Typen zu treffen, die tätowierte Arme haben und Hipsterbrillen tragen. Das läuft darauf hinaus, dass ich meine Tante nicht so oft sehe, wie ich gern würde.

Jetzt lächeln sie und Mom mich an.

»Morgen, Schlafmütze!«, trällert Mom. »Wir machen blau-weiß-rote Smoothies, aber natürlich waren mir die Blaubeeren ausgegangen, also hat deine Tante welche mitgebracht! Die Krise ist abgewendet.«

Oh. Es ist ja der 4. Juli. Ich spüre, wie sich etwas in meiner Brust regt, Freude ist es nicht, aber eine Art Nicht-Trauer. Ich liebe diesen Feiertag, der nach Moms Erdbeer-Bananen-Blaubeer-Smoothies schmeckt und nach auf Holzkohle gegrillten Hamburgern riecht, der sich festlich und heiß und sorglos anfühlt. Außerdem sind es danach nur noch zwei Wochen bis zu meinem Geburtstag. Vielleicht sollte ich Dad dafür danken, dass er mir erlaubt, den Unabhängigkeitstag diesen Sommer in Amerika zu verbringen.

»Genau. Ich bin eine Heldin.« Tante Lydia grinst erst Mom, dann mich selbstzufrieden an.

Ich grinse zurück. Mom schnaubt, als wäre sie angewidert, und widmet sich wieder den Bananen.

»Na, Kleine«, sagt Tante Lydia so ganz unbeschwert, während sie mich nachdenklich mustert. »Ich hab gehört, die Pläne für deinen Sommer haben sich geändert.«

Mein Herz krampft sich zusammen. »Kann man wohl sagen«, murmele ich. Mein Blick streift Mom. Ich erwäge, ihr von meinen gescheiterten Anrufen bei Dad zu erzählen, aber sie würde sich nur aufregen, und irgendwie wirkt sie so fröhlich wie schon lange nicht mehr. Sogar unser Streit von gestern scheint vergeben und vergessen zu sein. Vielleicht weil Mom ja irgendwie gewonnen hat.

»Ach so, ich hab mit der Fluggesellschaft gesprochen!«, kräht Mom total munter und guckt mich über die Schulter hinweg an. »Die haben gesagt, dein Koffer sollte innerhalb von drei bis fünf Werktagen wieder hier sein.«

»Toll.« Ich tapse zur Speisekammer, hole mir eine Schachtel Cheerios und greife mir eine Handvoll zum sofortigen Verzehr raus. Mom hasst es, wenn ich das Zeug nicht in einen Teller mit Milch fülle wie ein zivilisierter Mensch (ihre Worte), aber heute meckert sie nicht mit mir. »Mein Koffer sieht mehr von der Welt als ich«, nuschele ich mit vollem Mund.

Ich setze mich an den Tisch und starre aus dem Fenster auf die flachen Straßen des Viertels, die anderen flachen Häuser mit den quadratischen Rasenflächen und stotternden Rasensprengern. Ich weiß, dass Ruby und ich später in den Pine Park gehen und uns das Feuerwerk ansehen werden. Aber was mache ich morgen und den Tag danach? Ich erinnere mich an eine Zeile aus dem Shakespearestück, das wir letztes Schuljahr im Unterricht gelesen haben: *Morgen, und morgen, und dann wieder morgen/kriecht so mit kleinem Schritt von Tag zu Tag …*

»So, meine Nichte«, sagt Tante Lydia, die an der Spüle Erdbeeren wäscht. »Ich möchte dir einen Vorschlag machen.«

»Lydia.« Mom schüttelt den Kopf.

»Lucy, hör auf«, sagt Lydia zu Mom. »Wir haben das besprochen.«

Ich setze mich aufrechter hin, Interesse dringt durch den Nebel von Selbstmitleid. Mir fallen die mysteriösen Gesprächsfetzen wieder ein, die ich belauscht habe.

»Was?«, frage ich.

Tante Lydia dreht sich um und wischt sich die Hände an einem Geschirrtuch ab. »Hast du gewusst, dass ich diesen Sommer einen Kurs auf dem Campus gebe?«, fragt sie mich.

Ich nicke. »Ja, genau wie Mom.«

»Nun ja«, sagt Tante Lydia und richtet die Essstäbchen in ihrer Frisur, »der oberfeine Philosophiekurs deiner Mutter ist nur für Collegestudenten. Aber in meinen Kurs kann jeder kommen.« Sie wackelt mit den Augenbrauen.

Ich gucke sie an und kapiere gar nichts.

Lydia lacht und wirft die Arme hoch. »Na los, Summer! Willst du in meinen Kurs kommen oder nicht?«

»Moment mal. Ich?« Ich blinzele sie verschreckt an. Sie nickt und lacht wieder, während Mom geräuschvoll den Kühlschrank aufmacht. »Aber … ich hab doch überhaupt keine Ahnung von Fotografie«, wende ich ein.

»Deshalb ist das ja auch ein Kurs«, sagt Tante Lydia. »Der ist zum Lernen da. Abgesehen davon – glaub ja nicht, ich hätte nicht bemerkt, dass du schon dein ganzes Leben lang Fotos machst. Vielleicht weißt du ja mehr, als du glaubst.«

Meine Backen werden ganz heiß. Ich zucke mit den Schultern. »Ich mache halt Fotos – wie alle. Nichts Künstlerisches.« Aber es stimmt schon, ich war die Erste in meinem Freundeskreis, die bei Instagram war, und man weiß von mir, dass ich ganze Tage damit verbracht habe, Ro mit dem Handy in der Hand zu verfolgen, um ein paar gute Aufnahmen von seinen Nickerchen zu machen. Und ich hatte mich schon so darauf gefreut, meine neue professionelle Kamera in Frankreich auszuprobieren ...

»Die Kamera dafür hast du ja schon«, bemerkt Tante Lydia, als hätte sie meine Gedanken gelesen. Sie nimmt eine vollreife Erdbeere aus der Schüssel und hält sie ins Licht. »Solche Nikons verleihe ich an meine Studenten, weißt du.«

»Echt?«, sage ich. Ich gucke schnell zu Mom rüber, die im Kühlschrank wühlt. Mein Interesse wächst. Meine Freundin Alice hat letzten Sommer einen Kurs in Musikgeschichte in Vermont gemacht – und der war anscheinend total cool.

»Der Kurs findet jeden Tag statt, immer vormittags«, fährt Tante Lydia fort, während sie an der Erdbeere nagt. »Und drei Mal die Woche nachmittags geht es ins Labor, da machen wir dann was in der Dunkelkammer oder mit Photoshop. Wahrscheinlich wird es auch die eine oder andere Exkursion geben.«

Ich beobachte, wie Mom schweigend Joghurt in den Mixer füllt. »Mom, würdest du mich mitmachen lassen?«, frage ich erstaunt. Vielleicht ist das wie mit meinem unzivilisierten Verzehr von Frühstückszerealien, denke ich, vielleicht macht sie Zugeständnisse, weil ich ihr leidtue.

Mom seufzt und dreht sich mit dem Löffel in der Hand um. »Na ja, wenn du das wirklich willst. Aber mir wäre es lieber, du würdest einen Sommerjob annehmen ...«

»Lucy«, unterbricht Tante Lydia sie und verdreht die Augen. »Ich hab dir doch gesagt, ich verzichte auf die Kursgebühr.«

»Es geht nicht ums Geld«, blafft Mom. »Sondern um Verantwortung und ...«

Während die beiden sich streiten, trommele ich mit den Fingern auf dem Tisch herum. Ich bin hin- und hergerissen. Einerseits stimme ich Mom zu, ein Sommerjob wäre das Vernünftigste. Das, was ich immer mache. Ich könnte sogar Ruby fragen, ob im Café noch Stellen frei sind, es wäre schön, Seite an Seite zu arbeiten, so wie vor zwei Jahren, als wir im Kino gejobbt haben.

Aber andererseits werde ich auch das Gefühl nicht los, dass Tante Lydias Kurs etwas erfrischend anderes wäre. Etwas Neues.

Aber das überwiegende Gefühl ist, dass ich immer

noch hoffe – und mir wünsche –, dass Frankreich nicht total gestorben ist.

Während Mom und Tante Lydia weiter streiten, stehe ich ganz plötzlich auf und schiebe den Stuhl zurück. »Ich geh zu Ruby«, sage ich. Ruby ist meine Zuflucht, der Ort an den ich will, wenn ich um eine Entscheidung ringe – also fast immer.

Mom wendet den Blick für einen Moment von Tante Lydia ab und nickt mir zu. »Okay«, sagt sie milde. »Viel Spaß im Pine Park. Ich stelle dir einen Smoothie in den Kühlschrank.«

Mir wird klar, dass für Mom wieder alles glücklich beim Alten ist. Es ist Sommer, ich bin zu Hause, ich hänge mit Ruby ab. Und im Idealfall kriege ich einen Job. Es ist, als wäre die Einladung, Dad zu besuchen, nur ein Traum gewesen.

»He, Kleine, denk über mein Angebot nach«, sagt Tante Lydia, ehe ich aus der Küche gehe. »Aber denk schnell. Der Kurs fängt Montag an.«

* * *

Ich fahre mit dem Rad zu Ruby, mein T-Shirt klebt mir am Rücken. Obwohl es so schwül ist wie gestern, ist heute der Himmel blau und mit zarten Wölkchen betupft. Hat es dieses Gewitter gestern tatsächlich gegeben?, frage ich mich, als ich die Steigung von Deer Hill hochstrampele.

Diesen Weg kenne ich so gut, dass ich ihn mit verbundenen Augen fahren könnte. Ich radele an meiner

Schule vorbei, die so verlassen wirkt wie ein Geisterhaus. Die Grundschule eine Straße weiter ist genauso unheimlich leer, auf dem Schulhof quietschen Schaukeln in der heißen Brise. Ruby und ich waren sechs, als wir uns auf diesem Schulhof kennengelernt haben.

Auf der Kuppe des Hügels angekommen, kann ich den Hudson River sehen. Unsere Stadt liegt an den Ufern dieses Flusses: ein langgezogener Streifen – mit einer Bank, einem Buchladen, einem Café, einem Restaurant, einer Apotheke ... Wenn man richtig shoppen will oder wirklich was erleben, gibt es das Einkaufszentrum: zweite Ausfahrt der Schnellstraße.

Ich biege um die Ecke in Rubys Straße, Briar Lane, und stelle mein Rad vor dem kleinen Mietshaus ab, in dem sie wohnt. Dann nehme ich die Haare aus meinem verschwitzten Nacken und binde sie zu einem Pferdeschwanz, die Sonnenbrille schiebe ich hoch. Am Eingang drücke ich auf den Klingelknopf von Rubys Wohnung und rufe: »Ich!« in die Gegensprechanlage, als Rubys Mutter wissen will, wer da ist.

Rubys Eltern haben sich scheiden lassen, als Ruby neun war, und als meine Eltern zwei Jahre später das Gleiche taten, war Ruby so was wie meine Reiseführerin durch die Welt der Scheidungskinder. Manches war für sie schlimmer als für mich, denn sie, ihre Mutter und ihr kleiner Bruder mussten aus ihrem großen Haus in eine enge Wohnung umsiedeln. Anderes hingegen ist bei ihr besser, ihr Dad wohnt nämlich in Connecticut und keinen Ozean weit weg, und er schenkt ihr und ihrem Bruder immer teure Elektronik und macht mit den beiden Ferienreisen in die Karibik.

»Wir kommen beide aus zerrütteten Verhältnissen, Summer«, hat Ruby mal gesagt, als sie bei mir übernachtete, mit großen Augen und voll dramatisch. »Deshalb sind wir so enge Freundinnen.«

Obwohl mir die Vorstellung gefiel, dass Ruby und ich durch die Härten des Lebens miteinander verbunden waren, fand ich das mit den »zerrütteten Verhältnissen« überhaupt nicht gut. Ja, mein Dad war gegangen, aber das hieß nicht, dass mein Elternhaus bröckelte oder Risse hatte.

»Ein Haus, das uneins ist, kann nicht bestehen«, hatte ich damals im Dunkeln zitiert, wir hatten in der Schule gerade über Abraham Lincoln gesprochen. Sie hatte losgeprustet und mir ein Kissen an den Kopf geworfen und mich Doofnuss genannt.

Als ich aus dem Fahrstuhl komme, steht Rubys Mutter in der Wohnungstür und betrachtet mich mit großen Augen, die genauso aussehen wie die von Ruby.

»Goldstück!«, säuselt Mrs Singh mit ihrem indischen Akzent und gibt mir einen kleinen Kuss auf die Wange. »Warum bist du hier? Bist du nicht gestern weggefahren?«

Ich spüre einen Stich, aber wahrscheinlich sollte ich darauf vorbereitet sein, dass ich das diesen Sommer häufiger gefragt werde. Trotzdem hatte ich gedacht, Ruby hätte ihre Mutter mittlerweile ins Bild gesetzt.

»Hat Ruby denn nichts erzählt?«, frage ich.

Mrs Singh winkt ab, ihre gläsernen Armreifen klimpern. »Ruby erzählt mir gar nichts. Sie ist schon den ganzen Tag mit Alice in ihrem Zimmer – und macht sich fertig.«

Ich hab ein komisches Gefühl im Bauch. »Wofür denn?«, platzt es aus mir heraus. Und warum hat Ruby eigentlich Alice eingeladen, ohne mir Bescheid zu sagen? Alice ist unsere Freundin, aber sie und Ruby sind nicht so eng miteinander, dass sie sich allein treffen würden. Wenn wir mit Alice zusammen sind, dann sind wir normalerweise zu viert: ich, Ruby, Alice und Alices beste Freundin Inez Herrara, die diesen Sommer in einem Tanzcamp in Kalifornien ist.

»Entschuldige, Liebes, aber ich war auf dem Weg nach draußen«, sagt Mrs Singh. Sie trägt Kittel und Turnschuhe und hat ihre Handtasche in der Hand. Rubys Mutter ist Krankenschwester in der Klinik, sie arbeitet ständig. »Heute ist bestimmt viel zu tun, viele Verletzungen mit Feuerwerk. Wir sehen uns später!«

Ich winke zerstreut und gehe in die Wohnung, im Vorraum schlüpfe ich aus den Flipflops, das ist Gesetz bei den Singhs. Ich gehe durchs Wohnzimmer, wo Rubys Bruder Raj *Oklahoma* im Fernsehen guckt. Die meisten Elfjährigen stehen auf Videospiele, aber Raj sitzt immer vor irgendeinem Musical. Er ist schon klasse.

Ich bin seltsam nervös, als ich an die Tür von Rubys Zimmer klopfe. Normalerweise platze ich einfach rein, aber im Moment fühlt sich irgendwas nicht normal an.

»Ich dachte, du wolltest los, Mom«, grummelt Ruby und reißt die Tür auf. Dann guckt sie mich blinzelnd an. »Summer!«

Ich blinzele zurück. Sie trägt ein süßes neues ärmelloses Kleid und ihre Halskette mit dem goldenen R. Über ihre Schulter hinweg kann ich sehen, dass ihr sonst so ordentliches Zimmer ein Chaos ist. Lippenstifte, Mascara, Ohrringe und Armreifen sind auf dem Schreibtisch verstreut und auf dem lila Teppich liegen Kleiderhaufen. Alice tanzt mit geschlossenen Augen zu einem Taylor-Swift-Song, der aus den Lautsprechern auf Rubys Schreibtisch plätschert. Vorfreude liegt in der Luft und der blumige Duft von Rubys Parfüm.

»Hi«, sage ich und umarme Ruby schnell. »Was geht ab?« Warum fühlt sich das alles so komisch an?

»Hast du schon mit deinem Dad geredet?«, fragt Ruby. Sie umarmt mich auch.

»Summer?«, ruft Alice. Sie reißt die Augen auf, hört auf zu tanzen und stürzt auf mich zu. Alice erinnert mich immer an einen Waldgeist, klein und zart. Ihr weißblondes Haar ist meistens zu kleinen Zöpfen geflochten, die sie um den Kopf wickelt und feststeckt. Heute trägt sie ein langärmliges Minikleid mit Blumenmuster und ihre blassen Wimpern sind dunkel geschminkt. »Solltest du nicht eigentlich in Frankreich sein?«, haucht sie.

Wieder dieser Stich. »Ist ’ne lange Geschichte«, antworte ich. Verwirrt gucke ich Ruby an. »Ich vermute mal, du hast meine Neuigkeiten nicht an die große Glocke gehängt, beste Freundin?«

Ruby lacht kurz auf, ihre Wangen sind ziemlich rosig. Vielleicht ist das aber auch nur Rouge. »Ich war davon ausgegangen, dass du bereits mit deinem Vater geredet und alles geregelt hast«, erklärt sie in etwas defensivem Ton. »Hast du das?« Sie zieht die Augenbrauen hoch.

Ich schüttele den Kopf. »Ich hab's versucht, konnte ihn aber nicht erreichen. Ich hab mit so einem unhöflichen französischen Mädchen gesprochen, das in seinem Haus wohnt. Ich ... ich weiß nicht, wie groß meine Chancen sind.« Das laut zu sagen, besonders zu Ruby, macht mir den Hals ganz eng.

»Na, dafür bist du jetzt hier!«, sprudelt Alice. Sie nimmt mich am Handgelenk und zieht mich ins Zimmer. »Und das bedeutet, du kommst mit!«

»Wohin denn?« Ich gucke Ruby an. Ein leichter Argwohn bekriecht mich.

Ruby geht zur Kommode und beginnt in ihrem Schmuck zu kramen. »Also, ich hab dir das gar nicht erzählt, weil ich wusste, du würdest nicht hingehen wollen, und du warst ja auch auf dem Weg nach Frankreich, was viel aufregender ist ...« Sie redet schnell, so ähnlich wie Dad gestern Abend am Telefon. In meinem Bauch wird es kalt. »Aber Skye macht eine Grillparty bei sich zu Hause, die fängt bald an und von ihrem Garten hat man eine tolle Aussicht aufs Feuerwerk ...«

»Moment mal«, unterbreche ich sie, ich kann es nicht fassen. »Skye? *Skye Oliveira?* Das Mädchen, von dem du mal gesagt hast, sie sei das Böse in Menschengestalt?«

»Das habe ich gesagt?« Ruby lacht ein bisschen und streift ein Bündel geknüpfter Armbänder über die Hand. Meine eigenen Armbänder schmiegen sich an meine Handgelenke. »Also, na ja, sie kann ziemlich ruppig sein manchmal ...«

»Ich glaube, sie ist als Kind nicht genug geknuddelt worden«, sagt Alice und setzt sich im Lotussitz auf Rubys Bett.

»Ich wünschte, sie wäre von einer Boa geknuddelt worden«, murmele ich.

Mir schwirrt der Kopf. Ich lasse mich neben Alice auf Rubys Paisleydecke fallen. Ich fass es nicht. Skye ist immer unsere größte Feindin gewesen, seit sie vor zwei Jahren nach Hudsonville gekommen ist - mit ihren superlangen Haaren, ihrem sportlichen Talent und ihren zickigen Kommentaren. Schnell hatte sie eine Armee von Klonen um sich geschart, die Schwache und Wehrlose gnadenlos verfolgte. Ruby, Alice, Inez und ich waren zwar nie direkt im Visier, wurden aber trotzdem verhöhnt. »Mensch, Sum-mer!«, riefen Skye und ihresgleichen im Chor, wenn es mir beim Sport mal wieder nicht gelang, den Volleyball übers Netz zu schmettern. Im ersten Jahr auf der Highschool hatte Skye nur so zum Spaß Ruby auf dem Flur ein Bein gestellt, ihr Schulbuch flog im hohen Bogen durch die

Luft. Cool wie immer hatte Ruby ihr Buch einfach aufgehoben und gelacht: »Fußball ist echt nicht deine Stärke, Skye.«

Und jetzt wollte Ruby zu ihrer Party gehen?

»Ich dachte, das könnte ganz lustig werden«, erklärt Ruby. Sie fängt meinen Blick in dem Spiegel auf, der über der Kommode hängt. »Wir machen doch immer bloß das Gleiche, jedes Jahr ...«

»Pine Park!«, unterbreche ich sie. Mein Hals wird ganz eng. »Wir lieben Pine Park! Magst du Pine Park etwa auch nicht?«, frage ich Alice, auf der Suche nach einer Verbündeten.

»Ich bin gern in der Natur«, antwortet Alice verträumt und wickelt ihre Beine aus der Yogastellung. Sie rutscht vom Bett, stellt sich neben Ruby vor die Kommode und nimmt einen Lippenstift in die Hand. »Aber die Party findet in Skyes Garten statt, deshalb ...«

Ich kann mich nur mit Mühe davon abhalten, die Augen zu verdrehen. »Wie kommt ihr überhaupt zu einer Einladung?«

Ruby fummelt an ihrer Halskette herum und lässt den Anhänger mit dem R daran hin- und herrutschen. »Skye ist neulich im Café vorbeigekommen und hat davon angefangen«, sagt sie leichthin.

»Seit wann hast du denn kleine Plaudereien mit Skye?«, frage ich und merke, wie anklagend mein Ton ist. Eigentlich will ich fragen: *Seit wann erzählen wir beide uns nicht mehr alles?*

»Ooh«, sagt Ruby, sie antwortet mir nicht. Stattdessen schnappt sie sich ihr Handy von der Kommode. »Komm, wir machen Fotos, ehe wir losziehen!«

»Du auch, Summer!« Alice winkt mich dazu. Sie stellt sich neben Ruby, hält sich den Lippenstift an den Mund und die beiden grinsen in Rubys Handy.

Ich hab das Gefühl, durch Sirup zu waten, als ich mich vom Bett zu den beiden rüber schleppe. Ich stelle mich auf Rubys andere Seite und lächele hohl. Ruby macht ein Bild nach dem anderen, sie drückt ihre Wange an die von Alice – und irgendwie hab ich das Gefühl, ich gehöre nicht auf dieses Bild. Es ist so, als wäre ich nachträglich eingefügt worden, *cut and paste* – ein schlechter Photoshop-Job.

Befriedigt nimmt Ruby das Handy runter und postet die Bilder auf Instagram. Alice dreht sich zum Spiegel und checkt ihren Lippenstift. Ich wende mich ab und schlucke die Tränen runter. Wie nervig. Ich dachte, ich hätte das Weinen gestern Nacht abgehakt. Ich studiere die bunten Wandteppiche, die Ruby aufgehängt hat. Sie hat sie vor Jahren auf einer Reise nach Indien gekauft. Ihr Zimmer hat immer so eine internationale, irgendwie glamouröse Atmosphäre gehabt, deshalb hatte ich es immer als Zufluchtsort empfunden. Es war – es ist – meine zweite Heimat.

»Hey, Süße.« Ruby berührt meinen Arm und ich erstarre. »Alles okay?«, fragt sie leise.

»Müde«, lüge ich und wische mir über die Augen. »Ich glaub, mir ist nicht nach Partys«, füge ich schnell hinzu, was wirklich wahr ist. Ich mag mir nicht mal vorstellen, jetzt zu Skyes Haus zu watscheln, mit der abgesagten Reise im Schlepp und dieser plötzlichen Spannung – das ist doch Spannung? – zwischen Ruby und mir. Mir ist nicht danach, zu nicken und zu lächeln, unter all den Leuten aus der Schule, die ich nicht mag. Ich würde mich noch komischer fühlen als sonst. Also: Nein, danke.

»Bist du sicher?«, fragt Ruby. Aber sie ist abgelenkt, sie guckt nämlich auf ihr Handy, weil sie wissen will, ob das neue Foto schon irgendwelche Likes gekriegt hat.

»Ich bin nicht mal für so was angezogen«, sage ich, was auch stimmt. Ich hab mein ausgefranstes YMCA-Day-Camp-T-Shirt und alte Jeansshorts an. Alle meine schönen Sachen sind in dem Koffer, der angeblich innerhalb von drei bis fünf Werktagen wieder bei mir sein wird.

»Leih dir doch was von Ruby!«, schlägt Alice vor. Aber ich schüttele schon den Kopf und sag ihnen, sie sollen mir alle Einzelheiten simsen, obwohl ich eigentlich gar nichts wissen will. Ich umarme Alice zum Abschied und drehe mich zu Ruby um.

»Hab dich lieb mal zwei«, sagen wir gleichzeitig, und wir fangen beide an zu lachen. Ruby weist mich an, sie über die Operation *Dad überreden* auf dem Laufenden zu halten, und ich verspreche es. Eine Sekunde lang ist alles wieder total normal, so, als hätte ich mir diese seltsame Stimmung vorhin nur eingebildet.

Dann gehe ich aus dem Zimmer und höre, wie Ruby

und Alice sich unterhalten, während sie sich weiter für die Party aufbrezeln – Skye Oliveiras Party. Und mir wird klar, dass es gar nicht seltsamer werden kann.

Draußen muss ich die Augen zusammenkneifen wegen der Nachmittagssonne, und ich setze die Sonnenbrille auf. Am liebsten würde ich wieder nach Hause fahren und mich in mein Zimmer verkriechen. Mich verstecken. Mom zieht mich auf, weil ich an Astrologie glaube, aber mein Sternzeichen ist Krebs, und ich kann wie ein Einsiedlerkrebs sein, ich verstecke mich in meinem Haus, wenn mir die Welt zu viel wird.

Doch als ich wieder aufs Rad steige, fühle ich mich irgendwie rastlos. Kribbelig. Also sause ich den Deer Hill runter. Der köstliche Duft von Grillfleisch weht aus den Gärten herüber. Blau-weiß-rote Fähnchen schwenkende Kleinkinder flitzen über die Straße, sodass ich voll in die Bremsen treten muss und sie anbrülle, aufzupassen – wie ein altes Mütterchen. Doch sie beachten mich gar nicht.

Ich radele weiter, an Häusern vorbei und Wege entlang, die ich in- und auswendig kenne. Ich komme an der Klinik vorbei, in der Rubys Mutter arbeitet und in der ich geboren wurde. Und wo ich mit acht Jahren genäht worden bin, als ich mit dem Rad gestürzt bin. Dad hat meine Hand gedrückt, als der Notarzt mein Knie zusammengeflickt hat. Seltsam, dass Dad damals noch da war. Obwohl er auch damals nicht besonders viel da war. Er reiste schon ziemlich oft nach

Europa, beteiligte sich an Kunstausstellungen und versuchte seine Bilder zu verkaufen. Vielleicht war zwischen meinen Eltern schon lange vor der Scheidung etwas nicht im Lot gewesen, so wie sich ja auch Erdbeben vorher irgendwie ankündigen, bevor es tatsächlich losgeht.

Am Fuß des Hügels biege ich in die Greene Street ein, unsere Hauptstraße. Der Name passt nicht so richtig, finde ich, weil die überwiegende Farbe der Stadt grau ist. Graues Straßenpflaster, graue Laternen, die grauen Stämme von Ulmen. Sogar der Hudson River, der neben der Straße fließt, ist immer aufgewühlt grau, egal wie blau der Himmel auch sein mag.

Heute ist die Stadt natürlich tot, nun ja, noch toter als sonst. Keiner geht spazieren, und ich muss nur auf ein paar Autos achten, die im Schneckentempo vorankriechen. Alles ist geschlossen, die *Get-Well*-Apotheke, die Bank, das italienische Gourmetrestaurant *Orologio's*, *Miss Cheryl's Antiquitäten*, *PJ's Pub*, *Szechuan Kitchen*. In der Ferne höre ich das Pfeifen der Vorortbahn.

Ich radele am *Between the Lines* vorbei, dem Buchladen, in dem ich letzten Sommer gearbeitet habe. Anscheinend hat Mr Fitzsimmons, der Besitzer, sich von seinem Drang zum Horten überwältigen lassen: Die Bücher stapeln sich so hoch, dass ich nicht durchs Schaufenster gucken kann. Neben dem Buchladen ist das *Better Latte Than Never*, das Café, in dem Ruby arbeitet. Mir fällt ein, dass ich sie gar nicht gefragt habe, ob da noch Stellen frei sind. Aber will ich denn noch mit Ruby arbeiten? Ich zupfe an den geknüpften Armbändern an meinem Handgelenk. Vielleicht sollte ich wirklich den Kurs bei Tante Lydia machen.

Ich hab ein Kribbeln im Bauch, das Aufregung sein könnte. Oder Hunger? Abgesehen von der Handvoll Cheerios habe ich noch nichts gegessen. Und ich weiß, wo ich jetzt was Gutes zu essen kriege.

Sturheit regt sich in mir, als ich zum Ende der Greene Street fahre, zweimal scharf nach links abbiege und mein Ziel erreiche: Pine Park. Mir doch egal, was Ruby sagt. Das ist der Ort, an dem man heute sein muss. Trotzig lehne ich mein Rad an den Zaun, stecke die Sonnenbrille in die hintere Hosentasche und gehe auf die große Liegewiese.

Familien breiten ihre Decken auf dem Rasen aus und sichern sich schon mal Plätze für das Feuerwerk. Ich atme den herben Duft von Pinien ein, der sich mit dem von Gebratenem mischt, Jahrmarktsdüfte wehen von den Verkaufswagen rüber, die am Rand des Parks stehen.

Ich sehe Mr Fitzsimmons, meinen weißhaarigen alten Buchladenboss, der sich mit einer großen Dose Insektenspray auf einem Gartenstuhl niederlässt. Raj, Rubys Bruder, entdecke ich auch, er wirft mit ein paar anderen Jungs einen Frisbee hin und her. Komisch, eben hab ich ihn noch bei Ruby gesehen – wann eigentlich? Wie lange ist das her? Ich mache einen großen Bogen und gehe ihm aus dem Weg – Ruby soll nicht erfahren, dass ich hier war.

Auf der Bühne vorne im Park richtet die Bürgermeisterin von Hudsonville den Mikrofonständer. Bürgermeisterin Rosen-Tyson ist eine elegante blonde Frau, die modische maßgeschneiderte Kostüme trägt – und zufällig Hugh Tysons Mutter ist. Der große, gut aussehende Afroamerikaner neben ihr ist Hughs Vater und ihr Verwaltungschef. In den meisten Jahren ist Hugh auch hier gewesen, entweder auf der Bühne mit seinen Eltern oder abseits auf dem Rasen, wo er in sein Moleskine-Notizbuch geschrieben hat. Natürlich hatte ich mit Hugh beim Feuerwerk im Pine Park nie irgendwas zu tun, ich hab immer nur Rubys Arm fest umklammert und ihn aus sicherer Entfernung beobachtet.

Dieses Jahr weiß ich, dass Hugh nicht hier ist, gestern Abend habe ich mich nämlich durch Instagram gescrollt – wenn ich nicht gerade Nachrichten an Ruby geschickt hab. Und Hugh hatte ein Foto vom Empire State Building gepostet, und im Untertitel war zu lesen, dass er zu Besuch bei seinem Cousin in New York City war. Soziale Netzwerke sind ausgesprochen nützlich, wenn man Informationen über seinen Schwarm sammeln will, ohne jemals persönlich mit ihm reden zu müssen.

Ich mache mich zu den Verkaufswagen auf. Dabei komme ich an den Typen vorbei, die Glowsticks und amerikanische Fähnchen verhökern, lauter Sachen, die Ruby und ich kaufen würden, um sie am Ende des Abends wegzuschmeißen. Ich bleibe an einem der Imbisswagen stehen und bestelle einen Hotdog mit allem – Senf, Ketchup, Relish und gebratene Zwiebel, so richtig dick. Ich hole mir auch eine große Cola und dann lass ich es krachen und nehme auch noch ein Schoko-Vanille-Eis. Beim Bezahlen sehe ich die Euros in meinem Portemonnaie, der Anblick versetzt mir einen Stich. Was für eine Verschwendung.

Mein Festmahl trage ich vorsichtig zu einer Bank. Als Erstes verschlinge ich den Hotdog und genieße den vertrauten salzigen Geschmack. Ich weiß noch, dass Ruby und ich mal je zwei Hotdogs gegessen haben und dazu noch gegrillte Maiskolben, Eis und Zuckerwatte – und wir haben uns trotzdem gewundert, dass uns den ganzen Abend der Bauch wehtat. Ich lächele, trinke meine Cola und denke wehmütig an alte Zeiten. Und gerade, als ich mein Eis essen will, sehe ich sie: zwei kleine blonde Mädchen, vielleicht Schwestern, die barfuß zwischen den Pinien Rad schlagen.

Ich sehe zu, wie die vom Gras grünen Fußsohlen der Mädchen aufblitzen, wie sie auf den Hintern landen und lachen. Eine springt auf und läuft zu einem Wagen, dabei brüllt sie was von Corndogs, und das andere Mädchen kommt hinterher und lacht immer noch.

Mit einem Schluck Cola versuche ich den Kloß im Hals runterzuspülen, aber das klappt nicht. Ruby und ich waren so wie diese Mädchen. Waren. Vergangenheitsform. Die Zeit ist vorüber, aber ich sitze immer noch hier im Pine Park. Plötzlich fühle ich mich irgendwie eklig und armselig, eine fast Sechzehnjährige mit klebrigen Händen, an denen das Eis runterläuft, den Mund mit Ketchup verschmiert, wie ein Kind. Keiner im Park ist in meinem Alter. Hier sind nur Kinder wie Raj oder alte Leute wie Mr Fitzsimmons. Ruby hat es kapiert, bevor bei mir der Groschen gefallen ist: Wir gehören hier nicht mehr her.

»Einen frohen 4. Juli, Hudsonville!«, verkündet Bürgermeisterin Rosen-Tyson von der Bühne, als ich aufstehe. »Mein Mann und ich freuen uns, Sie alle hier begrüßen zu dürfen …«

Ich werfe den Rest meiner Eiswaffel in einen Mülleimer und die Cola auch. Dann schlängele ich mich an der Menschenmenge vorbei, die in den Park strömt, und steige wieder aufs Rad. Dabei überlege ich, wo ich denn wohl hingehören mag.

Eine dunkle Neugier treibt mich voran – und mit einem Mal radele ich durch die Argyle Road. Das ist die »bessere« Gegend in unserer Stadt, weil hier die großen, imposanten Häuser stehen. Heute Abend wirken sie wie weiße Elefanten, die unter einem Himmel schlafen, der einen blassorangen Farbton annimmt.

Skye Oliveiras Elefanten erkennt man ganz leicht, am Briefkasten sind silberne Ballons festgebunden und aus dem Garten tönt Musik. Ich erkenne ein paar Leute von der Schule, die den kiesbestreuten Weg zum Haus raufgehen.

Hugh Tyson wohnt gegenüber von Skye. In Hudsonville weiß man eigentlich, wo wer wohnt. (Kann sein, dass ich ihn ein bisschen gestalkt habe und gelegentlich am Wochenende mal auf dem Rad hier vorbeigefahren bin.) Selbst wenn Hugh jetzt nicht in New York City wäre, auf Skyes Party wäre er sicher nicht, denn er ist nicht mal ansatzweise cool genug. Aber Ruby und Alice sind ja auch da, also ist wohl alles möglich auf dieser verrückten Welt.

Langsam steige ich vom Rad. Was genau habe ich hier eigentlich vor? Mir ist heiß, ich bin verschwitzt, meine Beine tun langsam weh vom Radfahren, und ich merke, wie sich die Locken aus meinem Pferdeschwanz lösen. Ich muss umwerfend aussehen. Und ich kann doch nicht einfach in den Garten schlendern – das geht gar nicht, und das will ich auch nicht. So mutig – oder blöde – bin ich nicht. Trotzdem, irgendwas will ich.

Gucken vermutlich. Damit ich es sehe. Und vielleicht verstehe.

So geräuschlos wie möglich schiebe ich mein Rad die kieselsteinige Auffahrt hoch. Ich gehe auf Zehenspitzen und komme mir vor wie ein Einbrecher, der jeden Moment erwischt werden kann. Ich schaffe es, ums Haus herum zu schleichen und mich im Schatten von zwei großen Büschen zu verstecken. Mit angehaltenem Atem spähe ich in den Garten.

Ich hätte mir keine Sorgen machen müssen, in meine Richtung guckt sowieso keiner. Alle sind total eingenommen von dieser offenbar fantastischen Party, und niemand würde auf den Gedanken kommen, dass sich ein hergelaufenes Mädchen hier verstecken und sie beobachten könnte.

Eine Live-Band spielt und ein echter Koch grillt Steaks und Scampi. Mädchen in glänzenden engen Kleidern staksen in hochhackigen Sandalen vorsichtig über den manikürten Rasen, wobei sie die Arme von Jungs mit gegelten Haaren umklammern. Auf einem langen Tisch prangen ein blau-weiß-roter Turm aus Cupcakes, ein blau-weiß-roter Baiserturm und eine Schüssel Chips, die wahrscheinlich nicht so leicht in Turmform zu kriegen waren.

Einen Moment lang verstehe ich sehr wohl, warum Ruby und Alice hierher wollten. Und warum alle anderen hierher wollten. Es ist wie ein Blick in ein Wunderland, eine alternative Version des Lebens, wo alle hübsch und auf Hochglanz poliert sind und statt Hotdogs Steaks verspeisen.

Skye Oliveira fällt mir auf, die mit ein paar ihrer Klone für ein Foto posiert. Die Mädchen haben sich alle in gleicher Pose aufgestellt: Hand auf der Hüfte, Kopf leicht geneigt, Lockenhaare fallen über die eine Schulter, Körper ein wenig schräg gestellt, sparsames Lächeln. Gruselig. Am liebsten würde ich mein Handy rausholen und ein Bild von diesem Bild machen. Wieder denke ich an Tante Lydias Fotokurs und ich lächele ein bisschen vor mich hin.

Der Fotoshoot löst sich auf, Skye dreht sich um und flirtet mit einem gut aussehenden dunkelhaarigen Typen, den ich kenne. Genji Tanaka, nächstes Jahr geht er in die Abschlussklasse. Gelangweilt gucke ich woanders hin, und da fällt mein Blick auf Alice. Sie schaut zur Band und wiegt sich im Rhythmus der Musik. Dabei isst sie einen blauen Cupcake. Alice ist so locker, dass sie sich überall anpassen kann, sie wirkt total entspannt. Mein Magen verknotet sich. Sie hat es wirklich getan. Sie ist hergekommen – und das heißt, dass Ruby es auch gemacht hat. Oder?

Ich suche die Menge ab, mein Herz pocht mir im Hals. Und dann sehe ich sie: gestreiftes ärmelloses Kleid, Halskette mit goldenem R. Meine beste Freundin steht am anderen Ende des Gartens am Getränketisch. Der große Typ neben ihr – gegelte blonde Haare, blaues Oberhemd – schöpft Bowle aus einer Schüssel in zwei Becher, einen davon reicht er Ruby. Der Typ ist unser Klassenkamerad Austin Wheeler, der Basketballstar mit dem hohlen Blick. Ich dachte, Austin wäre mit einer von Skyes Klonen zusammen, aber ich beschäftige mich nicht so intensiv mit dem Liebesleben der gehobenen Gesellschaft.

Ich sehe, dass Ruby über etwas lacht, das Austin sagt, ihre Augen funkeln. Austin lacht auch. Meine Brust wird eng. Ruby findet Austin schon lange süß, das weiß ich. Alle sind sich da einig, er ist objektiv süß. Aber mag sie ihn echt? Sie beugt sich weiter zu ihm rüber, legt ihm die Hand auf den Arm. Ich erinnere mich, wie sie gesagt hat, dies soll der Sommer sein, in dem sie sich verliebt. Hatte sie da schon an Austin gedacht? Warum hat sie mir das vorenthalten? Und was enthält sie mir sonst noch vor?

Plötzlich fröstele ich in der warmen Abendluft. Ich

bin es gewohnt, Ruby mit Jungs flirten zu sehen – und es bin es gewohnt, sie zu beneiden, weil sie so was kann. Das ist es nicht, was mich gerade erschüttert hat. Es ist die Tatsache, dass Ruby und Alice sich auf dieser exklusiven Party unter diesen exklusiven Leuten so zu Hause zu fühlen scheinen. Und was stimmt eigentlich nicht mit mir, dass ich das nicht will – diese Popularität und Privilegiertheit?

Dann trifft es mich wie ein Blitzschlag, wie im Pine Park: Hier gehöre ich auch nicht her.

Schon wieder packt mich das Gefühl, dass ich gleich weinen werde. Den Fahrradlenker fest umklammert trete ich eilig den Rückzug an, meine Flipflops knirschen über die Kiesel. Ich rempele ankommende Gäste an, noch mehr gegelte Jungs, noch mehr Mädchen in engen Kleidern, doch ich entschuldige mich nicht, ich springe einfach aufs Rad und fahre so schnell ich kann davon.

Ein paar Tränen rollen mir die Wangen runter, mit nicht ganz klarem Blick biege ich in die College Avenue ein. Das ist zwar nicht die Richtung, die ich eigentlich einschlagen wollte, aber doch näher an zu Hause, wenigstens das. Ich bin ganz durcheinander, meine Gedanken springen von Ruby zu Austin zum Pine Park zu Hugh Tyson und – ausgerechnet – zu diesem eiskalten französischen Mädchen am Telefon.

Linker Hand ragt das graue Steintor vom College auf und ich bleibe mitten auf der Straße stehen. Ich bin ganz allein, alle sind auf Grillpartys, auf der Veranda, auf dem Dach, und warten auf den Beginn des Feuerwerks. Die Sonne ist noch nicht untergegangen, aber der Himmel wird schon dunkler. Mit zusammengekniffenen Augen schaue ich durch das Tor auf den stillen Campus. Vielleicht ist es ein Zeichen, dass ich gerade jetzt hier vorbeikomme. Vielleicht bedeutet es, dass ich doch mal etwas Neues versuchen sollte.

Bis ich in meiner Straße, der Rip Van Winkle Road, ankomme, habe ich aufgehört zu weinen. Ich lasse mein Rad auf die kleine Rasenfläche fallen und laufe hoch zum Haus, ich bin ganz außer Atem. Mom und Tante Lydia sitzen auf unserer Veranda und schlürfen ihre Smoothies aus Plastikbechern.

»Summer! Warum bist du denn nicht im Park?«, ruft Mom.

Ich schüttele den Kopf, keine Lust auf Erklärungen, und werfe mich neben sie auf die gepolsterte Bank. Hier sitzen wir immer an den Abenden, an denen wir die Sterne betrachten und über verrückte Theorien von Paralleluniversen reden.

Tante Lydia, die auf Moms anderer Seite sitzt, reicht mir ihren Becher. »Die Aussicht ist hier besser als im Pine Park«, sagt sie, und ich lächele sie dankbar an.

Ich nehme einen großen Schluck von dem kalten, dickflüssigen Getränk, dann sage ich: »Tante Lydia?«

»Ja, meine Kleine?« Sie guckt nach oben, obwohl da noch gar nichts los ist. Der Himmel ist dunkelblau und ganz ruhig. Komisch, dass er gleich erleuchtet und komplett verwandelt sein wird.

»Ich glaube … wenn das noch geht … dann würde ich gern bei deinem Fotografiekurs mitmachen.«

»Wirklich?« Mom guckt mich verwundert an. Ich bin selbst ein bisschen verwundert.

»Natürlich geht das.« Tante Lydia grinst mich an. »Montagmorgen, neun Uhr, Whitman Hall. Sei pünktlich.«

Dann guckt sie wieder in den Himmel. Ich auch – und Mom eine Weile später ebenso.

Wir drei sitzen schweigend da, schauen hoch und halten den Atem an. Wir warten darauf, dass am Himmel Farben explodieren, dass sich alles ändert.

Montag, 10. Juli, 8:48 Uhr

Ich bin zu früh da.

Unter dem Torbogen vom Hudsonville College merke ich, dass ich unterschätzt habe, wie schnell ich zu Fuß von zu Hause bis zum College komme. Jetzt habe ich noch Zeit totzuschlagen, bevor der Kurs anfängt.

Ich gehe langsamer und winke Max zu, dem süßen Wachmann, der in dem Häuschen hinter dem Tor sitzt. Max Siegal kenne ich schon ewig. Jeder kennt Max. Auf dem Campus gehört er zum Inventar, immer in seiner blauen Uniform mit einem Becher Kaffee, rasiertem Schädel und kurzem braunem Bart. Das hat sich im Lauf der Jahre nicht verändert.

»Guten Morgen, Summer!«, ruft Max und blinzelt mir zu. »Willst du zum Fotokurs?«

Ich nicke und zupfe an den Trägern meiner Büchertasche. Das Gewicht der Nikon und des Notizblocks machen sich bemerkbar. »Woher weißt du das?«, frage ich. Ob ich wohl etwas Studentisches ausstrahle? Ich trage Jeans und Flipflops und die graue Kapuzenjacke der Hudsonville Hawks, die Mom mir letztes Jahr im Campusladen gekauft hat.

Max zuckt mit den Schultern und trinkt seinen Kaffee. »Deine Mutter, Lucy, hat es mir erzählt. Klingt doch ziemlich gut.« Irgendwas zuckt über sein Gesicht – er sieht aus, als wolle er noch mehr sagen, tut er aber nicht. Plötzlich frage ich mich, ob er wohl von der Frankreichsache weiß. Er und Mom mögen sich, vielleicht hat sie es ihm ja anvertraut. So ganz recht ist mir das nicht.

Hinter mir kommt ein Auto angefahren und hupt, ich nicke Max also zu und schlendere auf den Campus.

Über den Plattenweg flipfloppe ich auf die Whitman Hall zu. Der Morgen ist kühl und frisch, so, als würde Juli mit September flirten. Die hügelige Grünfläche und die roten Backsteingebäude auf dem Campus leuchten wie frisch geschrubbt.

Ich gehe durch den Innenhof, wo ein paar Frühaufsteher unter den Studenten auf dem Gras liegen und lesen oder etwas in ihre Handys tippen. Andere kommen gähnend und mit Tennisschlägern in der Hand aus dem Wohnheim. Auch den Sommer über ist am College Betrieb, es gibt Kurse und Sportveranstaltungen.

Ich bleibe vor der Sagan Hall stehen, hier liegt Moms Büro. Sie kommt aber erst nachmittags auf den Campus. Ich weiß noch, wie ich sie früher hier besucht habe, als ich noch klein war. Da habe ich immer davon geträumt, selbst mal aufs Hudsonville College zu gehen. Jetzt kommt mir der Campus so klein und überschaubar vor, ich würde lieber ganz weit weg zur Uni gehen, vielleicht nach Paris auf die Sorbonne. Dann könnte ich Dad öfter sehen.

Aber das sollte ich mir vielleicht noch mal überlegen.

In der Jackentasche summt mein Handy. Ich hole es raus und stelle fest, dass die Minuten nur so gerast sind. Es ist fast neun – und ich habe eine neue Nachricht von Ruby gekriegt.

Viel Glück für deinen Kurs!, schreibt sie. *Bin auf dem Weg zum* Better Latte. *Bin mit Austin verabredet in der Mittagspause!!! PS: Irgendwelche Fortschritte bei der Operation* Überrede Dad*???*

Mit gerunzelter Stirn gehe ich weiter. Seit dem 4. Juli bin ich irgendwie verunsichert wegen meiner besten Freundin. Aber wir tun beide so, als wäre alles in Butter. Ruby hat mir am Morgen nach Skyes Party geschrieben, wie toll es war – dass eine Band gespielt hat und dass es einen Koch gab, und dass sie den ganzen Abend mit Austin Wheeler geredet hat. Ich hab mitgespielt und *Wow!* geschrieben. So, als hätte ich es nicht mit eigenen Augen gesehen.

Und dann, als Ruby und ich mit Alice am Donnerstag ins Kino gegangen sind, hat keine von uns ein Wort über die Party verloren.

Meine Finger schweben über dem Handy, als ich die Steinstufen von der Whitman Hall hochsteige. Ich will zurückschreiben und Ruby fragen: *Was geht eigentlich ab? Bist du echt mit Austin Wheeler zusammen? Bist du jetzt beliebt?* Mach ich aber nicht. Stattdessen schreibe ich: *Dann wünsch ich dir auch viel Glück!* Und: *Keine Fortschritte an der Dadfront.* Wenigstens das ist wahr.

Dad hatte mir am Abend des 4. Juli eine Mail geschrieben. Er hatte sich wortreich dafür entschuldigt, dass er mir »einfach so« abgesagt hat, aber erwähnt, dass er immer noch ziemlich viel in Berlin zu tun habe und beabsichtige, mich bald anzurufen, *mein Schatz*. Ich habe die Nachricht gelöscht.

Ich ziehe die schwere Tür von der Whitman Hall auf und laufe den Flur entlang. Vor Raum 122 hole ich tief Luft.

Irgendwie bin ich nicht bereit, eine ganze Klasse neuer Mitschüler kennenzulernen. Das komplette Wochenende habe ich mit keinem menschlichen Wesen interagiert – mal abgesehen von Mom. Ruby war bei ihrem Dad in Connecticut zu Besuch gewesen, deshalb hatte ich mich in mein Zimmer verzogen und den Reiseführer über Südfrankreich gelesen.

Fast so gut, wie da zu sein!, verhieß der Untertitel. Aber die Hochglanzfotos von Sonnenblumenfeldern und Kopfsteinpflaster und die Schilderungen idyllischer Cafés kamen mir eher wie das Schlimmste vor, das ich mir in meinem Zustand ansehen konnte.

Ich versuche die Gedanken an Frankreich zu unterdrücken, ebenso wie meine Angst, und betrete den Kursraum. Es riecht – nicht unangenehm – nach alten Büchern. Die Tische und der Boden sind aus dunklem Holz und große Fenster gehen auf den Campus hinaus.

Das hier fühlt sich so anders an als die von Neonröhren beleuchteten, mit Teppichboden ausgelegten Klassenräume meiner Highschool. Hoffentlich hab ich mich nicht übernommen.

Tante Lydia ist noch nicht da. Einige Kursteilnehmer trudeln noch nach mir ein, andere sitzen bereits auf ihren Plätzen. Ein Haufen Studenten sind darunter und einige Leute in Moms Alter, ich erkenne ein paar ältere Frauen wieder, die letztes Jahr im Buchladen Kundinnen waren.

Und dann – ich zucke zusammen. Da, in der letzten Reihe, ist ein viel bekannteres Gesicht: blass, kurze feuerrote Haare, schwarzer Lippenstift. Das ist Wren D'Amico aus meiner Stufe. Ich hatte nicht damit gerechnet, hier jemanden aus der Schule zu treffen.

Ich winke Wren matt zu und sie mustert mich argwöhnisch unter dem dicken Pony hervor. Wren ist auf schamlos aggressive Weise seltsam. Sie kritzelt sich mit Filzstift Songtexte auf die Arme und posaunt mitten in der Mathestunde zusammenhanglose Satzfetzen über Zeitreisen heraus. Wren selbst wirkt wie aus einer anderen Zeit hergebeamt. Mal abgesehen von der Haartönung. Sie trägt bodenlange Röcke und Kleider und liest immer irgendeinen Roman aus dem neunzehnten Jahrhundert, sie hat keinen einzigen Account bei irgendwelchen sozialen Netzwerken und – wie man munkelt – kein Handy.

Skye und ihre Klone fahren voll drauf ab, sich über Wren lustig zu machen. Als sie letztes Frühjahr die

Grippe hatte, haben sie ihr den Namen »Thyphus-Wrenny« gegeben, unter dem sie dann einen Instagram-Account eröffnet haben. Wren hat das nicht gewusst, da bin ich mir sicher. Und wenn doch, hätte sie sich wahrscheinlich geschmeichelt gefühlt.

Ich erwäge, Ruby zu schreiben: *Thyphus-Wrenny ist in meinem Fotokurs!* Ruby und ich hacken nie offen auf Leuten rum, nicht so wie Skye und ihre Klone das machen, aber so unter uns lachen wir schon ab und zu mal über Leute. Wir fühlen uns sicher wie die Schweiz in unserer Neutralität. Aber gerade scheint sich irgendwas verändert zu haben, die bekannten Grenzen scheinen verrückt zu sein. Ich stecke das Handy wieder in die Tasche.

Neben Wren sind noch zwei leere Plätze. Ich bin in Versuchung, den zu nehmen, der am weitesten von ihr weg ist, den am Gang, aber damit würde ich sie zu offensichtlich meiden. Ich setze mich neben sie, aber *sie* rückt ihren Tisch weg von mir. Hoffentlich steht Tante Lydia nicht so auf Partnerarbeit.

»Willkommen, willkommen, ihr Nachwuchsfotografen!«, schmettert Tante Lydia, die mit einem riesigen Pappkarton in den Armen den Raum betritt. Alle nehmen Haltung an. »Ich bin Professor Lydia Shapiro«, fährt sie fort und stellt den Karton vorn auf dem Lehrerpult ab, »aber wenn ihr mich nicht Lydia nennt, werde ich mir so alt vorkommen wie eine Daguerreotypie. Und wenn ihr nicht schon wisst, was das ist, werdet ihr es diesen Sommer lernen. Das verspreche ich.«

Sie lächelt und lässt den Blick über die Reihen wandern. Als sie mich entdeckt, lächelt sie noch ein klein wenig mehr, und sofort bin ich verkrampft. Hier soll keiner wissen, dass ich ihre Nichte bin. Und keiner soll mich für den Lehrerliebling halten. Zumal ich keinen Schimmer habe, was eine Daguerreotypie ist.

»Vierzehn Teilnehmer haben sich für diesen Kurs eingetragen«, sagt meine Tante mit einem Blick auf den Zettel, der auf ihrem Karton liegt. »Und nur dreizehn sind hier. Hat vielleicht jemand gekniffen?«

Allgemeines Kichern, aber ich denke: Böses Omen.

»Hier drinnen«, Tante Lydia klopft auf den Karton, »sind die Kameras, die ihr diesen Sommer benutzen werdet. Ich gebe sie am Ende des Unterrichts aus.« Sie rückt die Essstäbchen zurecht, die ihren Haarknoten zusammenhalten. Ich hatte gedacht, für den Kurs würde sie sich anders anziehen als sonst, eher lehrerinnenmäßig, aber sie ist in einem Stones-T-Shirt und Jeans aufgekreuzt, so, als würden wir bei uns in der Küche abhängen. »Zuerst habe ich ...« Die Tür geht auf und sie spricht nicht weiter.

Tante Lydias Blick streift die Person in der Tür. »Hallo, Zuspätkommer!«, sagt sie. »Du musst Nummer vierzehn sein.«

Die Person tritt ein und mein Herz bleibt stehen.

Und das meine ich genau so. Es bleibt stehen. Es pumpt kein Blut mehr durch meinen Körper.

Denn der Zuspätkommer, der Vierzehnte, ist Hugh Tyson.

So was von unmöglich, er steht da, mit den Händen in den Taschen und der Büchertasche auf dem Rücken. Er sieht aus wie immer, kurz geschnittene dunkle Haare und hellgraugrüne Augen hinter einer Brille mit schwarzem Rand. Hugh ist hier. Wie? Warum? Sollte er denn nicht in New York sein? Oder seiner Mom im Büro helfen wie jeden Sommer? (Danke, Instagram!)

»Tut mir leid«, sagt Hugh mit seiner tiefen, ein bisschen kratzigen Stimme. Er reibt sich den Nacken. »Ich wünschte, ich hätte eine bessere Entschuldigung, aber ehrlich gesagt, ist mir die Zeit davongelaufen.«

Ein paar Leute schmunzeln und Tante Lydia schüttelt den Kopf. »Na, volle Punktzahl für Ehrlichkeit«, sagt sie. »Da hinten ist noch ein freier Platz.«

Und sie zeigt auf den Tisch neben meinem.

Mein Herz fängt wieder an zu arbeiten und pumpt das ganze Blut direkt in mein Gesicht. Ungläubig verfolge ich, wie Hugh den Gang entlanggeht.

Ich kenne Hugh Tyson seit der Grundschule, aber erst seit zwei Jahren bin ich unsterblich verliebt in ihn. Früher war er einfach nur ein Junge – allerdings ein schüchterner, bücherwütiger, nicht so rüpelhaft wie viele andere. Ich wusste, dass seine Mutter die zweite Bürgermeisterin von Hudsonville war und dann erste Bürgermeisterin wurde. Hugh selbst hatte nicht den Hauch Politikercharme. Er hatte ein paar Freunde, die ebenso schlau waren wie er – einer von ihnen hat vor Kurzem eine Lernapp (kein Witz) entwickelt –, aber meistens blieb er für sich und las oder schrieb allein in der Cafeteria. Ich hatte nie einen Gedanken an ihn verschwendet.

Aber dann eines Tages im ersten Highschooljahr haben wir im Englischunterricht unsere Lyrikprojekte vorgestellt und Hugh ist aufgestanden und hat seine Interpretation von Robert Frosts *The Road Not Taken* vorgelesen. Ich hatte so vor mich hin geträumt und in die Neonröhre gestarrt. Und dabei hatte ich Hugh etwas so unglaublich Einfühlsames über Bedauern und zweite Chancen sagen hören, dass ich zu ihm rübergeschaut hatte. Und da habe ich ihn *gesehen*, als wäre es das erste Mal.

Er ist süß, stellte ich fest, als ich seine strahlenden Augen und die breiten Schultern auf mich wirken ließ. Echt süß. Mein Gesicht wurde ganz warm. Hatte das denn sonst keiner gemerkt? Ich kam mir vor, als hätte ich einen Planeten entdeckt oder so.

Nach dieser Entdeckung war ich nicht mehr in der Lage, mit Hugh zu reden. Nicht, dass wir vorher viel geredet hätten, aber ich hatte ihn, ohne lange drüber nachzudenken, fragen können, ob er mir einen Bleistift leiht. Plötzlich kriegte ich in seiner Gegenwart den Mund nicht mehr auf – und ich ging sogar noch einen Schritt weiter, ich behandelte ihn mit einer Eiseskälte, die, wie ich hoffte, meine wahren Gefühle verbarg. Ruby nannte das mein »Hugh-Gesicht«, diesen künstlichen, fast schon grausamen Du-bist-mir-total-egal-Ausdruck, den ich aufsetzte, wann immer ich ihm auf dem Flur begegnete.

Hugh ist jetzt am Tisch neben mir angekommen und setzt sich. Ich starre geradeaus, aber seine Nähe ist mir so was von bewusst, als er den Rucksack abnimmt und Notizblock und Stift rausholt.

»Du hast dich verspätet«, flüstert Wren D'Amico, um ihn zu ärgern. Dabei lehnt sie sich über mich rüber.

»Schon klar«, flüstert Hugh zurück, und ich höre ein Lächeln in seiner Stimme.

Ich erstarre. Sind Wren und Hugh Freunde? In der Schule habe ich sie noch nie zusammen gesehen, glaube ich. Nun ja, sie lesen beide gern. Oh Gott. Sind sie etwa mehr als nur Freunde?

»Okay!« Tante Lydia klatscht in die Hände. Ich blinzele und komme zurück auf die Erde. »Wie ich gerade sagen wollte: Ich habe eine Frage. Wer von euch hat denn schon mal einen Fotokurs gemacht?«

Drei heben die Hand, darunter Wren, die ziemlich stolz auf sich zu sein scheint. Ich funkele sie an.

»Großartig«, sagt Tante Lydia, während sie auf und ab geht. »Vielleicht seid ihr dann bereits mit einigen der Grundlagen vertraut. Und mit der Praxis werden wir uns eingehend beschäftigen. In den nächsten vier Wochen werdet ihr einiges über Verschlusszeit, Brennweite und Linseneinstellungen lernen. Wir werden digitale Aufnahmen manipulieren und wie in alten Zeiten in der Dunkelkammer Fotos entwickeln.« Sie macht eine Pause und ich fühle mich überfordert. »Aber heute haben wir etwas Wichtigeres zu besprechen.«

Bis jetzt habe ich meine Tante noch nie als Professorin agieren sehen. Meine Mom habe ich erlebt, wenn sie Vorlesungen hält, und sie ist immer sehr ernst und korrekt. Tante Lydia ist lebendiger und leidenschaftlicher. Bei ihr will man sich nach vorn lehnen und genau zuhören. Fast vergesse ich, dass Hugh direkt neben mir sitzt. Aber nur fast.

»Ist euch bewusst«, sagt Tante Lydia, die jetzt an der Tischkante lehnt, »dass wir alle den ganzen Tag Bilder machen?« Keiner sagt etwas und ich bin verwundert. »Nicht wortwörtlich«, sagt sie grinsend. Sie tippt sich ans Auge. »Aber wir sehen alle die Welt durch unsere ganz persönlichen Objektive und machen von jeder Person, der wir begegnen, jeder Landschaft, die wir sehen, einfach von allem einen mentalen Schnappschuss. Das stimmt doch?«

»Stimmt«, bestätigt der Kurs im Chor, und ich nicke auch. So hab ich das noch nie betrachtet. Ich wage einen Blick rüber zu Hugh, mein Puls hämmert und ich bin erleichtert, dass er seine Aufmerksamkeit voll auf Tante Lydia richtet. Vielleicht hat er nicht mal gemerkt, dass ich da bin.

»Summer?«, ruft Tante Lydia, und ich zucke auf meinem Platz zusammen. Oh nein. »Tust du mir einen Gefallen?« Meine Tante lächelt mich an. Ich kann nur hoffen, dass dieses Lächeln nicht laut schreit: *Das ist meine kleine Nichte!* »Sag mir, welche Farbe deine Jacke hat.«

Mein Gesicht hat jedenfalls die Farbe von roter Bete

mit Sonnenbrand, so viel ist sicher. Aus dem Augenwinkel nehme ich wahr, dass Hugh mich ansieht. Und alle anderen auch. Ich will meine Tante ermorden. Stattdessen gucke ich auf meine Jacke und wieder hoch.

»Grau?«, murmele ich.

»Danke.« Tante Lydia geht ans Whiteboard und schreibt in großen Lettern *Perspektive.* »Man könnte die Jacke als ›grau‹ beschreiben, ja. Man kann ebenso gut ›blassanthrazit‹ sagen. Oder vielleicht ›schieferfarben‹. Jeder, der dieses Grau sieht, wird es auf eine andere Art wahrnehmen. Das kommt ganz auf die Perspektive an!« Sie dreht sich um, ihre Augen funkeln. »Und darum geht es in der Fotografie. Fotografien machen es uns möglich, unsere Perspektiven mit anderen zu teilen. Und da jeder die Welt auf eine einzigartige Weise wahrnimmt, ist jede Fotografie wie eine eigene einzigartige Welt.«

Obwohl ich noch immer sauer auf meine Tante bin, weil sie mich vor Hugh und dem ganzen Kurs aufgerufen hat, muss ich eingestehen, dass ich ziemlich cool finde, was sie da sagt.

Tante Lydia lacht und schüttelt den Kopf. »Sorry«, sagt sie. »Meine Schwester«, ihr Blick richtet sich auf mich, und ich rutsche unbehaglich auf meinem Stuhl herum, »lehrt Philosophie, ich bin also von ihr beeinflusst. Ihr müsst mich stoppen, wenn ich zu sehr in andere Sphären abschweifen sollte, okay?« Der Kurs lacht und ich seufze. »Und jetzt«, Tante Lydia steckt die Kappe auf den Whiteboardmarker, »möchte ich, dass ihr euch mit der neben euch sitzenden Person zusammentut und kurz aufschreibt – nicht zeichnet! – wie sie für euch aussieht.«

Der Kurs murmelt aufgeregt, aber mich packt das Grauen und ich kann nur denken: Partnerarbeit? Ich schiele rüber zu Wren und dann zu Hugh. Hugh guckt Wren an, er will sie offensichtlich bitten, sich mit ihm zusammenzutun, und sie wird sicher damit einverstanden sein, und dann bleib ich sitzen und will nur noch sterben. Aber da dreht sich die ältere Frau vor Wren um und sagt: »Wir haben doch beide schon einen Fotokurs gemacht, Liebes. Sollen wir nicht?«

Wren nickt, und die Frau dreht ihren Tisch um, damit sie sich gegenübersitzen, und in diesem schrecklichen Augenblick geht mir auf, dass alle im Kurs einen Partner haben, denn vierzehn Teilnehmer lassen sich zu sieben Paaren aufteilen, also gibt es jetzt nur noch einen einzigen Menschen, der mit mir zusammen ein Paar bilden kann, und das ist ...

»Also«, sagt Hugh zu mir, »dann wohl wir beide ...?«

Arrgh.

Mein Adrenalinspiegel schießt nach oben. Eine Sekunde lang erwäge ich, von meinem Platz aufzuspringen und aus dem Kursraum zu rennen – für immer. Aber wie sollte ich das Tante Lydia erklären?

»Ist wohl so«, antworte ich kühl. Ich drehe mich auf meinem Stuhl zu ihm und setze mein bestes »Hugh-Gesicht« auf. Meine Maske der Gleichgültigkeit. Meinen Verteidigungsmechanismus.

Hugh wirkt auch nicht gerade begeistert, er hat die Stirn leicht gerunzelt und trommelt mit den Fingern auf den Tisch, als ob er lieber irgendwo anders wäre, nur nicht hier. Mein Herz hämmert mir in den Ohren. Ich werde Hugh Tyson anstarren müssen, während er zurückstarrt. Jetzt, wo es zu spät ist, glaube ich, ich hätte es total genossen, wenn er Wren liebevoll angeschaut hätte, während ich dazwischen sitze.

Um uns herum betrachten alle ihre Partner und kritzeln in ihre Notizbücher. Ein paar nervöse Lacher sind zu hören.

Hughs Blick streift mein Gesicht – ich bin wie ein Eisblock –, dann senkt er den Kopf und fängt an zu schreiben.

Was?!, frage ich mich hektisch. Krause Haare? Unterschiedlich große Augen? Nase nicht in der Mitte?

Ich würde gern einen Blick riskieren, aber Hugh schirmt seinen Block mit der Hand ab.

»Ich dachte«, sagt er beim Schreiben ein bisschen schroff, »du bist in Frankreich.«

Ich bin so geschockt von seinen Worten, dass ich den Stich gar nicht so spüre wie sonst, wenn dieses Thema berührt wird. Hugh wusste von meiner Reise? Vermutlich hab ich in der Schule ziemlich viel davon gesprochen, wahrscheinlich mit Ruby und Alice und Inez, laut und aufgeregt, das hat er vielleicht mitgekriegt. Wie peinlich.

»Ich …« Es kommt nur ein Krächzen heraus. Ich ringe um Fassung und setze mich gerader hin. »Ja.

Nein«, sage ich knapp. »Daraus wird nichts.« Ich schlucke heftig.

»Wie schade«, teilt Hugh seinem Notizblock mit. Stimmt, denn wenn ich in Frankreich wäre, müsste er nicht diese Peinlichkeiten mit mir ertragen.

Fast ohne zu überlegen, beuge ich mich über meinen Block, die Haare schützen mich wie ein Vorhang. Mit der Faust umklammere ich den Stift.

Ich lasse meine Gedanken auf die Seite fließen: *Wenn ich dir doch mehr erzählen könnte, Hugh Tyson,* schreibe ich. *Ich wünschte, ich könnte dir von dem Anruf erzählen, den ich von meinem Dad gekriegt habe. Denn der war der Grund dafür, dass ich in Hudsonville hängen geblieben bin – und deshalb mache ich diesen Kurs. Ich wünschte, ich könnte dir sagen, dass ich dich mag und nur deshalb so tue, als würde ich dich hassen. Ich wünschte, ich müsste diese Aufgabe nicht machen, ich kenne dein Gesicht nämlich schon, ich kenne deine langen Wimpern und vollen Lippen und das kleine Muttermal neben deinem rechten Ohr. Wenn ich doch mit dir reden könnte, wenn ich doch überhaupt mit Jungs reden könnte. Ich wünschte*

»Okay, die Zeit ist um!«, ruft Tante Lydia.

Entsetzt höre ich auf zu schreiben. Was, wenn Tante Lydia uns zwingt, die Notizen unseren Partnern zu geben? Ich lege die Hand auf mein Blatt, notfalls reiße ich es raus und zerfetze es.

»Im Moment müsst ihr nichts weiter mit eurer Beschreibung machen. Bewahrt sie für später auf«, fügt sie noch hinzu, als die Leute ihre Tische schon wieder umdrehen. Ich seufze erleichtert. »Aber«, sagt sie dann, und ich lausche mit wachsender Panik, »euer Partner eben wird den ganzen Sommer euer Partner bleiben.«

Wie bitte?

»Ich gebe euch jeden Tag individuelle Aufgaben«, fährt sie fort und stellt Laptop und Projektor auf ihren Tisch. »Und jede zweite Woche bekommt ihr ein Projekt, an dem ihr mit eurem Partner arbeitet. Für die letzte Aufgabe des Kurses werdet ihr das brauchen, was ihr eben gemacht habt. Und jetzt wollen wir uns diese Diashow berühmter Fotografien ansehen, die ich für euch zusammengestellt habe …«

Ich kann mich nicht konzentrieren. Ich schaffe es nicht mal, den Kopf in Hughs Richtung zu drehen. Ich höre ihn husten und bin mir sicher, dass er genauso unglücklich ist. Wir müssen jetzt jede Woche zusammenarbeiten? Nein. Das geht gar nicht. Ich muss meiner Tante sagen, dass ich einen neuen Partner brauche.

Nur so werde ich diesen Sommer überstehen können.

* * *

Dann rast der Unterricht nur so vorbei, und ehe ich mich versehe, fordert Tante Lydia die Kursteilnehmer auf, nach vorn zu kommen und sich ihre Kameras abzuholen. Da ich meine ja schon habe, trödele ich an meinem Platz herum. Ich beobachte, wie Hugh und Wren zusammen nach vorn gehen, sich ihre Kameras holen und gemeinsam aufbrechen. Wie süß. Ich verdrehe die Augen, dann stehe ich auf und gehe zu meiner Tante.

»Na, meine Kleine«, sagt Tante Lydia mit einem Lächeln, während sie ihre große Laptoptasche schultert, »wie hat dir der Kurs gefallen? Hast du Lust auf einen Kaffee?«

»Hm, klar«, lüge ich. Am liebsten wäre ich jetzt allein, damit ich verarbeiten kann, dass ich Hugh gesehen habe. Aber ich kann doch nicht unhöflich zu meiner Tante sein. »Der Kurs war …« Ich suche nach dem passenden Wort. »Eine Inspiration.« Das zumindest ist wahr (na ja, das gilt für die Teile, auf die ich mich konzentrieren konnte). Mir jucken schon die Finger, weil ich mit der heutigen Aufgabe anfangen will: ein Bild machen von etwas zu essen oder zu trinken – aus einem interessanten Blickwinkel. Natürlich gibt's hier in Hudsonville nichts zu essen oder zu trinken, das besonders interessant wäre. Was würde ich wohl essen, wenn ich in Frankreich wäre …?

»Inspiration ist das Ziel«, antwortet Tante Lydia strahlend. Sie dreht sich um und verlässt mit mir den Kursraum. Wir gehen den Flur entlang und nach draußen. Inzwischen ist es sehr viel wärmer geworden, ich mache den Reißverschluss von meiner Jacke auf.

Aber da wäre noch eine Kleinigkeit – ich stelle mir vor, wie ich das zu meiner Tante sage, als wir auf dem Whitman-Parkplatz in ihr Auto steigen –, *ich stehe auf den Typen, mit dem ich heute in der Zweiergruppe war, du weißt schon, dieser süße Zuspätkommer in dem weißen*

T-Shirt, mit der schwarzen Brille. Ich bin so verliebt in ihn, dass ich nicht mal mit ihm reden kann. Deshalb dachte ich mir, du könntest uns vielleicht trennen. Dann kann ich auch besser aufpassen und meine wöchentlichen Aufgaben erledigen wie ein normaler Mensch. Eine Win-win-Situation also.

Nein. Das klingt albern, ich muss es nicht mal laut aussprechen, um das zu wissen. Ich schüttele den Kopf, als Tante Lydia die Musik aufdreht. Eine schöne Melodie ist das. Eine Frauenstimme singt: »Truth ist just like time – it catches up.«

Wir fahren durch das Campustor. »Bis dann, Max!«, ruft Tante Lydia dem Wachmann zu.

Max winkt grinsend zurück. »Tschüs, Ladies. Hast du aber Glück, Summer, eine Professorin nimmt dich mit.«

Ich lächele, aber mein Magen krampft sich zusammen. Genau. Ich sollte meine Tante nicht um noch mehr Vergünstigungen bitten. Wenn sie mich den Partner tauschen lässt, fällt das wahrscheinlich schon unter Vetternwirtschaft. Und dass wir verwandt sind, möchte ich gern geheim halten, wenigstens vor meinen Kurskameraden.

Vielleicht kann ich ja doch mit Hugh als Partner weitermachen, denke ich, als Tante Lydia in die Greene Street einbiegt. Schließlich haben wir schon öfter zusammen Unterricht gehabt (auch wenn wir bis jetzt nie Partner bei der Gruppenarbeit waren!). Ruby findet es bestimmt perfekt, dass ich mit meinem Schwarm zusammengewürfelt worden bin. Aber möglicherweise findet Hugh mich ja auch so schlimm, dass er Tante Lydia um eine neue Partnerin bittet. Das wäre ideal.

Ich bin so tief in Gedanken, dass ich zusammenzucke, als ich sehe, dass Tante Lydia vor dem *Better Latte Than Never* geparkt hat.

»Ist das okay?«, fragt sie und löst ihren Sicherheitsgurt. »Ich wäre ja zum Starbucks im Einkaufszentrum gefahren, aber ich treffe mich später mit einem Studenten zum Mittagessen ...«

»Perfekt!«, schmettere ich hocherfreut. »Ruby arbeitet hier.« Trotz der anhaltenden Seltsamkeit zwischen meiner besten Freundin und mir habe ich das dringende Bedürfnis, mich jetzt mit ihr auszutauschen. Ich springe aus dem Auto und stürme ins Café. Tante Lydia kommt hinterher.

Die Klimaanlage läuft auf vollen Touren und das enge Lokal riecht nach Kaffeebohnen und Vanille. Leute holen sich ihre Getränke zum Mitnehmen oder sitzen in den holzgetäfelten Nischen an den Wänden. An der Tafel über dem Tresen ist das normale Angebot aufgeführt und die Tagesspezialität, ein »July Black Eye«, das ist ein großer Eiskaffee mit einem doppelten Espresso.

Darauf zeigt Tante Lydia, als wir uns in die Schlange stellen. »Ich glaube, das ist der richtige Koffeinlevel für mich«, sagt sie. »Und was möchtest du?«

»Eis-Mokka mit Schlagsahne.« Mit dieser Entscheidung muss ich mich nie lange abquälen. Ich stelle mich auf die Zehenspitzen und scanne die Reihe braun geschürzter Baristas hinter dem Tresen. Ruby ist nicht da. Enttäuschung macht sich in mir breit, aber dann höre ich sie lachen – jedenfalls halte ich das für ihr Lachen, obwohl es viel schriller klingt als sonst. Ich gucke nach rechts und entdecke Ruby mit ihrer braunen Schürze und den Plateausandalen, sie steht an einer Sitznische und unterhält sich mit den Gästen.

»Macht es dir was aus, wenn ich …?«, frage ich meine Tante und schlüpfe aus der Reihe.

Tante Lydia schmunzelt. »Nur zu. Ich hole uns Kaffee und verschaffe uns einen Platz.«

Ich bedanke mich, sprinte mit wippender Büchertasche auf Ruby zu und drücke ihren Arm, sobald ich sie erreicht habe.

»Ohgottogott!«, flüsterbrülle ich. »Das glaubst du nie. Hugh Tyson ist in meinem Fotokurs. Und wir sind Partner! Ich wäre fast gestorben. Echt. Und Wren D'Amico ist auch da, ich weiß nicht, ob sie und Hugh …«

Die Worte bleiben mir in dem Moment im Hals stecken, in dem ich bemerke, wer in der Nische sitzt. Bis dahin hatte Ruby mir die Sicht genommen. Es sind Austin Wheeler und Skye Oliveira.

Das Grauen packt mich. Haben die mich gehört?

Zum Glück hat Austin den Kopf über sein Handy gebeugt und scrollt die Sportergebnisse durch. Jedenfalls sieht es so aus. Aber der Blick Skyes farbloser Augen ist auf mich gerichtet.

Hinter dem gekonnt aufgetragenen Make-up sieht Skye Oliveira ziemlich unauffällig aus. Und darum beneide ich sie. Ihre Nase ist gerade, die Lippen schmal, die welligen Haare sind weder blond noch braun, sondern irgendwas dazwischen. In ihrem Gesicht ist nichts seltsam oder picassomäßig. Und deshalb ist sie schön. Unser Schuljahrbuch hat sie zum »hübschesten Mädchen der Stufe« erklärt. Heute hat sie ein pinkes Tanktop an und einen khakifarbenen Minirock, die Haare hat sie zum Pferdeschwanz gebunden. Sie trägt goldene Armreifen und eins dieser blauen Gummiarmbänder mit dem Aufdruck »Wehr dich gegen Mobbing«, was nur die totale Ironie sein kann.

Nervös fummele ich an meinen eigenen Armbändern herum. Klar, Ruby hatte erwähnt, dass Austin ins *Better Latte* kommen würde, aber ihre Mittagspause hat doch noch nicht angefangen, oder? Und ich hätte nie gedacht, dass Skye da irgendwie mitmischen könnte.

»Summer!« Rubys Stimme klingt angespannt. Sie befreit ihren Arm aus meinem Griff. »Dein Kurs ist schon zu Ende?«

Ich nicke. »Ich bin mit Tante Lydia hier«, erkläre ich. Mir dröhnt der Kopf. Mit einem Blick über die Schulter stelle ich fest, dass meine Tante den Eiskaffee und den July Black Eye bereits zu einer Sitznische bringt.

»Ich begreife einfach nicht«, sagt Skye, als würde sie eine begonnene Unterhaltung fortführen, »warum manche Leute freiwillig in den Sommerferien zur Schule gehen wollen.«

Ich gucke Skye an, mein Gesicht wird warm. Sie hat also gehört, was ich gesagt habe. Ruby tritt von einem

Fuß auf den anderen – und Austin ist ganz in den Anblick seines Handys versunken.

Träge rührt Skye mit einem Strohhalm in ihrem milchigen Eiskaffee. »Also«, fährt sie genauso lässig fort, wie sie im Kaffee rührt, »vermutlich stürzt Hugh Tyson sich auf jede sich bietende Gelegenheit, um noch mehr lesen zu können.« Sie grinst mich süffisant an. »Der ist irgendwie heiß, was? Auf so eine nerdige Art.«

Ich knirsche mit den Zähnen. Was gibt es Schlimmeres, als wenn jemand, den man nicht mag, etwas mag, das man mag? Was man entdeckt hat? *Ich* habe den Planeten Hugh entdeckt, nicht Skye Oliveira.

Abgesehen davon hat sie ein um sie rotierendes Cluster gegelter Typen wie Genji Tanaka. Hugh ist nicht auf ihrer Umlaufbahn. Sie will mich eindeutig provozieren. Ich halte die Klappe.

»Bei Thyphus-Wrenny«, Skye rührt schneller, »überrascht es mich nicht. Was hat die denn sonst am Laufen? Wenn ich nur halb so ein Freak wäre, würde ich mich auch rund um die Uhr in irgendwelchen Klassenräumen verstecken.«

In meiner Brust explodiert etwas. Wie ein Feuerwerk.

»Wren ist kein Freak«, fauche ich. »Nur weil sie nicht jede Sekunde ein Selfie von sich postet, um den sozialen Normen zu entsprechen, muss man sich noch lange nicht über sie lustig machen.«

Oh mein Gott. Was hab ich da bloß gesagt? Ich zittere. Warum habe ich Wren so wütend verteidigt? Ich mag sie nicht mal. Warum habe ich Skye Oliveira bloß angeblafft?

Skyes Strohhalm rührt nicht mehr – und dieses Mal kneift Ruby mir in den Arm. Heftig.

»Komm schon, Summer.« Ruby lacht gezwungen. »Du musst runterkommen. Diese Frankreichgeschichte stresst dich immer noch.«

»Nein«, protestiere ich, obwohl Frankreich vielleicht tatsächlich einen Anteil hatte an dem Frust und der Wut, die da eben aus mir rausgeblubbert sind.

»Oh, *du* verreist diesen Sommer nach Frankreich?« Skye betrachtet mich mit so was, das Hass, Schock oder widerwillig gezollter Respekt sein könnte. »Ich hab gehört, dass jemand aus unserer Schule fahren würde, aber ich hatte keine Ahnung, wer.«

»Nun ja, ich fahre nicht …« Ich setze zu einer Erklärung an, aber Ruby zerrt mich unter entschuldigenden Lauten weg – so wie eine Mutter ihr vor Wut ausrastendes Kleinkind vom Spielplatz schleifen würde.

Austin schaut von seinem Handy auf, die Lider auf Halbmast, ein entrücktes Lächeln auf den Lippen. »Bis nachher, Ruby«, sagt er. »Mittag in einer halben Stunde, oder?«

Ruby kriegt ein Lächeln und Nicken in seine Richtung hin, während sie mich zum Tresen zieht. Wir kommen an Tante Lydia vorbei, die von ihrem Kaffee aufschaut und uns mit gerunzelter Stirn mustert. Keine Ahnung, was ich sagen soll. Zu meiner Tante oder zu meiner besten Freundin.

Ruby taucht unter dem Tresen durch und baut sich vor mir auf, das Holzbrett ist zwischen uns. Alle ihre Baristakollegen nehmen emsig Bestellungen auf, nur ein bärtiger Typ nicht, der Kaffeetüten aufreißt und dabei möglicherweise lauscht.

»Was war das denn?«, zischt Ruby mit strengem Blick. »Seit wann hast du so viel für Wren D'Amico übrig?«

»K-Keine Ahnung!«, stottere ich und lehne mich erschöpft an den Tresen. Ich bin den Gästen im Weg, die verärgert um mich rum gehen müssen, und das erinnert mich daran, wie ich am Flughafen mit dem summenden Telefon die anderen Passagiere aufgehalten habe. Die waren auch genervt. Was wäre wohl passiert, wenn ich nicht rangegangen wäre? Wenn ich einfach ins Flugzeug gestiegen und seelenruhig nach Frankreich geflogen wäre, ohne zu ahnen, dass Dad mich nicht haben will ...?

»Hey, Ruby!«, ruft eine Barista aus einer anderen Ecke. »Ich brauche eine kleine Latte mit extra Schaum und fettarmer Milch!«

Ruby nickt und rammt den Siebträger in die Espressomaschine. »Das war peinlich«, murmelt sie mir zu. »Musst du denn unbedingt auf einen Kreuzzug für die Gerechtigkeit gehen?«

»Sorry«, flüstere ich. Mein Magen windet sich zum Brezelknoten. Der bärtige Barista guckt rüber, als ob er auf den Rest meiner Antwort warten würde. »Ich war superaufgedreht, weil Hugh in meinem Kurs ist«, erkläre ich. »Darüber müssen wir übrigens unbedingt in Ruhe reden. Und dann«, zittrig hole ich Luft, »als ich gesehen habe, dass du mit Austin und Sk …«

Ruby verdreht die Augen und schnappt sich die Packung fettarme Milch, ihre geknüpften Armbänder gleiten über ihr Handgelenk. »Das wirst du nicht verstehen, Summer, ich seh ja, wie unreif du dich wegen Hugh aufführst, aber ich *rede* nun mal mit den Leuten, die ich mag. Okay?«

Ihre Bemerkung über Hugh trifft mich, obwohl sie ja recht hat. »Aber was ist mit Skye?«, flüstere ich. Ich drehe mich heimlich um, zum Glück sind Skye und Austin gerade voll damit beschäftigt, mit Austins Handy Selfies zu machen. Dann gucke ich Ruby wieder an und überwinde mich, die Frage zu stellen, die nun schon eine Weile an mir nagt. »Seid ihr jetzt etwa … Freundinnen?« Meine Stimme versagt am Ende fast, und das macht mich fertig.

Ruby zuckt mit den Schultern und stellt die Milchpackung weg, so kann sie meinem Blick ausweichen. »Na ja, sie ist mit Austin befreundet … also …« Sie schaut wieder hoch, ihre Augen strahlen. »Ich glaube, er mag mich!«, flüstert sie aufgeregt. »Wir essen heute Mittag zusammen, und er hat mich gefragt, ob ich heute Abend mit ihm ins Kino gehe! Das könnte es sein, Summer.«

Es. Damit ist der Sommer gemeint, in dem sie sich verliebt. Der Brezelknoten in meinem Bauch zieht sich zusammen. Ich will mich für Ruby freuen. Natürlich will ich das. Aber sie hat nicht gesagt, dass sie nicht Skyes Freundin ist. Und die Ruby, die ich kenne, würde sich nicht in Austin verlieben. Die anderen Jungs, mit denen Ruby Dates gehabt hat, waren interessanter. Schlauer. Wie zum Beispiel der Junge, den sie in Indien kennengelernt hatte, der ihr ein ganzes Jahr lang altmodische Liebesbriefe geschickt hat. Austin ist ein … Klischee. *Der beliebte Junge*.

»Das macht doch überhaupt keinen Sinn!«, platzt es aus mir heraus. »Willst du wirklich mit Leuten wie Austin und Skye abhängen? Ich dachte, so was interessiert uns nicht …«

»Kannst du bitte mal leise sein?«, blafft Ruby. Dabei habe ich nur geflüstert. Verschreckt zucke ich zurück. Ruby ist herrisch, ja, aber sie bellt mich nie an. Wir streiten uns nie. Der bärtige Barista zieht die Augenbrauen hoch, auch ihn scheint das zu überraschen.

Ruby und ich starren einander schweigend an. Die Luft ist dick. Ich denke daran, wie sie mich am Flughafen abgesetzt hat, da war alles noch ganz normal.

Ich zupfe an einem meiner Armbänder. »Was ist eigentlich los?«, flüstere ich. »Bist du sauer auf mich?«

Ruby schüttelt den Kopf, voller Bedauern. »Du willst einfach nie, dass sich was ändert, Summer.« Entnervt fährt sie sich mit der Hand durchs Haar. »Eigentlich solltest du nicht mal …« Sie redet nicht weiter und guckt runter auf den Milchkarton.

Meine Arme und Beine werden kalt. »Was sollte ich nicht mal?«, frage ich leise. Was wollte Ruby sagen?

Will ich überhaupt wissen, was sie sagen wollte? Ein angstvolles Kribbeln läuft mir den Rücken runter.

»Ruby!«, brüllt die Barista vom anderen Ende des Tresens angefressen. »Wo bleibt diese fettarme Latte? Was machst du da?«

»Sorry, schon unterwegs!«, ruft Ruby zurück, ihr Gesicht läuft rot an. Sie wirft mir einen Blick zu, und ich weiß, dass wir beide merken, dass irgendwas zwischen uns einen Riss gekriegt hat, einen ganz feinen. Ich denke an meinen gesprungen Spiegel. »Reden wir später?«, sagt Ruby und macht sich an der Espressomaschine zu schaffen. Ihr Mund ist schmal.

»Ja.« Ich trete vom Tresen zurück und greife dabei nach meinen Armbändern, sie fühlen sich so dünn an. »Hab dich lieb mal zwei«, sage ich tonlos.

Ruby wiederholt diese Wörter, die zwischen uns hängen wie beliebig aneinandergereihte Silben. Dann drehe ich mich um und gehe zu Tante Lydias Nische, die Büchertasche auf meiner Schulter zieht mich runter. Ich rutsche auf den leeren Platz, nehme die Tasche ab und stütze das Kinn in die Hände.

»Willst du drüber reden?«, fragt Tante Lydia leise und schiebt meinen Eiskaffee zu mir rüber.

Ich bin froh, dass sie nicht gefragt hat, ob etwas nicht stimmt. Denn das ist wohl offensichtlich. Aber ich schüttele den Kopf. Hab keine Lust, mich mitzuteilen.

Ich starre in mein Getränk. Wahrscheinlich habe ich im Laufe der Jahre Hunderte von Eiskaffees im *Bet-*

ter Latte getrunken. Dieser sieht aus wie alle anderen, ein perfekter Schlagsahnekringel, der auf dem cremig braunen Getränk schwimmt. Doch – nein. Dieser ist anders. Das ist der Eiskaffee, den ich nach diesem Wortwechsel mit Ruby trinke. Das ist der Eiskaffee, den ich trinke, während ich mich selbst anders fühle.

Ich denke an unsere Hausaufgabe und fühle die Inspiration an meinem Ärmel zupfen. Also hole ich die Kamera aus der Büchertasche und halte sie vors Auge. Zuerst sehe ich nur Dunkelheit – die Kappe ist noch auf der Linse. Ich schraube sie ab und der Eiskaffee kommt in den Fokus. Wie man mit dieser Kamera umgeht, weiß ich noch nicht so genau. Aber ich schaffe es trotzdem, das Bild zu machen: eine Nahaufnahme von diesem ganz anderen Getränk.

»Gute Arbeit«, sagt Tante Lydia, und ich setze die Kamera ab. Ich hatte mich so auf die Aufnahme des Eiskaffees konzentriert, dass ich sie fast vergessen hätte. Sie lächelt mich an und ich erwidere dieses Lächeln schwach.

Aus dem Augenwinkel sehe ich, dass Skye aufsteht und die Nische verlässt. Sie haucht Austin einen Kuss zu, der keinem entgehen soll – bäh – und trottet mit wippendem Pferdeschwanz raus auf die Greene Street. Austin bleibt gebannt aufs Handy starrend sitzen und wartet auf Ruby.

Mein Blick geht zu Tante Lydia, die mich offen und mitfühlend ansieht. Sie hat gefragt, ob ich reden will. Irgendwie finde ich es leichter, mich meiner Tante anzuvertrauen, als, sagen wir mal, meiner Mutter. Leichter sogar als Ruby – im Moment. Tante Lydia war nie verheiratet, aber sie hatte viele Beziehungen. Sie könnte etwas über Jungs und Herzschmerz wissen. Ich wünschte, ich könnte ihr von Hugh erzählen – und Wren. Von Ruby und Austin und Skye. Ich wünschte …

»Ich wünschte, ich wäre in Frankreich.«

Die Worte sind schon draußen, ehe mir klar wird, dass ich es wirklich so meine. Ehe mir klar wird, dass sie der eigentliche Grund für meine Traurigkeit sind, der hinter dem steht, was eben mit Ruby vorgefallen ist. Wenn ich in Frankreich wäre, dann wäre doch nichts zwischen mir und Ruby passiert, oder?

Tante Lydia nickt mir zu. »Das glaube ich dir«, sagt sie leise. Sie nimmt einen Schluck von ihrem July Black Eye. »Ist wirklich unfair, dir so den Teppich unter den Füßen wegzuziehen.«

Unfair. Genau. Ein Wort, das bis jetzt noch niemand gebraucht hat. Weder Mom noch Ruby noch Dad. Wut lodert in mir auf, so als hätte jemand ein Streichholz in mir angezündet. Ich erwidere Tante Lydias Nicken.

»Mein Dad hat mich *am Gate* angerufen«, erzähle ich ihr. Mein Gesicht ist heiß. »Eine Sekunde oder eine Minute oder was auch immer, ehe ich ins Flugzeug steigen sollte.« Ich lege die Hände um meinen Eiskaffee und drücke den Plastikbecher so heftig, dass ich schon fürchte, ihn zu zerdrücken. »Nach dem Motto: Zu deiner Kenntnisnahme, liebste Tochter, bleib, wo du bist, okay?« Zum ersten Mal in sechs Tagen ist mir nicht zum Heulen, jetzt lache ich sogar kurz auf, weil mir klar wird, wie absurd das alles ist.

Tante Lydia lächelt mich schwach und ein wenig wehmütig an. »Ich weiß«, murmelt sie. »Deine Mutter hat's mir erzählt. Tut mir leid, Summer.« Sie guckt auf die Eiswürfel in ihrem Becher, und plötzlich huscht Verärgerung wie ein Schatten über ihr Gesicht. »Das muss ich ihm lassen, dein Vater ist ziemlich gut darin, so aus heiterem Himmel mit schockierenden Überraschungen aufzuwarten ...«

Sie stockt und nimmt die Hand vor den Mund, als ob der Rest des Satzes drinnen bleiben soll.

Ich lehne mich nach vorn, Neugier und Angst rumoren in mir. Warum wollen die Leute vor mir plötzlich nicht mehr aussprechen, was sie denken?

»Was meinst du damit?«, frage ich. »Hat Dad schon mal so was gemacht?«

Mein Dad ist ganz groß darin, Pläne über den Haufen zu werfen. Schon vor der Scheidung hat er sich immer vor Schulaufführungen und Elternabenden gedrückt, weil er unbedingt noch einen Tag länger in Frankreich bleiben musste, denn da hatte sich plötzlich etwas ergeben, *tut mir furchtbar leid, mein Schatz*. Was er jetzt gemacht hat, ist wirklich keine Überraschung. Aber ich hab das unangenehme Gefühl, dass Tante Lydia auf etwas anderes anspielt.

Meine Tante schaut mich kurz an, dann schüttelt sie den Kopf.

»Nun ja, du weißt doch, besonders zuverlässig war

er noch nie«, sagt sie schnell. Dann steht sie auf und sammelt die rumliegenden Servietten und ihren leeren Becher ein. »Oje, wo ist denn bloß die Zeit geblieben?«, sagt sie – ich hätte nie gedacht, dass Menschen im richtigen Leben so was tatsächlich von sich geben können. Und wie üblich weiß ich nicht, wie spät es ist. Fast Mittag?

»Ich sollte längst wieder auf dem Campus sein«, fährt meine Tante fort, ihre Wangen haben rote Flecken. »Du kommst doch allein nach Hause?«

»Klar«, sage ich, obwohl ich noch etwas beunruhigt bin. »Ich nehme den Bus am Deer Hill.«

Ich folge Tante Lydia zur Tür, gehe blicklos an Austin in seiner Nische vorbei und vergesse auch, zu Ruby hinter dem Tresen zu gucken. Meine Gedanken sind Saltos schlagende Akrobaten. *Schockierende Überraschungen*, denke ich. Warum hat Tante Lydia diese Worte gewählt? Was wollte sie noch sagen?

Als ich draußen bin, steigt Tante Lydia bereits in ihr Auto. Sie winkt und sagt, wir würden uns ja morgen beim Kurs sehen. Dann saust sie davon und lässt mich auf der Greene Street zurück – allein mit einem Eiskaffee und jeder Menge Fragen.

Ich nehme noch einen Schluck aus meinem Becher. Mom zu fragen, was Tante Lydia gemeint haben könnte, ist wohl sinnlos. Wenn ich doch nur Dad selbst fragen könnte. Ich gucke über die Straße auf den grauen Hudson River, als ob darin Antworten liegen würden.

Aber der Fluss erinnert mich nur daran, dass ich

hier bin, in Hudsonville, während Dad in Berlin, in Frankreich oder sonst wo ist. An einem unmöglichen Ort – so unmöglich wie Zeitreisen oder dass Hugh Tyson mein Kurspartner ist oder wie Moms Theorien von den Paralleluniversen.

Seufzend drehe ich mich um und gehe Richtung Deer Hill. Vorläufig gibt es keine Antworten.

TEIL DREI

Mohnfeld

Mittwoch, 12. Juli, 10:49 Uhr

»*Bonjour*, Summer!«

Bernice, die silberhaarige, mehlbestaubte Frau hinter dem Tresen begrüßt mich mit einem Lächeln, als ich die Bäckerei betrete. Die Glocke über der Tür bimmelt.

»*Bonjour*, Bernice«, antworte ich und atme den süßen Duft von Hefeteig ein.

Bernice muss nicht fragen, sie greift sofort in die gläserne Auslage und holt mir ein frisches goldbraunes *pain au chocolat* heraus.

Warum diese freundliche französische Bäckersfrau weiß, wie ich heiße und was ich möchte? Weil ich die ganze letzte Woche einer unverrückbaren Routine gefolgt bin:

Aufwachen mit steifem Nacken nach unruhiger Nacht (ich hab mich noch immer nicht an den Zeitunterschied gewöhnt, und an das schmale Bett auch nicht). Mich nach unten stehlen und dabei beten, Eloise nicht über den Weg zu laufen (die normalerweise noch schläft). Durch die Küche gehen, wo ich mit Vivienne *Bonjours* austausche (die sich zum Malen in der Scheune bereit macht). Dann über die Straße in die Bäckerei, wo ich mir mein neues Lieblingsfrühstück kaufe.

Jetzt reicht Bernice mir das Pain au Chocolat in seinem weißen Papier.

»*Ça va*?«, fragt sie mich strahlend, während ich in meinen Shorts nach Euros fische.

Obwohl ich die Sprache nicht beherrsche, habe ich – auch dank Bernice – ein paar nützliche französische Sätze gelernt. Ich weiß, *ça va?* heißt »Wie geht's?« und die angemessene Antwort darauf ist ebenfalls *ça va*, was dann so viel heißt wie »Alles gut«.

»*Ça va*«, gebe ich also mit einem schwachen Lächeln und den Euros zurück. Sie muss ja nicht unbedingt wissen, dass eigentlich nicht alles gut ist.

Das waren lange, einsame Tage, die vergangen sind, seit ich in Les Deux Chemins angekommen bin. Dad ist immer noch in Berlin, und ich hab das Gefühl, als würde ich mit angehaltenem Atem auf seine Rückkehr warten. Sein Haus ist ganz entzückend, hat aber auch etwas Kaltes, fast schon Unheimliches an sich. Vielleicht wegen der Leute, die sich da aufhalten.

Eloise, die, wenn sie nicht schläft, weinend unter der Dusche steht (ich habe sie jetzt schon zwei Mal dabei belauscht) oder zu ihrem Malkurs oder zum Abendessen mit ihren Freunden stürzt, ist nach wie vor die Schlimmste. Sie stolziert in ihren stylishen Sommerkleidern herum, knallt mit den Türen, ist schnippisch und beäugt mich mit einem Ekel, der sonst wohl nur Spinnen vorbehalten ist. Manchmal, wenn ich in der

Küche etwas esse und sie vorbeigeht, erwische ich sie dabei, wie sie mich anstarrt – so bohrend und abschätzend, dass es schon gruselig ist. Wenn sich unsere Blicke begegnen, guckt sie weg.

Vivienne ist unendlich viel netter als ihre Tochter (zugegeben, die Latte hängt ziemlich tief). Sie scheint Mitgefühl mit mir und meiner misslichen Lage zu haben und fragt mich jeden Morgen, wie es mir geht: ob ich gut schlafe? (nein), ob ich gut esse? (ja). Ich weiß, es ist Vivienne, die Kühlschrank und Speisekammer gut gefüllt hält. Ich finde immer leckeren Käse und kleine Becher Joghurt, Sardinenbüchsen und frisches Obst. Gestern Abend bin ich auf ein kleines Glas mit Tapenade gestoßen, das war, wie sich herausstellte, eine köstliche Paste aus Oliven. Ich hab mir was davon auf ein großes Stück Brot gestrichen, und das war dann mein Abendessen.

Ich hatte gehofft, Vivienne und ich könnten mal zusammen essen – oder zumindest noch mal bei einem Kakao reden. Aber bei aller Höflichkeit spüre ich doch eine gewisse Distanziertheit bei ihr. Sie ist andauernd auswärts essen oder muss los zum Malen in der Scheune oder sie flüstert am Telefon im Wohnzimmer. Also esse ich mein Mittag- und Abendessen schnell und allein am alten Eichentisch. Und das hat mir das Gefühl gegeben, ziemlich unsichtbar zu sein. Fast wie ein Geist.

Ich hab es mir zur Gewohnheit gemacht, mich in meine Kammer zurückzuziehen, wo ich mir wünsche, mein Handy würde funktionieren, und meinen Südfrankreich-Reiseführer zu lesen. In dem streiche ich die Orte an, die ich gern sehen würde. Die Riviera zum Beispiel, eine Reihe glamouröser Strände nicht weit von hier. Und besonders die *Galerie de Provence*, die Kunstgalerie vor der Stadt, in der Dads Porträt von mir hängt. Aber ich gehe nirgendwo hin, nur ins Atelier in der Scheune und gelegentlich zum Boulevard du Temps. Und natürlich in die Bäckerei.

»Merci«, sage ich zu Bernice und mache mit dem Pain au Chocolat in der Hand die Tür auf. Wieder bimmelt es. »*Au revoir*!«

»*Au revoir*, Summer!«, ruft sie, und ich merke genau, dass ihr das Neue an meinem Namen einen Kick gibt.

Ich denke an den süßen Kellner Jacques, der sich auch über meinen Namen amüsiert hat, und mein Herz schlägt schneller, als ich in den Sonnenschein hinausgehe. Jacques' Zettel liegt noch immer in meiner Umhängetasche, ich habe mich nicht getraut, die Nummer anzurufen, die er mir aufgeschrieben hat. Bei meinen seltenen Ausflügen zum Boulevard du Temps habe ich allerdings gewagt, am Café des Roses vorbeizuschlendern, mit hämmerndem Puls, aber äußerlich um total unbeteiligte Lässigkeit bemüht. Doch nicht ein einziges Mal habe ich Jacques da beim Kellnern entdecken können. Vielleicht haben seine Eltern ihn auf ewig in die Abwaschküche verbannt. Oder vielleicht habe ich ihn nur geträumt.

Ich überquere die Rue du Pain, hole dabei das Pain

au Chocolat aus dem Papier und beiße ab. Butteriger Blätterteig und große Stücke dunkle Schokolade füllen meinen Mund. Hmmm. Wenn ich in Hudsonville wäre, würde ich jetzt trockene Cheerios essen.

Na ja, nicht ganz – nicht genau jetzt, rufe ich mir in Erinnerung. In Hudsonville ist es sechs Stunden früher. Ich stelle mir den pfirsichfarbenen Himmel vor dem Sonnenaufgang über den stillen Häusern und dem grauen Fluss vor. Ich stelle mir Ruby in ihrem Zimmer vor, die unter ihren farbenfrohen Decken schläft. Da durchzuckt mich ein beunruhigendes Gefühl, denn mir kommt Rubys E-Mail von gestern Abend in den Sinn.

Ich schiebe den Gedanken beiseite und drücke das Tor zu Dads Garten auf. Die Zitronenbäume werfen Schatten auf die Steinbänke und die Lilien verbreiten einen würzigen Duft. Das zu lange Gras kitzelt an meinen Waden, als ich am Pool vorbeigehe.

An meinem zweiten Tag bin ich total begeistert im Badeanzug in den Garten gelaufen, um mir meine Hoffnungen zunichtemachen zu lassen. Die glänzende blaue Oberfläche ist nämlich nur eine Täuschung, am Grunde des Beckens sind die Fliesen total eklig. Mom würde die Augen verdrehen und sagen, das würde Dad ähnlich sehen, aus Prestigegründen einen Pool haben, aber den nicht so sauber halten, dass man drin schwimmen kann.

Nicht, dass ich Mom von dem Pool erzählt hätte. Oder von Dads Abwesenheit. Eine Welle der Beklommenheit schnürt mir die Kehle zu und ich verschlucke mich an einem Stück Pain au Chocolat. Mom hat mir jeden Tag gemailt und mich gefragt, ob es mir auch gut geht und ob Dad sie nicht bitte mal anrufen kann. Wahrscheinlich spürt sie, dass etwas im Busch ist. Ich hab geantwortet und ihr versichert, dass alles gut ist (»*Ça va!*«) und Dad und ich viel zu tun haben. Aber so langsam wird mir schlecht vom Lügen, innerlich bin ich ganz verkrampft. Keine Ahnung, wie lange ich das noch durchhalten kann.

»*Non!*«

Der verärgerte Ausruf kommt aus dem Haus. Ich bleibe mitten im Garten stehen und linse hoch zu den grünen Fensterläden. Sehen kann ich nichts, aber ich höre eine weitere erhobene Frauenstimme französisch sprechen. Eloise und Vivienne, registriere ich. Sie streiten sich. Vermutlich in Viviennes Zimmer, das im ersten Stock am Ende des Flurs liegt und wie meines zum Garten raus geht. Vivienne hält ihre Tür immer geschlossen und jetzt sind die Vorhänge auch noch zugezogen.

Ich bleibe still stehen und lausche. Worum es bei dem Streit wohl geht? Kurz darauf werden die Stimmen leiser, und ich gehe weiter, vorbei an den Rosenbüschen und den Sonnenblumen, bis ich an der roten Scheune ankomme. Ich schlucke den letzten Bissen von meinem Pain au Chocolat runter und wische mir die Krümel vom Mund, ehe ich die knarrende Tür aufmache.

Dads Atelier ist geräumig und luftig, der Fußboden besteht aus groben Holzplanken und durchs Oberlicht fallen Sonnenstrahlen ein. Es riecht stark nach Farbe und Terpentin. So haben Dads Kleider auch immer gerochen. Ich muss lächeln, als mir das einfällt, so wie immer, wenn ich hier reinkomme.

Ringsherum im Raum sind Staffeleien verteilt und stapelweise Skizzenblocks und Behälter mit Pinseln und Zeichenkohle. Es fühlt sich an wie ein Künstlerparadies, und das ist es wohl auch, denn neben Vivienne kommen noch diverse farbbekleckste Frauen und Männer regelmäßig vorbei, erheben Anspruch auf eine Staffelei und arbeiten wortlos vor sich hin. Aber heute schwingt hier nur Monsieur Pascal seinen Pinsel und betrachtet seine Leinwand.

Monsieur Pascal ist so ungefähr neunundneunzig Jahre alt und sehr schrullig. Vivienne hat mir erklärt, dass er ein berühmter Künstler ist, der in Les Deux Chemins lebt – sie hat uns nicht miteinander bekannt gemacht, aber das hat mich nicht gestört. Mir ist klar geworden, dass Monsieur Pascal der alte Mann an den Rosenbüschen auf Dads Gemälde ist, dem, das hier im Wohnzimmer hängt. Ich erkenne seinen grauen Bart und den Strohhut wieder.

Ganz still gehe ich an Monsieur Pascal vorbei zur hinteren Ecke der Scheune, wo ein kleiner Tisch neben einigen großen Kartons steht. Hier arbeite ich, obwohl ich natürlich nicht zeichne oder male. Ich erfülle meine Pflichten als Dads »Sommerassistentin«.

Am Wochenende hat Dad mir aus Berlin gemailt. Er hat sich entschuldigt (zum millionsten Mal) und gesagt, da ich schon frage und wenn ich wirklich wolle, könne ich anfangen, seine Papiere und Skizzen im Atelier zu ordnen. Genau das habe ich also in den letzten Tagen gemacht. Keine leichte Aufgabe, denn auf Dads Schreibtisch lagen haufenweise Quittungen, ausgedruckte Mails, alte Farbtuben und auf Karteikarten gekritzelte Notizen rum. Und seine Skizzen sind völlig willkürlich in Kartons gestopft worden. Meinen mangelnden Ordnungssinn habe ich vermutlich von Dad geerbt.

Doch zu meiner Überraschung finde ich es befriedigend, sein Chaos in Ordnung zu verwandeln. Ich habe seinen Schreibtisch leer geräumt und den Staub mit einem Lappen abgewischt, habe Etiketten für die Aktenordner in den Schreibtischschubladen gemacht und die losen Papiere abgeheftet.

Wer bin ich?, denke ich jetzt, als ich den fleckenlosen Schreibtisch betrachte. Es ist, als hätte eine andere Summer die Führung übernommen.

Im Schneidersitz setze ich mich auf den kühlen Holzboden und widme mich einem der großen Kartons voller Skizzen. Dad hat mir erzählt, er habe sich alle seine alten Skizzen aus Paris hierher schicken lassen, um sich diesen Sommer davon inspirieren zu lassen.

Monsieur Pascals Pinsel macht beruhigende Wischgeräusche auf der Leinwand und ich blättere die großen Blätter Zeichenpapier durch. Einige Skizzen sind nur verschmierte Holzkohlesilhouetten, die mich an verwackelte Fotos erinnern. Andere, wie etwa die Frau, die in der Ferne an einem Strand steht, sind ein wenig detaillierter.

Dann stoße ich auf eine Skizze, die mir bekannt vorkommt: Ein Postbote schiebt seine Karre eine von Bäumen gesäumte Straße in einer Stadt entlang. Ich brauche einen Moment, bis ich kapiere, dass die farbenfrohe, gemalte Version dieser Skizze im Whitney Museum in New York City hängt. Ruby und ich waren da in den Winterferien, und ich war enorm stolz, als ich Dads Gemälde an der Wand hängen gesehen habe, und daneben das offizielle Schild: *THE DELIVERER*, von NED EVERETT, ÖL AUF LEINWAND.

Auf der Rückseite der Skizze ist was geschrieben, scheint mir, ich drehe das Blatt also um. Nachmittagspost, 53. Straße, Manhattan, hat Dad dahin gekritzelt, das Datum dazu. Es ist sieben Jahre her. Da war ich neun. Vor der Scheidung. Ich stelle mir Dad damals vor, wie er den Zug nach New York City genommen und da diverse Passanten skizziert hat. Ich glaub, irgendwann fand er dann wohl, dass *THE DELIVERER* sich künstlerisch wertvoller anhörte als *Nachmittagspost.*

Ich blättere weiter und finde eine Skizze, die mich zum Lächeln bringt. Eine Kohlezeichnung von einem alten Mann mit Strohhut, der zwischen zwei Rosenbüschen steht: die Skizze zu dem Monsieur-Pascal-Gemälde. Auf die Rückseite hat Dad geschrieben:

Claude Pascal, Les Deux Chemins. Das Datum ist vom letzten Sommer.

Die Rosenbüsche sind die in diesem Garten, fällt mir auf. Ich werfe einen Blick auf die andere Seite des Ateliers zum realen Claude Pascal und schaue dann wieder auf Dads Handschrift. Es ist so cool, einen kleinen Einblick in die Arbeit meines Vaters zu kriegen, zu wissen, dass er erst eine Skizze macht, die dann die Grundlage für sein Gemälde wird. Mir kommt es so vor, als würde ich ihm auf ganz bescheidene Weise näherkommen, obwohl er immer noch weit weg ist.

Knaaarrrr.

Bei dem Geräusch schrecke ich auf und sehe, wie die Scheunentür aufgeht. Mit gerötetem Gesicht, den Pinsel fest umklammert, stürmt Vivienne herein. Sie trägt eine weiße Bluse mit farbbespritzten Manschetten, die rötlichen Haare sind wie üblich im Nacken zusammengebunden. Sie nimmt weder Monsieur Pascal noch mich zur Kenntnis. Wahrscheinlich sieht sie mich nicht mal, die Kartons verdecken mich.

Eine Sekunde später stürmt noch jemand durch die Tür – Eloise. Es ist klar, dass sie ihrer Mutter hierhin gefolgt ist und dass keine von beiden besonders glücklich ist. Genauer gesagt: Eloise weint, Tränen glitzern auf ihren Wangen und ihr Mund zittert. Es ist total irritierend, dass sie sogar jetzt noch hübsch aussieht. Hinter den Kartons versteckt beobachte ich, wie sie und Vivienne sich gegenüberstehen. Mir fallen ihre erhobenen Stimmen von vorhin wieder ein.

»*Maman!*«, faucht Eloise voller Wut, sie hat die Hände zu Fäusten geballt. »*Ne marche pas – loin de – moi.*« Sie schluchzt und ringt nach Luft zwischen den Worten. »*J'en peux plus! Elle …*«

»*Arrête!*«, blafft Vivienne. Sie schließt die Augen und drückt die Finger an die Stirn. »*Il n'y a rien que je peux faire*«, fügt sie hinzu, sie klingt total fertig und erschöpft.

Ich versuche reglos in meinem Versteck zu verharren. Auch mit meinen frisch erworbenen Sprachfähigkeiten hab ich keinen Schimmer, was Vivienne und Eloise sagen. Aber es ist ziemlich offensichtlich, dass sie einen Riesenstreit haben. Wieder erinnere ich mich an den Streit, den Mom und ich vor meiner Abreise hatten. Ob wir wohl genauso ausgesehen haben – frustrierte Mutter, in Tränen aufgelöste Tochter?

Eloise stößt noch einen Schluchzer aus und will gerade wieder etwas sagen, als Monsieur Pascal sich von seiner Leinwand abwendet. Er guckt Eloise und Vivienne verärgert an, so, als sollten sie wirklich begriffen haben, dass man einen Meister nicht bei der Arbeit stört.

Vivienne schaut verlegen drein, sie geht rüber zu ihm und sagt »*Pardon!*« und noch mehr französische Worte, mit denen sie sich vermutlich entschuldigt. Indessen steht Eloise schniefend da und wischt sich die nassen Wangen mit den Handballen.

Worum ging es wohl bei ihrem Streit? Ich bin total neugierig, und ich weiß nicht mal, warum ich so neugierig bin. Ich glaube, in meinem Leben ist gerade nicht genug los, da ist es interessant, die Nase in anderer Leute Leben zu stecken.

Während Vivienne mit Monsieur Pascal an seiner Staffelei redet, guckt Eloise verloren im Atelier herum. Ich spüre einen widerwilligen Anflug von Mitgefühl für sie – und dann ...

Guckt sie mich direkt an – ihre Augen werden ganz groß.

Ich erstarre.

Sie kann mich sehen? Ich dachte, die Kartons würden mich verbergen. Nicht zum ersten Mal beschleicht mich das Gefühl, dass Eloise nicht so ganz von dieser Welt ist. Wie unheimlich.

Sie funkelt mich an, ihr Gesicht ist kalkweiß und ihre Lippen sind ein Strich. Entsetzt beobachte ich, wie sie auf mich zumarschiert. Die Sonne scheint auf ihre goldenen Locken und das weiße Kleid mit der Spitzenkante, was ihr ein engelhaftes Aussehen verleiht. Wie man sich doch täuschen kann. Ich ziehe die Knie an die Brust und versuche zu schrumpfen, zu verschwinden.

»Was machst du hier?«, fragt Eloise streng, sie überragt mich. Trotz meiner Angst entgeht mir nicht, wie nahtlos ihr der Wechsel von Französisch zu perfektem Englisch gelingt. Ich bin ein bisschen neidisch. »Hast du gelauscht?«, bedrängt sie mich. Ihre Augen quellen ihr aus dem Kopf. »Hast du uns ausspioniert?«

Okay, vermutlich hab ich das gemacht, irgendwie,

aber doch nicht mit Absicht. Und, das wird mir klar, als ich hochgucke in Eloises wütendes Gesicht, ich habe jedes Recht, hier zu sein. Wut lodert in mir auf. Das ist das Haus von meinem Vater! Ich mag ja etwas gestrandet sein und nicht wissen, was ich hier soll, und vielleicht ist meine einzige Freundin in diesem Land Bernice, die Bäckersfrau, aber das heißt noch lange nicht, dass ich mich von x-beliebigen Fieslingen plattmachen lasse. Klar?

Ich hebe das Kinn, zwirbele die geknüpften Armbänder an meinem Handgelenk und denke an Ruby. Dann denke ich an Skye Oliveira, was mir genug Energie gibt, um aufzustehen und mich in voller Länge vor Eloise aufzubauen – wenigstens bin ich ein paar Zentimeter größer als sie.

»Ich war zuerst hier«, sage ich, überrascht von der Kraft meiner Stimme. Ich zeige auf die Kartons. »Ich gehe die Skizzen von meinem Dad durch. *Du* kommst hier reingeschneit mit jeder Menge Drama wegen wer weiß was.« Meine Hände zittern, also falte ich sie.

Eloises Wangen werden scharlachrot, ihr Kopf ruckt und sie guckt sich die Kartons an. Dann sieht sie mich wieder an und aus keinem erkennbaren Grund steigen ihr wieder Tränen in die Augen. Ob sie wohl zu diesen grausamen Menschen gehört, die ganz unpassend dünnhäutig sind? Ist sie das lebende Beispiel für jemanden, der gut austeilen, aber nicht einstecken kann?

»Du irrst dich«, schnappt sie. »Es ist genau andersherum.«

Mit gerunzelter Stirn sehe ich sie an, ich bin verwirrt und merke, wie jetzt mein Gesicht rot anläuft. Mein Hals zieht sich zusammen. Aber ich bin eher wütend als verletzt. In mir schäumt alles hoch, was mich belastet: dass ich Mom anlüge, dass es jetzt so seltsam ist mit Ruby, dass ich die letzte Woche so einsam war ...

»Keine Ahnung, was du da redest«, platzt es aus mir heraus. »Und ich weiß auch nicht, was du eigentlich gegen mich hast.« Eloise blinzelt und ich bin über mich selbst geschockt. Ist nicht meine Art, so deutlich zu werden. Aber ich mache weiter und frage mich, ob das wohl die neue Summer ist, die, die auch Dads Schreibtisch sauber gemacht hat. »Seit ich hier angekommen bin, warst du immer nur gemein zu mir, dabei habe ich dir nichts getan.«

Ich presse meine Hände nur noch fester zusammen. Eloise macht den Mund ein kleines bisschen auf, und jetzt weiß ich nicht, wie ich ihren Gesichtsausdruck deuten soll – ist sie erstaunt? Wütend? Reuig? Oder alles zusammen vielleicht?

Ehe Eloise etwas sagen kann, kommt Vivienne zu uns gerannt, sie wedelt mit den Händen, als ob sie alles Negative verscheuchen will.

»*Pardon* – tut mir leid, Summer«, sagt sie und schaut besorgt von mir zu Eloise und wieder zurück. »Ich wusste nicht, dass du im Atelier bist. Was ... worüber redet ihr?« Ihre Stimme klingt angespannt und sie hält ihren Pinsel fest umklammert.

»Eigentlich wollte ich gerade gehen«, sage ich. Das

stimmt zwar nicht, aber ich zittere wieder, und ich will nur weg von Eloise, bevor ich zusammenbreche und irgendwas von der Fassung verliere, die ich eben erst durch Zauberhand gewonnen habe. »Entschuldigt mich«, murmele ich und gehe um die Kartons herum. Das Herz schlägt mir bis zum Hals, als ich auf die Scheunentür zuhalte. Monsieur Pascal malt wieder, als ob nichts gewesen wäre.

Ich laufe raus in den Garten und atme noch mal durch, die Haare fallen mir in die Augen und ich streiche sie zurück. Ich höre Vivienne und Eloise in der Scheune, sie reden miteinander, in einem gedämpften, angespannten Ton. Hoffentlich haben sie nicht vor, noch viel länger in Dads Haus zu bleiben. Das Haus wäre zwar unheimlich leer, wenn sie abreisen würden, aber das wäre mir immer noch lieber als ihre mysteriösen Probleme um mich rumgeistern zu haben.

Seufzend gehe ich durch den Garten und öffne das Tor. Ich habe aufgehört zu zittern, aber mir schwirrt noch immer der Kopf nach meinem seltenen Mutausbruch. Ich wische mir die verschwitzten Hände an meinem lila Tanktop ab, ebenfalls ein Erbstück von Ruby.

Neben Dads Haustür bleibe ich stehen und überlege, ob ich reingehen und Ruby mailen soll. Ich könnte ihr erzählen, was gerade in der Scheune vorgefallen ist. Aber das würde bedeuten, dass ich auf ihre Nachricht von gestern Abend reagieren müsste – und ich weiß nicht genau, wie ich das machen soll. Ich runzele die

Stirn und kicke einen Stein unter meinem Flipflop weg.

Rubys letzte E-Mail war eine Explosion von Ausrufungszeichen und Großbuchstaben, in der sie mir mitteilte, dass sie und AUSTIN WHEELER jetzt ZUSAMMEN sind.

Montag waren wir im Kino, und als das Raumschiff auf der Erde 2.0 landete, hat er sich über den Popcornkarton zu mir rübergelehnt und mich total GEKÜSST!!!, hatte sie hektisch geschrieben. *Das ist ES – DER SOMMER, IN DEM ICH MICH VERLIEBE, Süße!!!*

Ich hatte auf den Bildschirm gestarrt, mit einem dumpfen Gefühl. Ich wusste, ich sollte zurückschreiben mit meinen eigenen Ausrufungszeichen und aufgeregten Worten der Freude. Konnte ich aber nicht. Ich war doch diejenige, die Hudsonville verlassen hatte, und trotzdem ließ Ruby mich mal wieder hinter sich. Verliebte sich. Das hier sollte mein »bester Sommer aller Zeiten« sein, der Sommer, in dem ich sechzehn werde. Irgendwann hatte ich mal den Song *Sweet sixteen and never been kissed* gehört – »Süße Sechzehn und noch ungeküsst« –, und der war in meinem Kopf hängen geblieben wie ein Ohrwurm. Ich war nicht nur ungeküsst, es hatte noch nicht mal einen Jungen gegeben, der mich mochte. Mit Hugh Tyson konnte ich nicht mal *reden.*

Als ich Rubys Mail noch mal durchlas, wurde mir bewusst, dass der Zeit ganz egal war, ob man nun ein Spätentwickler war oder nicht – die Zeit lief einfach in ihrem ganz normalen Tempo und machte einen älter, während man weiterhin ungeküsst blieb. Und andere, wie etwa deine beste Freundin, eilten voran und hielten sich mit ihren Initiationsriten genau an den Zeitplan.

Mit schwerem Herzen wende ich mich von Dads Haus ab. Die Tatsache, dass ausgerechnet Austin Wheeler Rubys Sommerliebe ist, macht die ganze Sache nur noch schlimmer. Austin ist blond und langweilig, nur ein Rädchen in der Popularitätsmaschine. Er und Skye Oliveira sind dicke Freunde, und ich fürchte, dass Ruby womöglich in dieselbe Richtung steuert.

Obwohl Ruby in keiner ihrer Mails Skye erwähnt hat, liegt mir verstörendes Beweismaterial auf Instagram vor.

Zum Beispiel das Foto, das Skye von ihrer Party am 4. Juli gepostet hat, auf dem sie und ein paar ihrer Klone in ihrem tollen Garten posen. Und da, im Hintergrund, in einem gestreiften Kleid und mit Austin plaudernd, war eine strahlende Ruby. Dieses Bild zu sehen war wie ein Schlag in die Magengrube gewesen.

Ein paar Tage später hat Austin ein Foto von sich, Skye und Ruby gepostet, sie hatten sich alle in eine Sitzbucht im *Better Latte Than Never* gequetscht – Ruby trug ihre Baristaschürze und Skye und Austin tranken Eiskaffee und alle grinsten wie beste Freunde für die Ewigkeit. Das war der zweite Schlag in den Bauch.

Inzwischen haben Ruby und ich harmlose Mails ausgetauscht. Ich erzähle ihr darin vom Leben in Les Deux Chemins und sie erzählt mir von ihrem Besuch bei ihrem Dad in Connecticut. In typischer Ruby-Manier drängt sie mich, den süßen Kellner Jacques nicht nur anzurufen (*Mach's!*), sondern auch Fotos von ihm zu machen und sie ihr zu schicken (*Bilder – oder es ist nie passiert!*). Wir unterschreiben immer noch jede Mail mit *Hab dich lieb mal zwei.* Aber manchmal fühlt es sich anders an.

Ich trotte die Rue du Pain entlang, die Hände in den hinteren Taschen meiner Shorts. Diese Entfernung von Ruby fühlt sich schrecklich an. Und die von zu Hause. Wenn ich in Hudsonville wäre, da bin ich mir sicher, wäre alles normal. Ruby und ich wären ehrlich miteinander, so wie immer. Ich würde alle Geheimnisse kennen, wissen, was los ist.

Hier muss ich mich auf Instagram verlassen. Und da stalke ich nicht nur Ruby, Skye und Austin. Alice hat Bilder von ihrer Reise nach Kalifornien zu Inez gepostet, die beiden sehen entspannt und glücklich aus am Strand, so wie zwei beste Freundinnen aussehen sollten. Hugh Tyson – der auf Instagram nicht besonders aktiv ist, aber wenn er postet, macht mein Herz jedes Mal einen kleinen Hüpfer – hat ein Foto von einer Nikon DSLR Kamera gepostet, genau so eine, wie Tante Lydia mir geschenkt hat. Die Bildunterschrift lautete: *Sommerkurs in Fotografie ist super!* Ob er diesen Kurs wohl in New York City macht?

Ich habe meine Nikon jeden Tag benutzt und Fotos von den Zitronenbäumen in Dads Garten gemacht, von den Broten und Kuchen, die aus dem Ofen der

Bäckerei kommen, von der Fontäne mit den Putten an der Ecke. Als ich jetzt in den Boulevard du Temps einbiege und am Brunnen vorbeigehe, bin ich ein bisschen traurig, weil ich die Kamera nicht mitgenommen habe.

Ich hätte ein Bild von der weißen Kathedrale vor dem leuchtend blauen Himmel machen können. Oder von den beiden alten Frauen, die davor auf den Stufen sitzen und sich ein Baguette teilen, während die Tauben zu ihren Füßen Krümel picken. Von dem roten Schild des Tabac. Vom Café Cézanne und den voll besetzten Tischen davor, an denen Leute in der Sonne zu Mittag essen. Von der Boutique mit den pastellfarbenen Ballerinas im Schaufenster …

Vor der Boutique zögere ich, irgendwas verleitet mich dazu reinzugehen. Seit ich im Mai mit Ruby im Einkaufszentrum war und mir neue Flipflops gekauft habe, war ich nicht mehr shoppen. Diese Boutique hat eine Pünktchentapete, Vintagetaschen stehen auf den Regalen, Parfumflaschen auf Tabletts und modische Kleidchen hängen an Haken. Ins Einkaufszentrum zu Hause würde dieser Laden nicht passen, aber in Deux Chemins fühlt sich so was ganz richtig an. Es fühlt sich auch ganz richtig an, dass ich mir eine hauchdünne kurzärmlige Bluse mit kleinen roten Blümchen aussuche, die wie Mohn aussehen. Ich nehme sie mit in eine Umkleidekabine, wo ich Rubys lila Tanktop abstreife.

»*Très jolie*«, sagt die Verkäuferin, als ich rauskomme, um mich in dem großen Spiegel zu betrachten.

Ich verstehe, dass sie sagt, das Top sei »sehr hübsch«, und ich weiß, dass es ihr Job ist, so was zu sagen. Aber als ich in den Spiegel gucke und meine widerspenstigen Haare auf dem Kopf zusammenraffe, muss ich zugeben, dass die Bluse echt schön ist. Die Farbe betont das Rosige meiner Wangen, und der weite, fließende Schnitt gefällt mir gut zu meinen Jeansshorts. Ruby würde so was nicht tragen, sie mag lieber körperbetonte Tops, aber vielleicht ist das okay. Vielleicht ist das gut.

Irgendwie bin ich ziemlich verwegen drauf, so ähnlich habe ich mich vorhin in der Scheune gefühlt, als ich Eloise die Stirn geboten habe. In einem gestotterten Mix aus Französisch und Englisch sage ich der Verkäuferin, dass ich die Bluse kaufen möchte – ich habe genug Euros in der Tasche – und bitte sie, die Preisschilder abzuschneiden. Ein paar Minuten später bin ich draußen, ich trage die sehr hübsche neue Bluse und halte Rubys zusammengeknülltes Tanktop in der Hand.

Die warme Brise bauscht die Bluse. Ich lächele, fühle mich federleicht und schwebe über das Kopfsteinpflaster. Auf dem Boulevard ist viel los, und als ich am Café des Jumelles vorbeigehe, stoße ich mit einem Passanten zusammen.

»*Excusez-moi*«, sage ich und bin ganz stolz darauf, dass ich automatisch Französisch gesprochen habe.

Der Typ, mit dem ich zusammengestoßen bin, ist ein Teenager. Er ist ein paar Köpfe kleiner als ich und hat braune Augen und jede Menge lockige braune Haare. Ich bin verwirrt, als er stehen bleibt und lächelt.

»*Bonjour, mademoiselle*«, sagt er zu mir und sein Ton hat etwas Einladendes. »*Ça va?*«

Moment mal. Mein Gesicht läuft feuerrot an. Kann es sein, dass dieser Typ mich anmacht?

Ich denke wieder an das Einkaufszentrum zu Hause, wo irgendwelche Typen manchmal »Hi« zu Ruby sagen und sie angrinsen, wenn wir von Laden zu Laden ziehen. Wenn der Typ süß ist, sagt Ruby auch »Hi« zu ihm – und gelegentlich tauschen sie auch Telefonnummern aus. Ich bleibe immer stumm, der unsichtbare Sidekick. Mich hat noch nie jemand angegrinst oder angesprochen – und daran bin ich gewöhnt.

An das hier nicht.

Der Typ mit den braunen Augen scheint auf eine Reaktion zu warten. Aber ich bin viel zu durcheinander, um auch »*Ça va*« zu sagen oder sonst was. Deshalb drehe ich mich schnell um und gehe weiter den Boulevard entlang, mein Puls hat sich beschleunigt. Vorsichtig linse ich über die Schulter – und der Typ beobachtet mich noch immer und lächelt nach wie vor. Dann zuckt er mit den Schultern und geht weiter.

Mein Herz hämmert unter meiner neuen Bluse. Ich fass es nicht. War das die Bluse, der irgendein Zauber anhaftet, sodass Jungs mich bemerken? Vielleicht hat es auch was mit Frankreich zu tun oder französischen Jungs. Schließlich war da ja auch diese Interaktion mit Jacques im Café, wenngleich mir die jetzt ziemlich unwirklich vorkommt und sich wohl nie wiederholen wird.

Zerstreut biege ich auf den von der Sonne beschienenen Marktplatz ein, wo die Bauern täglich ihre Produkte anbieten. An den Ständen türmen sich Käse, Gemüse, Obst und Blumen. Ganze Fische ruhen glitzernd auf Eisbetten und Fläschchen mit Lavendelöl sind neben Kräuterbündeln auf Tischen ausgelegt. Ich bleibe stehen und berühre ein Büschel mit Zweigen zusammengebundenem Thymian. Ob das wohl ein gutes Souvenir wäre, das ich im August mit nach Hause bringen kann? Nicht, dass Mom unbedingt an Frankreich und Dad erinnert werden möchte. Nicht, dass Ruby viel Verwendung für Thymian hätte. Ich gucke auf ihr Tanktop in meiner Hand.

So wandere ich durch die Menge. Frauen und Männer feilschen mit Verkäufern und es herrscht ein angenehm geschäftiges Treiben. Ich bleibe bei einem Gemüsestand stehen und bewundere einen Haufen reifer roter Tomaten. Vielleicht kaufe ich eine zum Mittagessen – und ein Stück Brie vom Käsestand. Ich greife in die Tasche, um nachzuschauen, ob ich noch Euros habe, als ich eine bekannte Stimme hinter mir höre.

Eine Jungsstimme.

Wieder nimmt mein Herzschlag Fahrt auf und ich drehe mich um.

Da, an den Olivenfässern, im Gespräch mit dem Verkäufer, steht der süße Kellner Jacques. Mir stockt der Atem, als ich ihn im Profil sehe, die hohen Wangenknochen, die starke Nase und diese schwarzen Haare. Er ist hier. Es ist, als hätte ich ihn durch meine Gedanken heraufbeschworen.

Zögernd bleibe ich bei den Tomaten stehen, mein Herz rast mit meinen Gedanken um die Wette. Ich könnte mich meiner üblichen Schüchternheit ergeben und davonhuschen. Oder …

Ich denke an den Jungen, der mich vorhin angesprochen hat. Ich erinnere mich an Rubys Mail zum Thema Verlieben. Ich stelle mir Hugh Tyson vor, der zu seinem Fotokurs unterwegs ist und sein Leben lebt. Meine neue Bluse fühlt sich so weich an auf der Haut und ich rieche den Duft von Kräutern und Blumen. Das alles stachelt mich an, und dieses Gefühl von vorhin, dieser Übermut, ist wieder da. Und ehe ich meinen Tanz der Unentschlossenheit weitertanzen kann, gehe ich auf Jacques zu.

»*Ça va?*«, sage ich, was mir angemessen scheint.

Jacques reißt den Blick von den Oliven los, und seine dunkelblauen Augen werden ganz groß, als er mich sieht. Schmetterlinge rotten sich in meinem Bauch zusammen. Was mache ich hier eigentlich?, frage ich mich, doch es ist zu spät, denn ich mache es bereits, es passiert jetzt gerade.

»Summer!« Jacques' Wolfslächeln geht übers ganze Gesicht.

Er erinnert sich an mich? Er erinnert sich an mich!

Er beugt sich vor, kommt mir so nah, dass ich sein Duftwasser riechen kann, und küsst mich schnell auf jede Wange. Ich merke, wie ich roter werde als die Blumen auf meiner Bluse und die Tomaten hinter mir. Plötzlich finde ich diese Wangenkusssitte gar nicht mehr so schlimm. Ich stehe mitten im Gewusel auf dem Marktplatz und die Schmetterlinge in meinem Bauch flattern hektisch.

Jacques nimmt Abstand. »Einen Moment, *s'il te plait*«, sagt er und ich nicke. Jetzt, wo ich den ersten Schritt getan habe, kann ich einen Moment warten – oder eine Stunde, einen Tag, den ganzen Sommer …

Jacques wendet sich wieder dem Olivenverkäufer zu, spricht schnell Französisch mit ihm und gestikuliert dabei. Ich versuche, ganz normal zu atmen. Der Verkäufer löffelt einen Haufen glänzend grüne Oliven in einen großen Behälter, den er Jacques reicht.

Nach Ende dieser Transaktion grinst Jacques mich an. »Meinen Eltern fehlten im Café noch ein paar Sachen«, erklärt er, »also haben sie mich losgeschickt.«

Jetzt sehe ich, dass er seine Kellneruniform trägt, aber das weiße Hemd hängt zerknittert aus der Hose und der schwarze Schlips flattert ungebunden um den Hals. Irgendwie sieht er so noch besser aus als bei unserer letzten Begegnung.

»Verstehe«, kann ich sagen.

Jacques schmunzelt. »*Alors*, Summer«, sagt er, als wir den Olivenstand hinter uns lassen. Wir gehen nebeneinander her, unsere Arme streifen sich und mich durchzuckt ein elektrischer Schlag. »Du hast mich nicht angerufen wegen dem Französischunterricht.«

Er will mich aufziehen, das höre ich an seinem Ton, und seine Augen funkeln. »Wo hast du gesteckt?«

Das Herz schlägt mir im Hals. »Ich …« Irgendwie mag ich ihm nicht erklären, dass ich bis jetzt noch nie einen Jungen angerufen habe. »Ich habe kein eigenes Telefon«, sage ich schließlich lahm. Ich erkläre ihm, dass mein Handy hier nicht funktioniert, und Jacques sagt mir, dass ich ein Einweghandy mit Karte im Tabac kaufen kann. Ich danke ihm für den Tipp, obwohl ich es eigentlich ganz erholsam fand ohne Handy (nach den anfänglichen Entzugserscheinungen).

»Und wo hast *du* gesteckt?«, frage ich, als wir an einem Stand mit Sonnenblumen vorbeigehen. Dann beiße ich mir auf die Lippe und hoffe, dass ich mit dieser Frage nicht preisgegeben habe, dass ich gelegentlich am Café des Roses vorbeigeschlendert bin, auf der Suche nach ihm.

Jacques lacht und fährt sich mit der Hand durchs wirre Haar. »Ach, ich war mit meiner Familie ein paar Tage verreist«, antwortet er. »Wir waren in Antibes, das ist an der Côte d'Azur, der Riviera. Kennst du die Stadt?«

»Ja!« Ich denke an meinen Reiseführer. »Also, nicht richtig, ich war noch nicht da«, stelle ich klar und werde wieder rot. Jacques scheint das lustig zu finden. »Aber ich hab was über die Riviera gelesen. Da würde ich gern irgendwann mal hinfahren.«

»*Oui*?« Jacques zieht eine Augenbraue hoch. Panik packt mich, dass er denken könnte, ich würde vorschlagen, dass er mich dahin mitnimmt. Wenn ich mir vorstelle, mit Jacques an einem Strand zu sein, ich im Badeanzug, möchte ich mich am liebsten unter dem Auberginenstand verstecken, an dem wir gerade vorbeigehen.

»Es gibt viele Orte, an die ich gern fahren würde«, plappere ich weiter und denke an die unterstrichenen Stellen in meinem Reiseführer. »Nach Avignon zum Papstpalast. Und in die Camargue, wo man wilde Pferde sehen kann …« Ich höre mich langsam selbst an wie ein Reiseführer. »Oh, und am liebsten in die *Galerie de Provence*, die ja nicht so weit weg ist, oder?«

»Stimmt, ist nicht weit«, sagt Jacques, während wir uns an einer vierköpfigen Familie vorbeischlängeln, die am Wurststand Salami verkostet. Jacques guckt mich an, ein Lächeln umspielt seine Lippen. »*Pourquoi*? Warum willst du da am liebsten hin?«, erkundigt er sich.

Soll ich ihm einfach sagen, dass ich Kunst mag und dass es doch schade wäre, nach Frankreich zu kommen und gar nicht in ein Museum zu gehen? Das wäre ja nicht mal gelogen. Aber die eigentliche Wahrheit, die Sache mit meinem Porträt und Dad – würde die angeberisch klingen?

Ich entscheide mich für etwas dazwischen. »Da hängt ein Bild, das ich wirklich gern sehen würde«, erkläre ich und betrachte dabei meine Flipflops. »Von meinem Vater. Er ist Maler.«

Jacques wirkt beeindruckt. »*Vraiment*, ein Maler? Ist

ja cool«, sagt er. Mit seinem Akzent klingt das sehr süß. »Er ist Franzose, dein Vater?«

Ich schüttele den Kopf. Vor dem Stand mit dem Ziegenkäse. »Er ist Amerikaner, lebt aber in Paris und verbringt den Sommer in Les Deux Chemins.« Vielleicht hat Jacques ja schon von Dad gehört oder kennt ihn aus der Stadt, fällt mir ein. »Er heißt Ned Everett«, sage ich.

Jacques lächelt und antwortet mir mit einem freundlichen Achselzucken. »Ich fürchte, ich kenne mich mit heutigen Malern nicht so gut aus. Aber hier in der Provence haben immer Maler gelebt. Wahrscheinlich, weil das Licht so schön ist.« Er hält seinen Olivenbehälter hoch, das milde Sonnenlicht lässt sie golden schimmern.

Ich nicke und wünsche mir wieder, ich hätte die Kamera dabei. »Wie Paul Cézanne und Vincent van Gogh«, sage ich. Ich bin längst nicht mehr so nervös wie vor fünf Minuten. Besonders weil ich jetzt auf vertrautem Terrain bin, mit Malern kenne ich mich aus.

Jacques nickt, seine dunkelblauen Augen funkeln, als er mich betrachtet. »Du bist also hier, weil du deinen Vater besuchst, Summer?«

Sein Blick macht mich schon wieder ganz nervös. »Irgendwie schon«, antworte ich und hoffe, das Berlin-Ding irgendwie umschiffen zu können. »Ich wohne in seinem Haus in der Rue du Pain.« Argh. Wie peinlich, kann ich mich nicht in Luft auflösen? Was, wenn Jacques nun denkt, ich wollte ihn in Dads Haus einladen? Na toll, gerade hatte ich angefangen, mich zu entspannen und mich vor einem Jungen nicht mehr zu fühlen wie ein totaler Freak ...

»Freitag ist das Café meiner Eltern geschlossen.« Jacques bleibt stehen und begutachtet einen Haufen Pfirsiche. Vermutlich will er das Thema wechseln. Was für eine Erleichterung! »Wegen dem *quatorze juillet*, sorry, 14. Juli, Tag der Bastille. Du weißt doch, der französische Unabhängigkeitstag? Das ist wie euer 4. Juli.«

»Ich weiß«, sage ich mit einem Lächeln. Dank meines verlässlichen Reiseführers.

»Aber die *Galerie de Provence* ist, glaube ich, geöffnet«, fährt Jacques fort und nimmt dabei einen Pfirsich in die Hand, um ihn ins Licht zu halten. »Vielleicht könnten wir ...«

Oh mein Gott, denke ich, die Anzahl der Schmetterlinge verdoppelt sich und ein Mädchen ruft: »Jacques!«

Benommen gucke ich mich um. Ein großes, modellmäßiges Mädchen mit dunkler Haut und modisch geschnittenen braunen Haaren kommt auf uns zu, Hand in Hand mit einem dunkelblonden Jungen in einem *Phoenix*-Band-T-Shirt. Der Junge trägt eine Büchertasche über der Schulter und das Mädchen hat einen großen Zeichenblock unterm Arm.

Ich kenne die beiden, doch woher? Dann fällt es mir ein: Das ist das Paar, das sich an meinem ersten Tag vor dem Brunnen geküsst hat und das ich am selben

Abend mit Eloise im Café des Jumelles gesehen habe. Das sind Eloises Freunde.

Und die kennen Jacques?

Sofort bin ich total verspannt, ich drehe mich schnell um und tue so, als hätte ich nur Augen für die Pfirsiche. Ich lasse die Haare ins Gesicht fallen und hoffe, dass ich so nicht zu erkennen bin.

Jacques begrüßt die beiden, er küsst das Mädchen auf die Wangen und klopft dem Jungen auf den Rücken. Das Mädchen nennt er »Colette« – ja, genau: Colette! – und den Jungen »Tomas«. Während die drei auf Französisch Nettigkeiten austauschen, starre ich stumm auf die Pfirsiche und hoffe inständig, dass Jacques mich nicht vorstellt. Zum Glück macht er das auch nicht und Colette und Tomas halten sich nicht lange auf. Tomas ruft ein »*À bientôt!*«, was so viel heißt wie »Bis später!«. Dann drehe ich mich vorsichtig um, mit einem Pfirsich in der Hand.

»Das sind coole Leute, die ich diesen Sommer kennengelernt habe«, erklärt Jacques munter, hinter ihm sehe ich Colette und Tomas davongehen. »Sie kommen oft ins Café mit Freunden aus ihrem Kunstkurs.«

Ich weiß, denke ich, und ein ganz neuer Gedanke nimmt in meinem Kopf Gestalt an: Wenn Eloise und ihre Kumpels aus dem Kurs, Colette und Tomas, immer ins Café des Roses kommen (wenn sie mir nicht gerade aus dem Weg gehen wollen), dann kennen sich Eloise und Jacques.

Mir wird ganz schlecht. Wenn Jacques Eloise kennt,

ist ihre Schönheit ihm bestimmt aufgefallen. Und soweit ich weiß, hat Eloise im Gegensatz zu Colette keinen festen Freund. Ich quetsche den Pfirsich in meiner Hand. Dieses besitzergreifende Gefühl ist albern, ich habe schließlich keinerlei Anspruch auf Jacques.

Da streckt Jacques die Hand aus und nimmt den Pfirsich aus meinen Klauen. Unsere Finger berühren sich. Mein Herz macht einen Sprung und alle Gedanken an Eloise huschen davon.

»*Merci*, Summer, danke, dass du den ausgesucht hast.« Jacques hält den Pfirsich hoch. »Der ist reif genug für das Dessert, das mein Vater machen will.« Er macht eine Pause und sagt schließlich: »Dann hole ich dich Freitag ab und wir fahren zur Galerie – auf meinem Moped?«

Moment mal. Was? Ich starre Jacques an, das Blut rauscht mir in den Ohren.

»Galerie de Provence?« Er grinst mich an. »Fahren wir?«

Die ganze Tragweite seiner Worte bringt meine Haut zum Glühen. Ich bin geschockt.

Ist das ein Date? Ein Date mit einem JUNGEN?

Aufregung und Ungläubigkeit machen sich in mir breit. Ich erinnere mich nicht mehr daran, wie man Worte bildet, die Zunge klebt mir am Gaumen, aber ein Nicken bringe ich zustande.

Ich höre Jacques nach meiner Adresse fragen, seine Stimme klingt undeutlich und wie aus weiter Ferne. Und während ich da mitten auf dem Marktplatz stehe, geht mir auf, dass dieser Tag heute voller Unmöglichkeiten war. Es ist, als wäre ich in einer Alternativwelt, in der die normalen Regeln nicht gelten.

Und vielleicht nehme ich ja etwas vorweg, aber ich glaube, ich weiß, was ich als Antwort auf Rubys Mail schreiben soll.

Hey beste Freundin, weißt du noch, wie du mir einen französischen Freund prophezeit hast? Nun ja, es sieht ganz so aus, als ob du nicht die Einzige mit einer Sommer-Lovestory bist …

Freitag, 14. Juli, 10:56 Uhr

Es ist schon spät, ich muss mich beeilen.

Ich laufe aus der Bäckerei, tauche unter der blau-weiß-roten Fahne hindurch, die in der Tür hängt: Es ist der französische Nationalfeiertag. Bernice hat mich mit einem herzlichen »*Bonjour!*« begrüßt und mir mein Pain au Chocolat gereicht, das ich jetzt fest umklammere, als ich über die Straße renne. Ich entgehe nur knapp einem Auto, das über das Kopfsteinpflaster der Rue du Pain rumpelt. Mein Magen ist ein Knäuel unter Strom stehender Kabel und Schweiß rieselt mir den Nacken runter.

In vier Minuten sollte Jacques mich eigentlich abholen.

Bitte, mach, dass er nicht pünktlich ist, bete ich, während ich in Dads Haus presche. Ich bleibe in der leeren Küche stehen, wo ich mein Frühstück verschlingen will. Aber ich bin so nervös, dass ich nichts runterkriege. Es war blöd von mir, in die Bäckerei zu gehen. Ich hatte gedacht, ich könnte alles so machen wie sonst auch. Aber dann habe ich hinter Bernice die Uhr an der Wand gesehen und bin in Panik geraten.

Ich werfe das ungegessene Pain au Chocolat auf den Küchentisch und stampfe die Treppe hoch. Gut, dass ich schon geduscht habe, im Bad läuft nämlich Wasser. Eloise muss da drinnen sein, denn aus meinem Fenster habe ich vorhin Vivienne auf dem Weg ins Scheunenatelier gesehen.

Ich habe viel länger geschlafen, als ich wollte. Die ganze Nacht hab ich wach gelegen und mich hin und her gewälzt zwischen Freude und Angst, bis ich endlich gegen Morgen eingeschlafen bin.

Einerseits kam ich mir lächerlich vor, dass mir Mittwoch auf dem Markt überhaupt Worte wie »Freund« und »Liebe« in den Sinn gekommen waren. Ich hatte Ruby an dem Tag noch gemailt, aber da hatte ich die Sache runtergespielt. *Vielleicht ist das nicht mal ein echtes Date,* hatte ich geschrieben und mich in die vertraute Decke des Zweifels gehüllt.

Andererseits war es nicht zu leugnen, dass die Spannung in mir wuchs. Und jetzt kocht sie noch mal richtig hoch, als ich in meine Kammer stürze und mein brandneues Sommerkleid aus der Plastiktüte schüttele.

Gestern bin ich wieder in die schicke Boutique am Boulevard du Temps gegangen und habe dieses Kleid gekauft – es ist himmelblau und toll, mit einem Bogenrandsaum und auf dem Rücken geschnürt – und dazu ein Paar cremefarbene Römersandalen.

Hastig schlüpfe ich aus Shorts und T-Shirt und in meine neuen Sachen. Dann stelle ich mich dem kaputten Spiegel, in dem ich trotz des Sprunges erkennen kann, dass das Kleid klasse ist, so ein schönes hatte ich noch nie. Allerdings fällt mir auf, dass sich das Orange und Grün meines Freundschaftsbandes mit dem Blau vom Kleid beißt.

Seit Ruby in unserem ersten Jahr auf der Highschool diese Armbänder für mich geknüpft hat, habe ich sie treu getragen, egal zu welchem Outfit und zu welchem Anlass.

Aber einen Anlass wie diesen hat es noch nie gegeben. Ob es Ruby wohl was ausmachen würde, wenn ich sie mal nicht trage?

Irgendwie ist da immer noch so was Distanziertes zwischen mir und meiner besten Freundin. Obwohl sie auf meine E-Mail über Jacques enthusiastisch reagiert hat. *SELBSTVERSTÄNDLICH ist das ein Date!!!*, hatte sie geschrieben. *Hab ich es nicht gesagt? Und hab ich mich je geirrt? Nein. Hugh Wer?*

Ich hatte den Bildschirm angelächelt. Meine Gedanken an Hugh verblassten langsam – wie alte Fotos, das war nicht zu leugnen. Aber ich fragte mich schon, warum es Ruby so wichtig war, immer recht zu haben. Vielleicht weil ihr das alle Macht gab?

Ich seufze und schäle die Armbänder vom Handgelenk. Sorgfältig lege ich sie auf die Kommode. Dann greife ich nach der Bürste und hoffe, dass ich meine langen, vom Duschen feuchten Haare entwirren kann.

Klopf, klopf. Klopf, klopf.

Unten ist jemand.

Er ist pünktlich, denke ich frustriert, während ich mir hastig mit der Bürste durch die Haare fahre und das Lipgloss aus meinem Waschbeutel ausgrabe. Ich fahre mir damit über die Lippen und schnappe meine Umhängetasche. Als ich schon fast aus dem Zimmer bin, fällt mir die Kamera ein. Sie liegt auf dem Fensterbrett, gestern Abend habe ich Fotos vom Garten geschossen. Ich schnappe sie, stopfe sie in die Tasche und flitze endlich zur Tür raus, die Treppen runter und in die Küche, wo ich abrupt zum Stehen komme.

Die Haustür steht offen und Jacques lehnt im Rahmen, die Arme über der Brust verschränkt. Und vor ihm, eine Hand auf dem Türknauf, in weißem Bademantel, mit einem Handtuchturban und – das ist vielleicht das Schlimmste – mit meinem Pain au Chocolat in der Hand, steht Eloise.

Ich bin sofort genervt. Sie muss aus der Dusche gekommen sein, das Klopfen gehört haben und auf ihren Geisterfüßen die Treppe runtergehuscht sein, um an die Tür zu gehen – und sich mein Frühstück unter den Nagel zu reißen.

»Ah. Summer!«, sagt Jacques, als er mich sieht. Er lächelt, aber Verwirrung macht sich auf seinem Gesicht breit. Eloise dreht sich zu mir um. Mit ebensolcher Miene. Nur lächelt sie nicht.

»Woher kennst du Jacques?«, fragt sie ohne Einleitung. Ihr Ton ist scharf.

Okay. Bei all der Aufregung heute Morgen ist mir vorübergehend entfallen, dass es eine Verbindung zwischen Eloise und Jacques geben könnte. So wie Eloise dasteht – nämlich so, als wolle sie ihn mit ihrem Körper von mir abschirmen –, ist klar, dass sie Jacques nicht nur kennt, sondern vermutlich sogar mag.

Und mag er sie? Mein Magen schnürt sich zusammen, als ich zu Jacques gucke. Zum Glück wirkt er nicht allzu hingerissen. Er lässt den Blick von ihr zu mir wandern, mit gerunzelter Stirn. Er sieht aus, als wolle er ein Rätsel lösen.

»Ich ... äh ...« Ich räuspere mich. Weil ich nervös bin, greife ich aus Gewohnheit nach meinem Handgelenk, aber da sind keine Armbänder, an denen ich zwirbeln könnte. »Wir ... wir haben uns im Café des Roses kennengelernt«, antworte ich schließlich. Ich straffe die Schultern und halte Eloises versteinertem Blick stand.

Die Sache ist die: Seit unserer Auseinandersetzung in der Scheune ist Eloise ... anders zu mir. Es ist unglaublich subtil. Wir wechseln immer noch kein Wort miteinander, wenn wir uns im Haus über den Weg laufen. Aber sie zieht die Lefzen nicht mehr hoch, wenn sie mich sieht, schnaubt nicht mehr und knallt nicht mehr mit den Türen. Es ist, als hätte sie widerwillig akzeptiert, dass ich so was wie ein menschliches Wesen bin.

Jetzt sprüht ihr Blick allerdings reines Gift. Wie in der guten alten Zeit.

»*Je ne comprends pas*«, sagt Jacques stirnrunzelnd. »Das verstehe ich nicht.« Sein Blick flitzt zwischen Eloise und mir hin und her wie ein Pingpongball.

»Summer, du kennst Eloise? Ihr wohnt beide hier? Seid ihr …?«

»Eloise ist hier nur zu Gast«, unterbreche ich ihn. Ich will klarstellen, dass sie hier der Eindringling ist, während ich hier gewissermaßen zu Hause bin. »Mit ihrer Mom, die eine Malerfreundin von meinem Vater ist.«

Jacques nickt, er wirkt immer noch ein bisschen verwirrt. Eloise lacht bellend auf.

»Nur zu Gast«, wiederholt sie verbittert, ihr Mund verzerrt sich. Mir geht auf, dass sie ihre Sommerferien vielleicht nicht gern in diesem Haus verbringt. Vielleicht ist das der »Stress«, unter dem sie leidet. Wenn das so ist, dann haben Eloise und ich eine Gemeinsamkeit: Wir wollen beide, dass Eloise hier abhaut. »Übrigens«, sie dreht sich zu mir um und hält mein Pain au Chocolat hoch, »ist doch okay für dich, dass ich das hier esse, was, Summer?« Ein provozierendes Lächeln geht über ihr Gesicht. »Hab ich auf dem Tisch gefunden, also …« Ohne auf meine Antwort zu warten, nimmt sie einen großen Bissen.

Mein Blut kocht. Ich bezwinge den Drang, ihr das Gebäck aus der Hand zu reißen und »Das ist meins!« zu kreischen – als würde ich mich um Bonbons streiten, wie im Kindergarten. Aber vor Jacques will ich nicht ausrasten. Ich balle die Hände zu Fäusten, während Eloise hämisch kaut.

Jacques muss sich auf die Lippe beißen, um nicht zu grinsen. Anscheinend findet er unsere Feindseligkeiten unterhaltsam. »Komischer Zufall, *non*?«, fragt er uns.

»Zum Totlachen«, murmele ich. Eloise hat den Mund voll und antwortet nicht.

»Also …«, sagt Jacques in die angespannte Stille. Er steckt die Hände in die Jeanstaschen. Ich sehe ihn das erste Mal ohne seine Kellneruniform und nehme mir einen Augenblick Zeit, um auf mich wirken zu lassen, wie süß er in seinem verschossenen roten T-Shirt und den schwarzen Adidas-Schuhen aussieht. Mein Herz schlägt Saltos. Er guckt mich an und zieht die Augenbrauen hoch. »Bist du bereit, Summer?«

»*Oui*«, sage ich sofort und gehe zu Jacques, wobei ich Eloise im Vorübergehen streife. So nervös mich unser Ausflug (das Wort ist weniger Furcht einflößend als Date) auch macht, die Aussicht, noch länger mit Eloise hier stehen zu müssen, macht mich noch nervöser.

»Na, dann amüsiert euch mal schön, ihr beiden«, zickt sie und beißt noch mal von meinem Pain au Chocolat ab. Ich verkrampfe mich und hoffe, dass sie nicht nach unseren Plänen fragt. Für mich ist der Besuch dieser Galerie etwas Persönliches, fast Privates. Dann fällt mir auf, wie rotfleckig ihre Wangen sind, und ich merke, wie sehr sie sich zusammenreißen muss, um so zu tun, als wäre es ihr egal.

Irgendwie befriedigt mich das: Ist Eloise etwa eifersüchtig auf mich? Als sie mein neues Kleid, das Lipgloss und die Sandalen bemerkt, schleicht sich so etwas wie Anerkennung in ihren Blick. In ihrem Bademantel, die Prinzessinnenhaare unter dem Handtuch, ist sie plötzlich die weniger Glamouröse von uns beiden. Wir haben die Rollen getauscht.

»Danke«, antworte ich, um Nonchalance bemüht, und Jacques setzt noch ein freundliches *»Au revoir!«* drauf, ehe er Eloise auf beide Wangen küsst. Jetzt bin ich diejenige, die von einer enormen Eifersuchtswelle erfasst wird.

Eloise lächelt Jacques an – ich merke, wie giftig mein Blick wird – und sagt schnell etwas auf Französisch zu ihm, ich kriege mit, dass *»Colette et Tomas«* erwähnt werden und *»le café«* und kann nichts gegen die plötzlich aufkommende Paranoia tun. Ob zwischen den beiden wohl mal was gelaufen ist?

Ich grübele noch immer darüber nach, als Eloise mich dreist angrinst, sich den Rest meines Pain au Chocolat in den Mund stopft und die Tür zuknallt. Ihre Spezialität.

Langsam drehe ich mich zu Jacques um, wir stehen beide auf der Schwelle. Ich weiß nicht, ob ich mich entschuldigen soll oder etwas erklären – aber was soll ich denn überhaupt sagen? Ich verstehe Eloise ja selbst nicht.

»Das war … schräg«, murmele ich schließlich und streiche mir eine Haarsträhne hinters Ohr. Der Tag wird immer heißer und schwüler und meine Haare trocknen im Nacken. Ich bin froh, dass der Stoff von meinem neuen Kleid so dünn ist.

Jacques zuckt mit den Schultern. *»Un peu bizarre«*,

gibt er zu und schmunzelt. Er zuckt mit dem Kopf. »Also, wie seid ihr, ich meine, ich dachte ...« Er spricht nicht weiter, und ich warte voller Angst darauf, dass er mir jetzt gesteht, mal mit Eloise zusammen gewesen zu sein. Aber eine Sekunde später schaut er wieder auf und schenkt mir sein hinreißendes Lächeln. »Vergiss es«, sagt er.

Und im Handumdrehen hab ich es vergessen. Meine Laune wird besser und ich erwidere sein Lächeln. In diesem Moment haben wir anscheinend eine Vereinbarung getroffen: Es ist nicht nötig, noch weiter über Eloise zu reden.

Ich folge Jacques zu seinem auf der Straße geparkten Moped, das glänzend weiß und schnittig ist. Zwei weiße Helme liegen auf dem Sitz. Als Jacques mir einen davon reicht, zögere ich. In Hudsonville bin ich dauernd auf dem Rad unterwegs, aber ein Moped ist etwas ganz anderes, scheint mir – schneller, wilder, unheimlicher.

»Komm schon, du wirst es toll finden«, versichert mir Jacques, seine Augen funkeln übermütig.

Ich weiß nicht recht, aber da ich schon so mutig war, diesen Schritt zu machen – also: raus aus meinem Schneckenhaus und auf einen Ausflug mit einem Jungen –, atme ich durch und stülpe mir den Helm über den Kopf. Er passt gut und dämpft das Vogelgezwitscher auf der Rue du Pain.

Jacques behelmt sich ebenfalls und schafft es sogar gut auszusehen, während er den Kinnriemen stramm zieht. Dann springt er elegant aufs Moped. Ich klettere hinter ihn, ungeschickt und vorsichtig, meine Tasche ziehe ich auf den Schoß, und ich achte darauf, dass das Kleid nicht hochrutscht. Bin ich froh, dass ich ihm nicht gegenübersitze!

»Aber eines solltest du wissen, bevor wir losfahren«, sagt Jacques und lässt den Motor aufheulen.

»Ja?«, sage ich über den Lärm hinweg. Mein Bauch krampft sich zusammen.

Beim Grinsen erscheint ein Grübchen auf seiner Wange. »Du siehst heute sehr hübsch aus.«

Moment mal. Was war das?

Mein Herz schießt mir in den Mund und macht mich sprachlos. Ich muss mich verhört haben. Der Helm, der Motor, die Hitze heute – ich habe Halluzinationen. Akustische Halluzinationen. Gibt's das? Muss es geben, denn ich bin ja ich. Summer Everett. Die mit dem picassoartigen Gesicht, die, die unsichtbar ist für Jungs. Nicht hübsch.

Obwohl ... wenn doch? Was, wenn ich richtig gehört habe? Mein Puls hämmert. Ehe ich Jacques bitten kann, das doch noch mal zu wiederholen, guckt er schon wieder nach vorne und wir sausen davon.

Die Geschwindigkeit des Mopeds entspricht der meines Herzschlags. Und das schwindelerregende Gefühl, das sich in mir breitmacht, als wir die Rue du Pain entlangflitzen, passt zu dem, was sich in meinem Kopf abspielt.

Ich habe Mühe, die Füße auf den Fußstützen zu

halten, und dann – ohne nachzudenken – schlinge ich die Arme um Jacques' Hüften.

Oh mein Gott.

Ich bin geschockt von meiner eigenen Kühnheit. Dabei scheint mir jetzt nichts mehr unmöglich. Ich spüre die Wärme von Jacques' Rücken durch sein T-Shirt und lächele vor mich hin, als wir den Boulevard du Temps runterflitzen.

Alle Geschäfte und Cafés sind heute mit französischen Fahnen und blau-weiß-roten Wimpeln geschmückt. Die Straßen sind fast leer, so wie am 4. Juli bei mir zu Hause. Mir fällt wieder ein, was ich über den Tag der Bastille gelesen habe, das war der Beginn der Französischen Revolution. Wie kann es nur sein, dass der Juli und die Sommerhitze die Leute zur Rebellion inspirieren?

Wir lassen den Boulevard hinter uns und schießen hinaus auf die offene Straße. Der Wind pfeift in meinem Helm und peitscht gegen Arme und Beine, ein beängstigendes Gefühl – und befreiend.

Nichts als azurblauer Himmel und dunkelgrüne Zypressen um uns herum, gelegentlich kommt ein Auto oder Motorrad vorbei. In der Ferne liegen Berge. Die grünbraunen Berge, die ich auf der Taxifahrt vom Flughafen gesehen habe. Da war ich eine andere Summer, eine, die sich nie hätte vorstellen können, hinter einem Jungen auf dem Moped zu sitzen und sich an ihm festzuhalten. Wenn diese Summer mich doch jetzt nur sehen könnte.

Jacques steuert das Moped routiniert nach rechts und wir klettern über Serpentinen eine rötliche Felswand hinauf. Ich vergesse ganz Angst zu haben, weil der Ausblick so hinreißend ist – andere rostfarbene Felsen ringsherum und in der Tiefe ein Streifen türkises Wasser und Lavendelfelder. Der süße Duft ist überall.

Wir erreichen ein Plateau und gelangen hinter einer Kurve auf einen von Bäumen beschatteten Weg. Vor uns liegt ein kleines weißes Gebäude mit Säulen. Von der Fassade hängt ein Banner mit der Aufschrift GALERIE DE PROVENCE.

Ich empfinde ein leichtes Bedauern. Eigentlich hätte ich mit Dad herkommen sollen. Es würde sich so bedeutsam anfühlen, mit ihm hier reinzugehen und gemeinsam mit ihm mein Gemälde – sein Gemälde – anzuschauen.

Aber ich bin auch ungeduldig, ich will nicht warten, bis Dad irgendwann mal aus Berlin zurückkommt, wer weiß, wann das passiert. In seiner jüngsten E-Mail hat er versprochen, er werde »versuchen«, zu meinem Geburtstag wieder zurück zu sein – und das wäre kommenden Dienstag. Ich nehme an, wenn er bis dahin nicht wieder da ist, werde ich Mom die Wahrheit sagen müssen. An diesem Gedanken habe ich noch zu kauen, als Jacques vor der Galerie parkt.

Widerstrebend lasse ich seine Hüften los. Mit ebensolchem Widerstreben nehme ich den Helm ab, denn ich weiß, dass meine Haare garantiert statisch aufgeladen sind und zu Berge stehen. Aber als Jacques seinen

Helm absetzt – seine Haare sehen natürlich so attraktiv verwuschelt aus wie immer –, dreht er sich um und grinst mich an, und da fällt mir wieder ein, was er vorhin gesagt hat: sehr hübsch. Ich muss einfach zurückgrinsen und eine leichte Röte zieht über mein Gesicht.

Jacques reicht mir die Hand und hilft mir, als ich vom Moped hüpfe. Und er lässt meine Hand nicht wieder los.

Mir schwirrt der Kopf. Ich stelle mir vor, Ruby zu simsen: *Ich halte Händchen! Mit einem echten Jungen!* Aber nun, nachdem ich schon die Arme um Jacques geschlungen hatte, fühlt es sich gar nicht mehr so fremd und unmöglich an, seine Hand zu halten.

Immer noch Hand in Hand gehen Jacques und ich auf die Galerie zu, und mich erfasst eine Aufregung, die nichts mit unserem Händchenhalten zu tun hat.

Ich werde gleich mein Gemälde sehen.

Wir steigen die Stufen hoch und betreten das kühle Marmorfoyer. Hier ist ein Informationstresen, und auf einem Schild an der Wand steht *Photographies interdites* neben der Zeichnung einer Kamera, die rot durchgestrichen ist. Oh, ich werde wohl keine Fotos machen können. Vom Foyer aus blickt man in weitläufige Räume mit gerahmten Gemälden auf weißen Wänden. Außer mir, Jacques, der Frau hinter dem Infotresen und einem verschlafen wirkenden Wachmann scheint die Galerie leer zu sein. Wahrscheinlich wegen des Feiertags.

»Warst du schon mal hier?«, frage ich Jacques. Hoffentlich merkt er nicht, dass ich vor lauter Nervosität feuchte Hände kriege.

»Schon lange nicht mehr«, antwortet Jacques, während wir uns der Information nähern. »Ich war mal mit meiner Schulklasse hier. Ein paar von meinen Klassenkameraden wollen Maler werden, die sind danach immer wieder hierhergekommen.« Er lässt meine Hand los – ich bin sowohl enttäuscht als auch erleichtert – und geht vor, um mit der Frau an der Information zu sprechen. Sie winkt uns durch, der Eintritt ist frei.

»Und du willst nicht Maler werden?«, frage ich Jacques, als wir den ersten Raum betreten. Unsere Schritte hallen auf dem Marmorboden. Mein Blick wandert suchend über die Wände, mein Herz hämmert.

»*Non.*« Jacques lacht. »Ich, ich will Küchenchef werfen. Koch. Wie mein Vater. Und du?«, fragt er mich. »Willst du malen – wie *dein* Vater?«

Ich schüttele den Kopf. Gerade will ich ihm sagen, dass ich null künstlerisches Talent habe, als ich ein Bild entdecke, das mir bekannt vorkommt: eine Armbanduhr, die auf dem Meer treibt. Sehr reduziert und modern. Das Bild erinnert mich an Arbeiten von René Magritte oder Salvador Dalí. Ich lese auf dem Schild daneben nach, wer es gemalt hat: VIVIENNE LACOUR.

»Oh!«, sage ich und zeige darauf. »Die kenne ich. Das ist … das ist Eloises Mutter.« Es gefällt mir gar nicht, dass der Name Eloise ausgerechnet hier und jetzt fällt. Muss ihre Grässlichkeit denn alles durchdringen?

Aber Vivienne ist nicht grässlich, rufe ich mir in Erinnerung. Jetzt kapiere ich auch, dass Vivienne die schwebende Standuhr gemalt haben muss, die in meinem Zimmer hängt, der Stil ist nahezu identisch. Ich wette, in dieser Galerie hängen auch Werke von Monsieur Pascal. Wie cool, mit eigenen Augen zu sehen, dass Dad wirklich ein Teil dieser Künstlergemeinschaft in der Provence ist.

»Ach so, mir war nicht klar, dass Eloises Mutter eine Malerin ist«, sagt Jacques, als wir uns von Viviennes Bild abwenden. Ich bin ganz froh drüber, dass Jacques und Eloise sich zumindest nicht so nahestehen, dass sie Einzelheiten über ihre Familien ausgetauscht haben.

Dann gehen Jacques und ich in den zweiten Raum und ich bleibe stehen.

Ich schnappe nach Luft.

Denn ich sehe es.

Direkt vor mir, mitten auf der Wand, in einem goldenen Rahmen, ist ...

Nun ja, da bin ich.

Mein Herz macht einen Satz und ich stürze drauf zu, mir ist ganz egal, ob das albern wirkt. Ich renne zu dem Bild und stelle mich so dicht davor wie überhaupt möglich, ohne es zu berühren.

Da bin ich: ein kleines Mädchen mit ernstem Gesicht und langen blonden Ringellocken, die noch für ein paar Jahre weder kraus noch widerspenstig sind.

Ich trage ein weißes Kleid mit einem runden Kragen und stehe mit dünnen, herunterhängenden Armen in einem Feld voller leuchtend roter Mohnblumen.

Mir rieselt ein kalter Schauer den Rücken hinunter. Es ist sowohl seltsam als auch wunderbar, mich selbst zu sehen – diese frühere Version meiner selbst –, in Farbe gebannt und gerahmt an einer Wand.

Ganz schwach ist mir bewusst, dass Jacques neben mir steht und das Bild auch betrachtet.

»Wow«, sagt er leise. »Ist das ...«

»Das bin ich«, flüstere ich halb stolz, halb verlegen. Die junge Summer sieht mich an, mit Augen, die so groß sind, wie meine jetzt sein müssen.

Jacques schweigt. Ich reiße eine Sekunde lang den Blick von meinem Porträt los und schaue zu ihm rüber. Er betrachtet das Bild ganz genau, mit gerunzelter Stirn.

»Das bin ich, als ich noch klein war natürlich«, stelle ich mit einem nervösen Lachen klar. »Das ... das ist das Bild von meinem Vater, das ich hier sehen wollte«, erkläre ich. Meine Wangen sind heiß.

Jacques nickt, ein Lächeln geht über sein Gesicht. Er guckt auf das quadratische Schild unter dem Bild, ich auch. Dads Name ist darauf gedruckt und das Datum, das Jahr, in dem ich elf geworden bin, und der Titel: FILLE.

Die Bedeutung dieses einen Wortes kenne ich schon lange, ich kannte sie schon lange vor dieser Reise. *Fille* bedeutet »Mädchen«. Aber auch »Tochter«.

Ohne Vorwarnung steigen mir die Tränen in die Augen. Oh nein. Ich kann hier doch nicht weinen, vor Jacques, bei meinem allerersten – Ausflug. Dass der Anblick meines Porträts mich so berühren würde und diese verworrenen Gefühle von Verlust und Freude aufwühlen könnte, hatte ich nicht erwartet. Ich presse die Lippen aufeinander und versuche zu schlucken.

»Das ist unglaublich, Summer«, murmelt Jacques und guckt zu dem Bild hoch. Ich bin erleichtert, dass er meinen Zustand anscheinend nicht bemerkt. »Hast du es vorher noch nie gesehen?«, fragt er.

Ich hole Luft und nehme mich zusammen. »Nur online«, bringe ich heraus. Ich betupfe meine Augen und konzentriere mich wieder auf das Bild, lasse alle Details auf mich wirken: Dads Pinselstriche am blauen Himmel, den kleinen Riss in der rechten unteren Ecke der Leinwand. Das tiefe, satte Rot des Mohns. »Mein Dad hat es in Frankreich gemalt und hier verkauft.«

Plötzlich taucht eine Erinnerung auf: Ich war elf, mit ernstem Gesicht und langen blonden Ringellocken, und traf Mom schniefend vor dem Computer im Wohnzimmer an. Sie las eine Website, die sich Artforum nannte, und da, vor ihr auf der Seite, war ein Bild, das ich noch nie gesehen hatte: von mir – in einem Feld voller roter Blumen. Ich war überrascht und verlegen und ging näher heran, um die Bildunterschrift zu lesen: *Ned Everetts FILLE markiert die Ankunft eines bedeutenden neuen Talents, dessen Stil den Impressionismus beschwört.*

Ich verstand kein Wort davon, also fragte ich Mom, was das bedeutete, und sie zuckte zusammen, als sie mich sah. Dann schloss sie die Website und nahm mich auf den Schoß, obwohl ich so groß und schlaksig geworden war, dass ich kaum noch draufpasste. Sie erzählte mir, dass Dad ein Bild an einen ganz wichtigen Kunsthändler in Frankreich verkauft hatte und dass er nun vielleicht reich und berühmt werden könnte. Ich fragte mich, warum sie nicht sagte, dass wir auch reich und berühmt werden würden. Warum nur Dad?

Zwei Wochen später kam Mom mit einem roten Katzenbaby in einem Transportkorb nach Hause, und sie nahm mich wieder auf den Schoß und sagte mir, sie und Dad hätten beschlossen, sich scheiden zu lassen, aber sie hätten mich beide sehr lieb. Sie und ich würden zusammen in Hudsonville bleiben und Dad würde nach Frankreich umziehen. Dad war damals bereits in Frankreich – er war schon eine ganze Zeit dort gewesen, und ich hatte gehört, wie Mom sich am Telefon mit ihm gestritten hatte. Manchmal hatte sie geweint und das hatte mir Angst gemacht. Ich wusste Bescheid über Scheidungen, weil Rubys Eltern geschieden waren, ich hatte also geahnt, was auf mich zukam – und mich davor gefürchtet.

Hinterher, nachdem Dad längst nach Hause zurückgekommen war, um seine Sachen zu holen und mich zum Abschied zu umarmen und zu küssen, während Mom uns mit steinerner Miene beobachtete, kam mir der Gedanke, dass mein Gemälde vielleicht der Katalysator für das gewesen war, was mit meinen Eltern passiert war. Ich hatte immer gespürt, dass Dad auf die Gelegenheit wartete, zu leben wie ein toller Künstler – und der Verkauf meines Bildes hatte ihm das möglich gemacht. Bald würde er noch viel mehr Bilder verkaufen, *THE DELIVERER* zum Beispiel.

Trotzdem hatte ich nichts gegen mein Bild – im Gegenteil, ich war gefangen davon. Heimlich ging ich auf die Artforum-Website und schaute mich an, ein kleiner Narziss, dem es gefiel, wie Dad mich dargestellt hatte. Ich las davon, dass das Gemälde in einer Galerie in der Provence ausgestellt war. Dann tippte ich das Wort *fille* ins Google-Übersetzungsprogramm ein und lächelte, als ich das Ergebnis las. Aber ich hielt meine Faszination vor Mom geheim, denn wann immer Dads Name fiel, seufzte sie oder machte ein finsteres Gesicht.

»Erinnerst du dich, wie du Modell gestanden hast?«, fragt Jacques mich jetzt.

Ich blinzele und bin wieder in der Gegenwart. In der Galerie ist es kalt, ich reibe mir die Arme.

»Nein.« Ich schaue vom Bild zu Jacques und wieder zum Bild. »Mein Vater muss das hier frei erfunden oder nach dem Gedächtnis gemalt haben.«

Ich drehe die Zeit noch einmal zurück zu den Jahren, als ich acht, neun, zehn war. Und ich erinnere mich, dass Dad gelegentlich Skizzen von mir gemacht hat, wenn ich bei uns draußen auf der Veranda gelesen habe. Dann habe ich verstohlen auf seinen Skizzenblock geguckt und über die Zeichnungen von meinem Gesicht und den Locken gekichert. Nach der Scheidung habe ich meinen Vater nie lange genug gesehen, dass Zeit für eine Skizze gewesen wäre. Ich hatte auch nie die Gelegenheit, richtig mit ihm über *FILLE* zu reden – ein einziges Mal habe ich es beim Skypen angesprochen. Und er hat gesagt, es freue ihn, dass es mir gefalle, jetzt müsse er sich aber beeilen, *mein Schatz*. Also weiß ich eigentlich nichts über die Entstehungsgeschichte des Bildes.

»In einem Mohnfeld habe ich mit Sicherheit nie gestanden«, sage ich und betrachte die roten Blumen.

»Nein?«, sagt Jacques, und ich werfe ihm einen Blick zu. Er zieht eine Augenbraue hoch und lächelt geheimnisvoll. »Wenn wir wieder zurückfahren, zeige ich dir was.«

Das gibt mir Rätsel auf, aber ich bin noch nicht so weit. Jacques scheint das zu spüren, er schlendert davon, sieht sich ein Cézanne-Gemälde mit grün-braunen Bergen an und gibt mir Zeit, mit *FILLE* allein zu sein.

Es könnte sein, dass darüber eine Stunde vergeht, vielleicht sind es aber auch nur ein paar Minuten, die ich dastehe, mein Bild betrachte und mir wünsche, es irgendwie mitnehmen zu können. Dann fällt mir ein, dass ich das ja kann. Ich greife in meine Umhängetasche und hole meine Kamera raus, dann trete ich ein paar Schritte zurück, damit die Aufnahme gut wird. Aber innerhalb von Sekunden ist der jetzt nicht mehr so verschlafen wirkende Wachmann neben mir, bellt mich auf Französisch an und droht mit dem Finger.

Das hatte ich ganz vergessen. *Photographies interdites.* Ich runzele die Stirn und erwäge dem Wachmann zu sagen, dass ich das bin auf dem Bild. Sollte mir das nicht besondere Rechte geben? Eine völlig uncharakteristische Selbstsicherheit packt mich, immerhin bin ich Teil dieser Galerie. Sie ist wie eine zweite Heimat. Ich gehöre hierher.

Jacques, der gerade einen Matisse bewundert hat, kommt rüber und fragt, ob alles in Ordnung ist.

»*Ça va*«, sage ich, während der Wachmann mich weiterhin mit finsterem Blick ansieht. »Aber vielleicht sollten wir gehen. Und was essen?« So gern ich auch weiter mit *FILLE* kommunizieren würde, mir ist ein bisschen schwindelig vor Hunger und der ganzen Hektik heute Morgen. Egal, ich habe ohnehin vor, bald wieder in diese Galerie zu kommen – am liebsten mit Dad.

Als Jacques und ich ins Foyer zurückgehen, schaue ich mich immer wieder nach meinem Bild um. Ich recke den Hals und kneife die Augen zusammen, doch bald ist es nur noch ein Farbklecks.

Draußen in der Hitze erfüllt mich eine wachsende Traurigkeit, FILLE fehlt mir jetzt schon.

»Okay«, sagt Jacques und nimmt meine Hand. Dieses Mal bin ich zu abgelenkt, um nervös zu werden. »Wir gehen mittagessen. Aber wie gesagt, erst musst du dir etwas ansehen.«

Ich nicke vage und folge Jacques gedankenverloren einen Weg hinter der Galerie hinunter. Wir überqueren einen Hügel, und ich schaue auf die rötlichen Felsen um uns herum und die großen Olivenbäume, die wirken wie aus dem Märchen.

»Wo sind wir?« Ich habe die Orientierung verloren, denn mit den Gedanken bin ich immer noch in der Galerie.

»Noch immer in Les Deux Chemins«, erklärt Jacques. »Das ist der ländliche Teil davon. Wo die Bauern leben und arbeiten, die zum Markt kommen.«

Ich nicke wieder, meine neuen Sandalen scheuern an den Knöcheln. Die Landschaft ist atemberaubend, aber ich weiß nicht genau, warum wir diesen kleinen Umweg machen.

Dann kommen wir am Fuß des Hügels an.

»*Voilà*«, sagt Jacques und zeigt nach vorn. »Guck, Summer.«

Ich gucke. Und mir klappt der Mund auf.

Wir stehen vor einem Feld mit knallrotem Mohn. Blumen, so weit das Auge reicht, wie ein lebendiger Teppich, der sich bis zu den grünen Bergen in der Ferne erstreckt.

Es ist so ein Feld wie das in meinem Gemälde. Es *ist* das Feld in meinem Gemälde.

»Wie … oh mein Gott«, stammele ich, und mein Lächeln kann nicht mehr breiter werden. Voller Staunen drehe ich mich zu Jacques um: »Woher wusstest du das bloß?«

Jacques strahlt, eindeutig stolz auf sich. »Nun ja, ich bin von hier«, erinnert er mich in einem neckenden Ton. »Als ich das Gemälde von deinem Vater gesehen habe, musste ich gleich an dieses Feld denken. Natürlich gibt es noch andere Mohnfelder in der Provence, aber ich wette, es ist das hier.«

»Das Feld, das meinen Dad inspiriert hat«, sage ich froh. Ich stelle mir vor, wie mein Vater genau dieses Feld gesehen hat und es dann mit den Skizzen von mir auf seinem Block verbunden hat. So, als würde er mich hierher, nach Frankreich, bringen. Wieder könnte ich anfangen zu weinen.

Ich lasse Jacques' Hand los und gehe vor. Ich halte die Kamera noch immer in der anderen Hand, also knipse ich ein paar Bilder von dem Feld, dabei versuche ich das ganze Panorama einzufangen. Jetzt spüre ich selbst Inspiration.

»Machst du ein Foto von mir, bitte?«, frage ich Jacques und reiche ihm meine Kamera. Ehe sich meine Zweifel melden können, habe ich mich gebückt, mir die Sandalen ausgezogen und laufe barfuß auf das Feld, die Erde unter meinen Füßen ist kühl und lehmig. Ich bleibe stehen und wirbele herum, lasse die Arme hängen, ahme die Pose in *FILLE* nach.

»Ah, ich verstehe!«, ruft Jacques und führt meine Kamera zum Auge. »Sehr cool.«

Eigentlich hatte ich erwartet, dass es mir unangenehm sein würde, wenn er mich fotografiert, normalerweise mag ich mich gar nicht auf Bildern. Ich ziehe es vor, diejenige hinter der Kamera zu sein. Aber jetzt, mit der Sonne warm auf den Haaren und dem sich im Wind wiegenden Mohn um mich herum, fühle ich mich mutig und sorglos und vielleicht sogar ... schön.

Ein Anflug von Röte steigt mir ins Gesicht. Auf der anderen Seite des Feldes senkt Jacques die Kamera und betrachtet mich so konzentriert, dass ich noch roter anlaufe. Weiß er, was ich denke? Erinnert er sich daran, was er auf dem Moped zu mir gesagt hat?

»Weißt du noch?«, ruft Jacques plötzlich und geht auf mich zu, die Augen schützt er mit der Hand vor der Sonne. Mein Magen wird unruhig. »Erinnerst du dich noch an unsere erste Begegnung?« Er bleibt vor mir stehen. »Wie ich diese Kamera aufgefangen habe?«

»Oh ... ja.« Ich lache und streiche mir die Haare aus der Stirn.

»Ich bin froh, dass ich das gemacht habe«, sagt er mit einem Funkeln in den Augen. »Du scheinst sie zu mögen.«

Ich mag dich, denke ich. Aber das fühlt sich ganz anders an als meine Schwärmerei für Hugh Tyson oder sonst jemanden in der Vergangenheit. Mit Jacques, so kommt es mir vor, könnte etwas passieren, es ist, als ob ich etwas passieren lassen könnte und kein passiver Passagier mehr bin, der aus dem Autofenster beobachtet, wie das Leben an ihm vorbeizieht.

»Darüber bin ich auch froh«, höre ich mich selbst sagen – über das Donnern von meinem Herzen hinweg. »Ich bin froh, dass wir uns begegnet sind.«

Jacques grinst mich an und beißt sich auf die Unterlippe. »Für dich«, sagt er und hält mir die Kamera hin. Als ich nach ihr greife, nimmt er meine Hand und zieht mich an sich. Ich rieche seinen sauberen, würzigen Duft und spüre, wie weich sein rotes T-Shirt ist – und so aus der Nähe sind seine Augen noch dunkelblauer, als ich gedacht hatte. Mir stockt der Atem und die Zeit scheint schneller zu laufen und gleichzeitig langsamer zu werden ...

»Für dich«, sagt er noch mal. Und dann neigt er den Kopf und küsst mich.

Jacques küsst mich.

Mein Herz macht einen Sprung. Ich spüre die Wärme seiner Lippen auf meinen und das Gefühl ist so neu wie selbstverständlich.

Mein erster Kuss.

Und ich erwidere ihn. Wenigstens glaube ich, dass ich das tue. Ich scheine genau zu wissen, wie man das macht, obwohl es mir niemand beigebracht hat. Es ist ein Wunder. So, als wären all die Jahre des Sehnens und Hoffens geradewegs auf diesen Augenblick zugesteuert. *Sweet sixteen and never been kissed*, denke ich, als Jacques die Arme um meine Taille schlingt und ich mich an seine Brust schmiege. Dieses Schicksal ist mir erspart geblieben. Ich hab's gerade noch geschafft.

Wir küssen uns und küssen uns, mitten im Mohnfeld, umgeben von Bergen und Himmel, hier in der Provence. Mein Leben zerfällt in zwei Teile: Vor dem

Kuss und Nach dem Kuss. Nichts wird je wieder so sein wie früher.

* * *

Vier Tage nach dem Kuss, an meinem sechzehnten Geburtstag, wache ich mit einem Lächeln auf.

Ich strecke mich in meinem schmalen Bett und bin gut ausgeruht, der Jetlag ist endlich überwunden. Das Licht, das durchs Fenster fällt, ist trübe und grau. Jacques hat mir erzählt, dass es in der Provence jeden Sommer ungefähr zwei Mal regnet. Vielleicht ist das heute einer dieser seltenen Tage. Ausgerechnet an meinem Geburtstag.

Ich setze mich auf und schwinge die sonnengebräunten Beine über die Bettkante. Wie viel Uhr mag es sein? Gestern Abend war ich spät wieder hier, nach einem Mondscheinspaziergang mit Jacques über den Boulevard du Temps. Um zwei Minuten nach zwölf werde ich offiziell sechzehn. Vielleicht hat die Verwandlung schon stattgefunden.

Ich schaue mich in dem gesprungenen Spiegel genau an und versuche festzustellen, ob ich anders aussehe. Und tatsächlich. Die Sonne hat meine Locken heller gemacht und mein Gesicht hat einen rosigen Schimmer – auch das kommt davon, dass ich so viel draußen war. Sogar in den Pyjamahosen und dem weiten T-Shirt habe ich neuerdings eine Figur, stelle ich fest. Das ist bestimmt all den Köstlichkeiten hier zu verdanken, wie etwa den Pains au Chocolat von Bernice oder den Nutella-Crêpes mit Puderzucker, die ich gestern Abend beim Spaziergang mit Jacques verschlungen habe. Ich lächele wieder.

Dann berührt mein Finger den Mund, und ich denke daran, wie ich mich auf andere, nicht sichtbare Art verändert habe. Ich bin geküsst worden. Ich weiß jetzt, wie es ist, wenn ich einem Jungen mit den Händen durch das dichte dunkle Haar fahre. Ich weiß, wie es ist, mit demselben Jungen vor dem Amor-Springbrunnen zu stehen und seine Lippen mit meinen zu berühren – genau an der Stelle, an der sich Colette und Tomas vor so vielen Tagen geküsst haben und sich dabei fühlten wie auf einem anderen Planeten. Es ist, als hätte ich eine neue Sprache gelernt, die ich allerdings noch nicht flüssig beherrsche.

Mein Herz flattert, ich wende mich von meinem Spiegelbild ab und verlasse das Zimmer. Eloises Tür ist geschlossen, also gehe ich auf Zehenspitzen. Das Ungeheuer muss ja nicht unbedingt geweckt werden.

Weil ich in letzter Zeit so viel unterwegs war, habe ich Eloise seit dem Abend des Nationalfeiertags nicht mehr gesehen. Jacques und ich hatten uns das Feuerwerk im Gedränge auf dem Boulevard du Temps angesehen. Nach allem, was an diesem Tag passiert war, strahlte ich selbst wie ein Feuerwerk. Jacques' Schulfreunde hatten sich uns angeschlossen, sanfte, strubbelhaarige Jungs in Jeans und Turnschuhen, die gut Mitglieder einer französischen Emo-Band hätten sein können. Sie nahmen die Gegenwart des neuen amerikanischen Mädchens gelassen hin und begrüßten mich mit entspanntem Lächeln und Küssen auf die Wangen.

Als das Feuerwerk begann, hatte ich mich umgeschaut und gedacht, dass die staunenden Gesichter der Menge ein tolles Foto abgeben würden. Ich nahm die Kamera vors Auge und dann, durch die Linse, sah ich sie: Eloise. Sie stand ein paar Meter weiter mit Colette und Tomas und ein paar anderen Freunden, die wahrscheinlich aus ihrem Kunstkurs waren, und machte Fotos mit ihrem Handy. Ich erstarrte und hoffte und fürchtete gleichermaßen, dass sie rübergucken und mich und Jacques zusammen sehen würde.

Aber ihr Blick blieb himmelwärts gerichtet und in diesem unbewachten Moment wirkte sie entspannt und freudig, beinahe kindlich. Eine andere Eloise. Ich war verwirrt – und ich empfand noch etwas anderes. War das *Zuneigung*? Anerkennung? Das ergab doch keinen Sinn. Trotzdem wollte ich diesen überraschenden Moment einfangen und fotografierte sie heimlich.

Jetzt gehe ich zum Duschen ins Badezimmer. Hoffentlich setzt sich meine Eloise-freie Strähne heute fort. Zum Mittagessen treffe ich mich mit Jacques im Café des Roses, er hat versprochen, mir das Essen selbst zuzubereiten. Ich habe mir Bouillabaisse und Geburtstagskuchen gewünscht.

Ich habe mit meinen Gewohnheiten gebrochen. In den letzten Tagen bin ich weder in der Bäckerei gewesen, noch habe ich Stunden in Dads Atelier verbracht oder mich mit meinem Reiseführer wie ein Einsiedlerkrebs in mein Zimmer verkrochen. Stattdessen habe ich die Gegend erkundet und die Orte besucht, über die ich gelesen habe.

Jacques hat seine Eltern um ein paar freie Tage gebeten, und so sind wir am Samstag auf seinem Moped nach Avignon gefahren. Wir haben den Papstpalast besucht, und ich konnte mir die berühmte Steinbrücke von Avignon ansehen, die aus dem Kinderlied. Dad hat es mir immer vorgesungen, als ich noch klein war. »*Sur le pont d'Avignon/On y danse* …« Ich hab's für Jacques gesungen und war nur ein bisschen schüchtern. Er hat gelacht und fand mich »*très adorable*«. Und dann hat er mich geküsst. Das war jede Peinlichkeit wert.

Vor Saint-Rémy-de-Provence haben wir mit Brot, Käse und Obst gepicknickt und in einem Sonnenblumenfeld gelegen. Dann sind wir nach Arles gefahren, in die sonnenüberströmte Stadt, in der Van Gogh gelebt und gemalt hat. Wir haben in einem hübschen gelben Café, das nach ihm benannt war, Kaffee getrunken – ich habe heiße Schokolade bestellt – und Jacques hat die Augen verdreht über diesen »Touristennepp«. Aber er war nicht sauer und mir war es egal. Ich war voll damit beschäftigt, Fotos von allem zu machen.

Am Sonntag sind wir mit dem Zug nach Cannes an der Côte d'Azur gefahren. Da gab es jede Menge tolle Hotels, elegante Menschen und Strände mit hellem Sand und Meerwasser, wie ich es blauer noch nie gesehen habe. Mir war es gar nicht mal sooo unangenehm, vor Jacques einen Badeanzug zu tragen. Er sah natürlich hinreißend aus in seiner dunkelblauen Badehose, die zu seiner Augenfarbe passte. Als er mich dabei erwischte, wie ich ihn anstarrte, hat er auf diese wölfische Art gelächelt, und dann sind wir um die Wette in die Wellen gerannt. Ich war schneller im warmen Mittelmeer – und hab mich frei gefühlt.

Nach dem Strand haben wir an der Promenade frischen Fisch und Salat gegessen, dann sind wir mit dem Zug zurück nach Les Deux Chemins gefahren, sandig und sonnenverbrannt und angenehm müde. Jacques hatte gesagt, dass wir am nächsten Wochenende vielleicht wieder mit dem Zug fahren würden, dann aber nach Paris.

Hier könnte ich leben, denke ich jetzt. Mittlerweile habe ich diesen glitschigen Duschkopf, den ich in der Hand halte, nämlich fast unter Kontrolle. Und mein Französisch wird besser, seit gestern weiß ich auch, dass *joyeux anniversaire* »Herzlichen Glückwunsch zum Geburtstag« bedeutet (Jacques hat mir das zugeraunt, als wir uns vor dem Amor-Springbrunnen geküsst haben). Ich mag ja ein Spätentwickler sein, aber hier blühe ich wirklich auf, im Gegensatz zu Hudsonville, wo ich anfing zu welken.

Also, ich würde Hudsonville ja nicht endgültig verlassen, ich wäre wie einer dieser Stars, die einen zweiten Wohnsitz an einem anderen Ort haben. Es wäre so, als hätten meine Eltern gemeinsames Sorgerecht – statt dass Mom mich ganz allein für sich hat.

Beim Gedanken an Mom krieg ich so ein Ziehen im Bauch. Ich trete aus der Dusche und wickele mich in ein dünnes Handtuch. Heute läuft meine selbst gesetzte Gnadenfrist ab, Dad ist immer noch nicht aus Berlin zurück. Ich werde es also tun müssen. Ich werde es Mom sagen müssen.

Gestern hat sie hier angerufen, zum ersten Mal seit meinem ersten Tag in diesem Haus, und ich bin zufällig ans Telefon gegangen, weil ich einen Anruf von Jacques erwartete. Mom klang extrem besorgt, sie hat mich mit Fragen über Dad bombardiert und ich hab mich schrecklich gefühlt bei meinen ausweichenden Antworten. Ich wollte wissen, was es Neues gibt bei ihr – und sie hat so komisch reagiert, mit nervösem Kichern und einem vagen »wir können uns ja alles erzählen, wenn du wieder zu Hause bist«. Jacques habe ich nicht erwähnt, da beweg ich mich ja auch nur wieder auf dünnem Eis. Wenigstens war es nicht total gelogen, als ich gesagt hab, dass ich auflegen muss, weil ich auf einen Anruf warte – von Freunden.

Ich werde rot, als ich in meine Kammer zurückkehre. Dort ziehe ich das himmelblaue Kleid an, das ich an dem Tag getragen habe, an dem ich mein Porträt zum ersten Mal gesehen und meinen ersten Kuss bekommen habe. Ein Glückskleid. Ich werfe einen Blick auf die Freundschaftsarmbänder von Ruby, die immer noch auf meiner Kommode liegen, aber ich lasse mein Handgelenk wieder nackt. Dann schnüre ich meine mittlerweile bequemen Sandalen und gehe nach unten.

Das Haus duftet verlockend nach gebratenem Huhn. Ich höre Vivienne in der Küche hantieren. Warum sie wohl kocht? Sie und Eloise essen ganz selten zu Hause.

Ich denke an gestern Nacht zurück, als ich die Treppe hochkam und gesehen habe, wie das Licht in Viviennes Zimmer ausging. Hatte sie auf mich gewartet? Ich weiß, sie fühlt sich für mich verantwortlich, weil mein Vater im Einsatz verschollen ist.

Im Wohnzimmer schaue ich auf dem Computer nach, wie spät es ist. Mittlerweile habe ich gelernt, dass die Zeitanzeige in Europa anders aussieht als in Amerika, wo die Mittagsstunde den Tag in zwei Hälften teilt. Hier wird weitergezählt, sodass es dann 13 Uhr ist und nicht 1 p.m. und 14 Uhr statt 2 p.m. – und so geht es weiter bis 24 Uhr, wo alles wieder bei null anfängt. Es ist verwirrend, aber auch ganz logisch, wie das eben so ist mit der Zeit.

13:05 steht oben rechts auf dem Bildschirm – fünf Minuten nach eins. Also bin ich schon offiziell sechzehn geworden. In Hudsonville ist es sechs Stunden früher, da hätte ich jetzt noch nicht meinen halben Geburtstag verschlafen.

Ich setze mich hin und logge mich in meinen E-Mail-Account ein. Jacques habe ich gesagt, dass ich um halb zwei ins Café des Roses komme, also muss ich mich nicht beeilen.

Drei neue Mails warten auf mich, alle von heute früh. Eine ist von Mom, eine von Dad und eine von Tante Lydia. Sofort steigt der Stresspegel. Die von meiner Tante Lydia klicke ich als erste an, die stresst am wenigsten.

Happy Sweet Sixteen, Kleine!, steht da. *Ich bin vor Sonnenaufgang aufgestanden – man könnte meinen, ich hätte sie nicht alle –, um den Sonnenaufgang zu fotografieren. Übrigens denke ich diesen Sommer viel an dich. Ein paar Schüler von der Highschool nehmen an meinem Fotokurs teil, ich glaube, das wäre auch wirklich was für dich gewesen. Hat die Nikon dir schon gute Dienste erwiesen? Ich kann es gar nicht erwarten, deine Bilder zu sehen, wenn du wieder zurück bist. Ich hoffe, du schlägst dich tapfer durch in Frankreich. Du weißt doch, dass du mit mir über alles reden kannst, was so passiert, oder? Alles Liebe von Tante L.*

Ich runzele die Stirn, die letzten Zeilen verunsichern mich. Was meint sie denn mit »was so passiert«? Das ist ja fast so, als würde sie wissen, dass Dad in Berlin ist. Aber woher?

Und was sie da über den Fotokurs schreibt und die Leute von der Highschool, die mitmachen ... Irgendwas klingelt da bei mir ganz schwach. Aber ich kann einfach keine Verbindung herstellen.

Ich schüttele das komische Gefühl ab, klicke die Mail von meiner Tante weg und öffne die von Dad.

Meine süße Summer, schreibt er. *Joyeux anniversaire! Vielleicht weißt du nun schon, was das bedeutet. Und ich habe gute Geburtstagsneuigkeiten für dich: Ich komme heute zurück! Mein Flug von Berlin landet am frühen Nachmittag. Ich kann es nicht erwarten, dich zu sehen!*

Ich starre auf den Monitor und spüre, wie meine

Mundwinkel Richtung Ohren wandern. Dad kommt zurück! Ich werde Mom nichts beichten müssen! Nachdem ich auf meinem Platz einen kleinen Freudentanz aufgeführt habe, lese ich weiter:

Ehe ich es vergesse, Schatz: Du kannst mir doch hoffentlich einen kleinen Gefallen tun? Ich habe eine Skizze verlegt, die dringend an meinen Agenten geschickt werden muss. Würde es dir etwas ausmachen, in meinem Atelier danach zu suchen? Darauf ist eine ältere Frau, die Brot aus dem Ofen holt, auf der Rückseite steht vermutlich: Bernice, Les Deux Chemins. *Sie steckt bestimmt irgendwo in meinen unordentlichen Skizzenkisten. Tut mir leid, dass ich dich an deinem Geburtstag bitten muss zu arbeiten, meine Süße, aber es wäre mir eine große Hilfe. Merci beaucoup und bis bald. Dad*

Es macht mir überhaupt nichts aus, dass Dad mich an meinem Geburtstag bittet zu arbeiten. Im Moment kann mich nichts nerven. Ehrlich gesagt, finde ich es toll, dass Dad eine Skizze von Bernice, der Bäckersfrau gemacht hat. Vielleicht kann ich sie ihr sogar zeigen, bevor ich sie verschicke.

Ich grinse immer noch, als ich Moms E-Mail öffne, eine kurze Nachricht mit einem Geburtstagsgruß. Mom schreibt, dass sie früh aufgestanden ist, ich sollte sie also anrufen. Das mache ich, wenn Dad wieder da ist, so kann ich den Hörer an ihn weitergeben. Und dann gibt es keine Geheimnisse, keine Lügen mehr. Ich fühle mich leicht wie ein Luftballon. Frei schwebend.

Ich logge mich aus meinem Account aus. Auf einmal wird mir bewusst, dass Ruby mir noch keine Geburtstags-Mail geschickt hat. Bestimmt schläft sie noch. Aber ich hab seit drei Tagen nichts mehr von ihr gehört, ein neuer Rekord. Meine Finger wandern zu den nackten Handgelenken. Wenn ich jetzt in Hudsonville wäre, würde Mom zu einem Geburtstagsessen mit Ruby und mir (und Alice und Inez, wenn sie da wären) ins *Orologio's* gehen, das schöne italienische Restaurant in der Greene Street.

Weil ich ein »Sommerbaby« bin, wie Mom gern sagt, bin ich es gewohnt, in kleiner Runde Geburtstag zu feiern, keine großen Partys (nicht wie die Riesenfete, die Rubys Vater im April für ihre »Sweet Sixteen« veranstaltet hat). Im Sommer sind die Leute ja meistens weg, im Camp oder auf Reisen. Und mir gefallen unaufgeregte Geburtstagsfeiern sowieso besser: Das *Orologio's* war für mich immer besonders genug. Die Kellner haben mir jedes Jahr einen Kuchen gebracht und laut für mich gesungen – und ich hab das Gesicht hinter den Händen versteckt, während Ruby gekichert hat.

Als ich vom Computer aufstehe, denke ich an das Foto, das ich gestern Nacht noch auf Instagram gesehen habe, als ich nach Hause kam. Ruby hatte ein Bild von sich, Austin, Skye und Genji Tanaka im *Orologio's* gepostet – sie strahlten über Pastatellern. Sie haben etwas gefeiert! Rubys Bildunterschrift lautete: *#dinnerout#doubledate*

Ich fragte mich, was sie wohl gefeiert haben. Ob Ruby überhaupt an mich und meinen Geburtstag gedacht hat? Hauptsächlich wurde ich aber von einer

Welle der Traurigkeit überrollt. Da war sie, die krasse Tatsache, dass meine andere Hälfte, meine Ersatzschwester, immer weiter von mir weg driftete. Aber die Traurigkeit hat mich nicht runtergezogen, denn ich driftete ja auch von ihr weg. Sie wusste nichts von meinen Abenteuern mit Jacques. Ich hatte ihr nicht mal erzählt, dass ich geküsst worden war – eine Auslassung, die vor Wochen noch ein Verbrechen gewesen wäre. Jetzt habe ich nicht mehr das Bedürfnis, Ruby ein Update von sämtlichen Details in meinem Leben zu liefern, und es hat etwas Befreiendes, bestimmte Dinge für mich behalten zu können.

Trotzdem habe ich einen kleinen Kloß im Hals, als ich vom Wohnzimmer in die Küche gehe. Ich will mir nicht eingestehen, dass die Freundschaft zwischen Ruby und mir unkittbar zerbrochen ist.

Vivienne schnippelt emsig Gemüse am Küchentisch, sie bemerkt mich nicht mal, als ich vorbeigehe. Das Hähnchen ist fertig und brutzelt in seinem Topf auf dem Herd. Ich bin in Versuchung, sie um einen Happen zu bitten, aber ich widerstehe. Meinen Appetit sollte ich mir für Jacques' Mittagessen aufsparen. Als ich die Haustür aufmache, merke ich, dass ich mal wieder keine Ahnung hab, wie spät es jetzt ist – ob ich zu spät ins Café komme oder nicht. Aber egal, ich will zuerst Dads Auftrag erledigen.

Der Himmel hängt tief und ist unheilverkündend grau, ich fröstele an der kalten Luft. Mit um mich geschlungenen Armen laufe ich durch den Garten. Die

Oberfläche des Pools ist trübe, endlich entspricht sie dem, was sich in der Tiefe verbirgt, und die Rosen ragen starr aus dem Nebel, rot wie Blut.

Die Scheunentür steht halb offen, sie quietscht und knarrt im Wind. Ich vermute, Monsieur Pascal ist drinnen, doch als ich eintrete, ist das Atelier leer. Der Terpentingeruch ist stärker, als ich ihn in Erinnerung hatte. Seit letztem Donnerstag war ich nicht mehr hier drinnen. Das Oberlicht lässt nur noch mehr Finsternis herein. Ein unvollendetes Bild – eine Art Nahaufnahme von einem Gesicht – starrt mich von einer der Staffeleien an. Wieder fröstele ich, ich weiß auch nicht, warum ich mich so grusele.

Schnell gehe ich zu Dads Skizzenkisten und fange an, die Papiere durchzublättern. Eine Tulpen pflückende Frauenhand; Kinder, die an der Bushaltestelle stehen; ein Mann mit Baskenmütze auf einem Fahrrad … aber keine Bernice, die Brot aus dem Ofen holt. Frust lodert in mir auf. Warum kann Dad nicht besser den Überblick über seine Skizzen wahren? Irgendwie ist er doch mit allem irgendwie schlampig und achtlos.

Da, auf dem kalten Fußboden im Atelier, merke ich, dass ich immer noch wütend auf meinen Vater bin – wegen Berlin, weil er mich hier ganz allein gelassen hat. Vielleicht bin ich sogar wütend, weil er mich vor Jahren in Hudsonville verlassen hat, nachdem er *FILLE* verkauft hatte. Ich hole tief Luft, eine Kiste habe ich gleich durchgesehen. Ob meine Wut wohl verfliegt, wenn ich Dad endlich sehe? Wahrscheinlich bin ich dann so erleichtert, dass ich ihn einfach nur umarme und ihm vergebe.

Ich ziehe eine andere Kiste hervor, eine, die hinter den anderen verborgen war. Staub wirbelt von den Skizzen auf und ich huste. Ich blättere und blättere, und dann sehe ich es – ein zusammengefaltetes Blatt, das zwischen zwei andere Skizzen gestopft ist. Das muss die fehlende Skizze von Bernice sein. Mit einer gewissen Befriedigung darüber, das Rätsel gelöst zu haben, falte ich das Papier auseinander.

Mein Gehirn braucht eine Weile, um meine Augen einzuholen. Das ist keine Zeichnung von Bernice auf dem Blatt. Nein. Es ist ein kleines Mädchen mit lockigen Haaren und großen Augen in einem weißen Kleid, das in einem Mohnfeld steht. Der Mohn ist nicht rot, weil die Skizze mit schwarzer Kohle gezeichnet ist. Aber ich weiß, dass der Mohn auf dem fertigen Bild knallrot ist, denn das hängt in der Galerie de Provence. Ich gucke hier auf die Skizze von *FILLE*.

Mein erschrecktes Auflachen hallt durch das Atelier. Ich wusste nicht, dass es eine Skizze für mein Bild gab. Ich drehe das Blatt um, weil ich sehen will, was Dad auf die Rückseite geschrieben hat.

Ein Datum – vor fünf Jahren.

Und die Worte *Eloise, Les Deux Chemins.*

Moment mal.

Das verstehe ich nicht.

Ich spüre, wie sich meine Stirn in Falten legt, als ich Dads Gekrakel noch mal lese. Dann lache ich wieder, weil es so absurd ist. Warum sollte auf der Rückseite von meiner Skizze *Eloise* stehen? Aber das Lachen klingt seltsam und verzerrt in meinen Ohren – und lauter als normal.

Eloise?

Die Eloise, die ich kenne? Die Eloise, die oben in Dads Haus schläft? Oder eine andere?

Summer sollte da draufstehen. *Summer. Summer. Summer.*

Eloise ergibt doch gar keinen Sinn. Oder?

Irgendwas nimmt in meinem Kopf Gestalt an, ein dunkler, fieser, schrecklicher Gedanke. Eloise hat blonde Locken und große Augen, denke ich. Und vor fünf Jahren könnte sie leicht hier gewesen sein, in Les Deux Chemins. Sie hätte tatsächlich in diesem Mohnfeld stehen können. Aber warum sollte Dad sie gezeichnet haben?

Mein Verstand macht dicht, so, als ob eine Tür zuknallen würde. Ich packe die Skizze und stehe auf. Es ist furchtbar eng im Atelier. Ich muss hier raus. Das Terpentin riecht giftig.

Ich gehe ein paar Schritte rückwärts, starre verwirrt auf die Kisten voller Skizzen und mir ist vage klar, dass ich die Bernice-Skizze nicht gefunden habe und bald los muss, um mich mit Jacques zu treffen. Nur scheint es Jacques und alles, was vor ein paar Sekunden noch so wichtig gewesen ist, nicht mehr zu geben.

Ich drehe mich um und renne raus in den Garten, wo es gerade anfängt zu regnen. Heftig. Kalte Tropfen landen auf Armen und Beinen, auf Nase und Wangen. Das muss aussehen, als würde ich weinen. Die Oberfläche vom Pool ist geriffelt, Regen rinnt über die Blätter der Zitronenbäume, ertränkt den Lavendel. Ich renne weiter, halte die Skizze fest, in dem Wissen, dass sie nass werden wird. Ist mir egal. Fast will ich, dass die Kohle verläuft, dass die Beweise zerstört werden.

Als ich das Haus erreiche, bin ich außer Atem. Was mache ich jetzt? Die Skizze mit nach oben nehmen und wieder ins Bett kriechen? So tun, als ob dieser Tag noch gar nicht passiert wäre?

Ich mache die Tür auf und betrete die Diele, meine matschigen Sandalen machen schmatzende Geräusche auf dem Fußboden. Beinahe stolpere ich über einen edel wirkenden Lederkoffer, der hier rumsteht. Ein Koffer. Jemand ist angekommen.

Aus der Küche dringt eine Männerstimme zu mir durch. Eine sehr vertraute Stimme, die Französisch spricht. Eine Frau antwortet, auch auf Französisch.

Ich gehe in die Küche. Vivienne steht am Tisch und zerteilt das gebratene Huhn, und mein Dad sitzt mit einem Teller vor sich da, bereit zum Essen. Das Huhn war für ihn.

»Hi, Dad«, sage ich. Meine Stimme ist leise und gepresst.

Er schaut auf, seine Augen werden ganz groß. Vivienne schaut auch zu mir hoch und hört auf zu schneiden.

»Summer! Meine Süße!« Dad springt vom Stuhl auf, er strahlt. »Herzlichen Glückwunsch zum Geburtstag! Meine Güte, du hast dich ja zu einer wunderschönen jungen Frau entwickelt.«

Mit großen Schritten und ausgestreckten Armen kommt er auf mich zu. Er sieht noch genau so aus, wie ich ihn in Erinnerung habe: das wellige blondgraue Haar aus der Stirn gekämmt, ein sonnengebräuntes Gesicht mit vereinzelten neuen Falten um die grünen Augen. Er trägt dunkelblaue Jeans und ein weißes Oberhemd unter einer dünnen braunen Lederjacke. Sein Daumen ist farbverschmiert. Als er die Arme um mich schlingt, riecht er auch noch genau so, wie ich es in Erinnerung habe: Rasiercreme und Pfefferminzkaugummi vermischt mit Farbe und Terpentin. Ich ersticke gleich.

»Schatz?«, fragt Dad. Er umarmt mich immer noch, jetzt aber nicht mehr so fest. »Alles in Ordnung mit dir? Du zitterst.« Er lässt mich los, tritt einen Schritt zurück und runzelt die Stirn.

Da merke ich erst, dass ich klatschnass bin, die Haare kleben mir an den Wangen, mein Glückskleid hängt schlaff herunter und mit den Händen drücke ich die feuchte Skizze an die Brust. Und mir wird klar, wie blass ich sein muss, wie leblos und kalt meine Haut sich anfühlen muss.

»Was ist denn los?« Dad legt die Hand auf meine Stirn. »Warum warst du draußen im Regen?« Ich antworte nicht, und er runzelt die Stirn noch mehr, seine

Falten werden deutlicher sichtbar. »Bist du sauer auf mich wegen Berlin?«, fragt er tieftraurig. »Es tut mir ja so leid, Süße. Aber jetzt bin ich wieder da und wir haben uns so viel zu erzählen …«

»Warum steht ›Eloise‹ auf meiner Skizze?«, frage ich.

Dads gebräuntes Gesicht wird weiß. »Was?«, murmelt er.

Ich halte ihm die Skizze hin, das Papier in meinen Fingern ist ganz nass und rissig.

Hinter Dad scheppert es laut. Ich gucke an ihm vorbei und sehe, dass Vivienne das Messer hat fallen lassen. Es liegt auf dem Küchenboden wie eine fallen gelassene Mordwaffe.

Hinter mir höre ich Schritte, leise, fast geräuschlos. Geisterschritte. Eloise erscheint in der Küche, genau wie an meinem ersten Tag hier, in ihrem weißen Spitzennachthemd, die goldenen Ringellocken fallen ihr über die Schultern.

»Was ist los?«, fragt sie. Weil sie Englisch spricht, denke ich zuerst, dass sie mit mir redet. Aber nein. Sie guckt meinen Vater an. Sie redet mit ihm.

Und sie klingt irgendwie ängstlich.

Erst da spüre ich meine eigene Angst, die sich durch meinen Bauch bohrt wie ein Messer. Herzlichen Glückwunsch, denke ich unpassenderweise. Ich halte ihm die Skizze noch immer hin. Und zittere.

Dads Blick wandert von der Skizze hoch zu meinem Gesicht und dann rüber zu Eloise. Dann guckt er Vivienne an. Wir vier stehen reglos in der Küche, man hört nichts als die Regentropfen, die an die Fenster hämmern.

Schließlich sieht Dad mich wieder an. Er räuspert sich und nimmt mir die Skizze aus den Händen.

»Summer«, sagt er leise. »Ich muss dir etwas sagen.«

TEIL VIER

Sag's ihr nicht

Freitag, 14. Juli, 9 Uhr 13 Uhr

»Einsteigen, bitte! Dies ist der 9:15-Uhr-Express nach New York City!«

Die Lautsprecherdurchsage bringt mich zum Lächeln, ich rutsche auf meinen Fensterplatz und lege mir die Büchertasche auf den Schoß. Ob es sich wohl so ähnlich angefühlt hätte, das Flugzeug nach Frankreich zu besteigen?, überlege ich. Die auf Hochtouren laufende Klimaanlage, der Kaffeeduft, die leise murmelnden Gespräche überall, die in der Brust pochende gespannte Erwartung.

Natürlich bin ich nicht im Flugzeug, sondern im Zug – dem silbernen Metro-North, der gerade aus dem Bahnhof von Hudsonville ausfährt –, und das Ziel ist auch nicht ganz so exotisch und aufregend. Aber immerhin, seit meinem Ausflug mit Ruby im Dezember bin ich nicht mehr in New York gewesen, und ich bin aufgeregt und nervös, jetzt wieder hinzufahren, besonders unter diesen veränderten Umständen.

»Okay, Leute!«, ruft Tante Lydia von ihrem Platz im Gang. »Sind alle bereit für unseren großen Ausflug? Ich gebe euch jetzt gleich eure Fahrkarten.«

Ihr Blick flitzt von einem Platz zum anderen, ich merke, wie sie im Kopf abhakt, wer da ist. Hab ich auch gemacht, als ich eingestiegen bin, total erhitzt und erleichtert, es rechtzeitig geschafft zu haben, und mir war aufgefallen, dass bisher weder Hugh noch Wren angekommen waren. Jetzt gucke ich aus dem Fenster und mache mich darauf gefasst, sie zusammen die Stufen zum grauen Bahnsteig runterrennen zu sehen, Hand in Hand vielleicht.

Die letzten drei Tage in Tante Lydias Kurs waren voller faszinierender Entdeckungen: Ich weiß jetzt, dass die Daguerreotypie eine Art schwarz-weißer Vorläufer der Fotografie ist, die im neunzehnten Jahrhundert von einem französischen Künstler erfunden worden ist. Ich habe gelernt, wie man glatten Film in eine Analogkamera einlegt und wie man die ausgefalleneren Einstellungen meiner neuen Nikon zur Anwendung bringt. Ich habe gelernt, dass man ganz früher in alten Zeiten eine Kiste mit einem Loch drin als *camera obscura* bezeichnete (was Latein ist und »dunkle Kammer« heißt) und dass das der Anfang der Fotografie war. Und offenbar bedeutet das Wort »Fotografie« so viel wie »Zeichnen mit Licht« auf Griechisch. Mir lief ein kleiner Schauer den Rücken runter, als Tante Lydia uns das erzählt hat. Zeichnen mit Licht.

Aber ich habe immer noch nicht rausgekriegt, was – wenn überhaupt – zwischen Hugh und Wren läuft. Und wie man mit Hugh redet, hab ich auch überhaupt noch nicht gelernt.

Ich hab mich sogar in die erste Reihe umgesetzt, ganz der Lehrerliebling, um mich von den beiden zu distanzieren – und mich besser auf Tante Lydias umwerfende Vorträge konzentrieren zu können. Trotzdem spitze ich jedes Mal die Ohren, wenn ich höre, wie Hugh Wren etwas zuraunt oder umgekehrt.

Gestern, als Lydia uns in die Dunkelkammer mitgenommen und uns die Zangen und die Wannen zum Entwickeln der Fotos gezeigt hat, hab ich Hugh und Wren ständig im Auge behalten, weil ich sehen wollte, ob sie in dem kleinen, dunklen Raum zu nah beieinander standen. Irgendwann ging Hughs Blick mal in meine Richtung, da hab ich mich so schnell umgedreht, dass ich eine Flasche Toner umgestoßen habe (zum Glück war sie zugeschraubt).

Toll, Summer.

Als ich Wren – allein – auf den Bahnsteig stürmen sehe, eine schemenhafte Gestalt mit leuchtend roten Haaren und einem langen, dunklen Kleid, bin ich wie vom Donner gerührt. Eine Sekunde später poltert sie keuchend in den Wagen. Ein scharfer Pfiff und der Zug setzt sich in Bewegung. Mein Magen sackt eine Etage tiefer, als wir den Bahnsteig immer weiter hinter uns lassen, ich kann es nicht fassen.

Hugh kommt nicht mit?

»Du hast es geschafft!«, sagt Lydia munter, als Wren im Gang auftaucht.

»Gerade noch«, antwortet Wren, sie klingt netter, als ich erwartet hatte.

Und dann lässt sie sich auf den Platz neben mir fallen.

Oh nein.

Ich merke, wie sich mein ganzes Wesen verspannt. Und mit Wren vor Augen liegt mir unweigerlich eine Frage auf den Lippen.

»Wo ist Hugh?«, frage ich sie.

Wren fummelt am Reißverschluss ihrer Fransentasche herum und schaut kurz zu mir auf. Kann sein, dass sie eine Augenbraue hochzieht, aber das lässt sich unmöglich eindeutig feststellen, wegen des langen Ponys. Der ist wie ein undurchdringlicher Vorhang. Zum ersten Mal bemerke ich, dass ihre Augen erstaunlich lila sind.

»Von Außerirdischen entführt«, antwortet sie trocken. Ihr Mundwinkel zuckt. »Ein Ufo hat letzte Nacht das Haus des Bürgermeisters aufgesaugt. Das hast du nicht mitgekriegt?«

Ich starre sie an, mir fehlen die Worte. Der Zug rüttelt uns beide hin und her.

»Nee«, sagt Wren eine Weile später und ein Lächeln huscht über ihr Gesicht. »Er ist schon in New York. Gestern Abend ist er zu seinem Cousin gefahren, er stößt im Museum zu uns.« Sie macht den Reißverschluss von ihrer Tasche auf und wühlt darin herum. »Oh Mann. Dein Blick eben – einmalig.«

»Ich …« Ich schüttele den Kopf und lache, obwohl ich das eigentlich gar nicht will. »Ich hab dir aber nicht geglaubt.«

»Echt?«, fragt Wren, und dieses Mal bin ich mir ganz sicher, dass sie die Augenbrauen hinter dem Pony hochzieht.

»Die sind für euch, meine Damen«, sagt Tante Lydia, die neben Wrens Platz am Gang aufgetaucht ist und uns unsere Rückfahrkarten reicht. Sie lächelt mich ganz kurz an und geht dann wieder zu ihrem Platz weiter vorn im Waggon. Jetzt in der Flaute nach der Rushhour ist es ruhig im sonnendurchfluteten Zug, unser Kurs nimmt die meisten Plätze ein.

»Deine Tante ist eine tolle Professorin«, sagt Wren, die noch immer in ihrer Tasche wühlt.

»Was?« Ich gucke sie erschrocken an.

»Sie ist toll«, wiederholt Wren mit einer Kopfbewegung Richtung Lydia. »Letztes Jahr habe ich einen Fotokurs im Ferienlager gemacht und nicht halb so viel gelernt.«

»Woher weißt du, dass sie meine Tante ist?«, stottere ich. Ich hab das Gefühl, mich verteidigen zu müssen, und rücke näher ans Fenster. Und ich hatte gedacht, ich hätte mein Geheimnis so sorgfältig gehütet. Und so schwer war das eigentlich gar nicht gewesen, denn nach unserer seltsamen Interaktion bei *Better Latte* war mir meine Tante ein wenig kühl vorgekommen. Es hatte keine weiteren Einladungen zum Kaffeetrinken gegeben und keine besondere Ansprache im Kurs mehr. Ich bin dankbar und verunsichert auf einmal.

Wren zuckt mit den Schultern. Sie holt ein dickes, zerfleddertes Taschenbuch aus ihrer Tasche, eine Anthologie mit Gedichten von Emily Dickinson. »Ist ziemlich offensichtlich«, sagt sie.

»Wie?«, hake ich nach. Der Schaffner kommt und locht unsere Fahrkarten. »Wir sehen uns nicht mal ähnlich.« Mom und Tante Lydia sind brünett, ich habe die blonden Haare und hellen Augen von Dad geerbt. Aber eigentlich habe ich mit keinem in meiner Familie starke Ähnlichkeit.

Wren legt den Kopf schräg, sie denkt nach. »Irgendwie schon«, sagt sie und nimmt ihre Fahrkarte vom Schaffner wieder entgegen. »In der Mimik ist was. Aber egal, hauptsächlich, weil Lydia deinen Namen schon am ersten Kurstag kannte, ehe sie wusste, wer wir anderen waren. Und sie hat erzählt, dass ihre Schwester Philosophieprofessorin ist. Da fiel mir ein, wie deine Mom in der vierten Klasse zum Career Day in die Schule gekommen ist und uns was über ihre Arbeit erzählt hat – das hörte sich echt cool an, fand ich.«

»Oh«, kann ich gerade noch sagen, so schockt es mich, dass Wren die Wahrheit herleiten konnte. Und dass sie sich noch an den Career Day erinnert! Aber das tu ich auch. Ich hatte gewollt, dass Dad kommt und vor meiner Klasse spricht. Als Neunjährige war ich der Meinung, dass Maler viel cooler klang als Philosoph – aber er war in Frankreich gewesen, zum Arbeiten. Wrens Eltern waren auch gekommen, fällt mir wieder ein, sie waren beide Anwälte und das war mir auf komische Weise normal vorgekommen, Wren war nämlich damals schon seltsam. »Ich … ich wollte eigentlich nicht, dass jemand das rauskriegt«, sage ich stockend.

Der Zug legt sich kreischend in die Kurve. Ich halte mich an den Armlehnen fest. *Weiß Hugh es auch?*, frage ich mich mit hochroten Wangen.

Wren zuckt wieder mit den Schultern, sie schlägt ihr Buch auf. »Das muss einem doch nicht peinlich sein«, antwortet sie. »Warum sollte es dich kratzen, was andere Leute denken?«

Ich beobachte Wren beim Lesen. Die Sonne blitzt durch die Zugfenster und legt sich auf ihr loderndes Haar. Ihr langes, dunkles Kleid ist sackartig und sieht aus wie ein Nachthemd aus alten Zeiten. Ihre Fingernägel sind abgenagt und sie hat eine klobige alte Uhr mit Lederarmband am Handgelenk. Niemand sonst ist wie Wren. Schlagartig geht mir auf, dass ihr ganz egal ist, was die Leute von ihr denken. Manche Menschen behaupten ja, dass ihnen so was egal ist, aber bei Wren merkt man, dass es wirklich wahr ist.

Mir ist so was nicht egal, wird mir klar, während ich an meinen geknüpften Armbändern zupfe. Und Ruby erst recht nicht. Das habe ich in letzter Zeit über meine beste Freundin gelernt. Ich schaue an mir runter – ich trage ein weißes Leinenkleid, das Ruby mir geschenkt hat. Das Kleid hatte ich nach Frankreich mitnehmen wollen, die Fluggesellschaft hat mir endlich meinen herumirrenden Koffer ausgehändigt. Aber jetzt wünsche ich mir fast, ich hätte heute Morgen etwas anderes angezogen.

Ich greife in meine Büchertasche, schiebe die Nikon, den Notizblock und die Strickjacke beiseite, die Mom mir empfohlen hat mitzunehmen, als wir aus dem Haus gegangen sind, obwohl draußen schon 30 Grad sind, hole mein Handy aus den Tiefen der Tasche und gucke aufs Display. Keine Nachricht von Ruby.

Ich seufze. Was hatte ich denn erwartet? Meine beste Freundin ist jetzt offiziell mit Austin Wheeler zusammen. Diese Neuigkeit hat sie mir am Dienstag mitgeteilt, als ich nach einer Photoshop-Session im *Better Latte* vorbeigeschaut habe. »Das ist der Sommer, in dem ich mich verliebe!«, hatte sie gekreischt, sie hatte mich umarmt und unsere Spannungen vom Vortag schienen vergessen.

Das war diese Woche das letzte Mal, dass wir miteinander gesprochen haben. Normalerweise treffe ich mich im Sommer ständig mit Ruby. An Wochenenden breiten wir eine Wolldecke im Pine Park aus und verbringen den ganzen Nachmittag dort. Oder wir schleichen uns zum Pool des YMCA und schwimmen, bis wir runzelige Finger kriegen und das Chlor unsere Haare beizt. Wir fahren Seite an Seite Rad, lecken Eis, das tropft und kleckert und unsere Freundschaftsarmbänder klebrig macht. Im Multiplex-Kino huschen wir von Film zu Film – weil wir finden, dass uns das zusteht, schließlich haben wir da mal gearbeitet. Und wenn Ruby bei mir schläft, drehen wir die Klimaanlage so weit auf, dass unsere Zehen zu Eiszapfen werden.

Gestern Abend, als wir irgendwas davon hätten tun sollen, war ich allein zu Haus. Mom war mit jemandem von der Arbeit zum Essen gegangen und Alice war zu Besuch bei Inez in Kalifornien. Nach Lesen war mir nicht, auf Netflix gab es nichts, das mich ansprach – und Instagram mied ich, damit ich nicht Zeugin der Ruby-Austin-Liebessommer-Story wurde, die zweifelsohne dort ausgebreitet wurde.

Also saß ich im Schneidersitz auf der Veranda und aß die kalten Reste von *Szechuan Kitchen*. Ro hatte sich neben mir zusammengerollt und fauchte gelegentlich in meine Richtung, nur um mich daran zu erinnern, dass er kein Fan chinesischer Küche war. Die Sterne blinzelten über mir, und ich fragte mich, ob das jetzt alles war, was ich von meinem Sommer in Hudsonville zu erwarten hatte. Und plötzlich wurde ich wütend auf Dad, von dem ich seit dem 4. Juli nichts mehr gehört hatte.

Jetzt schaue ich traurig aus dem Fenster. Der Zug schlängelt sich am Hudson River entlang nach Süden. Hudsonville liegt weit hinter uns und hier schimmert der Fluss blau in der Sonne. Ich hab es gewusst, meine Stadt ist zu Grau verdammt.

Neben mir blättert Wren in ihrem Buch eine Seite um. Ich schaue sie wieder an.

»Ist das gut?«, frage ich, um mich von Dad, Ruby und dem Schmerz in meiner Brust abzulenken. Der Zug hält an einem Bahnhof mit dem Schild TARRYTOWN.

Wren nickt. »Ich liebe Emily Dickinson. Das hier zum Beispiel.« Sie hält mir das Buch hin.

Ich lese die gedruckten Worte auf der Seite, den Anfang eines Gedichts. *Ich fühlt die Kluft in meinem Kopf/Als wäre mein Hirn gespalten ...*

»Hm, ja«, sage ich, obwohl ich es nicht so richtig verstehe. Meistens geben Gedichte mir Rätsel auf. Das ist ein Grund dafür, warum ich an jenem schicksalhaften Tag in unserem ersten Highschooljahr so beeindruckt von Hughs brillantem Robert-Frost-Referat war.

Mir war der Dichter Walt Whitman zugewiesen worden, und es war mir ziemlich schwergefallen, durch seine seltsamen Gedichte über Grashalme und Sternkundler durchzusteigen. Ich hatte mich mühsam durch mein Referat gehangelt und eine Zwei minus gekriegt.

Wren dreht das Buch wieder um. »Hast du gewusst, dass Emily Dickinson eine Einsiedlerin war? Sie hat ihr Haus nie verlassen. Oder ihre Heimatstadt Amherst in Massachusetts. Zu ihrer Zeit hielt man sie für eine Spinnerin.« Wren schlägt eine andere Seite auf. »Irgendwie faszinierend, nicht? Dass sie so ein tiefes Verständnis für die Welt hatte, ohne sie je wirklich gesehen zu haben?«

»Ist wohl so«, sage ich. Ich gucke mir den Umschlag an – eine Daguerreotypie (das weiß ich jetzt) der Dichterin, eine blasse junge Frau mit ernstem Blick in einem dunklen Kleid, die Haare sind zum Knoten hochgesteckt. Ob Wren sich wohl mit der »Spinnerin«

Emily Dickinson verbunden fühlt? Aber ich begreife jetzt, dass Wren gar nicht so seltsam ist. Oder besser gesagt, dass sie auf eine gute Art seltsam ist. Und total schlau.

Mag Hugh sie deshalb?, frage ich mich plötzlich. Ich runzele die Stirn. Mag er sie? Sie scheinen intellektuell irgendwie ebenbürtig zu sein. Ich unterdrücke einen Eifersuchtsanfall.

»Mein Freund wohnt in Amherst«, fährt Wren fort und blättert beiläufig weiter. »Als ich in den Frühlingsferien bei ihm zu Besuch war, hab ich mir ihr Haus ansehen können. Ich bin auch zu ihrem Grab gegangen, das ist vielleicht ein bisschen morbide, aber es war echt cool.«

Nichts von dem, was Wren gesagt hat, kommt bei mir an, bis auf die Worte: mein Freund.

»Du hast einen Freund?«, trompete ich. Mir ist klar, wie grausam das klingt, ganz wie Skye Oliveira: Wren, die Aussätzige, hat einen Freund?! Aber so habe ich das nicht gemeint. »Ich dachte, du bist mit Hugh zusammen oder so«, sage ich. Mein Gesicht ist feuerrot. Das ist ja noch schlimmer! Halt die Klappe, Summer!

Wren grinst, dieses Grinsen wird mir langsam vertraut. »Ich geh nicht mit Hugh«, sagt sie, ihre veilchenblauen Augen sehen mich nachdenklich an. Mein Magen zieht sich zusammen. »Wie kommst du denn darauf?«

»Ich ... äh, ihr beiden redet immer miteinander, geht nach dem Kurs zusammen weg und so«, sage ich schnell. Oh Gott. Wenn Wren kombinieren konnte, dass Lydia meine Tante ist, dann wird sie sich nach diesem kleinen Wortwechsel bestimmt denken können, dass ich Hugh mag. Wir fahren wieder in einen Bahnhof ein – YONKERS –, und ich überlege mir ernsthaft, ob ich nicht aufstehen und einfach aus dem Zug steigen soll. Vielleicht sollte ich in diesem Yonkers ein ganz neues Leben anfangen.

Wren schmunzelt und klappt ihr Buch zu. »Wir sind Freunde« sagt sie, als wäre mir die offensichtlichste Sache der Welt entgangen. »Ich hab ihn im vergangenen Jahr kennengelernt, weil meine Mutter angefangen hat, als Anwältin für das Büro des Bürgermeisters zu arbeiten – und Hugh und ich haben uns immer bei irgendwelchen langweiligen Veranstaltungen getroffen.« Sie stopft ihr Buch in die Fransentasche, in der sie nun wieder rumkramt. »Hugh ist klasse, aber er ist nicht mein Typ. Und abgesehen davon steht er auf ein anderes Mädchen.«

Ein anderes Mädchen? Mein Herz hämmert. Wen denn? Ich weiß nicht recht, ob ich noch irgendwelche Würde bewahren oder einfach fragen soll, als Wren ein Handy aus der Tasche holt.

»Das ist Will«, erklärt sie mit viel weicherer Stimme. Sie zeigt mir das Bild eines grinsenden Typen mit grünen Haaren, die auf einer Seite abrasiert, auf der anderen lang sind. Er streckt die Hände vor, in Herzform, seine Arme sind mit Worten bekritzelt – sieht aus wie ein Songtext, Wren macht das auch oft. Vielleicht ist das irgend so ein süßes Ding, das Paare machen. Wer hätte das gedacht? »Ist er nicht süß?«, fragt Wren.

»Absolut«, lüge ich. Vor allem bin ich erleichtert zu erfahren, dass Hugh nicht Wrens Typ ist.

»Wir haben uns letzten Sommer beim Walk-the-Moon-Konzert kennengelernt«, erklärt Wren, während sie das Foto anlächelt, »und obwohl es eine Fernbeziehung ist, funktioniert es. Wir skypen ständig.«

Ich nicke ihr zu, völlig platt. Dass Wren ein Handy hat und skypt, ist irgendwie noch bemerkenswerter als die Enthüllung mit dem Freund. Ich war davon ausgegangen, dass sie sämtliche Technologien meidet. Aber das liegt eigentlich nur an den gemeinen Bemerkungen, die Skye und ihre Klone im Laufe der Jahre abgelassen haben. Wie sich eben herausgestellt hat, wusste ich nichts über Wren D'Amico. Wie war das noch, was Tante Lydia über Dad gesagt hatte? Er steckt voller schockierender Überraschungen? Sieht ganz so aus, als ob Wren auch voller schockierender Überraschungen steckt.

»Bist du auf Instagram?« Mich interessiert, was ich vielleicht sonst noch alles nicht weiß.

Wren verdreht die veilchenblauen Augen. »Nee. Das ist so eine Augenwischerei. Die Leute posten einfach Sachen, die sie gut aussehen lassen. Die ganze Geschichte erfährt man nie.«

Ich gucke auf das Handy in meiner Hand. *Bilder – oder es ist nie passiert!*, sagt Ruby gern. Ich denke an das Foto, für das ich vor Skyes Party mit Ruby und Alice gepost habe. So ein Foto dokumentiert nicht immer, was tatsächlich passiert ist.

»Das kommt wohl drauf an, welche Bilder man postet«, sage ich. Den ganzen Sommer habe ich noch nichts auf Instagram gestellt. Vielleicht warte ich darauf, etwas Echtes zu posten.

»Hey, ihr Fotografen?« Tante Lydia steht von ihrem Platz auf und wendet sich an den Kurs. »Der nächste Halt ist Grand Central Station. Da steigen wir aus.«

Verwirrt schaue ich aus dem Fenster. Die Brücken und Häuser der Stadt sind an die Stelle von Bäumen, Felsen und Wasser getreten. Die Fahrt ist wie im Flug vergangen. Wieder schaue ich auf mein Handy und stelle mir vor, an Ruby zu schreiben: *Es macht wirklich Spaß, mit Wren D'Amico zu reden.* Ich stelle mir vor, wie Ruby – wie diese neue Ruby wohl darauf reagieren würde.

»Und du?«, fragt Wren, als der Zug in einen Tunnel abtaucht.

»Ja, ich bin auf Instagram«, sage ich und stecke das Handy wieder in meine Tasche.

Wren lacht. »Das meinte ich nicht. Hast du einen Freund?«, fragt sie sachlich und macht den Reißverschluss ihrer Tasche zu.

»Oh.« Ich schüttele den Kopf, aber ich muss lachen. »Nicht in diesem Universum.«

Der Zug hält mit einem Ruck in der Grand Central Station und wir stehen alle auf und sammeln unsere Sachen zusammen.

»Ach was«, sagt Wren. Wir steigen hinter Tante Lydia, unseren Kurskameraden und den anderen Pendlern aus dem Zug. »Ich hätte dich für eine gehalten, die einen heimlichen, absolut außergewöhnlichen Liebsten irgendwo in Europa hat.«

»Ich?« Ich bin so verblüfft, dass ich fast einen Passanten anrempele. »Das ist verrückt«, sage ich, als wir den Bahnsteig entlang zur Wandelhalle gehen. Mir kommt der Gedanke, dass Wren mich vielleicht auch auf bestimmte Weise wahrgenommen hat. Und wir lagen beide schief mit unserer Einschätzung. Wieder möchte ich am liebsten loslachen bei der Vorstellung, für jemanden gehalten zu werden, der einen festen Freund in Europa hat.

Andererseits ...

Ich lasse meine Gedanken schweifen. Was wäre, wenn ich tatsächlich nach Frankreich geflogen wäre und Rubys Prophezeiung auf magische Weise wahr geworden wäre? Was, wenn ich einen hinreißenden jungen Franzosen kennengelernt hätte ...

Nein. Mach dich nicht lächerlich.

Wir sind in der großen Bahnhofshalle angekommen, und ich lege den Kopf in den Nacken, um die wunderschöne gewölbte Decke bewundern zu können. Ein sattes Blaugrün, das die Sternbilder schmücken. Ich entdecke Orion und Pegasus und Aquarius. Und da ist der Krebs – das bin ich. Ich greife nach der Nikon in meiner Büchertasche und mache ein Foto von diesem Himmel unter dem Dach.

»Leute, bitte nehmt alle die Kameras runter«, sagt Tante Lydia belustigt.

Da geht mir auf, dass auch alle meine Kurskameraden mit hochgehaltenen Kameras still in dem irren Gewimmel der Bahnhofshalle stehen. Ich lächele und verspüre ein unbekanntes Gefühl der Zugehörigkeit. Lydia gibt uns das Zeichen, ihr zu der berühmten Messinguhr zu folgen, der mit den vier identischen Zifferblättern. Wir stehen auf einem Haufen zusammen und sie fängt an zu reden.

»Hier ist der Plan«, sagt sie und rückt die Stäbchen zurecht, die ihren wirren Haarknoten zusammenhalten. »Wir laufen hoch zum *Museum of Modern Art* – und dabei sollt ihr alle Sehenswürdigkeiten, alle Formen und Klänge der Stadt wahrnehmen. Ihr dürft selbstverständlich Bilder machen, aber lasst euch nicht so ablenken, dass ihr euch verirrt.« Sie grinst und ich werde ein bisschen nervös. Begeistert herumfuchtelnd fährt sie fort: »Dann, in der Ausstellung, könnt ihr eure Bilder mit denen der großen Meister vergleichen. Danach gehen wir Mittag essen. Noch Fragen?«

Einer der College-Jungs hat eine Frage zum Museum. Ich beiße mir auf die Lippe und schaue rüber zur Uhr. Als Lydia uns Dienstag gesagt hat, dass wir einen Ausflug zur Fotoausstellung im Museum of Modern Art machen würden, habe ich sofort an Dad gedacht. *THE DELIVERER* hängt im Whitney Museum: eine kurze Taxifahrt von hier entfernt. Ich habe überlegt, ob die Zeit wohl reichen würde, um mich von meinem Kurs zu trennen und mir das Bild anzuschauen, obwohl ich vor nicht allzu langer Zeit erst mit Ruby dagewesen bin, im Dezember.

Als Lydia uns jetzt zum Ausgang führt, beschließe ich, dass mein Vater diesen Tag nicht stören soll. Er wollte nicht, dass ich Teil seines Sommers bin, warum sollte er also Teil meines Sommers sein? Schmerz und Bedauern simmern in mir, als ich auf die Straße hinaustrete.

Autos hupen, Sirenen heulen. Die Luft ist schwül und klebrig – hier scheint es heißer zu sein als in Hudsonville, und das liegt nicht nur daran, dass es später geworden ist. Die Hitze steigt in Wellen vom Bürgersteig auf. Überall wimmeln Leute herum, brüllen sich an, glotzen auf ihre Handys, jonglieren mit schwitzenden Eiskaffeebechern herum, winken gelbe Taxis heran.

Mir fällt wieder ein, welche Angst ich hatte, als ich mit Ruby zum ersten Mal genau an dieser Stelle gestanden habe. Aber dieses Mal verspüre ich nicht den Drang mich zu verstecken. Ehrlich gesagt, wallt die Aufregung in mir auf, als ich den Duft von Brezeln und Senf einatme, der von einem Verkaufswagen an der Ecke herüberweht. Die Stadt knistert vor Energie und das überträgt sich auf mich und die schwere Nikon in meiner Hand.

Die Gruppe zieht Richtung Westen, und ich richte die Kamera nach oben, mache schwindelerregende Aufnahmen von den Wolkenkratzern, deren Türme in der Sonne glitzern. Jemand rempelt mich an und ich stolpere. Wren packt mich am Arm, ich kann mich fangen und bedanke mich bei ihr. Es ist schwierig, sich durch den ständigen Strom von Fußgängern und Autoverkehr zu manövrieren. Aber es gibt so viel zu sehen und einzufangen.

Die große Bibliothek an der Fifth Avenue zum Beispiel, mit den beiden Steinlöwen davor. Die Drehtüren der Kaufhäuser, die Leute gleichzeitig einsaugen und wieder ausspucken. Die eleganten Frauen mit hochhackigen Schuhen, engen Röcken und großen Sonnenbrillen, die Kinder, die in ihren Buggys kleckerndes Eis essen. Wir gehen an einem schwitzenden Mann vorbei, der auf dem Gehsteig Handtaschen verkauft, an Wagen, die Hotdogs und Limo anbieten. Mir fallen die Verkäufer im Pine Park ein, die scheinen in eine andere Welt zu gehören. Komisch, dass die nur zwei Stunden von hier entfernt ist.

Wir gehen am Rockefeller Center mit den bunten Blumen und Fahnen vorbei und der Statue vom griechischen Gott Atlas, der die Erde auf den Schultern trägt. Als wir in die 53. Straße einbiegen, entdecke ich einen Postboten, der seinen blauen Karren zieht. Ich bleibe stehen und starre ihn an, Dads Bild fällt mir wieder ein. Könnte das derselbe Postbote sein, den Dad vor so vielen Jahren gesehen hat? Unwahrscheinlich. Trotzdem mache ich ein Foto von dem Postboten – er guckt mich sauer an – und beeile mich dann, meinen Kurs einzuholen.

Ich sehe, dass die anderen schon ins Museum gegangen sind, ein gläsernes Gebäude mit einem Banner, auf dem MOMA steht – *Museum of Modern Art.* Als ich das kühle, luftige Foyer betrete, überlege ich, wie es wohl gewesen wäre, diesen Sommer die Galerie in Südfrankreich zu besuchen. Um endlich mein Porträt *FILLE* dort an der Wand hängen zu sehen. Ich schlucke meine Bitterkeit runter und schließe mich Wren und den anderen vor dem Tresen an, an dem die Eintrittskarten verkauft werden.

»Sorry«, sage ich zu Wren, während ich die Nikon in der Tasche verstaue. »Ich hab gerade ein Foto gemacht von …« Ich halte inne, mein Herz macht einen Satz, als ich sehe, wer neben ihr steht.

Hugh.

»Oh. Hi«, nuschele ich und werde rot, während ich versuche, mein Hugh-Gesicht aufzusetzen. Ich hatte ganz vergessen, dass er sich hier mit uns treffen wollte.

Ich spüre das Gewicht meines Notizbuchs in der Tasche – das Notizbuch mit dem peinlichen Brief, den ich am ersten Kurstag an Hugh geschrieben habe.

»Hi«, antwortet Hugh knapp – mit den Händen in den Hosentaschen. In seinem grün karierten Hemd mit den aufgerollten Ärmeln sieht er wirklich gut aus. Seine Nikon hängt an einem Gurt über der Schulter – und damit wirkt er wie ein wettergegerbter Fotograf, unterwegs zu irgendwelchen Naturaufnahmen oder so.

Plötzlich hab ich das seltsame Verlangen, direkt auf Hugh zuzugehen und ihm die Arme um den Hals zu schlingen. Mein Magen verknotet sich. Wie komme ich denn auf so was? Ich wüsste nicht mal, wie man das anfängt. Und Hugh würde ganz bestimmt verwirrt und angewidert davonwanken.

Ich spüre, wie Wren mich mit ihren wissenden veilchenblauen Augen beobachtet. Mein Blick geht runter zu meinen abgewetzten Chucks und ich streiche mir die Haare aus dem rot angelaufenen Gesicht.

»Wie geht's deinem Cousin?«, höre ich mich fragen.

Moment mal.

Eine Schockwelle schlägt über mir zusammen. Ich habe gerade mit Hugh Tyson gesprochen! Freiwillig!

Also, wenn man's genau nimmt, habe ich meine Turnschuhe angesprochen. Aber ich habe Hugh eine Frage gestellt und meine Stimme klang wie eine normale menschliche Stimme. Glaube ich jedenfalls.

Wo hatte ich diesen Mut her? Vielleicht half es zu wissen, dass Hugh und Wren nicht zusammen sind. Oder lag es daran, dass Wren gesagt hat, ich wirke wie jemand, der einen Freund in Europa hat? Egal, dieser Fortschritt ist vielversprechend. Hugh und ich sollen an diesem Wochenende zusammen an unserem Kursprojekt arbeiten. Davor hatte mir gegraut, aber vielleicht bin ich ja doch nicht das völlige Desaster in seiner Gegenwart.

Ich schaue auf. Hugh guckt auch ganz erstaunt. Hinter den Brillengläsern wirken seine graugrünen Augen ganz groß, seine Lippen sind leicht geöffnet.

»Dem geht es ausgezeichnet«, antwortet er kurz darauf. Nur Hugh Tyson drückt sich so aus, denke ich. Und deshalb möchte ich ihn umso mehr umarmen.

»Er hat Geburtstag.« Hugh rückt den Kameragurt auf seiner Schulter zurecht. »Deshalb bin ich gestern Abend schon hergefahren. Wir sind zu einem Baseballspiel gegangen.«

»Ich habe Dienstag Geburtstag«, trompete ich. Äh, was? Warum hab ich das bloß gesagt? Ich hätte tausend andere Sachen erwidern können. Etwa: *Wer hat denn gespielt?* Oder das stets passende: *Oh, cool.* Aber nein. Ich musste natürlich unnötige Informationen über meinen Geburtstag verbreiten. Ich bin also doch ein Desaster.

Gnädigerweise wählt Tante Lydia diesen Augenblick, um der Gruppe mitzuteilen, dass wir in die Ausstellung gehen können. Erleichtert atme ich aus und stiefele mit großen Schritten voran, weg von Hugh und Wren. Hoffentlich kann ich mir weitere Peinlichkeiten ersparen. Und hoffentlich enthüllt Wren im Laufe des Tages Hugh nichts von dem, was ich im Zug gesagt habe.

»Bleibt zusammen.« Lydia lotst alle vierzehn Kursteilnehmer aus dem Foyer. Wir steigen die Treppe zum Ausstellungsraum hinauf und schlängeln uns zwischen den anderen Besuchern durch, die hier mit Plänen und Broschüren in der Hand herumwimmeln. »Tut so, als wäret ihr in der Grundschule.«

Ein paar Kursteilnehmer lachen. Beim letzten Besuch in diesem Museum war ich tatsächlich noch in der Grundschule. Damals war ich mit meinen Eltern hier. Vor der Scheidung. Wir haben uns die Dauerausstellung angesehen, die unglaublichen Bilder von Chagall und Matisse, Picasso und Van Gogh. Es erstaunt mich fast, dass hier jetzt Fotografie ausgestellt wird – Fotos waren für mich immer etwas ganz anderes als Gemälde, als »echte« Kunst.

Aber die Ausstellung, die den Titel »Manhattan in Bildern« trägt, ist genauso unglaublich wie eine Gemäldesammlung. Es gibt unzählige Fotos zu sehen – manche in Schwarz-Weiß, manche in Farbe, manche alt, manche aktuell. Alle zeigen verschiedene Teile von New York City – die Wolkenkratzer, die Menschenmengen, die U-Bahnen, die Taxis. Ich denke an die Bilder, die ich vorhin gemacht habe, und ich bin ganz versessen darauf, noch viel bessere zu machen.

»Guckt genau hin«, weist Lydia uns an und zeigt auf die gerahmten Bilder an der Wand. »Seht, wie die Fotografen ihr Augenmerk auf Blickwinkel und Konturen, auf Licht und Schatten gerichtet haben. Auf seltsame und interessante Menschen. Das sind die Arbeiten von Robert Frank und Richard Avedon, Alfred Eisenstaedt und Cindy Sherman. Merkt euch diese Namen. Lernt von ihnen. Sie hatten einen scharfen Blick. Ihr könnt euren Blick auch schärfen.«

Ich höre auf meine Tante und sehe mir alles ganz genau an. Auf meinem Smartphone mache ich Notizen. Wenn ich in der normalen Schule doch nur so engagiert wäre! Dann wären meine Zensuren wahrscheinlich auf Hugh-Tyson-Niveau.

Irgendwann stehe ich plötzlich neben Tante Lydia, wir betrachten beide ein altes Foto von Bauarbeitern, die hoch über der Stadt zu Mittag essen.

»Hey«, sage ich in einem plötzlichen Anfall von Dankbarkeit. »Dieser Ausflug ist ja so toll.« Das meine ich ernst, geht mir auf. Mir geht auch auf, dass ich die Gespräche mit meiner Tante vermisse. Und seit ich im Zug mit Wren geredet habe, ist das Bedürfnis, meine Nichtenschaft zu verbergen, auch nicht mehr so stark.

»Das höre ich gern, Kleine«, antwortet Tante Lydia.

Unsere Blicke treffen sich und mir fällt wieder ein, was Wren über die Ähnlichkeit unserer Mimik gesagt hat. Eine Sekunde lang kommt es mir so vor, als ob meine Tante noch irgendwas anderes sagen will. Dann wendet sie sich ab und geht auf ein Foto von der Brooklyn Bridge auf der anderen Seite des Raumes zu.

Ich beobachte sie beim Weggehen und habe ein seltsam hohles Gefühl im Bauch. Vielleicht bin ich ja paranoid, aber es wirkt fast so, als würde meine Tante mir aus dem Weg gehen. Warum?

* * *

Auf der Rückfahrt nach Hudsonville sitze ich neben meiner Tante, um meine Theorie zu testen. Und ich fürchte, ich habe recht. Sie erzählt mir nämlich sofort, sie müsse recherchieren, verbringt die ganze Fahrt mit Kopfhörern im Ohr und arbeitet auf ihrem iPad.

Wren und ihre betagte Partnerin Maude sitzen direkt hinter uns. Ich höre, wie die beiden über die Vorzüge diverser Secondhandläden in der Nähe des Einkaufszentrums reden, wo Wren ihre Kleider kauft und Maude ihre verkauft. Ich beneide sie um ihr Gespräch.

Hugh ist in der Stadt geblieben, weil er noch einen Abend bei seinem Cousin verbringen wollte. Als er sich an der Grand Central Station vom Kurs verabschiedet hat, hat er mich kurz angesehen und noch schnell gesagt: »Ich schick dir Sonntag eine Nachricht.« Besonders begeistert klang das nicht. Beim Mittagessen hatte Tante Lydia Zettel mit den Handynummern von allen verteilt, damit wir übers Wochenende mit unseren Partnern Verbindung aufnehmen können. Jetzt brennt mir also Hugh Tysons Telefonnummer ein Loch in die Büchertasche.

Die Sonne steht als roter Ball tief am Himmel, als wir in den Bahnhof von Hudsonville einfahren. Draußen ist es auch kühler geworden. Auf dem Bahnsteig hole ich die Strickjacke aus meiner Tasche, jetzt bin ich dankbar dafür, dass Mom sie mir aufgedrängt hat.

»Holt deine Mutter dich ab?«, fragt mich Lydia. Das ist der erste vollständige Satz, den sie mit mir gesprochen hat, seit wir Manhattan verlassen haben. Wir gehen nebeneinander die Bahnhofstreppe hoch zum Parkplatz.

»Ja, da ist sie.« Ich zeige auf das wartende Auto meiner Mutter. Mom blinkt mich mit den Scheinwerfern an. Ob Tante Lydia wohl angeboten hätte, mich nach Hause zu fahren? Und wird sie zu Moms Auto gehen und ihrer Zwillingsschwester Hallo sagen?

Aber Tante Lydia drückt nur meinen Arm und sagt: »Bis Montag!« Dann läuft sie im Sturmschritt zu ihrem Auto, das ein paar Meter weiter parkt.

Mit gerunzelter Stirn steige ich in Moms Auto und schlage die Beifahrertür zu. Aus dem Fenster sehe ich, wie Wren in den Volvo ihrer Eltern steigt. Als würde sie meinen Blick spüren, schaut sie über die Schulter zu mir, grinst und winkt. Ich winke zurück und staune wieder über die unerwartete Entwicklung. Sind wir nun Freundinnen? Ich bin mir nicht sicher, ob ich das schon so nennen kann.

Mom guckt in den Rückspiegel und fährt vom Parkplatz. »Na, soll ich raten?«, sagt sie munter. Wenn sie überhaupt beleidigt ist, dass Lydia nicht rübergekommen ist und sie begrüßt hat, lässt sie es sich nicht anmerken. »New York war laut, überfüllt und hat nicht gut gerochen. Aber du hast alles unversehrt überlebt?«

Ich lächele und stelle die Büchertasche zwischen meinen Füßen ab. »Ehrlich gesagt ... hat es mir gut gefallen«, sage ich. »Sehr gut sogar.« Mir wird klar, dass ich mich nicht mehr so vor der Stadt fürchte wie früher.

»Na, so was.« Mom klingt erstaunt, sie konzentriert sich auf den Verkehr und rückt ihre Brille zurecht. »Wie kommt denn das?«

Ich betrachte Mom genauer. Als ich mit Ruby in den Winterferien nach New York gefahren bin, war sie nicht besonders glücklich darüber. Und bei diesem Ausflug hatte sie auch Einwände geäußert und mich zwei Mal gefragt, ob ich auch ganz sicher sei, dass Lydia immer auf uns achtgeben würde. Ich frage mich, ob die Stadt vielleicht für Mom mit ihrem verkümmerten Orientierungsvermögen irgendwie etwas Einschüchterndes hat. Oder vielleicht will sie mich auch nur vor den Gefahren schützen, die sie dort vermutet. Ob es ihr mit Frankreich wohl auch so ging?

»Du musst aber müde sein«, sagt Mom, als wir an der Shell-Tankstelle vorbeifahren. »Und hungrig. Ich habe einen Hackbraten gemacht, heute Abend musst du also nicht schon wieder Reste vom Takeaway essen. Er steht im Kühlschrank, du kannst ihn dir in der Mikrowelle aufwärmen.«

Ich halte mir den Bauch. »Ich bin immer noch satt vom Mittagessen«, sage ich lachend. »Nach dem Museum sind wir mit der U-Bahn runter zum *Lombardi's* gefahren, das – glaube ich – wohl die älteste Pizzeria im Land ist? Na, egal, jedenfalls hat Tante Lydia all diese leckeren Pizzen bestellt …« Ich lasse den Satz ins Leere laufen, weil Moms letzte Worte bei mir angekommen sind. »Moment mal«, sage ich. »Gehst du heute Abend noch aus?« Enttäuschung macht sich in mir breit.

Mom nickt und packt den Lenker fester. Und – das ist wohl das Seltsamste – sie wird allem Anschein nach rot. Ich glaube nicht, dass ich dieses Phänomen schon mal beobachten konnte, aber hier haben wir es: Eine unverkennbare Röte kriecht über ihre hellen Wangen. Und jetzt fällt mir erst auf, dass sie ein hübsches schwarzes Kleid, hohe Schuhe und Lippenstift trägt.

»Wo gehst du hin?«, frage ich. Unbehagen mischt sich mit meiner Enttäuschung.

Wir fahren vom Highway ab und nähern uns der College Avenue. Mom hustet und bleibt vor der Ampel stehen, obwohl die eindeutig gelb ist.

»Ich nehme an, jede andere Gelegenheit wäre auch nicht passender, um es dir zu erzählen«, beginnt sie.

Mein Herz schlägt schneller. *Erzähl es mir nicht*, möchte ich sagen. Ich bin mir ziemlich sicher, dass das, was Mom sagen will, Veränderungen mit sich bringt.

»Ich … nun ja, ich treffe mich mit jemandem«, sagt Mom. Ihre Wangen werden noch rosiger. »Es ist noch ziemlich früh und nichts allzu Ernstes«, fährt sie schnell fort. »Ich hatte nicht mal vor, mich heute Abend wieder mit ihm zu treffen, aber er hat uns Karten für die Philharmonie in Albany besorgt, und da …« Mom guckt zu mir rüber. Ich schweige. »Ich dachte, du solltest es wissen. Ich wollte kein Geheimnis draus machen.« Sie räuspert sich.

Die Ampel springt von Rot zu Grün, aber Mom rührt sich nicht von der Stelle. Die Pizza in meinem Bauch gerät in Aufruhr.

»Du … du hast einen Freund?«, stammele ich ungläubig. Diese Frage stelle ich heute schon zum zweiten Mal. Mir kommt der grünhaarige, grinsende Will von Wrens Handy in den Sinn. »Ist das der, mit dem du gestern Abend essen warst?«, frage ich und überlege, ob ich noch irgendwelche Anhaltspunkte finde. Als Mom nach Hause gekommen ist, hatte sie auch Lippenstift aufgetragen. »Ich dachte, du wärst mit einem Arbeitskollegen ausgegangen!«, sage ich in einem anklagenden Ton.

Hinter uns wird gehupt und Mom fährt endlich los. »Na ja, es ist komisch«, sagt sie und guckt kurz zu mir rüber. Dann kichert sie irgendwie gezwungen, auf so was folgt selten etwas wirklich Komisches. »War ich irgendwie auch. Du kennst doch Max?«

Max? Mir fällt keiner ein, der Max heißt. Ich starre aus dem Fenster. Wir fahren die College Avenue entlang, am Campus vorbei. Da fällt der Groschen.

»Max, der Wachmann?«, platze ich heraus. »Der ist dein Freund?«

»Aber, aber«, sagt Mom ruhig und biegt in die Rip Van Winkle Road ab. »So, würde ich ihn noch nicht bezeichnen. Na ja. Ich kenne Max schon viele Jahre, du ja auch, und er ist einfach ein wunderbarer Mann.«

Ich bin sprachlos. Ich denke an Max, wie er in seiner hellblauen Uniform im Wächterhäuschen hinter dem Tor sitzt und Kaffee trinkt.

»Wie lange geht das schon?«, will ich wissen. Irgendwie fühle ich mich hintergangen. Ich wickele die Strickjacke fester um mich.

»Hab ich doch gesagt, ist noch ganz frisch«, sagt Mom. Unser Haus ist jetzt in Sichtweite. »Er hat mich vor einem Monat gefragt, ob ich mit ihm ausgehe. Zuerst habe ich ein bisschen gezögert. Und dann ...«

»Wie kam es, dass du deine Meinung geändert hast?«, frage ich dumpf.

»Nun ja.« Mom räuspert sich und fährt auf unsere Auffahrt. »Ehrlich gesagt ... das war wegen deiner Frankreichreise.«

»Was?« Mein Kopf schnellt zu ihr herum, so überrascht bin ich. »Wie das? Ich dachte, du wolltest nicht mal, dass ich fahre!«

Mom zuckt die Achseln und hält an. »Mir ist einfach klar geworden, dass ... du weißt schon, dass du nicht für immer zu Hause bleiben wirst. Eines Tages wirst du ausziehen und aufs College gehen.« In ihrer Stimme schwingt etwas Trauer mit. Sie will nach meiner Hand greifen, aber ich rücke von ihr ab und näher an die Autotür heran. »Ich dachte, es könne nicht schaden ... mal was anderes auszuprobieren.« Mom lächelt mich zaghaft an. »Wie deine Tante so gern sagt, bin ich jetzt schon eine ganze Weile geschieden.«

Ich stiere geradeaus auf unser dunkles Haus. Mom wäre also nicht einsam gewesen, wenn ich nach Frankreich gefahren wäre. Ich sollte mich für sie freuen ... tu ich aber nicht.

»Max ist auch geschieden«, sagt Mom. »Wir haben eine Menge gemeinsam, er liest gern, wir hören beide gern klassische Musik. Wir haben einander ... irgendwie entdeckt.«

»Igitt, *Mom*«, stöhne ich. Ich beuge mich vor und halte die Hände vors Gesicht. »Bitte, hör auf.« Es stimmt, Max sieht nicht schlecht aus für jemanden im Elternalter. Aber trotzdem. Igitt.

»Summer«, seufzt Mom. »Du übertreibst.«

»Und was, wenn es damit endet, dass ihr heiratet?«, kreische ich. Ich gucke Mom an, meine Fantasie läuft auf Hochtouren. »Was, wenn ihr auch noch ein Kind kriegt? Dann hab ich einen Halbbruder oder eine Halbschwester und das wäre total schräg ...«

Mom guckt streng. »Das reicht jetzt«, sagt sie, ihr Ton wird schärfer. »Darüber unterhalten wir uns ein anderes Mal ausführlicher. Geh doch rein und mach's dir gemütlich. Ich glaube nicht, dass ich allzu spät nach Hause komme.«

Mein Magen rutscht ein Stück tiefer. »Mir war nicht klar, dass du jetzt gleich nach Albany fährst«, sage ich säuerlich. Ich gucke wieder zum Haus. Ro liegt vorne im Fenster, seine Augen sind kleine Schlitze, zweifellos ist er auch mieser Stimmung. Ganz schwach höre ich Mom erklären, dass sie erst zu Max nach Hause fährt und ihr Auto da stehen lässt, und dass er sie mit seinem Auto nach Albany fährt ...

»Kannst du mich am *Better Latte* absetzen?«, unterbreche ich sie. Ich weiß, dass Ruby um diese Zeit noch arbeitet. Und auf einmal ist sie der einzige Mensch, den ich sehen will, trotz der Spannungen zwischen uns in letzter Zeit. Ich kann nur hoffen, dass Austin – oder Skye – nicht da sind.

Mom scheint etwas einwenden zu wollen, aber dann presst sie zum Glück die Lippen zusammen und fährt an. Wir reden nicht, als sie wendet. Sie saust unsere Straße hoch und den Deer Hill runter, viel schneller, als sie das normalerweise machen würde.

Soweit ich weiß, hatte Mom kein Date mehr, seit sie und Dad geschieden worden sind. Und egoistisch, wie ich bin, gefiel mir das ganz gut so. Dadurch war alles ganz sicher und stabil – und Mom war immer in der Nähe. Ich war davon ausgegangen, dass Dad auch keine Dates hatte. Vielleicht hatte ich – auf ganz kindliche Weise – gehofft, er und Mom würden wieder zusammenkommen. Wenn wenigstens jeder für sich auf verschiedenen Seiten des Atlantiks Single blieb, war die Sache irgendwie ... ausgeglichen.

»Hör mal, Summer«, sagt Mom, als wir am *Better Latte* ankommen. Ich habe die Hand schon am Türhebel und gucke sie an. »Es gibt immer noch vieles, das du nicht verstehst.« Sie hustet wieder. »Mit Max hat das nichts zu tun, nur, damit du das weißt.«

»Nein, Mom, das weiß ich nicht«, sage ich schnippisch und mache die Autotür auf. Ein Déjà-vu unseres Streits vor meiner Abfahrt zum Flughafen überfällt mich. Es ist, als würden meine Mutter und ich ständig denselben Tanz aufführen, immer wieder. Ich schnappe mir meine Büchertasche und springe aus dem Auto.

»Summer!«, ruft meine Mutter mir nach, aber ich bin schon auf dem Bürgersteig und renne ins Café.

»Summer!«, sagt Ruby wie das Echo meiner Mutter. Sie schaut von ihrem Platz hinter dem Tresen auf, wo sie gerade eine Nachricht in ihr Handy tippt.

Abgesehen von Ruby und einem anderen Barista ist das *Better Latte* leer. Es wird bald dämmern und es ist Zeit fürs Abendessen, die Leute steuern also entweder

PJ's Pub an oder *Szechuan Kitchen* – oder, wenn ihnen nach etwas Besonderem ist, das *Orologio's*. Oder sie machen zu Hause Hackbraten für ihre Kinder. Keiner geht Kaffee trinken. Die aufmunternden Düfte von Vanille und Kaffeebohnen liegen in der Luft, aber auch ein dumpfes, melancholisches Gefühl. Vielleicht empfinde ich das auch nur so.

»Was ist denn los?«, fragt Ruby, als ich mich zu ihr schleppe. Mit einem dumpfen Geräusch lasse ich meine Tasche auf den Boden fallen und stütze die Ellenbogen auf den Tresen.

»Hast du 'ne Stunde Zeit?«, seufze ich.

»Geht auch eine halbe?«, fragt Ruby. Sie steckt das Handy in die Schürzentasche. »Austin holt mich ab, weil – ach, ist das süß! Er will unser Zwei-Wochen-Jubiläum rechtzeitig planen.« Sie grinst mich an.

Ich hätte vielleicht zurückgegrinst, wenn da nicht dieser Begriff »Zwei-Wochen-Jubiläum« gewesen wäre.

»Also ...« Ruby macht eine Kopfbewegung Richtung Espressomaschine. »Magst du was? Eiskaffee?«

Ich schüttele den Kopf.

»Die Spezialität zum Tag der Bastille?« Sie zeigt auf die Tafel.

»Was ist das denn?« Für einen Moment lenkt mich das von meiner finsteren Stimmung ab. Ich lese die Worte, die mit blau-weiß-roter Kreide auf der Tafel stehen. *Spezialität zum Tag der Bastille! Französischer Vanille-Eiskaffee mit Schlagsahne und Blaubeer-Himbeer-Garnitur. Oh là là!*

»Der 14. Juli ist der französische Unabhängigkeitstag«, erklärt Ruby routinemäßig, offenbar hat sie diesen Spruch heute schon vor so manchem Kunden gebracht.

Dann bemerkt sie meinen gepeinigten Gesichtsausdruck. »Oh Gott, Summer.« Sie schlägt die flache Hand an die Stirn, ihr geknüpftes Armband rutscht den Arm hoch. »Tut mir leid. Wahrscheinlich möchtest du jetzt gerade nichts Französisches.«

»Weißt du was?« Ich zucke mit den Schultern. Etwas Draufgängerisches regt sich in mir. »Ich nehm das. Klingt total eklig, aber mir ist eh schon schlecht, warum also nicht noch einen Schritt weiter gehen?«

»Aha, okay.« Ruby guckt mich besorgt an. Sie greift nach einem Plastikbecher.

»Hey, Ruby«, ruft der andere Barista vom entlegenen Ende des Tresens. Es ist der bärtige Typ, der unser Gespräch am Montag belauscht hat. »Ich mach das schon. Chill eine Runde mit deiner Freundin. Im Ernst, ich hab sämtliche Leben auf Candy Crush verballert, und jetzt brauche ich was zu tun.« Er schwenkt traurig sein Handy, kommt rüber und nimmt Ruby den Becher aus der Hand.

»Echt? Danke, Brian!«, sagt Ruby überschwänglich und schaut ihn mit großen Augen gewinnend an. Ich weiß, dass Ruby nicht auf diesen Brian steht, aber ich weiß auch, dass sie nicht aus ihrer Haut kann. Mit Jungs flirten ist für sie wie Luft holen.

Während Brian sich netterweise daranmacht, mein

Getränk zusammenzumixen, taucht Ruby unter dem Tresen hindurch und wir setzen uns in eine Nische.

»Erzähl schon«, befiehlt Ruby. Sie langt über den Tisch und drückt mir die Hand.

Es ist schon so lange her, seit wir allein miteinander geredet haben (also, wenn man mal von Barista Brian absieht), und die Gegenwart meiner besten Freundin ist so vertraut und tröstlich, dass mir sofort die Tränen in die Augen schießen. Ich versuche, nicht laut loszuschluchzen, und erzähle ihr von Mom und Max.

»Offenbar bin ich die Einzige, die keinen Liebessommer erlebt«, sage ich abschließend, wobei ich mir auf irre attraktive Weise die Nase am Jackenärmel abwische.

Brian kommt rüber und setzt mir meinen Bastille-Becher vor. Es ist ein Ungetüm, ein wackelnder Turm aus Sahne und Fruchtsirup. Brian bemerkt mein Schniefen offensichtlich, denn er verzieht sich schnell wieder hinter den Tresen.

»Ich fass es nicht«, murmelt Ruby. »Deine Mom trifft sich mit jemandem?« Sie nimmt den ungeöffneten Strohhalm, den Brian neben meinen Becher gelegt hat, und lässt ihn zwischen den Fingern herumwirbeln. »Freut mich für sie.«

Einen Moment lang bin ich so verblüfft, dass ich nicht weiß, wie ich darauf reagieren soll.

Auf ein *Ach, du Ärmste* hatte ich gehofft. Oder: *Das ist ja übel und schräg!* Oder: *Komm doch übers Wochenende zu mir, dann kannst du deiner Mutter achtundvierzig Stunden aus dem Weg gehen.*

Nicht *Freut mich für sie*.

»Wie bitte?«, zische ich schließlich und starre über den Tisch.

»Ich hab gesagt: Freut mich für sie«, wiederholt Ruby und hebt das Kinn. »Ich wünschte, meine Mom würde sich mal mit jemandem treffen. Aber sie arbeitet immer nur und macht sich Sorgen um mich und Raj. Mein Dad dagegen ist schon seit einem Jahr wieder verheiratet!«

»Ja, nur ...« Ich schnappe meiner Freundin den Strohhalm weg, reiße das Papier ab und ramme ihn in meinen Becher. »Das ist deine Familie. Meine ist anders. Unser Zuhause ist nicht auf die gleiche Art kaputt, Ruby.«

»Schon gut«, sagt Ruby und hält die Hände hoch, als ob ich auf sie losgegangen wäre. »Hör mal, ich kapier ja, dass du und deine Mom euch nahesteht. So *Gilmore-Girls*-artig nahe ...«

»Das nun auch wieder nicht«, protestiere ich, obwohl es mich ein bisschen freut.

»Ach, komm schon«, ranzt Ruby. Sie fährt sich mit der Hand durch die glänzenden Haare. »Ihr mit eurem Sternegucken und Eisschlecken und den tiefsinnigen Gesprächen über das All und so?« Sie hält inne, und ich frage mich zum ersten Mal, ob sie wohl je neidisch auf Mom und mich gewesen ist. »Aber«, fährt sie fort und guckt mir in die Augen, »manchmal muss man den Leuten ein bisschen Raum geben.«

Mein ganzes Gesicht wird heiß. Ruby spielt nicht mehr nur auf die Sache mit Mom an, oder?

Um Rubys Blick auszuweichen, schaue ich in meinen Becher. Das würde ein interessantes Foto abgeben. Wie viel Ruby jetzt nicht von mir weiß. Sie weiß nicht, dass ich heute in einer Fotoausstellung in New York City war, mit Hugh und Wren. Letztes Mal im *Better Latte* habe ich Wren vor Skye in Schutz genommen. Das war noch bevor ich Wren überhaupt kannte.

Mit dem Finger male ich einen Kreis auf den Holztisch. Plötzlich verspüre ich das hässliche Bedürfnis, Ruby zu ärgern – sie vielleicht sogar zu verletzen. »Vielleicht sollte ich mich lieber jemand anders anvertrauen«, sage ich leise. »Wren D'Amico zum Beispiel. Die wäre verständnisvoller.« Wahrscheinlich wäre sie das tatsächlich, denke ich.

Ruby runzelt die Stirn. »Was hat Wren D'Amico denn damit zu tun?«

»Na ja«, sage ich und wieder überkommt mich diese kalte Rücksichtslosigkeit, »sicher wird dein Idol Skye das nicht gut finden, aber Wren ist cool. Okay?« Meine Stimme wird lauter und Barista Brian kann mich wahrscheinlich hören, aber das ist mir egal. Ich will alles rauslassen, alles, was sich in den letzten zehn Tagen in aller Stille zwischen uns angestaut hat. »Ich glaube nicht, dass Wren ihre beste Freundin fallen lassen würde.« So langsam komme ich in Fahrt. »Du weißt schon, alle ihre Nachrichten ignorieren und nie mit ihr abhängen wollen – damit sie sich bei den Beliebten einschleimen kann ...«

»Das denkst du von mir?«, unterbricht Ruby mich. Ihr Gesicht ist derart angelaufen, dass es fast schon so lila ist wie das hübsche Sommerkleid, das sie unter ihrer Schürze trägt. »Ich lasse dich nicht fallen!« Ihre Stimme bricht. »Ja, ich verbringe viel Zeit mit Austin ...«

»Tu doch nicht so«, zwinge ich mich zu sagen. »Da steckt mehr dahinter.«

Rubys Unterkiefer klappt runter. Ich zittere an allen Gliedern. Und da geht mir auf, warum sie und ich noch nie Streit hatten: Ich hab immer hingenommen, was sie gemacht hat. Sie hatte recht, ich hatte unrecht. Sämtliche Konflikte wurden ignoriert. Unter den Tisch gekehrt. Bis eben.

Rubys Mundwinkel gehen nach unten, sie schweigt einen Moment. »Ich wollte nur ... eine Veränderung«, murmelt sie. »Und eigentlich solltest du nicht mal ...«

Sie hält sich zurück – so wie letztes Mal. Das sind genau dieselben Worte wie letztes Mal. *Eigentlich solltest du nicht mal ...* Mir läuft es eiskalt den Rücken runter.

»Sag's«, fordere ich. Ich starre Ruby an und schlinge die Arme um mich. »Beende den Satz.«

»Eigentlich solltest du nicht mal hier sein diesen Sommer«, sagt sie mit zusammengebissenen Zähnen. Sie guckt auf den Tisch und stützt den Kopf mit der Hand. »Du solltest in Frankreich sein.«

Ich lehne mich zurück, atme aus, sämtliche Energie verlässt mich. Es ist fast eine Erleichterung, es zu hören, es zu wissen.

»Ich dachte, das wäre ... gesund«, fährt Ruby fort.

Sie schaut immer noch runter, die Worte überstürzen sich förmlich. »Wenn wir mal eine Weile getrennt sind. Wir waren immer zusammen in unserer kleinen Welt.«

Sie schaut zu mir hoch, mit Tränen in den Augen. »Ich wollte sehen, wie das ist, mal da rauszukommen, was anderes zu machen. Und ich wusste, dass du das nicht gut finden würdest«, sagt sie und schlägt dabei mit der Handfläche auf den Tisch, um das zu betonen. »Ich wusste, du würdest die Augen verdrehen, wenn ich dir erzählen würde, dass ich Austin mag und mit ihm gehen will. Ich wusste, dass du total einschnappen würdest, wenn ich dir sage, dass Skye gar nicht so übel ist ...«

»Die ist die Übelste«, murmele ich.

»Siehst du?«, ruft Ruby. Sie schüttelt den Kopf. »Deshalb hab ich Alice gefragt, ob sie mit mir zu Skyes Party geht. Weil ich wusste, dass die alles ein bisschen lockerer sieht.«

Ich nicke langsam, mit einem Kloß im Hals. Auf einmal ergibt alles einen Sinn – wie erpicht Ruby darauf war, dass ich nach Frankreich flog, wie aufgebracht sie war, als Dad mir abgesagt hatte. Es ging überhaupt nicht um meinen Sommer, nur um ihren.

»Verstehe«, sage ich. Mein Blick ist getrübt, auf der anderen Seite vom Tisch verschwimmen Rubys Konturen. »Wenn ich in Frankreich wäre, wäre das deine große Chance gewesen – mich los zu sein.«

Ruby wischt sich die Augen. »So hört es sich schrecklich an, Summer ...«

Ich falle ihr ins Wort. »Keine Sorge.« Mein Ton ist kalt, so kenne ich mich gar nicht. »Ich werde dich nicht mehr behindern.«

Das Handy in Rubys Schürzentasche summt. Sie holt es raus und guckt aufs Display. Mit zitternder Unterlippe schaut sie zu mir hoch.

»Das ist Austin«, sagt sie verkniffen. »Er wartet draußen. Ich sollte gehen.«

»Dann geh«, sage ich. *Geh*, hatte Ruby am Flughafen zu mir gesagt, ehe ich aus ihrem Auto gestiegen war.

Fröstelnd in meiner Strickjacke und Rubys altem weißen Kleid sehe ich zu, wie Ruby aufsteht und die Schürze abnimmt. Sie taucht unter dem Tresen durch, und der Barista Brian bemüht sich, den Anschein zu erwecken, er sei in den Anblick seines Handys vertieft.

Ich gucke aus dem Fenster des Cafés auf die immer dunkler werdende Straße. Da ist Austin, er wartet in seinem blauen Cabrio. Er ist nicht allein, Skye und ihr Freund Genji Tanaka sitzen auf dem Rücksitz, die Arme in die Luft gereckt tanzen sie zu dem Song, der aus Austins Radio kommt. Sie sehen aus wie das Abbild des Sommers.

»Viel Spaß mit deinen neuen Freunden«, sage ich ätzend, als Ruby mit ihrer Handtasche vorm Tresen auftaucht. Ich komme mir klein und kleinlich vor, aber auch mächtig, so, als wäre ich zwei Menschen auf einmal.

»Und dir viel Spaß mit deinen«, antwortet Ruby genauso ätzend, obwohl ihre Wangen tränennass sind.

Das sind meine auch, ich spüre, wie mir die Tränen übers Kinn laufen.

Dann dreht sie sich um und geht zur Tür hinaus. Das ist das erste Mal in zehn Jahren, dass Ruby und ich uns trennen, ohne zu sagen *Hab dich lieb mal zwei*. Das Fehlen dieser Worte summt in meinen Ohren wie eine Mücke.

Ich sitze still im leeren Café, die Klimaanlage pustet mir in den Rücken. Ich lausche der blechernen Melodie aus Brians Handy. Vor mir steht meine Spezialität zum Tag der Bastille, unberührt, die Schlagsahne tropft ein bisschen. Ich beuge mich vor und nehme einen Schluck. Furchtbar. Viel zu süß und zu bitter. Als ob mein Kummer flüssig geworden wäre. Ich schiebe den Becher weg. Schöner französischer Nationalfeiertag.

Ich wische mir die Wangen mit dem Handballen ab und die raue Oberfläche meiner Armbänder – Rubys Armbänder – kratzt mein Gesicht. Voller Trauer nehme ich sie beide ab und starre auf das Stück Haut, das jetzt bloß liegt. Fühlt es sich so an, wenn man mit jemandem Schluss macht? Oder sich scheiden lässt? So wie dieses Gefühl von Verlust, das sich mit Freiheit mischt?

Der Sommer erstreckt sich vor mir, ohne Ruby. Ich bin starr vor Angst, aber auch ganz seltsam aufgedreht. Das Schlimmste ist passiert. Und nun kann irgendwie alles passieren.

Sonntag, 16. Juli, 15:03 Uhr

Hi, Summer. Wäre es dir möglich, dich heute um drei mit mir vorm Between The Lines *zu treffen? Lass mich wissen, ob dir das passt. Hugh Tyson.*

Zum x-ten Mal lese ich die SMS, die Hugh mir heute Morgen geschickt hat. Der formelle Ton bringt mich zum Lachen, ebenso wie die Tatsache, dass er mit vollem Namen unterschrieben hat. Aber im Wesentlichen flattern mir beim Anblick der Nachricht Schmetterlinge im Bauch. Unser Treffen findet wirklich statt!

Ich gucke auf dem Handy nach, wie spät es ist.

Oh Gott. Es findet *jetzt* statt.

Ich bin total spät dran.

Während mein Herz einen Salto macht, schnüre ich meine neuen Sandalen, springe vom Küchenstuhl auf und will mir die Büchertasche vom Tisch schnappen. Bedauerlicherweise hat Ro sich darüber drapiert und rührt sich nicht.

»Summer, sag mir doch kurz, für wie viele Leute ich reservieren soll«, sagt Mum, die in die Küche geschlendert kommt, ohne den Blick von ihrem Handy abzuwenden.

»Was reservieren?«, frage ich und versuche Ro hochzunehmen, ohne seinen Zorn zu erwecken. Ich hab schon so manchen Kratzer von ihm eingesteckt – und blutige Striemen im Gesicht und an den Armen kann ich wirklich nicht gebrauchen, wenn ich mich mit Hugh Tyson treffe.

Mit gerunzelter Stirn linst Mom zu mir hoch. »Dein Geburtstagsessen? Im *Orologio's*? Ich nehme doch an, dass wir Dienstagabend da hingehen?«

Stimmt. Ich lasse Ro los, der triumphierend miaut. Ich hatte ganz kurz vergessen – oder vielleicht verdrängt – dass sich mein sechzehnter Geburtstag bedrohlich nähert. *Sweet sixteen and never been kissed* leiert mir im Kopf herum.

»Du hast gesagt, Alice und Inez sind nicht in der Stadt, das weiß ich noch«, fährt Mom fort. Sie stupst Ro an und der Kater fügt sich und rutscht ohne Protest von meiner Tasche. War ja klar. »Also sind wir nur du, ich, Ruby und Lydia«, sagt Mom und streichelt Ro den Kopf. Dann guckt sie mich an und diese Rosafärbung macht sich wieder auf ihren Wangen breit. »Und da dachte ich ...« Sie räuspert sich. »Wenn du nichts dagegen hast, hatte ich gehofft, Max auch einladen zu können.«

»Ruby nicht«, sage ich dumpf. Meine Eingeweide verknoten sich.

Mom zieht erstaunt die Augenbrauen hoch. »Was? Warum denn nicht?«

Ich befühle die leere Stelle am Handgelenk, an der

die geknüpften Armbänder immer waren – jetzt liegen sie oben in meinem Zimmer in einem Schmuckkästchen. Ich versuche die anschwellende Traurigkeit zu unterdrücken.

»Kann ich dir jetzt nicht erklären«, antworte ich und fege Katzenhaare von der Büchertasche, bevor ich sie mir umhänge. »Ich muss los und diese Aufgabe für den Fotokurs erledigen.«

Mom weiß, dass Hugh mein Kurspartner ist. »Oh ja, der Sohn der Bürgermeisterin, dieser smarte Knabe!«, hat sie fröhlich gesagt, als ich es ihr erzählt habe – aber natürlich ahnt sie nicht, dass ich für ihn schwärme. Sie weiß auch nicht, was Freitagabend zwischen Ruby und mir im *Better Latte* passiert ist. Mit viel Geschick hab ich es geschafft, Mom übers Wochenende aus dem Weg zu gehen.

»Und ... ist es denn nun in Ordnung, wenn Max mitkommt?«, ruft Mom mir hinterher, als ich die Tür aufmache und rausgehe.

»Ja doch, meinetwegen«, brülle ich über die Schulter und springe aufs Rad.

Wenn es nach mir ginge, denke ich, als ich die Rip Van Winkle Road hochfahre, würde es dieses Jahr gar kein Geburtstagsessen für mich geben. Eigentlich hätte ich ja sowieso in Frankreich feiern sollen.

Der warme Wind hebt spielerisch den Saum meines Kleides. Oh nein. Gar nicht so leicht, mit einer Hand den Stoff da festzuhalten, wo er hingehört, während ich den Deer Hill runtersause. Vielleicht wären Jeans die weisere Wahl für diesen Ausflug gewesen. Aber ich hatte unbedingt meine Neuerwerbungen tragen wollen.

Gestern brauchte ich dringend Ablenkung, deshalb habe ich Wren eine Nachricht geschickt und mich nach dem Secondhandladen erkundigt, von dem sie gesprochen hatte. Wren saß gerade mit Maude an ihrer Kursaufgabe, aber sie hat mir trotzdem den Weg beschrieben. Also bin ich mit dem Bus zum Einkaufszentrum gefahren und hab dann eine Straße dahinter den kleinen Laden gefunden, der *Second Time Around* heißt. Ich hatte keine Ahnung, dass es den da gab. Er war voll mit Ständern traumhafter Retro-Kleider, Regalen mit Schuhen, Handtaschen und Accessoires wie Wrens alter Armbanduhr. Ich habe Fotos gemacht und mich umgesehen, und bin dabei auf ein schwarz-weiß gepunktetes Kleid gestoßen, das völlig anders war als alles, was ich je besessen habe. Ich habe es gekauft, zusammen mit den ungetragenen Römersandalen, die ich jetzt auch anhabe.

Mittlerweile habe ich die Greene Street erreicht, die Schmetterlinge in meinem Bauch tanzen Tango. Einmal tief Luft holen, dann stelle ich mein Rad vor der Bank ab und laufe die Straße runter zum Buchladen. In einem anderen Leben würde ich im *Better Latte* vorbeischauen und mir von Ruby ein paar Weisheiten in puncto Jungs mit auf den Weg geben lassen. Meine Finger wandern zum nackten Handgelenk. Seit Freitag hatte ich keinen Kontakt mehr zu Ruby. Verrückt, dass sie keinen Schimmer hat, dass ich mich gleich mit Hugh treffe.

Mein Hirn ist so mit Ruby beschäftigt, dass ich Hugh fast nicht bemerke. Er wartet vor *Between the Lines*, an sein Fahrrad gelehnt schreibt er in sein Moleskine-Notizbuch. Er trägt dasselbe grün karierte Hemd wie im Museum, Boardshorts und Flipflops. Ich kann gerade noch verhindern, ihn über den Haufen zu rennen.

»Entschuldige die Verspätung«, sage ich und versuche ruhig und gelassen zu wirken, obwohl ich eindeutig verschwitzt und zerzaust bin. *Hugh-Gesicht!*, rufe ich mir in Erinnerung und ziehe die Gesichtszüge stramm.

Hugh schaut auf und klappt sein Notizbuch schnell zu. »Oh. Hey.« Er rückt seine Brille auf anbetungswürdige Art gerade. »Du kommst nicht zu spät. Ich glaub, ich bin zu früh hier gewesen.«

»Hm.« Ich krame in meiner Tasche nach dem Handy. »Ist es nicht schon nach drei?«

Hugh zuckt die Achseln und guckt verlegen. »Wahrscheinlich. Sorry, mein Zeitgefühl ist irgendwie nicht so toll.«

Damit hatte ich genauso wenig gerechnet wie mit dem Lachen, das auf einmal aus mir raussprudelt. »Deins?«, sage ich. »Nein. Das gilt wohl eher für mich.« Ich war davon ausgegangen, dass der Musterschüler Hugh stets pünktlich war. Aber jetzt fällt mir wieder ein, wie oft er zu spät zum Fotokurs gekommen ist.

Und wenn ich recht überlege, kommt er auch manchmal zu spät zur Schule. Ich hatte nur nie darauf geachtet, weil mir mein eigenes Zuspätkommen so viel Stress machte.

Ein kleines Lächeln streift Hughs Lippen. »Dann haben wir was gemeinsam.«

Ich nicke, Röte versengt mein Gesicht. Die Nachmittagssonne brennt mir auf den Kopf, und ich bemerke die Leute kaum, die an uns vorbei in den Buchladen gehen.

»Also«, sagt Hugh. Er schaut auf seine Füße und reibt sich den Nacken. »Fangen wir mit deiner Location an?«

Ich beiße mir auf die Lippe. Zu unserer Aufgabe heute gehört, dass sich jeder Partner einen Ort aussucht, der fotografiert wird. Wir sollen Fotos von beiden Orten machen, hat Tante Lydia gesagt. Das Problem ist, dass ich mir noch keinen Ort ausgesucht habe. Meine Unentschlossenheit hat die Oberhand gewonnen, und ich habe den größten Teil des gestrigen Tages und den heutigen Morgen damit verbracht, zwischen Pine Park und dem Bahnhof und sogar dem Buchladen, vor dem wir jetzt stehen, rumzueiern. Aber bis jetzt fühlte sich nichts so ganz richtig an.

»Ich ... fangen wir lieber mit deiner Location an«, sage ich und streiche den Rock meines Kleides glatt. Vielleicht entscheide ich mich ja im Laufe des Nachmittags für irgendwas oder treffe auf den letzten Drücker eine Verzweiflungswahl.

»Okay.« Hugh nickt, wirkt aber selbst ein wenig unsicher. Er fährt sich mit der Hand durch die kurz geschorenen Haare. Wüsste ich es nicht besser, würde ich denken, er ist nervös. Aber das kann doch nicht angehen, oder? »Ist aber nicht gerade in der Nähe«, sagt er warnend. »Hast du dein Rad dabei?« Er dreht sich zu seinem eigenen Fahrrad um und nimmt seine Tasche vom Lenker.

»Ja.« Ich zeige auf die Stelle, an der ich es abgestellt habe. Welchen Ort Hugh wohl gewählt hat?, frage ich mich. Ich hatte damit gerechnet, dass es irgendwo auf der Greene Street sein würde.

»Am besten wäre, wir würden mit dem Auto hinfahren«, sagt Hugh und verstaut das Notizbuch in seiner Tasche. »Aber ich hab noch keinen Führerschein.«

»Ich auch nicht«, sage ich. Noch eine Gemeinsamkeit, denke ich, aber zum Glück spreche ich es nicht aus. Ich drehe mich um und gehe auf mein Rad zu, ganz stolz auf mein relativ normales Verhalten. Wenn ich diese Aufgabe hinter mich bringen kann, ohne mich zu demütigen, werde ich das als Erfolg verbuchen.

Ich steige aufs Rad und Hugh fährt neben mir her. Eine Sekunde lang wirkt er wie ein x-beliebiger Junge aus Hudsonville, sagen wir mal, wie jemand, an dem ich am Deer Hill vorbeifahren würde. Er ist nicht die mysteriöse, einschüchternde Gestalt, die ich mir im Kopf zusammengebastelt habe. Ich kann mit ihm reden. Ich kann mit ihm lachen.

Dann verschwindet der Perspektivwechsel genauso schnell wieder. Hugh wird erneut zu Hugh Tyson, dem Furcht einflößenden Schwarm. Die Schmetterlinge in meinem Bauch ziehen wieder die übliche Tanznummer durch.

»Hier lang.« Hugh erhebt seine leise, etwas raue Stimme über den Wind. Er radelt voran, ich folge ihm. Er biegt zum Deer Hill ab, aber statt die vertraute Steigung hoch zu fahren, biegt er noch mal ab, in eine Seitenstraße namens River Alley.

Unzählige Male bin ich an der River Alley vorbeigefahren, und ich hatte immer gedacht, das wäre eine Sackgasse, flankiert von den Rückseiten der Häuser und mickrigen Bäumen. Jetzt sehe ich, dass die Gasse noch ein ganzes Stück weiter führt, einen Kilometer vielleicht, und an einigen Stellen zwischen den Bäumen kann man den Fluss glitzern sehen. Zwei Räder können hier nicht nebeneinander fahren, aber das geht klar für mich, so kann ich hinter Hugh herradeln und bewundern, wie seine Schultern das Hemd ausfüllen, ohne unnatürlich Konversation machen zu müssen. Und ich muss mir auch keine Gedanken um meinen Rock machen, der gelegentlich hochflattert. Mein Herz hämmert, meine Füße treten in die Pedale, und es ist ein gutes Gefühl, so weit auf dem Rad zu fahren, fast so, als würde ich Raum schaffen zwischen mir und der Greene Street – und Ruby, und Mom.

Irgendwann läuft die River Alley aus und wird zu einem Sandweg, den majestätische Eichen säumen. Es sieht so aus, als hätten sich die dünnen Bäumchen, an denen wir vorhin vorbeigekommen sind, zum Erwachsenwerden entschlossen. Meine Reifen rumpeln über die Furchen auf dem Weg und ich höre Geräusche – Wasser, das an Steine schwappt. Gerade will ich Hugh fragen, wo wir genau sind, als der Weg sich öffnet und wir auf einen schmalen Grasstreifen gelangen. Hugh hält an, ich auch.

Ich muss erst wieder zu Atem kommen – nicht nur, weil die Fahrt so lang war, sondern auch wegen der Schönheit dieses kleinen, verzaubert wirkenden Platzes. Kiefern und Geröll umgeben ein schimmerndes Rund von blaugrünem Wasser. Ein Wasserfall sprudelt eine steile Felsenrutsche runter und in den Wipfeln krächzt ein Vogel. Es fühlt sich an, als ob dieser Ort versteckt und völlig getrennt von Hudsonville und der ganzen Welt existieren würde.

»Was … was ist das hier?«, platzt es aus mir heraus, bevor ich dran denken kann, vor Hugh gefasst zu klingen. Ich steige vom Rad, hole die Kamera aus der Tasche und schaue mich fasziniert um.

»Bist du noch nie an der Badestelle gewesen?«, fragt Hugh mit einem Lächeln in der Stimme. Er lehnt sein Rad an eine Eiche.

»Nein, noch nie«, sage ich. Wie ist das möglich?, frage ich mich, als ich über das struppige Gras aufs Wasser zugehe. Mein ganzes Leben wohne ich in dieser Stadt – und es gibt immer noch einen Ort, der mir unbekannt ist? Dann fällt mir der Secondhandladen wieder ein, in dem ich gestern war. Der war auch neu für mich gewesen. Es stimmt, zusammen haben Ruby und ich uns immer nur in einem begrenzten Bereich bewegt: Schule, Zuhause, Greene Street, Pine Park, das Einkaufszentrum. Vielleicht haben wir unser Universum noch kleiner gemacht, als es sein musste. Ich stehe am Wasser und schlucke schwer. Mir fällt ein, was Ruby am Freitag zu mir gesagt hat. Dass sie die Grenzen unserer Freundschaft ausdehnen will. Vielleicht will ich das auf irgendeine Weise auch.

»Hier bin ich schon als Kind hergekommen.« Hugh kommt mit Kamera und Notizbuch zu mir. »Das ist so was wie ... meine Zuflucht«, fügt er ein wenig schüchtern hinzu.

Ich nehme die Kamera hoch, um ein Foto vom Wasserfall zu machen. »Ich verstehe, warum«, sage ich. »Schwimmst du hier?« Bei dem angenehmen Gedanken an Hugh in Badehose im Wasser flammen meine Wangen sofort auf. Und zugleich bin ich verblüfft, dass ich – wenn auch mit rotem Kopf und so – hier stehe und ganz einfach mit Hugh rede. So, als wäre ich eine völlig andere Summer.

»Ich schwimme«, sagt Hugh und legt Kamera, Notizbuch und Stift ins Gras. »Aber hauptsächlich sitze ich da und schreibe – Kurzgeschichten und Gedichte und so – und genieße, dass meine Eltern mir nicht auf den Wecker gehen.«

Eigentlich will ich Hugh noch fragen, worüber er schreibt. Ich würde zu gern etwas davon sehen, aber ich weiß, das liegt in unerreichbarer Ferne. Also spreche ich den anderen Punkt an, der mein Interesse geweckt hat.

»Deine Eltern nerven dich?«, frage ich. Bürgermeisterin Rosen-Tyson, Mr Tyson und Hugh wirken immer so geeint, wie das Symbol für das urgesunde Hudsonville. Da ist nichts Kaputtes.

»Na klar«, sagt Hugh mit einem leisen Lachen. Er guckt zu den Kiefern auf der anderen Seite des Wassers. »Sie finden, dass ich in die Politik gehen soll wie sie. Auf keinen Fall soll ich schreiben. Obwohl ich immer geschrieben habe. Aber sie sagen, alles Künstlerische wäre nicht praxistauglich.« Er guckt auf seine Kamera. »Ich musste für diesen Kurs kämpfen. Übrigens kann ich die nächsten drei Tage nicht mitmachen. Sie schleppen mich zu irgendeiner Konferenz in Washington D.C. mit.«

»Oh. Tut mir leid«, sage ich. Egoistisch, wie ich bin, werde ich plötzlich traurig bei dem Gedanken, dass Hugh nicht im Kurs sein wird.

Hugh zuckt mit den Schultern. »Ich bin mir ziemlich sicher, es wäre leichter, wenn ich Geschwister hätte. Dann müsste ich nicht als Projektionsfläche für sämtliche Hoffnungen und Träume meiner Eltern herhalten.«

In meiner Brust wird es leichter, heller. »Ich bin auch Einzelkind«, sage ich. Noch eine Gemeinsamkeit.

Ich schaue Hugh an, den vertrauten Hugh, seine hellbraune Haut, die graugrünen Augen, die langen

Wimpern und das starke Kinn, das kleine Muttermal neben dem rechten Ohr. Obwohl ich seit zwei Jahren auf ihn fokussiert bin, hab ich ihn nicht gekannt. Ich hab nicht gewusst, dass er schreiben will oder dass er keinen Führerschein hat. Und ich glaube, ich habe ihm auch nie die Gelegenheit gegeben, mich kennenzulernen.

»Mein Dad ist Maler«, fahre ich fort. »Aber zum Glück ruhen auf mir keinerlei Erwartungen, weil ich nämlich null künstlerisches Talent habe.« Ich lächele vor mich hin.

Hugh lacht wieder. Er guckt mich an, und ich spüre, wie mein Puls schneller wird. »Wolltest du deshalb diesen Sommer nach Frankreich?«, fragt er. »Um deinen Vater zu besuchen?« Dann schaut er runter – und ich könnte schwören, er wird rot. »Ich … ich hab mitgekriegt, wie du in der Schule was davon gesagt hast«, erklärt er hastig.

Ich werde auch rot. So lange war ich fest davon überzeugt gewesen, Hugh würde mich nicht beachten. Kein Junge beachtete mich. Aber vielleicht hatte Hugh mich ja doch nicht ganz übersehen? Mein Herz rast.

»Ja«, sage ich und drehe die Kamera in der Hand herum. Wenn ich tatsächlich nach Frankreich gefahren wäre, wenn Dad nicht abgesagt hätte, wäre ich jetzt nicht hier und würde nicht an dieser wunderbaren Badestelle mit Hugh reden. Das wäre mir komplett entgangen.

Hugh kniet sich hin und nimmt seine Kamera zur

Hand, aus dieser Stellung macht er ein Bild vom Wasser. Er kommt mir wieder vor wie ein Naturfotograf, und ich habe dieses irre Bild von uns beiden vor Augen, wie wir zusammen an exotische Orte reisen – vielleicht auf Safari gehen und Fotos machen, und Hugh schreibt Geschichten …

Ich schüttele den Kopf, um die Wahnvorstellungen loszuwerden. Hugh setzt sich indessen auf einen großen, flachen Felsen. Er lehnt sich auf die Ellenbogen gestützt zurück und lässt seine langen Beine ins Wasser baumeln. Ich sehe, wie geborgen und entspannt er sich hier fühlt. Er ist nicht mehr der formelle Hugh, den ich kenne.

Einen Moment zögere ich – soll ich, soll ich nicht? Was, wenn ich mich lächerlich mache? –, dann folge ich seinem Vorbild. Ich lege die Kamera ab und schnüre meine Sandalen auf, meine Finger zittern ein bisschen. Dann setze ich mich auf den von der Sonne gewärmten Felsen. Vorsichtig tunke ich die Zehen ins Wasser, die Kälte ist ein Schock, aber ein angenehmer.

Es herrscht Stille zwischen mir und Hugh, aber dieses eine Mal fühlt sich das nicht komisch an. Über uns zwitschern die Vögel. Ich mache Bilder von den Kiefern und vom Wasser. Hugh auch. Es ist ein herrlicher Sommertag, so einen hat Hudsonville schon lange nicht mehr erlebt, mit klarem blauem Himmel und ohne Feuchtigkeit in der Luft. Die Wasseroberfläche glitzert. Ich schließe die Augen, wende das Gesicht himmelwärts und spüre die Sonnenhitze.

»Ich weiß«, sagt Hugh nachdenklich, »dass du mich eigentlich nicht magst.«

Meine Augen klappen auf, ich bin so erschüttert, dass ich glaube, ich fall vom Stein – ins Wasser. »Was?«

Hugh starrt nach vorn, an seinem Kiefer zuckt ein Muskel. Jetzt wird er eindeutig rot. »Das ist offensichtlich. In der Schule gehst du mir irgendwie aus dem Weg. Und dann machst du immer so ein Gesicht, als ob ich dich nerven würde.« Er runzelt die Stirn und wirft einen Blick zu mir rüber. »Und ich weiß, dass du nicht gerade begeistert warst, mich als Partner abzukriegen.«

Ich mache den Mund auf. Aber nur ein gequältes Geräusch – halb Husten, halb Lachen – kommt raus. Was kann ich darauf antworten? *Du irrst dich, Hugh. Es ist das krasse Gegenteil von Nicht-mögen.* Ich starre ihn an, mir schwirrt der Kopf. Mein »Hugh-Gesicht« hat wohl zu gut funktioniert.

»Ich dachte, *du* wärst nicht gerade froh darüber, mein Partner zu sein«, quieke ich schließlich. Das Blut rauscht in meinen Ohren. Oh Gott. So viel dazu, mich heute nicht zu demütigen.

Aber Hugh schüttelt den Kopf – und er lächelt mich an. Ich glaube, das ist das erste Mal, dass er so richtig in meine Richtung lächelt, und zwar so strahlend wie die Sonne. »Du bist eine gute Partnerin«, sagt er. »Also, das heute ist doch gar nicht so schlecht gewesen, oder?«

Ich schüttele den Kopf und lächele ihn auch an – und es ist total befreiend, endlich das gespielt gleichgültige »Hugh-Gesicht« fallen zu lassen. Ich spüre denselben Überschwang wie am Freitag im *Better Latte*, nur viel gewaltiger. Wilder.

»Es ist wunderbar«, gebe ich zu. »Unmöglich und wunderbar.« Wer soll das verstehen? Ich laufe noch roter an – die Röte breitet sich über Hals, Arme und Beine aus. Ich möchte mich abkühlen. Ich will mich verstecken. Ich kann nur an eine Lösung denken. Ich lege die Kamera hin, rutsche auf dem Felsen ein Stück nach vorn und springe mit den Füßen voran ins Wasser.

Ich tauche ganz unter. Es ist herrlich kalt und mein neues-altes Pünktchenkleid bauscht sich. Meine Haare fließen in alle Richtungen und ich paddele ein wenig mit den Füßen.

»Summer!«, höre ich Hugh von oben rufen. »Was machst du da?«

Eine Sekunde später platscht es und er ist neben mir – unter Wasser. Ich spüre seine Hand auf meinem Arm und wir schwimmen zusammen hoch, stoßen durch die Wasseroberfläche und treten Wasser.

»Alles in Ordnung mit dir?«, fragt Hugh. Er muss die Brille abgenommen haben, bevor er reingesprungen ist. Seine Augen strahlen und sein Gesicht ist mit Wassertropfen gesprenkelt. Er hält immer noch meinen Arm, seine Finger fühlen sich warm an auf meiner Haut.

Mir geht auf, dass er um mich besorgt war. »Ja«, versichere ich ihm lachend. Meine Haare fließen über den

Rücken, das klatschnasse Kleid klebt an meiner Haut und ich fühle mich irgendwie … schön. Und mutig. Nicht mutig wie Ruby, sondern wie ich. »Ich muss nicht gerettet werden«, sage ich.

Hugh grinst mich an und wippt im Wasser auf und ab. »Hab ich mir gedacht«, sagt er. »Deshalb bin ich auch nicht reingesprungen.«

Warum denn dann?, möchte ich fragen, aber da schwächelt mein Mut. Unsere Gesichter sind dicht beieinander, unsere Knie stoßen unter Wasser zusammen. Mein Herzschlag stottert – so wie am ersten Kurstag, als Hugh in den Klassenraum kam. Was passiert hier?, frage ich mich, denn irgendwas passiert – hier, jetzt, an diesem verborgenen Ort in Hudsonville, an einem Wasserfall unter Kiefern.

Mir fällt wieder ein, dass Wren während der Zugfahrt über Hugh gesagt hat, er würde ein Mädchen mögen.

Was, wenn …?, frage ich mich, während ich im Wasser paddele und Hugh ansehe.

Nein. Das kann nicht sein.

Aber mal im Ernst, Summer. Was, wenn?

Die Vorstellung, dass ich mit ihm flirte, ist zu unmöglich – zu wunderbar. Ich hab das Gefühl, mein Herz explodiert gleich. Deshalb drehe ich mich um und paddele zurück ans Ufer. Unsere Kameras, Hughs Brille, Notizbuch und Stift liegen da und warten, wie stumme Zeugen.

Ich hieve mich aus dem Wasser und setze mich tropfend auf den Felsen. Hugh macht es genauso, wir sagen nichts. Dann schauen wir uns kurz an, beide triefend nass in unseren Sachen, nur die Sonne kann uns trocknen, und wir fangen beide an zu lachen.

Wir lachen und lachen und dieser knisternde Augenblick im Wasser scheint sich aufzulösen. Vielleicht hab ich mir das nur eingebildet.

Hugh nimmt seine Brille, er lacht immer noch. »Bin ich froh, dass ich so vorausschauend war, die hier abzunehmen«, sagt er und mustert die Gläser prüfend. »Wahre *Weitsicht* – verstehst du?«

Ich pruste. »Du solltest lieber nicht Schriftsteller werden.« Ich wringe meine nassen Haarspitzen aus. »Ganz offensichtlich bist du Komiker.«

»Ich weiß. Mein Humor ist eine seltene Gabe.« Hugh setzt die Brille auf und ich kichere. Dann schaut er mich mit zusammengekniffenen Augen an. »Ich glaube, ich brauche ein neues Rezept«, sagt er. »Du trägst weder Brille noch Kontaktlinsen, oder?«

Ich schüttele den Kopf. »Ich sehe alles scharf. Bis jetzt jedenfalls.«

Ich denke über Wahrnehmung nach, schaue auf meine Kamera und rüber zu Hugh. Er ist nicht mehr Hugh Tyson, der Furcht einflößende Schwarm. Und dieses Mal verändert sich die Perspektive nicht wieder. Er ist der Hugh, der mit mir gelacht hat. Der Hugh, der für mich ins Wasser gesprungen ist. Von jetzt an wird er immer dieser Hugh sein, wird mir klar. Alles hat sich verändert.

Als ich höre, wie hinter uns auf der River Alley ein Auto hält, zucke ich zusammen. Ich drehe mich um und sehe einen Haufen kreischender kleiner Kinder aus einem Kombi purzeln, sie sind mit Handtüchern und Schwimmflügeln ausgerüstet. Ich beneide sie um ihre Handtücher. Die Kinder schießen an mir und Hugh vorbei zur Badestelle.

Hugh und ich schauen uns wortlos an – das war's mit unserem Frieden. Wir stehen also auf, immer noch feucht und tropfend, sammeln unsere Habseligkeiten zusammen und gehen zu den Rädern.

»So«, sagt Hugh und streicht seine nassen Shorts glatt, »immerhin kannst du jetzt sagen, du bist im Hudson geschwommen, und das ist doch ganz schön cool.«

Ich schnüre meine quatschnassen Sandalen. »Moment mal«, sage ich verwirrt und schaue auf die Badestelle, die jetzt von johlenden Kindern und einem ziemlich erledigt wirkenden Vater bevölkert wird. »Das ist der Hudson? Ich dachte, das wäre ein Bach oder so.«

»Nee.« Hugh lächelt strahlend und setzt seinen Rucksack auf. »Das ist ein Teil unseres majestätischen Flusses. Komisch, nicht?«

Ich schaue auf das blaue Wasser hinaus. Wirklich komisch, hier wirkt der Fluss ganz anders als dieses graue Gewässer, das an der Greene Street entlangfließt. Mir kommt das Poster mit dem Zitat von Heraklit in den Sinn, das in Moms Schlafzimmer hängt. *Man kann nicht zwei Mal in denselben Fluss steigen.* Vielleicht liegt es daran, dass Flüsse – und Menschen – sich ständig verändern.

Hugh und ich steigen auf unsere Räder und fahren zurück auf die River Alley. Dieses Mal fahre ich voran, und ich fahre schnell, die nassen Haare fliegen hinter mir her. Sonnenlicht fällt durch das Blattwerk der mickrigen Bäume. Ich weiß nicht, wie spät es ist, aber wir müssen eine ganze Weile an der Badestelle gewesen sein, die Luft hat eine leichte, fast schon abendliche Kühle.

Die Brise kitzelt mir den Nacken und lüpft wieder den Saum meines Kleides. Doch jetzt stört mich das nicht mehr so sehr.

Ohne lange zu überlegen, steuere ich den Deer Hill an, radele hoch bis zur Rip Van Winkle Road. Nach Hause.

»Oh Gott«, sage ich, als ich das merke. Ich halte vor meinem Haus an und schaue mich zu Hugh um. Mein Gesicht wird rot. »Tut mir leid. Ich bin ganz automatisch hierher gefahren. Hier ... hier wohne ich.« Hab ich mir je vorstellen können, dass Hugh Tyson mal in meine Straße kommt? Nein. Aber hätte ich je für möglich gehalten, das irgendwas von dem, was heute passiert ist, passieren könnte?

Hugh stützt die Ellenbogen auf den Lenker und grinst mich an. »Ich dachte, du fährst hierher, damit wir deine Straße für den Kurs fotografieren«, sagt er. Er reckt den Hals, damit er das Straßenschild an der Ecke lesen kann. »Rip Van Winkle Road.« Er guckt mich an, seine Augen glitzern. »Wie in der Geschichte?«

Ich nicke und erinnere mich wieder an die Geschichte, die Mom und Dad mir so oft erzählt haben, als ich klein war. Die Legende von Rip Van Winkle, dem Mann, der einschlief und zwanzig Jahre später aufwachte, um festzustellen, dass sich die ganze Welt verändert hatte.

»Hier war ich noch nie.« Hugh schaut sich um. Ich folge seinem Blick, betrachte die vertrauten niedrigen Häuser und die quadratischen grünen Rasenflächen. Das hier ist ganz anders als die Pracht in Hughs Straße, der Argyle Road, mit den Schlafenden-Elefanten-Villen. Die Rip Van Winkle Road ist für ihn so neu wie die Badestelle für mich war.

Und da geht mir auf, dass diese Straße tatsächlich meine Location für die Kursaufgabe sein sollte. Seit Tagen habe ich mit der Entscheidung gerungen, plötzlich fällt sie mir ganz leicht.

Das teile ich Hugh mit, und wir holen unsere Kameras raus und lehnen die Räder an unsere Veranda. Das Haus wirkt dunkel – Mom ist wohl weg, wahrscheinlich mit Max, denke ich ein bisschen verbittert. Ich kann Ro auf seinem Platz im Fenster liegen sehen. Mit zusammengekniffenen Augen beobachtet er mich interessiert, so, als ob ich jetzt wegen des Jungen an meiner Seite plötzlich seiner Aufmerksamkeit würdig wäre. Ich schmunzele.

Hugh und ich machen Bilder von meiner Straße –

vom blassblauen Himmel über den Dächern, von den identischen Häusern, die wie Soldaten in einer Reihe stehen, von der kleinen Biegung, die vor uns bergan führt. Dann setzen wir uns auf die Verandastufen, scrollen uns durch die Speicher unserer Kameras und verschaffen uns einen Überblick über unser Tagewerk.

Die Abendbrise hat uns fast trocken geweht, ich spüre, wie sich meine Haare auf dem Rücken locken. Ich spüre auch die Wärme von Hughs Arm an meinem, als wir nah beieinander sitzen.

Hugh studiert intensiv die Displays unserer beiden Kameras. »Guck dir das mal an.« Er hält sein Foto vom Wasserfall neben meines, die Farben und die Perspektive sind sehr unterschiedlich. »Wir haben denselben Ort nicht auf dieselbe Art wahrgenommen. Lydia hat recht.«

Ich lächele und bin meiner Tante dankbar dafür, dass sie mich unbeabsichtigt mit Hugh zusammengewürfelt hat. »Aber«, ich lehne mich zu ihm rüber und nehme ihm seine Kamera ab – unsere Hände berühren sich und meine Haut kribbelt – »es könnte doch sein, dass wir diese Fotos mit ein paar Sekunden oder Minuten Abstand gemacht haben, und inzwischen hat sich das Licht verändert. Vielleicht spielt die Zeit eine Rolle.«

»Kann sein.« Hugh nickt, mit dem Blick auf meiner Kamera. »Übrigens«, sagt er auf eine ganz beiläufige Weise, die gar nicht so beiläufig ist, »was du vorhin gesagt hast, ist nicht wahr.«

Ich erstarre. »Was meinst du?«, frage ich. Will er

etwa auf die Frage zurückkommen, ob ich ihn mag oder nicht?

Hugh hält mir meine Kamera mit einem älteren Bild auf dem Display hin – der Eiskaffee von Montag. Das scheint jetzt Äonen her zu sein. »Als du von deinem Dad gesprochen hast, sagtest du, du hättest null künstlerisches Talent. Das stimmt nicht. Du fotografierst fantastisch, Summer, du ... du siehst Dinge. Du siehst sie wirklich.« Er senkt hastig den Blick.

Mein Herz hüpft. So wie er meinen Namen sagt – und welches Gewicht das hat, was er noch sagt ... Meine Wangen werden ganz rot. »Danke«, sage ich und schüttele den Kopf, »aber Fotos machen können viele. Das macht mich noch lange nicht zur Künstlerin. Du bist übrigens auch gut«, unterstreiche ich und halte seine Kamera hoch.

»Ach was.« Hugh stößt mich an und mein Gesicht glüht. »Ich bin nicht annähernd so gut wie du. Du fotografierst nicht nur, du – wie war das? – du ›zeichnest mit Licht‹.« Er grinst, aber sein Blick ist immer noch ernst. »Natürlich bist du eine Künstlerin.«

Ich kann nicht leugnen, dass mir jetzt angenehme Schauer den Rücken runter rieseln. Ich denke an die Ausstellung im Museum und gestehe mir flüchtig Spekulationen darüber zu, ob meine Aufnahmen wohl auch eines Tages ausgestellt werden könnten. Wie Dads Bilder, denke ich. Bin ich Dad ähnlicher, als ich dachte?

Erst mal schiebe ich diesen Gedanken beiseite und

gebe Hugh seine Kamera zurück. Da er die nächsten Tage in Washington verbringen wird, will er mir seine Bilder heute Abend mailen. Dann kann ich unser Portfolio zusammenstellen und es Tante Lydia morgen vorlegen.

Wir stehen auf. Beim Gedanken, dass unser Tag nun vorüber ist, kriege ich ein hohles Gefühl im Bauch. Nicht zu glauben, dass ich vor ein paar Stunden in Hughs Gegenwart noch steif vor Angst war. Ich komme mir vor wie Rip Van Winkle, so, als wäre ich aufgewacht und würde eine neue, ganz andere Welt vorfinden.

Ich hatte erwartet, dass Hugh sich verabschieden und zu seinem Rad gehen würde, aber er begleitet mich die Verandatreppe hinauf bis zur Haustür. Ich spüre, wie Ro uns vom Fenster her beobachtet.

Ich rücke den Gurt meiner Tasche auf der Schulter zurecht, die alte Nervosität kommt wieder zum Vorschein. Hugh guckt zu Boden und reibt sich den Nacken, diese Geste bedeutet, dass er nervös ist, so viel weiß ich jetzt. Ich versuche, regelmäßig zu atmen.

»Danke für den schönen Tag«, sagt Hugh auf seine förmliche Art. »Wir sehen uns dann, wenn ich wieder aus Washington zurück bin.«

Ich nicke, ich weiß ja, wir sehen uns im Kurs – aber meint er vielleicht, dass wir uns auch in einem anderen Zusammenhang sehen werden?

»Und ehe ich es vergesse …« Hugh kommt einen Schritt auf mich zu, sein Gesicht läuft rot an. »Schönen Geburtstag!«

Daran erinnert er sich? Ich bin geschockt. Er erinnert sich an mein Gefasel von Freitag – im Museum? Während ich das noch zu verarbeiten versuche, streicht Hugh mir eine Haarsträhne aus dem Gesicht. Er macht das, als würde er mein Haar schön finden, nicht zu wirr oder kräuselig. Dann – und das ist noch unglaublicher – kommt er so nah heran, dass ich seinen seifensauberen Duft rieche. Und er küsst mich auf die Wange.

Hugh Tyson hat mich geküsst? Hugh Tyson hat mich geküsst!

Natürlich war das kein richtiger Kuss. Aber seine Lippen waren eine Weile auf meiner Wange, er hat mein Kinn berührt, und es hat sich angefühlt wie ein Kuss mit ... Potenzial. Ein Was-wäre-wenn-Kuss.

Ich schmelze dahin, deshalb lehne ich mich an die Tür. Hugh tritt einen Schritt zurück, er beißt sich auf die Lippe. Ich glaube, hoffe, wünsche, dass ich Hugh nicht noch mal sagen muss, dass ich nichts gegen ihn habe. Und ich glaube, hoffe, wünsche, dass ich Wren nun doch nicht fragen muss, wen Hugh mag.

Ich beobachte Hugh, der die Verandatreppe runtergeht und auf sein Rad steigt. Er winkt mir zu und radelt in die Dämmerung. Ich winke zurück, mit tanzendem Herzen, dann drehe ich mich um und schließe die Haustür auf. Ro beäugt mich von der Fensterbank, er ist beeindruckt. Grinsend schwebe ich ins Haus. Plötzlich freue ich mich auf meinen Geburtstag.

* * *

Zwei Abende später, an meinem sechzehnten Geburtstag, schwebe ich noch immer auf Wolken. Sogar als ich mit Mom ins *Orologio's* gehe, zu dem Geburtstagsessen, das ich eigentlich nicht wollte, muss ich immerzu lächeln. Der Tag mit Hugh, der Was-wäre-wenn-Kuss, läuft in einer Endlosschleife in meinem Kopf und bringt mich in allen möglichen Momenten zum Lächeln. Und Tante Lydia hatte bestimmt keine Ahnung, warum ich wie verrückt rot geworden bin, als ich dem Kurs am Montag die Bilder von der Badestelle und der Rip Van Winkle Road präsentiert habe.

»Das Geburtstagskind strahlt!«, ruf Jerry, der Oberkellner, der schon ewig im *Orologio's* arbeitet. Er begrüßt mich und Mom mit offenen Armen.

Ich werfe schnell einen Blick auf die Spiegelwand neben dem Eingang. Meine Haut ist gerötet, die Lippen rosa vom Lipgloss, das ich eben im Auto aufgetragen habe. Ich sehe ... gut aus, sogar mit den picassoesken Gesichtszügen und den wirr wallenden Haaren. Ich habe das Kleid mit den Punkten angezogen, das ich nach dem Tag mit Hugh zu meinem Glückskleid erklärt habe. (Nach dem Bad im Hudson habe ich es gewaschen.) Die Sandalen trage ich auch und große Ohrringe und Mom hat mir zu diesem Anlass eine schwarze Handtasche geliehen. Ohne Rubys Freundschaftsarmbänder kommt mir mein Handgelenk nackt vor, ich habe mich immer noch nicht daran gewöhnt, dass sie weg sind.

»Deine Freundin Ruby war gestern hier«, sagt Jerry,

als hätte er meine Gedanken gelesen. Er nimmt zwei Speisekarten und bedeutet Mom und mir, ihm zu folgen. »Mit Austin und noch einem anderen Paar. Ein Doubledate zu irgendeinem besonderen Tag, haben sie gesagt.«

»Oh.« Mein Lächeln welkt. Stimmt. Das blöde Zwei-Wochen-Jubiläum. Und das andere Paar waren bestimmt Skye und Genji. Puh.

Ich spüre Moms Seitenblick, als wir ins Restaurant durchgehen. Es ärgert mich, dass Jerry jeden in der Stadt kennt und die Angelegenheiten anderer Leute rausposaunt wie ein Fleisch gewordenes Instagram. Bis jetzt habe ich es geschafft, Mom nichts von meinem Streit mit Ruby zu erzählen, und es wäre mir auch lieber, jetzt – mitten im *Orologio's* – nicht davon anfangen zu müssen.

Im Restaurant sind die weiß gedeckten Tische mit den Kerzen gut besetzt. Der anheimelnde Duft von Olivenöl, Tomatensauce und Käse weht von Tellern herüber, mit denen die Kellner herumlaufen. Jerry führt uns zu dem runden Tisch im hinteren Bereich, den Mom immer reserviert. Tante Lydia ist schon da, sie nippt an einem Glas Rotwein.

Wo Ruby und ihre Truppe gestern wohl gesessen haben? Ob Ruby an mich und meine Geburtstagsessen hier gedacht hat? Mit Reue oder Bedauern? Ich glaube, die Tatsache, dass sie mir heute nicht mal einen Glückwunsch per SMS geschickt hat, sagt mir schon alles, was ich wissen muss.

»Herzlichen Glückwunsch!« Tante Lydia steht von ihrem Platz auf. Heute Abend sehen sie und Mom ausnahmsweise mal gleich aus. Sie haben beide schwarze Kleider und hochhackige Schuhe an und Lydia trägt die Haare offen. Mom hat sogar den gleichen Eyeliner wie Lydia. Es ist unheimlich. »Du siehst so erwachsen aus, Kleine«, sagt Tante Lydia und umarmt mich. Jerry legt die Speisekarten auf den Tisch und geht.

Ich danke meiner Tante und drücke sie. Komisch, dass ich sie erst vor ein paar Stunden im Photoshop-Labor gesehen habe. Ich war erleichtert, dass sie meinen Geburtstag dem Kurs nicht verkündet hat – oder, schlimmer noch, mit allen ein Lied angestimmt hat.

Es war also eine Überraschung, als Wren mir nach dem Kurs einen glutenfreien Muffin schenkte, den sie selbst gebacken hatte – schmeckte grauenhaft, aber ich tat so, als ob er lecker wäre – und einen Geschenkgutschein vom *Second Time Around.*

»Hugh hat mir erzählt, dass du heute Geburtstag hast«, sagte sie.

Ich war mir nicht sicher, was Hugh ihr sonst noch erzählt hatte – wenn er denn überhaupt etwas von unserem gemeinsamen Tag erwähnt hatte. Ich war in Versuchung, Wren einzuweihen, habe mich dann aber dagegen entschieden.

In den letzten Tagen war ich auch ein paar Mal in Versuchung gewesen zusammenzubrechen und Ruby alle Einzelheiten mitzuteilen. Dem hatte ich natürlich widerstanden. Es hat etwas Surreales, dass niemand außer Hugh und mir weiß, was zwischen uns passiert ist. Dabei gefällt es mir irgendwie auch, es geheim zu halten. Es ist etwas, das ich im Kopf bewegen und worüber ich lächeln kann.

Ich merke, dass ich wieder lächle, als ich auf den Platz neben meiner Tante rutsche und die Handtasche ablege. Mom sitzt mir gegenüber, sie lässt den Blick suchend durchs Restaurant schweifen.

»Mom, du brauchst kein großes Ding draus zu machen, wenn du dem Kellner zuflüsterst, dass er mir meinen Kuchen bringen soll«, sage ich und nehme einen Schluck Wasser. »Das ist keine Überraschung mehr. Ich weiß, was kommt.« Ich werfe meiner Tante einen Blick zu. »Sie macht das jedes Jahr.«

Lydia lacht und reicht Mom und mir den Brotkorb. »Ja, Lucy. Das musst du lassen. Summer ist jetzt sechzehn.«

Letztes Jahr war meine Tante nicht bei meinem Geburtstagsessen dabei, sie war auf irgendeinem Musikfestival in Kanada. Aber ich weiß noch, dass sie mit uns im *Orologio's* war, als ich vierzehn wurde. Da hatte ich sie aber nicht besonders beachtet, ich hatte zu viel mit Ruby zu kichern gehabt. Jetzt ist es schön, Tante Lydia hier zu haben, besonders weil Ruby nicht hier ist. Und weil immer noch dieses Gefühl an mir nagt, dass meine Tante mir aus dem Weg geht.

»Ich halte nicht Ausschau nach dem Kellner«, seufzt Mom und bricht sich ein Stück Brot ab. »Ich wollte nur sichergehen, dass Max uns findet, wenn er kommt.«

Max. Das Brot in meinem Mund wird trocken. Auf der Fahrt zum Restaurant hat Mom ihn mit keinem Wort erwähnt, ich hatte also inständig gehofft, dass er abgesagt hat oder – noch besser – dass die beiden Schluss gemacht haben.

»Ich bin wirklich froh, dass du Max eine Chance gegeben hast.« Lydia prostet Mom zu. Ich gucke meine Tante finster an und Mom lächelt ihr überrascht zu. »Er ist ein ganz wunderbarer Mann«, fährt Tante Lydia auf ihre natürlich begeisterte Art fort. »Und du hast einen wunderbaren Mann verdient, liebe Schwester, nach dem Spitzenkandidaten, den du davor hattest.«

»Lydia!«, blafft Mom. Sie guckt böse und ihr Blick schießt zu mir rüber.

»Meinst du Dad?« Ich gucke von meiner Mom zu meiner Tante. Am liebsten würde ich lachen, obwohl ich einen kleinen Stich verspüre und einen Anflug von Loyalität für meinen Vater.

Gestern Abend habe ich endlich etwas von ihm gehört – er hat mir eine überschwängliche E-Mail geschickt und mir glückliche »Sweet sixteen« gewünscht und alles Liebe. Er hat geschrieben, er sei bald wieder in Frankreich und wolle mit mir skypen. *Ich habe dir etwas Wichtiges zu sagen*, hatte er zum Schluss geschrieben. Diese Worte hatten mich ein wenig beunruhigt, aber im Wesentlichen freute ich mich darüber, dass er meinen Geburtstag nicht vergessen hatte. Nach dem Frankreich-Debakel lag die Latte für Dad ziemlich tief.

»Tut mir leid, Summer«, sagt Tante Lydia. Mit starrer Miene und stählernem Blick stippt sie ihr Brot in die Untertasse mit Olivenöl, die auf dem Tisch steht. »Aber du solltest wissen, dass ich kein großer Fan deines Vaters bin.«

Ich nicke, und mir fällt wieder ein, was meine Tante letzte Woche im *Better Latte* gesagt hat – oder besser: was sie nicht gesagt hat. Am liebsten würde ich diesen Vorfall jetzt aufgreifen, aber am Tisch herrscht plötzlich so eine Spannung.

»Nun ja … Mom auch nicht«, sage ich. Ich wende mich meiner Mutter zu, deren Miene ebenfalls starr ist. »Du sagst noch schlimmere Sachen über Dad.«

»Mag sein«, antwortet Mom knapp. Sie faltet die weiße Serviette auf ihrem Schoß und breitet sie wieder aus. »Aber das ist jetzt nicht der passende Zeitpunkt für eine Diskussion darüber.«

»Wann wäre der Zeitpunkt denn passend?«, fragt Lydia und guckt Mom an.

»Guten Abend, alle miteinander! Sind Sie bereit? Möchten Sie bestellen?«

Ein Kellner in burgunderroter Weste und Fliege steht mit breitem Lächeln an unserem Tisch. Am liebsten würde ich aufspringen und ihn umarmen, weil er diesen unangenehmen Augenblick stört.

»Ja, ich brauche nur noch einen kleinen Moment«, sagt Lydia und überfliegt die Speisekarte. Ich weiß schon, was ich nehme: die Spaghetti Bolognese, mein Lieblingsgericht. Mir knurrt der Magen.

»Ehrlich gesagt, wir warten noch auf jemanden«, sagt Mom zum Kellner. »Wir sollten erst bestellen, wenn …«

In diesem Moment taucht Max auf, ein wenig außer Atem. Er trägt einen schönen Anzug und einen Schlips und hat eine Papiertüte von *Between The Lines* in der Hand.

»Tut mir leid, entschuldigt bitte«, sagt Max. Entsetzt sehe ich, wie er sich runterbeugt und Mom superschnell einen Kuss gibt. Dann nimmt er neben ihr Platz und schlägt die Speisekarte auf. »Bestellt ruhig, ich hole euch schon ein«, sagt er.

»Ich nehme die Spaghetti Bolognese«, sage ich dumpf. Mein Appetit ist verschwunden.

Tante Lydia bestellt die Ravioli und Mom reibt sich die Stirn und bittet um Lasagne und ein Glas Wein. Max nimmt auch Lasagne – uff – und der Kellner zieht ab.

Stille legt sich über den Tisch. Ich nehme einen großen Schluck aus meinem Wasserglas und lasse das Eis zwischen den Zähnen splittern. Vielleicht hätte ich Ruby doch zu diesem Essen einladen sollen, obwohl wir Streit hatten. Oder Wren. Oder Hugh – wenn er nicht in Washington wäre. Und wenn ich den Mut gehabt hätte.

»Herzlichen Glückwunsch zum Geburtstag, Summer!«, trällert Max schließlich, sein Ton ist fröhlich. So, als wäre es nicht total seltsam, dass er hier ist. Als ob ich heute auf dem Campus nicht schon mehrmals an ihm vorbeigegangen wäre. »Hier ist eine Kleinigkeit für dich«, sagt er und reicht mir die Tüte.

»Max, das war doch nicht nötig!«, ruft Mom aus, was mich total nervt.

»Ich dachte, Geschenke gibt's erst nach dem Essen?«, sagt Tante Lydia, und ich spüre ein kleines bisschen Vorfreude. Ich glaube, auch wenn man sechzehn ist, möchte man noch gern Geschenke auspacken.

»Dieses kann Summer jetzt schon aufmachen«, sagt Mom und lächelt Max an.

Zögernd greife ich in die Tüte und hole ein großes, glänzendes Buch heraus: *Berühmte Fotografien im Wandel der Zeiten.* Auf dem Titelbild ist ein Schwarz-Weiß-Foto von Zwillingsschwestern. Mein Mund klappt auf und freudig überrascht schaue ich Max an.

»Oh, schön, es gefällt dir«, sagt Max. Er grinst erleichtert. »Natürlich weiß ich, dass du diesen Kurs in Fotografie machst.« Er macht eine Kopfbewegung Richtung Lydia, die mir über die Schulter schaut und das Buch bewundert. »Und deine Mutter hat mir erzählt, dass du sehr talentiert bist.«

»Echt?«, platze ich heraus und werfe einen Blick zu Mom rüber. Ich hab ihr die Bilder, die ich diesen Sommer gemacht habe, gar nicht gezeigt.

Mom lächelt mit funkelnden braunen Augen. »Deine Tante hält dich für die beste Schülerin im Kurs.«

Mein Herz bekommt Flügel. Ich werfe Lydia einen fragenden Blick zu. Mir fällt wieder ein, was Hugh am Sonntag über meine Fotos gesagt hat.

Tante Lydia lächelt schief. »So was darf ich eigentlich nicht zugeben. Aber dieses Mal kann ich wohl eine Ausnahme machen.« Sie guckt wieder auf mein Buch und murmelt: »Das musst du mir aber irgendwann mal leihen, Kleine.«

Dann kommt unser Essen und mein Hunger ist auch wieder da. Dampf steigt von der Spaghettischüssel auf und mir ist ganz schwindelig von den Komplimenten. Wir hauen alle rein, und ich bin dankbar, dass ich gemütlich zwischen Mom und Lydia sitze. Selbst Max' Anwesenheit am Tisch stört mich nicht so sehr, wie ich vermutet hätte. Das Buch, das er mir geschenkt hat, liegt auf meinem Schoß, und ich weiß, dass ich heute Abend lange aufbleiben und es durchblättern werde.

Um uns herum hört man das angenehme Klappern von Besteck und Unterhaltungen. Ich stelle fest, dass es keinen Ort auf der Welt gibt, an dem ich an meinem Geburtstag lieber bin als im *Orologio's*.

Als der Kellner unsere Teller abräumt, gibt Mom ihm ein Zeichen und flüstert ihm etwas ins Ohr. Tante Lydia und ich gucken uns wissend an. Aber eigentlich macht es mir nichts aus, dass Mom mit dieser Heimlichtuerei weitermacht. Ist irgendwie Tradition.

»Okay, Zeit für Geschenke!«, trällert Mom, als der Kellner weg ist. Ihre Wangen sind rot, vielleicht vom Wein, und ich grinse sie an. Ich bin satt und aufgeregt – und irgendwie fühle ich mich wieder wie ein kleines Mädchen. »Auch wenn es schwer ist, das Geschenk von Max zu toppen«, ergänzt Mom und langt in ihre Handtasche. Max schmunzelt und Mom reicht mir eine kleine schwarze Schachtel mit einem goldenen Rand.

Ich halte den Atem an, als ich den Deckel aufklappe. Da, auf einem Wattebett, liegt ein Paar Brillantohrringe. Sie glitzern im Licht des Kronleuchters. Ich hab mir noch nie was aus Schmuck gemacht, aber diese Ohrringe sind etwas Besonderes.

»Oh, Mom«, flüstere ich und umarme sie. »Die sehen aus wie Sterne.«

»Das fand ich auch«, flüstert Mom und drückt mich. Ihre Brille stößt an meine Wange. Schnell nehme ich die großen Kreolen ab und tausche sie gegen die Brillantstecker aus. Mom beobachtet mich mit einem stolzen Lächeln. Unsere Auseinandersetzungen, der Frust, der schon den ganzen Sommer zwischen uns schwelt, ist jetzt so weit weg, dass ich mich kaum noch daran erinnern kann.

»Weißt du noch, Lydia?«, sagt Mom zu meiner Tante. Die Spannung zwischen den beiden scheint sich auch gelöst zu haben. »Unsere Eltern haben uns auch Brillantohrstecker geschenkt, als wir sechzehn wurden.«

»Natürlich weiß ich das noch.« Lydia lacht und nimmt ihre große Tasche. »Einen davon habe ich sofort zum Nasenring umfunktioniert – und Mom hätte mich fast umgebracht.«

Ich lache und spüre wieder diesen altbekannten Neid – wenn ich doch eine Zwillingsschwester hätte.

Tante Lydia greift in ihre Tasche und holt ein flaches, eckiges Paket raus, das in Packpapier gewickelt und mit einem Band verschnürt ist. »Also, ich hab dir ja im Juni schon die Kamera geschenkt«, sagt sie und überreicht mir das Päckchen, »aber das hier ist etwas ... von meiner Kamera.«

Ich lächele meine Tante an und nehme das Päckchen gespannt entgegen. Alle am Tisch beobachten erwartungsvoll, wie ich das Band aufknote und die Verpackung abreiße. Dann höre ich mich selbst nach Luft schnappen.

Tante Lydias Geschenk ist ein gerahmtes Foto von mir. Ich kann sehen, dass sie es vom Fenster ihres Kursraumes in der Whitman Hall aufgenommen haben muss. Ich stehe unter der pinken Magnolie direkt vor dem Gebäude, mit dem grünen Campus im Hintergrund. Ich bin gerade dabei, die Kamera anzuheben und irgendetwas in der Ferne zu fotografieren. Meine Augen sind ganz groß und die Haare zerzaust, trotzdem stört mich mein Aussehen irgendwie gar nicht. Ich sehe aus wie ... eine Künstlerin.

»Danke, Tante Lydia«, sage ich ganz gerührt und gleichzeitig überglücklich. Ich drehe mich zu ihr, um sie zu umarmen. »Das ist ... wunderschön. Klingt das eingebildet?« Mom und Max lachen, während Lydia grinst und den Kopf schüttelt. »Es ist nur so, dass noch nie jemand ein Porträt von mir gemacht hat«, erkläre ich. Oh. Bis auf Dad, denke ich.

»Nun ja, du bist ein schönes Motiv, liebe Nichte.«

Tante Lydia tätschelt mir den Arm. »Ich hab dich neulich morgens vor dem Kurs Fotos machen sehen – und das hat mich inspiriert.« Sie hält inne, lehnt sich vor und sagt mit gedämpfter Stimme: »Das ist selbstverständlich topsecret, aber bei der letzten Aufgabe in unserem Kurs wird es um Porträts gehen. Ihr sollt von euren Partnern Porträtaufnahmen machen und diese Bilder mit der Beschreibung vergleichen, die ihr am ersten Kurstag in euren Notizbüchern festgehalten habt. Anschließend soll jeder ein Selbstporträt machen.«

»Wow«, sage ich. Mein Magen spielt verrückt bei dem Gedanken, dass ich Hugh fotografieren werde ... und er mich. Ich schaue wieder auf mein Foto und dann in die Tischrunde. Vom vielen Lächeln, das sogar Max einschließt, tut mir das Gesicht schon weh.

»Wisst ihr was«, fahre ich großherzig fort, »mir ist schon klar, dass ich mich wegen der ganzen Frankreichgeschichte wie ein Kleinkind aufgeführt habe. Und es ist schon komisch, denn es ist vielleicht sogar besser, dass ich hiergeblieben bin.« Bewundernd tippe ich auf Tante Lydias Foto. »Also das hier wiegt fast auf, dass ich mir Dads Gemälde von mir nicht in der Galerie anschauen kann.«

Sobald die Worte draußen sind, fühle ich mich mies, ich hätte nicht »fast« sagen sollen. Hoffentlich habe ich Tante Lydia nicht verletzt. Ich finde ihr Foto wirklich wunderschön.

Aber Tante Lydia wirkt nicht verletzt, nur verwirrt. »Welches Gemälde von dir?«, fragt sie mich.

»Das in Frankreich«, antworte ich. Ich lache auf – warum bin ich denn auf einmal so nervös? – und fahre mit dem Finger über den Rahmen des Porträts. »Das mit den Mohnblumen.«

Tante Lydia runzelt die Stirn und hebt ihr Weinglas. »Aber dieses Gemälde ist nicht von …«

Dann bricht sie ab. Ihre Augen werden ganz groß und ihre Wangen fleckig, sie presst die Lippen zusammen. Wieder erinnert mich das an diesen Moment im *Better Latte*, als sie etwas über Dad sagen wollte, sich aber dabei ertappt hatte.

»Was denn?«, frage ich. Ich merke, wie sich in meinen Eingeweiden ein Hauch von Kälte breitmacht. »Dieses Gemälde ist nicht von … was?«

»Lydia.« Moms Stimme ist messerscharf.

Ich schaue zu meiner Mutter rüber. Ihre Wangen sind auch rot, und sie starrt Lydia so eindringlich an, dass ihr Blick geradezu Feuer sprüht. Max scheint ebenso verblüfft zu sein wie ich, er betrachtet Mom besorgt.

»Mom«, dränge ich. Die Kälte in meinem Bauch kriecht hoch und nach außen, bis in die Glieder. »Was geht hier vor?«

»Nichts.« Mom packt ihr Weinglas am Stiel.

Aber es fühlt sich nicht an wie nichts. Es fühlt sich an wie … nun ja … alles.

»Tut mir leid«, wirft Lydia ein, sie klingt verärgert. Mein Kopf geht von Mom zu meiner Tante und wieder zurück. In diesem Augenblick sehen die beiden sich so ähnlich mit ihren vom Stress verzerrten Gesichtern, dass es gruselig ist. »Das war ein Versehen«, fährt Tante Lydia fort, dabei fuchtelt sie auf die für sie typische leidenschaftliche Art herum und stößt dabei fast ihr Glas um. »Es wird immer schwerer, um den heißen Brei herum zu schleichen …«

»Lydia, hör auf damit.« Mom schlägt mit der flachen Hand auf den Tisch, dass ich zusammenzucke. »Lass das. Nicht heute Abend.«

»Worüber redet ihr eigentlich?«, platze ich heraus, und Frustration kocht in mir hoch. »Falls ihr es vergessen haben solltet, ich bin jetzt offiziell sechzehn.« Ich schaue auf meine Geschenke. »Könnt ihr es also bitte lassen, euch so komisch zu benehmen? Hört auf, mir ständig auszuweichen!«

Schweigen ist die Reaktion darauf. Max hüstelt unbehaglich. Im übrigen Restaurant geht das Geplapper und Gesumme weiter.

Schließlich wendet Tante Lydia sich an mich. »Summer«, sagt sie leise, und da ist etwas in ihrem Ton, das mich wieder vor Kälte erstarren lässt. Meine Kehle wird eng. Ich fange gleich an zu weinen, mitten im *Orologio's* bei meinem Geburtstagsessen.

»Lydia, nicht!«, blafft Mom, und mir geht auf, dass sie ängstlich klingt. »Sag's ihr nicht.«

Sag's ihr nicht. Genau das habe ich Mom am 4. Juli in unserer Küche zu meiner Tante sagen hören. *Ich habe dir etwas Wichtiges zu sagen*, hatte Dad in seiner E-Mail geschrieben. Aber keiner hat mir irgendwas erzählt. In mir begehrt etwas auf. Ich will nicht noch länger in Unwissenheit gehalten werden.

»Nein«, sage ich, meine Stimme ist belegt. »Sag es.« Ich starre meine Tante an. »Sag's mir. Egal, was es ist, ich will es wissen.«

Ein Zögern streift das Gesicht meiner Tante. »Ich …« Ihr Blick schießt rüber zu Mom. »Lucy?«, sagt sie leise, als ob sie um Erlaubnis fragen würde. »Es ist ihr gutes Recht, es zu erfahren. Findest du nicht, es wird langsam Zeit, dass sie die Wahrheit über ihren Vater erfährt?«

Die Wahrheit über meinen Vater. Ich hole tief Luft. Hoffentlich muss ich nicht die Spaghetti Bolognese von mir geben.

Lange sitzen alle stumm und reglos da. Dann scheint sämtlicher Widerstand aus Mom zu weichen. Sie stößt einen tiefen Seufzer aus und senkt den Kopf, um auf die Serviette auf ihrem Schoß zu stieren. Ihre ganze Haltung drückt aus, dass sie sich geschlagen gibt.

»Ich hatte nicht vor, das heute Abend auf den Tisch zu bringen«, sagt sie dann leise. Ihr Blick klebt an der Serviette. »Aber deine Tante hat recht, Summer. Ihr habt beide recht. Vermutlich wird es wirklich Zeit, dass du die Wahrheit erfährst.« Sie schaut mich an, ihr Kinn zittert. »Und ich sollte diejenige sein, die es dir erzählt.«

»Happy birthday to you, happy birthday to you …«

Ich blinzele und drehe den Kopf, die Augen voll

unvergossener Tränen. Unser Kellner steht am Tisch mit einer großen Schokoladentorte, auf der siebzehn Kerzen flackern – sechzehn und ein Lebenslicht. Das restliche Servicepersonal und Jerry stehen um ihn herum und alle singen. Sie singen *Happy Birthday* für mich. Das ganze Restaurant singt, die Leute haben sich alle zu mir umgedreht, lächeln von einem Ohr zum anderen und zeigen auf mich.

Keiner an meinem Tisch stimmt ein.

Unser Kellner stellt die Torte vor mich hin. Mir fällt ein, dass Mom mir immer erzählt hat, dass es so heiß war an dem Tag, an dem ich geboren wurde, dass sie am liebsten im Badeanzug ins Krankenhaus gegangen wäre. Und Dad war so nervös, dass er im Kreißsaal ohnmächtig geworden ist. Mom hat gesagt, ich habe bei meiner Geburt ausgesehen wie ein Alien, riesengroße Augen und ein winziger Körper.

Jetzt komme ich mir auch wie ein Alien vor, als ich mit leerem Blick auf die Kerzen glotze und nichts mit ihnen anzufangen weiß. Was ist das nur für eine seltsame Erdensitte?

»Wünsch dir was.«

Wie aus der Ferne höre ich Jerrys Kommando.

Aha. Das löst Erinnerungen aus, meine menschlichen Instinkte setzen ein. Ich schließe die Augen, das Restaurant verschwindet, nur Mom ist noch an meiner Seite. Zu einem anderen Zeitpunkt hätte ich mir gewünscht, nach Frankreich zu fahren, einen Jungen zu küssen, so mutig wie Ruby zu sein. *Ich wünsche mir Licht anstelle von Dunkelheit*, denke ich jetzt. Dann puste ich die Kerzen aus, was irgendwie ironisch ist.

Alle klatschen, nur an meinem Tisch klatscht keiner. Dann nimmt der Kellner den Kuchen wieder mit, um ihn aufzuschneiden. Die Stille ist eine Erleichterung. Ich tupfe mir mit der Serviette die Augen ab.

»Summer und ich gehen mal nach draußen«, verkündet Mom. »Ist das in Ordnung für euch?«, fragt sie Max und Tante Lydia. Sie nicken stumm. Tante Lydia hat Tränen in den Augen.

Mom nimmt ihre Handtasche und steht auf, ich auch. Ich frage mich, ob wir wieder hierher zurückkommen. Mit hämmerndem Herzen folge ich Mom aus dem Restaurant auf die Straße. Aber seit ich meinen Wunsch abgegeben habe, bin ich nicht mehr so ängstlich.

Der Abend ist heiß und schwül, kein Lüftchen regt sich. So um die Mittagszeit hat es heftig geregnet. Auf dem grauen Pflaster stehen noch Pfützen und der Himmel ist schwarz und voll dicker Wolken. Man kann kaum Sterne sehen. Die meisten Läden an der Greene Street, wie das *Better Latte*, sind geschlossen.

Mom schaut in den sternenlosen Himmel und schlingt die Arme um sich. Ob ihr wohl auch so kalt ist wie mir – trotz der Hitze? Auch ich schlinge die Arme um mich und warte darauf, dass Mom etwas sagt.

»Weißt du noch«, sagt sie dann nach einer Weile, »wie oft dein Vater immer nach Frankreich gefahren ist? Ich meine, bevor wir geschieden wurden?«

Ich nicke. Ich höre das Raunen des Flusses auf der anderen Straßenseite, in der Ferne pfeift ein Zug.

»Nun ja«, sagt Mom. »Der Grund dafür war, dass er dort eine andere Familie hatte ... hat.«

Der Boden scheint unter mir zu kippen und zu zittern wie bei einem Erdbeben.

Ich drehe mich zu meiner Mutter um. Ihre Augen kann ich hinter den Brillengläsern nicht sehen.

»Ich versteh nicht ... eine andere Familie?«, wiederhole ich. Die Worte auf meiner Zunge sind Kauderwelsch.

»Ja«, sagt Mom. Endlich wendet sie den Blick vom Himmel ab und guckt mich an. Das Wasser steht ihr in den Augen, aber ihre Stimme ist gefasst. »Da war ... da ist ... eine andere Frau«, erklärt sie. »Eine Malerin. Dein Vater hat sie in Paris kennengelernt. Und sie bekamen eine Tochter. Sie haben eine Tochter.«

Ein einzelnes Auto fährt die Straße entlang und das Pfützenwasser spritzt hoch.

»Dad ... hat eine Tochter?«, sage ich wie betäubt. Offenbar kann ich ihre Worte nur immer als Frage wiederholen, sonst nichts. Nichts von dem, was sie sagt, halte ich für möglich.

Mom nickt und holt tief Luft. Ihre Miene ist voller Schmerz und Furcht – aber irgendwie auch Erleichterung. »Sie heißt Eloise. Sie muss jetzt fünfzehn sein.«

»Eloise?«, wiederhole ich wie ein Papagei. »Fünfzehn?« Mir kommt das Bilderbuch in den Sinn, das ich als Kind so geliebt habe, von dem blonden Mädchen

Eloise, das in New York City wohnte. »Fünfzehn«, sage ich noch mal. Ich zittere, meine Zähne klappern, als ob Winter wäre. »Dann war ich also«, ich zögere, leichte Rechenaufgaben sind plötzlich enorm schwierig, »ein Jahr alt, als sie geboren wurde?«

Mom nickt wieder. Sie wirkt ruhig und gelassen, bereit, alle meine Fragen zu beantworten. »Ich weiß, das ist ganz schön viel auf einmal«, sagt sie leise.

Ich lege den Kopf in den Nacken und gucke in den dunklen Himmel. Wenn da doch bloß Sterne wären, ein paar stecknadelkopfgroße Lichtpunkte, an denen ich mich orientieren könnte. Aber da ist nichts.

Ich fange an, die Straße auf und ab zu gehen, als ob es eine Hilfe wäre, in Bewegung zu sein. Mein Kopf tut weh. Ich erinnere mich an die Zeile aus dem Gedicht in Wrens Emily-Dickinson-Buch: *Ich fühlt die Kluft in meinem Kopf/Als wäre mein Hirn gespalten* – jetzt verstehe ich sie. Voll und ganz. Mein Gehirn ist auseinandergefallen, es kann all das neue Wissen nicht fassen.

»Als ich klein war – während ihr verheiratet wart – hatte Dad also ...« Ich muss wieder zu Atem kommen. Es kommt mir vor, als müsste ich das komplizierteste Puzzle der Welt zusammensetzen. »Er hatte die ganze Zeit ... diese *anderen Leute*«, das Wort »Familie« kann ich nicht mehr aussprechen, »in Frankreich?«

»Ja«, sagt Mom geduldig. Sie streckt die Hand nach mir aus, aber ich zucke zurück und tigere weiter hin und her. »Ich hab auch nichts davon gewusst«, murmelt sie. »Am Ende ist er dann zusammengebrochen und hat es mir erzählt, da warst du elf. Ich hatte schon länger den Verdacht gehabt, dass was im Busch war. Schon seit Jahren. Aber das Nichtwahrhabenwollen hat eine große Kraft. Wir sehen, was wir sehen wollen.«

Ich höre auf zu tigern und starre Mom an. An meinem Ohr summt eine Mücke, und es ist mir egal, ob sie mich sticht, ob sie all mein Blut aussaugt.

»Ich wusste, dass unsere Familie nicht mehr zusammenhalten konnte«, fährt Mom fort. Ihr ausgestreckter Arm hängt zwischen uns wie ein blasses geisterhaftes Ding. »Nicht nach dieser Enthüllung. Ich hab deinem Vater gesagt, dass er gehen sollte. Und er ist gegangen. Nach Frankreich. Zu ... ihnen.«

Zu ihnen. Wie die wohl sind? Wie die wohl aussehen? Ich drehe mich um und schaue auf den schwarzen Fluss hinaus. Normalerweise habe ich eine rege Fantasie, aber jetzt kann ich mir gar nichts vorstellen.

»Wissen die von uns?«, frage ich schließlich mit heiserer Stimme. Ich schaue Mom an.

»Ja«, sagt Mom. Sie hustet. »Deshalb wollte dein Vater, dass du diesen Sommer nach Frankreich kommst.« Sie lässt den Arm fallen. »Er wollte dir die Wahrheit sagen. Er wollte ... dass du sie kennenlernst.«

»Oh mein Gott«, flüstere ich. Mir ist kalt bis ins Mark. *Sie kennenlernen?* Die Vorstellung ist grauenerregend. Was wäre passiert?

»Und deshalb wollte ich nicht, dass du fährst«, sagt Mom, sie redet jetzt schneller. »Ich fand, du warst noch nicht so weit, es zu erfahren. Ich hatte ... Angst.« Ihre

Stimme bricht und mein Herz krampft sich zusammen. Eltern dürfen keine Angst haben. »Ich wollte dich beschützen«, fügt Mom leise hinzu.

Als sie dieses Mal die Arme nach mir ausstreckt, lasse ich es zu. Sie nimmt meine Hand und drückt sie. Ihre Finger sind so eiskalt wie meine.

»Ich wollte nicht, dass du verletzt wirst«, fährt Mom fort, und ihr steigen Tränen in die Augen. »Ich bin mir immer noch nicht sicher, ob du wirklich schon so weit bist. Tut mir leid, dass es auf diese Weise rausgekommen ist.«

Hinter uns geht die Tür des Restaurants auf und Leute kommen glücklich plaudernd heraus. Der Gedanke ist absurd, dass Tante Lydia und Max da drinnen sind, mit Geburtstagskuchen auf dem Tisch, während Mom und ich hier draußen dieses Gespräch führen.

Tante Lydia hat es gewusst, geht mir auf. Natürlich hat sie es gewusst, die ganze Zeit. Und an diesem Nachmittag neulich im *Better Latte* wäre ihr fast etwas rausgerutscht. Deshalb ist sie mir seitdem irgendwie aus dem Weg gegangen. Sie hat befürchtet, dass sie noch mehr sagen könnte. Sie hat noch mehr sagen wollen. Sie war überzeugt davon, dass ich es wissen sollte.

»Mein Gemälde«, sage ich – und höre, wie rau meine Stimme klingt. Ich löse die Hand aus ihrem Griff. »Was wollte Tante Lydia über mein Gemälde sagen?«

Mom macht ein ganz unglückliches Gesicht. »Oh«, flüstert sie.

Mein Bauch tut weh. Ich mache mich auf das

Schlimmste gefasst, obwohl ich irgendwie das Gefühl habe, dass ich jetzt mit allem fertigwerde. Oder doch nicht?

»Das ... Gemälde«, sagt Mom stockend, sie schaut auf das nasse Pflaster. »Das ist ... Eloise. Als kleines Mädchen.« Sie guckt mich wieder an. »Verstehst du?«, flüstert sie.

Ich schüttele den Kopf, doch ich verstehe. Es ist eigentlich schockierend, wie schnell ich verstanden habe – und wie schnell darauf der Schmerz des Verstehens folgt.

»Mein« Bild ist nicht mehr mein Bild. Ich bin nicht *FILLE*. Ich war es nie.

Es war immer ... sie.

Ich krümme mich und presse die Hand auf meinen Bauch, versuche, mich zusammenzuhalten. Ich mache den Mund auf, will schreien, aber es kommt nichts.

»Als du ... als du das Bild zum ersten Mal online gesehen hast«, sagt Mom, der die Tränen die Wangen runterlaufen, »und du gedacht hast, es wäre dein Porträt, hab ich es nicht fertiggebracht, das richtigzustellen.« Sie holt Luft. »Es tut mir leid.«

Ich kann mich aufrichten, aber der Schmerz schießt immer noch durch mich hindurch. Welle um Welle frischer Schmerz, als ob andauernd Pflaster abgerissen würden. Selbst nach allem, was ich heute Abend erfahren habe, trifft mich diese eine Enthüllung am schwersten. Oder vielleicht ist das nur das Ausrufungszeichen, das Ende eines sehr langen und wirren Satzes.

»Verstehst du das?«, fragt Mom wieder, und mir wird bewusst, dass ich kein Wort gesagt habe.

Ich nicke, obwohl ich Fragen habe. Jede Menge Fragen. Wo Dad *FILLE* gemalt hat zum Beispiel. Und ob Lydia sauer auf Mom war, weil sie mir dieses ganze Geheimnis vorenthalten hat. Meine Fragen werden niemals versiegen.

Aber ich bin auch müde. Unglaublich müde. Mein Mund ist trocken, die Augen brennen und der Kopf tut mir weh. Ich glaub, heute ertrage ich nicht noch mehr Fragen – oder Antworten.

Mom scheint zu spüren, was ich fühle. Sie gibt mir einen Kuss auf den Kopf, und ich lehne mich an sie, getröstet, obwohl ein Teil von mir noch stinkwütend auf sie ist. Und auf Dad. Auf alle.

»Lass mich reingehen und die Rechnung bezahlen.« Mom schiebt ihre Brille hoch und wischt sich die Augen. Sie reißt sich zusammen. »Dann können wir nach Hause gehen.«

Nach Hause? Was ist das eigentlich?, denke ich, so, als wäre ich wieder ein Alien. Zu Hause ist jetzt ein Ort voller Heimlichtuerei, an dem alles unecht war.

»Ich komm gleich wieder.« Mom huscht ins Restaurant, ihre Absätze klappern.

Das Handy in meiner Handtasche summt, ich hole es raus und sehe, dass Ruby mir eine Nachricht geschickt hat.

Herzlichen Glückwunsch, steht da, *ich hoffe, wir können bald reden.*

Wenn die Nachricht zehn Minuten früher gekommen wäre, hätte ich bestimmt etwas empfunden – Erleichterung, Freude, Verärgerung, Befriedigung. Jetzt fühle ich mich nur leer. Ausgehöhlt.

Ich schaue wieder zum Himmel. Ein paar Sterne sind doch noch aufgetaucht, winzig und hell. Aber ihr Erscheinen hat etwas von Rubys Nachricht – zu wenig und zu spät.

TEIL FÜNF

Tochter

Dienstag, 18. Juli, 14:04 Uhr

Schluchzend stürze ich raus aus Dads Haus, meine Flipflops klatschen aufs Kopfsteinpflaster. Es hat aufgehört zu regnen, aber das Wasser aus den Pfützen spritzt mir an den Beinen hoch und macht den Saum meines blauen Kleides fleckig. Ist mir egal. Ich will nur weg.

Ich laufe die Rue du Pain hinunter. Die Bäckerei und die pastellfarbenen Häuser verschwimmen vor meinen Augen. Dass ich an meinem ersten Tag hier instinktiv an ein böses Omen geglaubt habe, war ganz richtig. Straße des Schmerzes, genau das ist es.

Wenn ich es gewusst hätte – wenn ich gewusst hätte, dass Dad mit mir aus der Küche gehen würde, während Eloise und Vivienne uns hinterherglotzen, wenn ich gewusst hätte, dass ich mich im Wohnzimmer würde hinsetzen müssen, damit er mir sanft all diese unmöglichen Sachen erzählen kann – dann wäre ich an jenem Tag gar nicht erst aus dem Taxi gestiegen. Ich wäre gar nicht erst in New York ins Flugzeug gestiegen.

Ich hab dich angerufen, hat Dad im Wohnzimmer gesagt, nachdem ich angefangen hatte zu weinen. *Du musst am Flughafen gewesen sein oder schon in der Maschine. Ich hab kalte Füße bekommen. Ich wollte dir sagen, dass du nicht kommen sollst. Ich dachte, deine Mutter hat vielleicht recht und du bist noch nicht so weit, es zu erfahren. Und ich war ohnehin in Berlin. Es gab also einen guten Grund dafür, die Sache aufzuschieben. Aber du bist nicht ans Telefon gegangen.*

Ich bin nicht ans Telefon gegangen.

Ich zische am Amorbrunnen vorbei, die Erinnerung an mein klingelndes Telefon verfolgt mich, jagt mich. Ich bin am Flughafen nicht ans Telefon gegangen und Dad war am anderen Ende der Leitung, um mich daran zu hindern, nach Frankreich zu kommen. Wenn ich ans Telefon gegangen wäre, würde es mir gut gehen. Ich wüsste nicht, was ich jetzt weiß.

Stolpernd renne ich den Boulevard du Temps hoch. Mir ist bewusst, dass die Passanten meine Tränen sehen können, dass sie sehen, wie aufgelöst ich bin. Aber ich bin über Scham und Peinlichkeit hinweg. Dads Worte, seine anderen Worte, die, die er gesagt hat, bevor ich angefangen habe zu weinen, die, die er schnell gesagt hat, so wie ein Peitschenhieb vor die Brust, wiederholen sich ständig in meinem Kopf, laut und hässlich.

Verstehst du, Eloise ist meine Tochter.

VERSTEHST DU, ELOISE IST MEINE TOCHTER.

VERSTEHST DU, ELOISE IST MEINE …

Ich renne weiter und stolpere dabei über eine Leine, an der ein Pudel hängt. Der Pudelbesitzer blafft mich auf Französisch an. Ich ignoriere beide. Je schneller ich renne, desto früher komme ich zu Jacques. Und je früher ich zu Jacques komme, desto schneller kann ich diese Worte zu jemand anderem sagen. Ich kann sie auskotzen, damit das Geplärre in meinen Ohren endlich aufhört.

Mit brennenden Seitenstichen und völlig atemlos erreiche ich schließlich das Café des Roses. Die Tische draußen sind nass und leer, alle Gäste haben sich nach drinnen verzogen, als der Regen runterprasselte.

Ich gehe ins Café, wo es bei Weitem nicht so hübsch oder charmant ist wie draußen. Es ist klein und eng und die Fenster lassen nicht genug Licht rein. Gerahmte, ausgeblichene Gemälde von Rosen schmücken die beigen Wände. Die Gäste an den Tischen mustern mich argwöhnisch, als ich an ihnen vorbeihusche – auf die Schwingtür zu, die zur Küche führt.

»Summer!«

Jacques kommt aus der Küche, mit einem Kuchen in den Händen. Er ist rund und hat einen weißen Guss, auf den in Rot die Worte *Joyeux anniversaire!* gepinselt sind.

»Wo hast du gesteckt?«, fragt er mich und runzelt ein wenig die Stirn. »Ich hab mir schon Sorgen gemacht.«

Benommen starre ich meinen Geburtstagskuchen an. Oh. Ich komme zu spät zu meinem Mittagessen. Meinen »Sweet sixteen«.

Ich schaue Jacques an – und da bemerkt er meine tränenverschmierten Wangen, mein wahrscheinlich fleckiges Gesicht und die Tatsache, dass ich schluchzend nach Luft ringe. Seine dunkelblauen Augen werden ganz groß vor Schreck. Mir fällt etwas ein, das Ruby mal gesagt hat: Weinende Mädchen würden Jungs in der Regel total in Panik versetzen. Das geht klar. Jacques kann ausflippen, so sehr er möchte. Mich kann er in diesem Moment nicht übertreffen. Wir könnten uns einen Wettstreit liefern.

»*Qu'est-ce qui se passe?*«, murmelt er und geht auf mich zu. »Was ist los?« Und dann, bevor ich irgendwas loswerden kann: »Komm.« Auf einer Hand balanciert er den Kuchen, mit der anderen greift er nach meinem Arm. »Erst musst du dich hinsetzen, nicht?«

Ich schüttele den Kopf, doch Jacques führt mich schon zu einem kleinen Tisch am Fenster. Unser Tisch. Da steht eine rote Rose in einer Vase zwischen zwei Terrinen Bouillabaisse. Wie gemalt.

Jacques stellt meinen Kuchen auf den Tisch, die Vase schiebt er an den Rand, um Platz zu schaffen. Ich wische mir mit dem Handballen über die nassen Wangen und lasse mich auf einen Stuhl fallen, während Jacques sich mir gegenüber hinsetzt und die Hemdbrust seines weißen Kellnerhemds glatt streicht. Er sieht hinreißend aus – wie immer.

»Die Bouillabaisse ist wahrscheinlich ein bisschen abgekühlt«, sagt er entschuldigend, als ob Essen für mich in diesem Moment irgendeine Bedeutung hätte.

Ich schaue in meine Fischsuppe. Mein Magen rebelliert.

»Eloise ist seine Tochter«, stoße ich hervor.

So. Ich atme aus. Ich habe es gesagt. Aber ich verspüre keine Erleichterung. Das letzte Wort hämmert weiter in meinem Kopf herum. TOCHTER. TOCHTER. TOCHTER.

Jacques runzelt wieder die Stirn. »*Quoi?*«, fragt er. »Was hast du gesagt? Ich verstehe nicht.«

»Damit bist du nicht allein«, antworte ich, und dann fange ich - trotz allem - an zu lachen. Ein echtes, lautes Lachen, aus dem Bauch heraus - so, als ob das, was mir passiert ist, absurd und zum Totlachen wäre und nicht absurd und schrecklich. Ein paar Gäste und Kellner gucken zu mir rüber, zu der Irren in ihrer Mitte.

»Summer?« Jacques guckt noch besorgter als zuvor.

Ehrlich gesagt, er wirkt ein wenig überfordert - so, als wisse er nicht genau, wie er mit dem verrückten amerikanischen Mädchen ihm gegenüber umgehen soll. Ich wette, das hat er nicht vorausgesehen, als wir gestern Abend unsere Crêpes gegessen haben und den Boulevard entlanggeschlendert sind - die klebrigen Finger ineinander verwoben. Ich auch nicht.

Schließlich gelingt es mir, mit dem Lachen aufzuhören. Ich drücke die Handflächen auf den Tisch und atme ein und aus. Jacques beobachtet mich abwartend.

»Eloise«, setze ich an. Der Name hinterlässt einen bitteren Geschmack in meinem Mund. Die Silben sind so in die Länge gezogen und seltsam, finde ich. *Eee* –

loh – iiis. Jacques nickt. »Sie ist die Tochter meines Vaters«, sage ich.

Das ist eine Aussage, die keinen Sinn ergibt. Wie eines dieser Rätsel, mit denen ich meine Eltern so gern genervt habe, als ich klein war: *Was kommt runter, geht aber nie hoch?* (Regen) *Was hängt an der Wand und gibt jedem die Hand?* (Handtuch) *Wie kann Eloise die Tochter meines Vaters sein, wenn ich die Tochter meines Vaters bin?* Darauf gibt es keine Antwort.

Jacques sagt gar nichts, seine Augen werden nur noch größer.

Ich fahre also fort. Ich erzähle ihm alles: dass mein Dad, während er noch mit meiner Mom verheiratet war, Vivienne kennengelernt hat, eine Malerin, in Paris. Dass er und Vivienne ein kleines Mädchen bekommen haben, Eloise. Dass mein Vater Eloise und Vivienne vor mir und meiner Mutter geheim gehalten hat, jahrelang. Dass er zwischen Frankreich und Hudsonville hin und her gependelt ist und zwei Leben gelebt hat, bis meine Mutter dahintergekommen ist und sie sich getrennt haben. Und dass ich nichts davon gewusst habe – bis heute.

Beim Reden habe ich das Gefühl, völlig unbeteiligt zu sein, so, als würde ich eine Geschichte erzählen, die mit mir überhaupt nichts zu tun hat. All diese Akteure – Dad und Mom, Vivienne und Eloise – sind Figuren aus einem Science-Fiction-Roman, keine echten Menschen. Gleichzeitig bin ich gerade sehr präsent. Ich bin mir bewusst, dass Jacques mir gegenüber sitzt, schweigend – und dass unsere beiden Terrinen Bouillabaisse unberührt dastehen. Ich höre, dass um uns herum Französisch gesprochen wird und dass die Kaffeemaschine zischt und Löffel in kleinen Tassen klimpern.

Mir ist auch bewusst, dass jeder in der Nähe, der ein bisschen Englisch spricht, mich ganz leicht belauschen kann. Ich mache mir nicht die Mühe, zu flüstern oder zu verbergen, was ich sage. Lass sie ruhig zuhören, denke ich, und die Wut lodert wieder in mir auf. Lass sie wissen, dass Ned Everett, der große Künstler, ein Lügner und Betrüger ist.

»Erinnerst du dich an das Bild, das mein Vater gemalt hat?«, sage ich zu Jacques, und die Kehle schnürt sich mir zu. »Das, das wir in der Galerie gesehen haben?« Das Schmerzlichste habe ich mir bis zum Schluss aufgehoben.

Jacques nickt. »*FILLE*«, sagt er. Das sind die ersten Worte, die er spricht, seit er meinen Namen gesagt hat.

»*FILLE*«, wiederhole ich. Ich spüre einen Schmerz in der Brust, Tränen brennen in meinen Augen. »Das ist ein Bild von Eloise, als sie klein war. Nicht von mir, wie ich immer gedacht habe.« Meine Stimme bricht. »Ich bin nicht *FILLE*. Sie ist es.«

Als Dad mir das erklärt hat, im Wohnzimmer, mit der Skizze von Eloise in den zitternden Händen, hatte ich das Gefühl, der Boden würde sich auftun und mich verschlingen. Für eine Minute oder so war es, als hätte ich aufgehört zu existieren. Wenn ich das nicht war auf dem Bild – wer war ich denn?

»*Oh là là*«, sagt Jacques. Mir wird klar, dass ich verstummt bin, in meinen Schoß starre und mit den Tränen kämpfe. Ich schaue ihn an. Er macht *tsstss* und schüttelt den Kopf, immer noch mit großen Augen. »*C'est incroyable*. Es tut mir leid, dass du das durchmachen musst, Summer. Und dazu noch an deinem Geburtstag!« Er beugt sich vor und nimmt meine Hand. »*Ma pauvre*.«

Ich schniefe und drücke seine Hand, dankbar dafür, dass er so süß und mitfühlend ist. Ich fühle mich echt wie eine *pauvre* – eine Bedauernswerte. Aber es erstaunt mich, dass er nicht überraschter ist – oder entsetzter.

»Ich muss etwas zugeben«, sagt er mit einem tiefen Blick in seine Bouillabaisse. »Ich hab schon vermutet, dass du und Eloise verwandt seid.«

»Was?« Ich kriege einen Schreck, ziehe meine Hand weg und sacke wieder auf meinem Stuhl zusammen. Draußen schüttelt der Wind die Blätter eines Zitronenbaumes, Wassertropfen fallen auf den Boden. Ein falscher Regen.

Jacques sieht mich an und zuckt mit einer Schulter. »Ihr seht euch sehr ähnlich«, sagt er, als wäre das offensichtlich. »Erinnerst du dich an den Abend, an dem wir uns kennengelernt haben?« Er weist mit einer Kopfbewegung nach draußen, wo wir zum ersten Mal miteinander gesprochen haben. »Ich hatte dich für sie gehalten, von hinten.«

Mit zusammengekniffenen Augen gucke ich Jacques an – so, als ob ich einen Sehfehler hätte, oder als ob *er* einen Sehfehler hätte. Dann geht mir auf, dass ich genau denselben Fehler gemacht habe, vor fünf Jahren. Ich hatte auch gedacht, Eloise wäre ich. Auf dem Bild. Ein kalter Schauer überläuft mich. »Warum hast du nichts gesagt?«, frage ich.

Er nimmt ein Stück geröstetes Baguette von seinem Teller und beißt ab. »Am Anfang«, erklärt er schluckend, »schien das nichts weiter als ein Zufall zu sein, dass du jemandem ähnlich sahst, den ich kannte. Als ich dann zum Haus deines Vaters gekommen bin und Eloise und dich zusammen gesehen habe …« Er beendet den Satz mit einem Achselzucken. »Da schien das dann kein Zufall mehr zu sein. Ich dachte, ihr seid vielleicht Cousinen, mögt euch aber nicht besonders.«

»Letzteres ist wahr«, murmele ich.

Ich erinnere mich, wie ich vorhin schluchzend aus dem Wohnzimmer gerannt bin, in die Küche, wo Eloise in ihrem Nachthemd stand und mich anstarrte. Vivienne hatte am Eichentisch gesessen, den Kopf in die Hände gestützt. Dad hatte klargestellt, als er seine kleine Bombe hochgehen ließ, dass sowohl Vivienne als auch Eloise alles wussten. Ich war die Einzige, die außen vor war. Als ich die Tür aufriss, habe ich gehört, wie Eloise meinen Namen gesagt hat, aber ich bin losgeschossen, ich wollte nichts mit ihr zu tun haben. Jetzt erst recht nicht.

»Aber ihr seid keine Cousinen.« Jacques nimmt einen Löffel voll kalte Bouillabaisse. »Ihr seid Schwestern, *non*?«

»*Non*«, blaffe ich sofort. Mich überläuft ein kalter Schauer. Schwestern. Daran will ich nicht mal denken. »Sag das nicht«, befehle ich ihm. Mir ist bewusst, dass ich viel jünger klinge als sechzehn. Der Guss auf meinem Kuchen sieht aus, als würde er welk werden.

»Okay.« Jacques hält beschwichtigend die Hände hoch. *»Je comprends. C'est une situation très difficile. Très compliquée.«*

»*Oui*«, antworte ich zähneknirschend.

Die Situation ist in der Tat sehr schwierig und kompliziert. Und trotzdem scheint Jacques das alles ziemlich gelassen hinzunehmen. Er lehnt sich zurück und legt die Arme auf die Stuhllehne. Ein zögerndes Lächeln geht über seine Lippen und ich kann das Grübchen in seiner rechten Wange ausmachen.

Ich gucke ihn finster an. Vielleicht haben wir es hier mit einer kleinen Sprachbarriere zu tun. Oder einer kulturellen Barriere? Was es auch sein mag, mich packt eine Welle von Frust. Ich will mit jemandem wüten und weinen können.

»Tut mir leid«, sagt Jacques. Eine Sekunde lange denke ich, er will sich für seine Nonchalance entschuldigen. Dann sehe ich, dass er das Handy aus der Tasche geholt hat und guckt, wie spät es ist. 15 Uhr. »*C'est dommage.* Ich hatte nur eine Stunde Mittagspause, ich komme zu spät zu meiner Schicht. Und ich lege Wert darauf, niemals zu spät zu kommen«, erklärt er.

Ich werde panisch. Obwohl ich ein bisschen sauer auf Jacques bin, will ich nicht, dass er geht. Unvorstellbar, hier allein mit meinen finsteren Gedanken zu sitzen, mitten im fröhlichen Cafégeplapper. Und ich kann mir auch nicht vorstellen, wieder rauszugehen in die erbarmungslose Schönheit von Les Deux Chemins. Die Sonne ist wieder hervorgekommen und am Fenster summt eine Hummel.

Am wenigsten von allem kann ich mir vorstellen, zu Dads Haus zurückzukehren und ihm, Vivienne und Eloise gegenüberzutreten. Der ganzen ... Familie. Ich schüttele mich bei dem Wort. Was soll ich zu ihnen sagen? Was würden sie zu mir sagen? Das ist doch ein Albtraum!

Ich muss weg.

»Lass uns irgendwo hinfahren«, sage ich plötzlich. Die Verzweiflung wächst, als ich Jacques anschaue. »Wir fahren wieder an die Riviera. Nein ... nach Paris. Das wollten wir doch sowieso!«

»Jetzt?« Jacques lacht. Er schaut wieder auf sein Handy. »Summer, das geht nicht. Meine Mutter würde es nicht erlauben ...«

»Bitte«, sage ich händeringend. Die Aussicht, in einen Zug zu steigen und Les Deux Chemins hinter mir zu lassen, ist das Einzige, das mich momentan reizt. Paris wollte ich schon immer mal sehen. Und eine große Stadt ist genau das, was ich brauche – da kann ich in der Menge untertauchen und durch die alten Straßen laufen, bis ich Blasen an den Füßen habe.

Jacques seufzt tief. »Gut.« Er lächelt mich an, seine

Augen funkeln vor Spontaneität. »Es wäre wirklich schön, alles fallen zu lassen und loszufahren.« In mir regt sich die Hoffnung. Er steht auf und nimmt meinen ungegessenen Geburtstagskuchen. »Ich bringe das Essen in die Küche und frage dann meine Mutter. Kommst du mit? Sie ist oben in unserer Wohnung.«

An dem Tag, an dem wir nach Cannes gefahren sind, haben Jacques und ich uns morgens vor dem Café getroffen und er hat mich seinen Eltern kurz vorgestellt, Monsieur und Madame Cassel. Seine Mutter war tatsächlich so imposant, wie ich sie von meinem ersten Abend in Les Deux Chemins in Erinnerung hatte, und sein Vater war ein sanfter, stiller Mann mit einem Schnurrbart. Bei der Vorstellung, Jacques' Zuhause zu sehen, werde ich ein bisschen nervös.

Ich nehme die zwei Terrinen mit Bouillabaisse und gehe hinter Jacques durch die Schwingtüren in die Küche.

»Tut mir leid, dass ich nichts essen konnte«, sage ich traurig.

»Wir bewahren den Kuchen für später auf.« Er macht den Riesenkühlschrank auf und stellt den Kuchen hinein. »Die Bouillabaisse kannst du wegschütten«, sagt er bedauernd – und ich bekomme ein schlechtes Gewissen.

Die Küche ist winzig, es ist heiß und voll, Kellner rufen ihre Bestellungen und Leute mit Schürzen waschen Geschirr und schneiden große Fleischstücke in Scheiben. Ich sehe Jacques' Vater mit seiner Kochmütze am Herd stehen, er winkt uns zu, als wir vorbeigehen.

Als Jacques mich durch eine Hintertür aus der Küche lotst, denke ich an meinen eigenen Vater. Schon der Gedanke an ihn erfüllt mich mit Schmerz und einer Art brodelnder Wut. Was er wohl gemacht hat, als ich rausgerannt bin?, frage ich mich. Ob er wohl zum Malen in sein Atelier gegangen ist, als ob nichts gewesen wäre? Oder ist er losgezogen und hat mich gesucht? Vielleicht hat er sich auch hingesetzt und seine Beziehung zu Vivienne und Eloise gepflegt. Oder meine Mom angerufen.

Mom. Ich folge Jacques eine enge, gewundene Treppe hinauf – und merke, dass ich auch auf Mom wütend bin. Sie hat die Wahrheit doch gewusst die ganzen Jahre – und sie hat mich im Dunkeln gelassen. *Ehrlichkeit ist keine Einbahnstraße*, hat sie immer gesagt. Wie sich herausstellt, war das eine fette Lüge. Ich erinnere mich an ihre unerklärliche Feindseligkeit Dad gegenüber und daran, wie zögerlich sie war, mich nach Frankreich fahren zu lassen. Wenigstens das ergibt jetzt einen Sinn. Das ist aber auch das Einzige.

Jacques schließt die Tür mit einem langen, alten Schlüssel auf, einen in dieser Art gibt es auch für Dads Haus. Wir kommen in eine gemütliche, vollgestellte Wohnung. Die Essensgerüche vom Restaurant ziehen durch die Räume. Hier gibt es dick gepolsterte Sofas und ein Klavier, auf dem gerahmte Familienfotos stehen. Ich sehe Bilder von Jacques in verschiedenen

Altersstufen mit einem hübschen Mädchen, das ihm ähnlich sieht. Das muss seine ältere Schwester Hélène sein, von der er mir erzählt hat. Sie studiert in der Normandie.

Jacques' Mutter sitzt am Esstisch und sortiert einen Haufen Rechnungen und Quittungen.

»*Maman*?«, sagt Jacques zögernd. Sie schaut uns über ihre Brille hinweg an. »Du erinnerst dich doch an *mon amie,* Summer Everett«, fährt er fort und legt die Hand um meine Hüfte. Normalerweise würde ich rot werden, aber heute ist nichts normal.

Ich bringe ein »*Bonjour*« hervor. Mit Small Talk will ich mich nicht aufhalten. Ich will nur, dass sie unsere Fahrt nach Paris absegnet und weg.

Jacques redet schnell auf Französisch mit seiner Mutter, ich verstehe etwas von einem Zug nach Paris und Arbeit und Café. Dann höre ich ihn deutlich sagen: »*Elle a beaucoup des problèmes avec sa famille.*« Ich seufze und übersetze still: Sie hat einen Haufen Probleme mit ihrer Familie. Wie wahr.

Es hört sich ganz so an, als ob Jacques gut für unsere Sache plädiert, aber noch bevor er fertig ist, schüttelt seine Mutter den Kopf.

Damit ich es verstehe, spricht sie Englisch. Mit starkem Akzent. »Jacques, ich weiß, dass du glaubst, weil du so gut aussiehst, brauchst du nur deine Grübchen zu zeigen und schon kannst du machen, was du willst. Bei vielen Mädchen klappt das, wie man sieht.« Ihr Blick geht zu mir und ich erstarre. Wie viele Mädchen mag Jacques seiner Mutter schon vorgestellt haben? Ach, was soll's. Das ist im Moment meine geringste Sorge. »Aber bei mir zieht das nicht«, fährt seine Mutter streng fort. »Mit Paris wird das heute nichts. Geh nach unten und kümmere dich um deine Tische.«

Bei ihren Worten sinkt mir der Mut. Ich drehe mich zu Jacques, und mir kommen erneut die Tränen. »Dann fahre ich allein nach Paris«, sage ich plötzlich wieder ganz verzweifelt. »Sag mir nur, wie ich von hier zum Bahnhof komme ...« Ich beiße mir auf die Lippe. In letzter Zeit bin ich ja ziemlich mutig gewesen, aber könnte ich wirklich allein eine Reise nach Paris bewerkstelligen?

Madame Cassel schnalzt missbilligend mit der Zunge. Dieses Mal gilt das mir. »Was sagst du da, *jeune fille*?«, fragt sie. »Du willst jetzt Hals über Kopf nach Paris? Da wirst erst spät abends ankommen – und wo willst du dann hin? Wo willst du übernachten?« Mir wird klar, dass sie leider recht hat. Ich schaue auf meine leeren Hände. Ich habe nichts mitgenommen, als ich aus Dads Haus geflohen bin, kein Portemonnaie, keine Sachen zum Wechseln. Keine Kamera. Ohne meine Kamera kann ich nicht nach Paris fahren.

»Ich kann nicht fahren ...« Meine Stimme zittert. »Aber ich kann auch nicht zurück zu meinem Vater.« Ich schaue Jacques an und kann die Tränen nicht länger zurückhalten. »Das mache ich nicht.«

Jacques guckt schon wieder so überfordert. So, als wolle er sagen: *Auf so viel Irrsinn war ich nicht aus.* »Nicht weinen«, sagt er gestresst, womit Rubys These bestätigt wäre.

»Lass sie weinen.« Madame Cassel steht auf und reicht mir ein Taschentuch, das sich irgendwie materialisiert hat. Sie tätschelt meine Schulter, während ich mir die Nase putze. »Jacques sagt, du hast Schwierigkeiten mit der Familie. Bleib doch hier! Fühl dich wie zu Hause«, sagt sie und zeigt auf eins der Sofas.

»Wirklich?«, bringe ich unter Tränen hervor. Madame Cassel nickt. Meine Dankbarkeit ist so gewaltig, dass ich sie beinahe umarme – so, als wäre sie meine eigene Mutter. Plötzlich geht mir auf: Ich mag noch so wütend auf Mom sein und Mom mag noch so viele Geheimnisse vor mir bewahrt haben, ich brauche sie. Besonders heute an meinem Geburtstag. Nach allem, was passiert ist, will ich ihre vertraute, beruhigende Stimme hören.

»Ich bin dann unten im Café«, sagt Jacques. Er gibt mir einen schnellen Kuss auf die Wange – unter den Adleraugen seiner Mutter – und sagt, dass er nach seiner Schicht zu mir kommen wird. Ich mache mich darauf gefasst, mich verlassen zu fühlen, als er weggeht, aber das tue ich nicht.

»Haben Sie ein Telefon, das ich benutzen könnte?«, frage ich Madame Cassel, die sich wieder mit ihren Rechnungen und Quittungen beschäftigt. »Es ist ein Auslandsgespräch, aber ich bezahle das ...«

»*Bof.*« Sie wedelt mit der Hand. »Du kannst das Telefon in Hélènes Zimmer benutzen, wenn du für dich sein möchtest.« Sie zeigt den Flur hinunter. Ich danke ihr überschwänglich und gehe.

Auf dem Weg komme ich an Jacques' Zimmer vorbei, ich vermute jedenfalls, dass es sein Zimmer ist. Fußballplakate überall an den Wänden, Kochbücher stapeln sich auf den Regalen. Ich bleibe in der offenen Tür stehen und spüre ein kleines Flattern im Bauch. Ich hatte davon geträumt, irgendwann in diesem Sommer mal Jacques' Zimmer, sein Zuhause, sehen zu dürfen. Aber ganz bestimmt nicht unter diesen Umständen. Das Leben ist seltsam.

Hélènes Zimmer ist so klein wie meine Kammer bei Dad, aber viel einladender – mit französischen Filmplakaten an den Wänden und einer leuchtend gelben Decke auf dem Bett. Vorsichtig setze ich mich aufs Bett und nehme das schnurlose Telefon vom Nachttisch.

Ich gebe die Vorwahl ein, die ich auf Moms Geheiß vor meiner Abreise auswendig gelernt habe, und dann die Nummer von unserem Festnetzanschluss. Ich bin ein bisschen nervös und frage mich, wie Mom wohl auf das reagieren wird, was ich zu sagen habe. Wird sie in die Defensive gehen, aufgelöst sein – oder Dampf ablassen? Aber ich will unbedingt ehrlich mit ihr sein – ich will, dass wir beide ehrlich miteinander sind. Kein Wunder, dass Mom sich manchmal so seltsam benommen hat, kein Wunder, dass sie so überfürsorglich war. Dieses Geheimnis muss eine enorme Last für sie gewesen sein.

Das Rufzeichen ist zu hören. Ich kann nicht klar denken, als ich auszurechnen versuche, wie spät es bei ihr ist. In Hudsonville müsste es eigentlich so gegen neun Uhr morgens sein. Da ist Mom noch nicht auf dem Campus.

Endlich meldet sie sich. »Hallo?«

Ich hole tief Luft. »Hier ist Summer«, sage ich.

»Herzlichen Glückwunsch zum Geburtstag«, ruft Mom. Sie klingt ganz erfreut, scheint aber irgendwie zu ahnen, dass etwas im Busch ist. »Was hast du heute denn schon alles gemacht …?«

»Mom«, unterbreche ich sie. Ich schlucke. »Ich weiß es. Ich weiß Bescheid über Dad. Er hat es mir gesagt.«

»Oh«, sagt sie leise, ganz geknickt. Aber ich könnte schwören, dass sie irgendwie auch erleichtert klingt.

* * *

Später an diesem Abend, nachdem Mom und ich uns ausgesprochen haben, nachdem wir beide geweint und gewütet und uns entschuldigt und vieles erklärt haben, nachdem Mom angeboten hat, mich früher nach Hause fliegen zu lassen und ich ihr gesagt habe, dass ich ehrlich gesagt noch nicht weiß, was ich tun will, esse ich mit Jacques und seinen Eltern zu Abend.

Wenn der Ansturm vorbei und das Café geschlossen ist, essen sie immer an einem Tisch in Küchennähe. Monsieur Cassel serviert uns einen einfachen Nudelsalat mit frischem Mais, Tomaten, hart gekochten Eiern und Gurkenscheiben mit einem Schuss Olivenöl und Salz, dazu Bauernbrot und Butter. Mein Appetit ist endlich wieder da – ehrlich gesagt, bin ich völlig ausgehungert, nachdem ich den ganzen Tag nichts gegessen habe. Ich schlinge mein Essen herunter und bedanke mich währenddessen bei Monsieur Cassel.

Mittlerweile ist klar, dass Jacques seinen beiden Eltern erzählt hat, dass ich »Familienprobleme« habe. Monsieur und Madame Cassel sind besonders nett und aufmerksam und schenken mir immer wieder sprudelndes Mineralwasser nach, sobald der Pegel in meinem Glas sinkt – und am Ende der Mahlzeit holen sie mit viel Trara meinen Geburtstagskuchen aus der Küche.

Als Jacques und seine Eltern zur Melodie von *Happy Birthday* für mich *Joyeux anniversaire* singen, denke ich darüber nach, wie seltsam und surreal das alles ist, nicht mit Mom oder Ruby oder gar Dad zu feiern – der hier ist, in dieser Stadt –, sondern mit einer fremden Familie, die viel heiler ist als meine je war.

Aber heute war alles seltsam und surreal. Irgendwie passt das also.

Ich mache mich über ein Stück von Jacques' sehr leckerer Vanillecremetorte her und will ihm gerade zu seinen Kochkünsten gratulieren, als er zu mir sagt: »Ich habe mit Eloise gesprochen.«

Ich verschlucke mich, huste ein bisschen und Madame Cassel klopft mir hilfreich auf den Rücken.

»Wann?« Ich funkele Jacques an.

Jacques reagiert mit seinem sachlichen Schulterzucken. »Sie war heute Abend im Café«, erklärt er. »Nicht mit Colette und Thomas. Allein. Sie hat gesagt, ihr Vater – euer Vater…« Dieses Mal hustet Jacques, seine Wangen laufen rot an. Madame und Monsieur Cassel wechseln Blicke, und ich frage mich, wie viel sie wissen. »Er macht sich große Sorgen, weil er nicht weißt, wo du bist.«

»Gut«, murmele ich und starre das Stück Kuchen auf meiner Gabel an. Soll Dad sich doch Sorgen machen. Soll er sich furchtbar fühlen.

Jacques trinkt einen Schluck Wasser. »Eloise dachte, du könntest hier sein, bei mir, deshalb ist sie hergekommen.« Er guckt mich an. »Sie war auch ganz aufgelöst.«

»Gut«, sage ich wieder, obwohl sich plötzlich Gewissensbisse melden. Ich lege die Gabel hin. »Was hast du ihr gesagt?«, frage ich.

»Die Wahrheit«, sagt Jacques mit einem weiteren Achselzucken. »Dass du oben in der Wohnung meiner Familie bist und deinen Vater nicht sehen willst. Also ist sie wieder gegangen.«

»Oh«, sage ich, erleichtert darüber, dass Jacques Eloise nicht nach oben geschickt hat, um mich zu holen. »Ich will ihn immer noch nicht sehen«, stelle ich klar und schiebe meinen Teller weg. »Oder die anderen.«

Ein schwacher Ventilator am Fenster bepustet uns mit warmer Luft, draußen im Dunkeln sehe ich Leute den Boulevard du Temps entlangschlendern, Eis leckend und lachend, sie könnten mir nicht fremder sein.

Madame Cassel räuspert sich. Sie und ihr Mann wechseln wieder einen Blick. »Wenn du immer noch so aufgewühlt bist, *chérie*«, sagt sie, »bist du herzlich willkommen, bei uns zu übernachten. Hélènes Zimmer ist frei, wie du weißt.«

So weit hatte ich gar nicht gedacht. Ich hab nicht weiter gedacht als bis zu diesem Moment. Schlaff sitze ich auf dem Weidenstuhl, mir ist bewusst, dass ich mich den Cassels ganz schön aufdränge. Und bei der Vorstellung, bei Jacques zu Hause zu übernachten, wird mein Gesicht ganz heiß. Aber Madame Cassels Angebot macht mich ganz schwach vor Erleichterung. Je länger ich mich irgendwo verstecken kann, desto besser.

»Du kannst Dad nicht für immer aus dem Weg gehen, weißt du«, hatte Mom am Telefon gesagt, als ich ihr erklärt hatte, von wo ich anrief (das bedeutete, dass ich auch ganz kurz auf Jacques zu sprechen kommen musste, aber zum Glück ist Mom nicht zu lange an diesem Punkt hängen geblieben). »Selbst wenn du beschließen solltest, morgen wieder zurück nach Hudsonville zu fliegen«, hatte sie gesagt, »wirst du ihm trotzdem gegenübertreten müssen.«

Aber nicht heute Abend, denke ich. Ich will gern über Nacht bleiben und bedanke mich tausend Mal bei den Cassels. Während Jacques' Eltern die Teller und Kuchenreste abräumen, fällt mir auf, dass Jacques sich irgendwie ein bisschen unbehaglich zu fühlen scheint. Will er nicht, dass ich bleibe? Er kam mir etwas distanziert vor, nicht so wie sonst. Vielleicht weil wir bis heute immer nur unbeschwert zusammen waren und Spaß hatten, nichts als Mohnfelder und Mopedfahrten. Und dann komme ich mit dieser Düsternis hier reingefegt – wie eine Regenwolke mitten im Sommer.

Während Monsieur Cassel sich daranmacht, das Café abzuschließen, gehe ich mit Jacques und seiner Mutter nach oben. Jacques sagt, er sei völlig erledigt – er sieht auch fertig aus, bestimmt von all dem Drama. Er küsst mich schnell auf die Wange, ehe er zum Schlafen in sein Zimmer geht. Als Madame Cassel mir eine Zahnbürste gibt, bedanke ich mich noch mal für ihre wahnsinnige Gastfreundschaft und sie sagt »*Bof*« und scheucht mich davon.

In Hélènes Zimmer lasse ich mich in meinem blauen Glückskleid auf das gelbe Bett fallen. Ich bin zu müde, um im Schrank nach einem Nachthemd oder Pyjama zu suchen, die ich mir ausleihen könnte. Ich mache die Augen zu und denke an mein leeres Zimmer in Dads Haus, das karge Bett, Viviennes surrealistisches Gemälde an der Wand, den Mondschein, der durchs Fenster fällt. Was passiert im Rest des Hauses? Ist Eloise nach ihrem Cafébesuch noch wach?

Ich wälze mich auf den Bauch. Der Schlaf will nicht kommen ... Ich überlege, ob ich Mom noch mal anrufen soll, aber ich will die Telefonrechnung der Cassels nicht überstrapazieren. Ich wünschte, ich könnte Ruby eine Nachricht schicken. Trotz allem, was gewesen ist – dass ich ihr *#doubledate* auf Instagram gesehen hab und wir so ewig nicht miteinander geredet haben –, vermisse ich sie. Ich weiß jetzt, dass ich allein zurechtkommen kann, ohne sie. Dass ich ihre Beratung – man könnte auch sagen Bevormundung – nicht bei jedem Schritt brauche. Aber es wäre schön, wieder etwas von ihr zu hören.

Endlich dämmere ich weg und ich träume von Ruby und zu Hause. Ich träume, dass Ruby und ich vor dem *Better Latte* stehen, und auf der anderen Straßenseite glitzert der Hudson River in der Sonne. Ich träume, dass Hugh Tyson auf dem Rad vorbeifährt und dass wir uns anlächeln. Ich träume, dass ich mit Mom vorne auf unserer Veranda sitze, über uns die Sterne.

Als ich aufwache, kriecht das Morgenlicht durchs Fenster. Und ich bin zu einer Entscheidung gekommen – endlich einmal ohne viel Hin und Her. Ich werde früher nach Hudsonville zurückfahren. Vielleicht sogar heute noch, wenn ich einen Flug kriege. Aber nicht, weil ich vor Dad weglaufen will. Im Gegenteil, ich weiß, dass ich ihm jetzt ernsthaft gegenübertreten muss.

Ich reibe mir die Augen, verlasse Hélènes Zimmer und tapse durch die stille, dämmerige Wohnung. Ich putze mir die Zähne und tu mein Bestes, mir mit den Fingern die Haare zu kämmen. Als ich aus dem Bad komme, renne ich fast Jacques über den Haufen.

»*Salut*«, sagt er mit einem verschlafenen Lächeln. Er sieht hinreißend aus in seinen Boxershorts und dem dünnen grauen T-Shirt.

»Guten Morgen«, antworte ich und lächele zurück. »Habe ich dich geweckt?«

Er schüttelt den Kopf, die dunklen Haare fallen ihm ins Gesicht. »*Non*. Ich wache jeden Morgen zur selben Zeit auf.« Er macht eine Pause. Wie verschieden wir sind, denke ich. Jacques ist trotz seiner Lässigkeit so pünktlich und ich ... na ja ... bin ich. »Geht es dir besser?«, fragt er.

Ich mache eine vage Handbewegung und wiederhole die französische Redewendung, die ich von ihm gelernt habe.

»*Comme ci comme ça*.« Jacques lacht. »Aber, danke«, füge ich hinzu. Ich schaue ihn ernst an. »Dass du mir gestern durch den Tag geholfen hast.«

Jacques zuckt mit den Schultern. »Ich bin froh, dass ich helfen konnte«, sagt er, aber ich merke, dass das alles ein bisschen zu viel für ihn war. Er sieht immer noch erschöpft aus.

»Und danke für alles andere«, sage ich. »Für unsere Abenteuer.«

Jacques lächelt und zeigt seine Grübchen. Wir stehen im Flur und schauen einander an. Ich weiß, ich bin ungepflegt und unausgeschlafen, mein Kleid ist zerknittert und meine Haare sind ein echtes Problem. Trotzdem spüre ich dieses Knistern zwischen uns, das alte Knistern, das vor gestern Nachmittag da war.

Dann ist es weg, genauso schnell wie es gekommen ist. Es verglüht wie eine Wunderkerze.

»Willst du nach Hause?« Jacques streicht sich mit der Hand durch die wirren Haare.

Ich nicke. Keine Ahnung, ob er Dads Haus meint oder mein Zuhause, aber ich stelle nichts klar. Wie dem auch sein mag, das hier fühlt sich an wie ein guter Abschied.

In einer anderen Welt, in der ich nichts von Dad und seiner geheimen Familie geahnt hätte, wären die Dinge mit Jacques vielleicht anders gelaufen. Ich wäre in Frankreich geblieben und wir wären zusammen nach Paris gefahren. Wir hätten uns vorm Eiffelturm geküsst. Vielleicht hätte ich ihn als meinen *»petit ami«* bezeichnet, meinen Freund. Mein Herz klopft heftig bei all diesen Was-wenns. Aber dann lächele ich Jacques traurig an. Vielleicht wäre auch gar nichts davon passiert.

»Au revoir«, sage ich zu Jacques, ich gehe ganz nah an ihn heran und nehme seine Hand.

»À bientôt«, sagt er, was »bis bald« bedeutet, wie ich inzwischen weiß. Das ist weniger endgültig. Und es stimmt, wer weiß, was die Zukunft bringt?

Jacques führt meine Hand zum Mund und küsst sie. Dann beugt er sich über mich und küsst mich richtig. Ich erwidere den Kuss und schlinge die Arme um seinen Hals. Ich versuche mir einzuprägen, wie seine Lippen sich anfühlen und seine Haare unter meinen Händen. Ich glaube, ich werde nichts davon vergessen.

Nach dem Kuss lege ich eine Weile den Kopf an Jacques' warme Brust. Dann gehe ich zur Wohnungstür und bitte Jacques, seinen Eltern meinen Dank auszurichten.

»Hoffentlich läuft mit deiner Familie alles gut«, sagt Jacques, als ich aus der Wohnung trete.

Das hoffe ich auch, denke ich und gehe die Wendeltreppe runter.

Durchs Café, das Monsieur Cassel gerade öffnet, laufe ich nach draußen. Alle Cafés am Boulevard machen jetzt auf, sehe ich, die Besitzer klappen die Roste hoch und spritzen das Pflaster mit Seifenwasser ab. Das Morgenlicht überzieht alles mit einem Hauch von Rosa.

Ganz melancholisch mache ich mich auf meinen Weg (Les Deux Chemins fehlt mir jetzt schon, obwohl ich noch hier bin), vorbei an der mit einem Gitter verschlossenen Boutique mit den hübschen Kleidern im Schaufenster, vorbei an dem Tabac mit dem unbeleuchteten roten Schild. Die Kirchenglocke schlägt sieben. Als ich am Amorbrunnen um die Ecke biege, strecke ich die Hand aus, um Wassertropfen aufzufangen – als ob das Glück bringen könnte.

Die Rue du Pain ist verschlafen, man hört nur Vogelgezwitscher. Mein Magen zieht sich zusammen, als ich mich Dads Haus nähere. Ich sehe, dass die Bäckerei geöffnet ist – und rieche das frische Brot –, also husche ich rein. Allerdings habe ich gar keine Euros mitgenommen, sodass ich kein Pain au Chocolat kaufen kann – ich glaube, ich wollte nur etwas Zeit schinden.

Bernice hat am Ofen zu tun, und ich denke an diese Skizze von Dad, die ich nicht finden konnte. Als sie mich bemerkt, lächelt sie und sagt: »*Bonjour*, Summer!« So, als wäre alles wie immer. Und für sie ist das auch so. Egal, was im Universum auch in die Brüche geht oder einstürzt, Bernice wird hier sein und frisches Brot aus dem Ofen holen. Das ist tröstlich.

Ehe Bernice noch nach einem Pain au Chocolat für mich greifen kann, läutet die Glocke über der Tür. Ein Schwall früher Kunden kommt herein und palavert auf Französisch etwas von Baguettes und Croissants. Ich nutze die Gelegenheit und schlängele mich zwischen den Leuten hindurch, wie ein Fisch durchs Wasser – und wieder nach draußen. Dort straffe ich die Schultern und gehe über die Straße zu Dads Haus.

TEIL SECHS

Doppelleben

Mittwoch, 19. Juli, 7:59 Uhr

Eins und zwei und …

Ich liege auf meinem Bett, die Decke ans Fußende gestrampelt, die Klimaanlage surrt. Ich bin angespannt und zähle die Minuten, bis der Wecker auf meinem Nachttisch plärrt. Bis dahin, sage ich mir, kann ich in diesem nebelhaften Schwebezustand zwischen Schlafen und Wachen verharren. Ich kann die Gedanken an das, was Mom mir gestern Abend über Dad und seine … diese anderen Leute da drüben in Frankreich erzählt hat, hinauszögern.

Vierundzwanzig und fünfundzwanzig …

Ich drehe mein Kissen auf die kühle Seite. Ich hab tatsächlich von Frankreich geträumt. Zumindest glaube ich, dass es Frankreich war. Ich bin durch einen Garten gegangen, der von Rosenbüschen und Lavendel gesäumt war, und habe ein Croissant gegessen. Dann habe ich einen schimmernden Pool entdeckt, mich übers Wasser gebeugt, um mein Spiegelbild zu betrachten, und ein Mädchen mit wirren blonden Haaren gesehen, aber sie sah nicht genauso aus wie ich, eher wie ein leicht verzerrter Zwilling von mir. Während ich sie anstarrte, wurden ihre Augen und ihr Mund zu gähnenden schwarzen Löchern – und dann bin ich jäh aufgewacht, mit rasendem Herzen, eine Minute bevor der Wecker klingeln sollte.

Achtunddreißig und neununddreißig und …

Ich drehe mich auf die Seite und schaue mich im dämmrigen Zimmer um. Wenigstens das hat sich nicht verändert. Die schiefen Bücherstapel sind noch da. Und der kaputte Spiegel. Das Degas-Poster mit den Ballerinas und das Renoir-Poster mit den beiden Schwestern. Wenn das gepunktete Kleid nicht wäre oder der Fotoband von Max und das gerahmte Foto von Tante Lydia auf meinem Schreibtisch, dann könnte ich so tun, als wäre mein Geburtstagsessen – und alles, was danach kam – nie passiert.

Achtundfünfzig und neunundfünfzig und …

Ich höre ein ganz leises Klicken und dann dröhnt das Radio auf meinem Nachttisch los. Das hatte ich zwar erwartet, aber ich bekomme trotzdem einen Schreck.

»Aufstehen, Hudsonville! Ihr hört ›Bob und Bob am Morgen‹. Sieht ganz so aus, als ob heute ein glühend heißer Tag vor uns liegt mit Höchsttemperaturen über dreißig Grad und einer Luftfeuchtigkeit, die total verrücktspielt. Und es ist kein Regen in Sicht, der uns Erleichterung verschaffen könnte …«

Ich haue auf den Knopf und bringe das Gequassel zum Verstummen. Die Klimaanlage pustet pflichtschuldig ihren kalten Atem in den Raum, trotzdem spüre ich, wie die Gluthitze des Tages ins Haus kriecht.

Eigentlich löst diese Julihitze und die Aussicht auf einen knallheißen Tag bei mir immer freudige Erwartung aus. Je heißer es ist, desto mehr ist Sommer. Normalerweise kann ich mir nichts Besseres vorstellen, als an so einem Tag in meine Flipflops zu schlüpfen und hinaus in den Sonnenschein zu laufen.

Aber heute bin ich nicht wild drauf, der Welt gegenüberzutreten. Ich setze mich im Bett auf und kratze den riesigen Mückenstich an meinem Arm. Heute wäre ich lieber ein Krebs mit einem dicken Panzer, der sich im Sand vergraben kann.

Es klopft und Mom steckt den Kopf zur Tür herein, ehe ich ein Wort sagen kann. Typisch Mom.

»Wie geht es dir, mein Schatz?«, fragt sie leise. »Konntest du schlafen? Ich habe deinen Wecker gehört.«

Es ist offensichtlich, dass Mom selbst keinen Schlaf bekommen hat. Ihr Gesicht ist blass und abgespannt und sie hat dunkle Ringe unter den Augen. Sie trägt immer noch das Kleid von gestern Abend und ist barfuß.

Nachdem wir aus dem *Orologio's* nach Haus gekommen waren, bin ich sofort in mein Zimmer getaumelt und Mom ist in die Küche gegangen und hat Kaffee gekocht. Dass sie gar nicht erst versuchen würde, ins Bett zu gehen, war mir überhaupt nicht in den Sinn gekommen. Offenbar verfolgt diese Sache uns beide.

»Ich hab geschlafen«, antworte ich. Ein kleiner Schauer überläuft mich, als ich an meinen Albtraum denke.

»Du musst sehr müde gewesen sein.« Mom macht meine Tür weiter auf. Ich sehe, dass Ro bei ihr ist, wie könnte es anders sein, er steht mit hoch erhobenem Schwanz wachsam neben ihr. Ich gucke ihn finster an, es macht mich sauer, dass er Mom so bevorzugt.

Und auf Mom bin ich auch sauer. Noch immer.

Aber dann tapst Ro völlig unerwartet in mein Zimmer und springt auf mein Bett. Er schmiegt sich geradewegs an meine Seite, rollt sich zusammen und schnurrt. Geschockt gucke ich auf sein orangefarbenes Fell. Hat er vielleicht auf magische, katzenartige Weise gespürt, dass ich heute Morgen eine Extraportion Freundlichkeit vertragen kann?

»Guck dir das an«, sagt Mom lachend. Sie setzt sich auf mein Bett. Ro liegt zwischen uns. Mom guckt mich mitfühlend an und ich versteife mich. Hoffentlich erwartet sie jetzt nicht, dass wir uns gegenseitig das Herz ausschütten. Dazu ist mein Herz viel zu aufgewühlt, viel zu verletzt und voller Verwirrung.

Aber Mom schneidet das Thema nicht an, das wie ein Schatten über uns liegt. Stattdessen fragt sie: »Fühlst du dich fit genug für den Kurs?«

Stimmt. In einer Stunde habe ich Fotokurs. Deshalb habe ich gestern Abend automatisch den Wecker gestellt, bevor ich mit verheulten Augen ins Bett gekrochen bin.

Ich schaue auf den Boden, wo meine Büchertasche liegt, mit halb offenem Reißverschluss, die Nikon guckt raus. Ich liebe den Fotokurs, stelle ich fest, die

Bearbeitung von Fotos mit Photoshop und das Entwickeln von Filmen in der Dunkelkammer finde ich total aufregend, und es fasziniert mich, etwas über die Geschichte des Fotografierens zu lernen. Als mir einfällt, dass Lydia mich ihre beste Schülerin genannt hat, fühle ich mich wieder geschmeichelt. Da möchte ich mich im Kurs gleich noch viel mehr anstrengen.

Nur kann ich mir heute so gar nicht vorstellen, auf den Campus zu schlendern und Max zuzuwinken, als ob er das Drama beim *Orologio's* nicht miterlebt hätte, und mich neben Wren zu setzen, der ich so was Großes nicht anvertrauen würde. Dazu bin ich noch nicht bereit. Und dann noch Hughs leeren Tisch zu sehen und mir zu wünschen, er wäre hier und nicht mit seinen Eltern in Washington D.C.... Auch wenn es vielleicht besser so ist. Und dann natürlich meine Tante zu sehen, die das Fass mit Dads Geheimnis aufgemacht und die Wahrheit ans Licht geholt hat ...

»Nein«, krächze ich schwach. »Ich glaube, ich brauche einen freien Tag.«

Ich rechne damit, dass Mom mir Vorhaltungen macht, von wegen Pflichtbewusstsein und wie wichtig so was ist, denn wenn Schule ist, lässt sie mich auch nie zu Hause bleiben, es sei denn, ich bin richtig krank. Aber sie nickt verständnisvoll.

»Ich überlege auch, ob ich meinen Nachmittagskurs nicht absagen soll«, sagt sie gähnend. »Damit ich ein Nickerchen machen kann.« Sie streichelt Ros Kopf und guckt mich mit einem kleinen Lächeln an. »Oder möchtest du was unternehmen? Ins Kino gehen vielleicht?«

Ich schüttele den Kopf. Glaubt Mom wirklich, dass alles wieder so werden kann wie vorher? Wie sollen wir denn weitermachen, jetzt, wo ich dieses Wissen habe? Plötzlich werde ich ganz kribbelig, so, als hätte sich der Mückenstich über meinen ganzen Körper ausgebreitet. Am liebsten würde ich vom Bett springen und abhauen. Flüchten. Aber wo soll ich hin? Nach New York, wo ich in der anonymen Menschenmenge untergehen kann?

Ich weiß! Ich könnte nach Frankreich fliegen. Ich stoße ein kurzes, leicht irres Lachen aus.

Mom guckt mich mit gerunzelter Stirn an. Ehe sie mich fragen kann, warum ich grundlos lache, klingelt das Handy auf meinem unordentlichen Schreibtisch.

»Wer ruft denn um diese Zeit an?«, murmele ich und rutsche vom Bett. Ich gebe mich ganz kurz dem Tagtraum hin, dass es Hugh sein könnte. Realistischer ist wahrscheinlich, dass Tante Lydia sich erkundigen will, wie's mir geht.

Ich schnappe mir das Telefon – und was ich auf dem Display sehe, lässt mir den Atem stocken.

Unbekannt.

Genau wie vor Wochen am Flughafen.

Ich weiß ohne jeden Zweifel, dass Dad wieder anruft.

Und auch diesmal gehe ich ran.

Es knistert, das typische Geräusch von Verbindungen, die über Ozeane hinweg geknüpft werden.

»Hallo?«, sage ich und presse das Telefon ans Ohr. Ich spüre, wie Mom und Ro mich vom Bett aus beobachten.

»Summer?«, sagt Dad. Seine Stimme klingt heiser und ganz fertig, so, als hätte er auch nicht geschlafen. »Bin ich froh, dass ich dich erreicht habe.«

Warum? Mein Herz hämmert. Weiß er denn, dass ich über ihn – und sie – Bescheid weiß?

Oder ist er völlig ahnungslos und ruft nur an, weil er ein verspätetes *Herzlichen Glückwunsch zum Geburtstag, mein Schatz* loswerden will?

»Schatz«, fährt Dad fort – und ich höre genau, wie nervös er ist. Ein Feuerzeug klickt und er atmet aus. Er raucht! Ich wusste nicht mal, dass er raucht. Vermutlich ist das sehr französisch von ihm. »Wie ich gehört habe, hast du erfahren, dass ich viele Jahre in einigen Dingen nicht ganz die Wahrheit gesagt habe.«

So drückt er das aus? Die Wut kocht in mir hoch. Dad ist doch ganz Künstler, oder? Er vertuscht die Tatsachen, schafft etwas Hübsches aus dem Nichts. Der Begriff Verschleierungskünstler kommt mir in den Sinn. Der passt zu ihm, besser als jedes andere Label, das man dem großen Ned Everett aufdrücken kann.

»Wie … woher weißt du das?«, frage ich mit knirschenden Zähnen. Automatisch gucke ich rüber zu Mom, die mich schuldbewusst beäugt.

»Deine Mutter hat mich vor ein paar Stunden angerufen«, sagt Dad. Ganz kurz überlege ich, wie spät es wohl in Frankreich sein mag, aber ich bin zu aufgewühlt zum Nachrechnen. »Allerdings musste ich erst den Mut aufbringen, dich anzurufen, mein Schatz«, gibt er mit einem kleinen Lachen zu. So, als wäre das alles ein komisches kleines Missgeschick.

»Ich lasse dich in Ruhe telefonieren«, flüstert Mom mir zu und steht mit Ro in den Armen auf. Ich funkele sie an, will ihr zu verstehen geben, dass sie bleiben soll, aber sie sieht zu, dass sie aus meinem Zimmer kommt. Dann höre ich ihre Schlafzimmertür ins Schloss fallen.

»Ich bin nicht besonders mutig, weißt du«, sagt Dad am anderen Ende der Leitung. »Deshalb hab ich gekniffen und dir gesagt, du sollst nicht nach Frankreich kommen.« Er holt tief Luft. »Aber ich war wirklich in Berlin, als ich dich am Flughafen angerufen habe. Jetzt bin ich wieder in Frankreich.« Er faselt. »Die Sache ist nur, ich hab Angst gekriegt, dass es vielleicht doch zu früh für dich sein könnte, die Wahrheit zu erfahren. Da bin ich in Panik geraten.« Er macht eine Pause. »Es tut mir leid.«

Meine Gedanken wirbeln durcheinander. Entschuldigt er sich jetzt dafür, dass er mir so plötzlich abgesagt hat? Oder für ... alles? Ich spüre, dass er endlich ehrlich und offen ist. Aber reicht das? Nein. Tut es nicht. Ein *Tut mir leid* kann meinen Schock über die düstere Wahrheit nicht wegwischen. Ein *Tut mir leid* kann nichts daran ändern, dass ich nicht *FILLE* bin – und auch nie war.

»Ich muss jetzt Schluss machen«, platzt es aus mir heraus. Ich hab das Gefühl, mir wird die Luft abgedrückt. Die Klimaanlage hat mein Zimmer in eine Kühltruhe verwandelt. Ich könnte hier erfrieren, mitten im Sommer. »Ich kann nicht weiter mit dir telefonieren«, sage ich.

»Summer, bitte«, bettelt mein Vater. »Leg nicht auf. Wir müssen miteinander reden. Das haben wir bis jetzt nicht getan. Das war das Problem …«

»Nein«, blaffe ich. Ich zittere. Noch nie habe ich meinen Vater angeblafft, aber heute scheinen keine Regeln zu gelten. »Das Problem ist, dass du gelogen und betrogen hast.«

Dad schweigt, und ich frage mich schon, ob er mich anbrüllen wird, weil ich ihm nicht mit dem nötigen Respekt begegne – oder ob er jetzt auflegt. Wenn er das doch tun würde. Stattdessen murmelt er: »Vielleicht ist es besser, wenn wir das hier über Skype machen. Dann können wir uns wenigstens sehen. Und du könntest sogar«, er räuspert sich, »wenn du willst, dann könntest du Eloise sehen. Und Vivienne. Vielleicht ist dann alles etwas … realer.«

Mir wird ganz schlecht. Vivienne. So heißt die Frau also, die Malerin aus Paris. Und Eloise, das ist … sie. Die Person, die ich aus meinen Gedanken ausgesperrt habe. Ich will nicht mal wissen, wie sie aussieht. Bilder von blonden Locken und blauen Augen ziehen durch meinen Kopf, eine Collage aus Fotos vom Gemälde.

Stopp.

Ich mache dicht, mit einem Knall, so, als würde ich ein Fenster zuschlagen.

»Ich will nicht, dass es real ist«, sage ich. Und ehe ich schwach werde und er noch etwas anderes sagen kann, lege ich auf.

Ich stehe vor meinem Schreibtisch und versuche zu atmen. Ich gucke auf das Telefon in meinen zitternden Händen und bereue, dass ich überhaupt rangegangen bin. Was wäre passiert, wenn ich Dads Anruf am Flughafen ignoriert hätte? Wahrscheinlich wäre ich nach Frankreich geflogen und dort mit allem konfrontiert worden, was ich jetzt auszublenden versuche.

Aber die Wahrheit hat mich eingeholt, so oder so.

Zerstreut scrolle ich durch meine Nachrichten und sehe den Geburtstagsgruß, den Ruby mir gestern Abend geschickt hat. Ich lese ihn noch mal: *Herzlichen Glückwunsch. Ich hoffe, wir können bald reden.*

Trotz allem wird mir klar, was ich heute machen will.

Ich setze mich auf die Bettkante und fange an zu tippen.

* * *

Bestimmt herrschen 38 Grad, als ich gegen Mittag nach draußen gehe. Ich bin froh, dass ich Sonnencreme in meiner Büchertasche und Kühlelemente zu den belegten Broten gelegt habe. Meine Haare sind hochgesteckt und ich trage ein blaues Tanktop, Shorts, meine Sonnenbrille und Flipflops. Nach reiflicher Überlegung habe ich auch wieder eins der geflochtenen Armbänder ums Handgelenk gebunden. Nur eins. Das kam mir vor wie ein Kompromiss.

Ich steige aufs Rad und schaue mich um zu unserem stillen Haus. Bevor ich rausgegangen bin, habe ich einen Blick in Moms Zimmer geworfen, sie lag im Bett und schlief fest. Sie wirkte so friedlich mit Ro, der sich an ihren Füßen zusammengerollt hatte. Für sie muss es irgendwie eine Erleichterung sein, dass das lange gehütete Geheimnis endlich rausgekommen ist.

Schweiß rieselt mir den Nacken runter, als ich die Rip Van Winkle Road zum Deer Hill hochradele, die Zikaden zirpen. Ich biege rechts auf den Deer Hill ab und dann links in die Washington Irving Road, in der Tante Lydia wohnt. Ich fahre an ihrem großen weißen Haus vorbei, dem Haus, in dem sie und Mom aufgewachsen sind. Komisch, der Gedanke, dass sie beide in Hudsonville aufgewachsen und dann als Erwachsene wieder hierher zurückgekehrt sind, um hier zu arbeiten und zu leben, nachdem ihre Eltern runter nach Florida gezogen waren.

Eigentlich hatte Tante Lydia meine Eltern miteinander bekannt gemacht. Dad, ein junger, vielversprechender Künstler aus Ohio, kam als Gastdozent in den Fachbereich Visuelle Kunst des Colleges von Hudsonville. Mom behauptet, Lydia habe ihm sofort Moms

Telefonnummer gegeben, weil sie wusste, dass die beiden sich ineinander verlieben würden. Und das hatten sie vermutlich auch getan. Obwohl Mom so ernst und ordentlich war – und Dad so locker und unbekümmert.

Als ich von der Washington Irving Road in die Pine Street abbiege, überlege ich, ob Lydia sich wohl schuldig fühlt, weil sie Dad in Moms Leben gebracht hat … Also, wenn man bedenkt, was dabei rausgekommen ist. Hätte sie es nicht getan, würde es mich nicht geben. Dieser Gedanke lässt mich trotz der Hitze frösteln.

Am Pine Park angekommen, lehne ich mein Rad an den Zaun und gehe mit der Tasche über der Schulter auf den Rasen. Nur eine Handvoll Leute sind hier, ein paar Kinder, die im Schatten der Pinien Fangen spielen, und ein Eisverkäufer. Libellen flitzen um die leere Orchestermuschel herum.

Ich schüttele meine Wolldecke aus der Tasche und breite sie auf dem frisch gemähten Gras aus. Dann setze ich mich hin und verteile Sonnencreme auf meinen nackten Armen und Beinen. Und gerade als ich die Brote aus der Tasche holen will, höre ich eine vertraute Stimme.

»Du bist pünktlich.«

Ich schaue auf und sehe Ruby auf die Decke zugehen, sie schützt die Augen vor der Sonne. Sie trägt ihre Plateausandalen, einen Schlapphut mit breiter Krempe und Shorts, in die sie das fliederfarbene Tanktop gesteckt hat. Ihre braune Schürze hat sie offenbar für die Dauer ihrer Mittagspause im *Better Latte* liegen lassen.

»Ausnahmsweise mal«, antworte ich und lächele ein bisschen, weil ich einfach nicht anders kann.

Ruby erwidert dieses kleine Lächeln und setzt sich vorsichtig neben mich. Die Erinnerung an unseren Streit hängt zwischen uns in der dunstigen Luft.

»Das ist unfair! Du hast mich geschubst!«, brüllt eins der Kinder auf dem Rasen. Der Eisverkäufer gähnt und guckt auf sein Handy.

»Und?«, fragt Ruby nach einer Weile. Sie nimmt den Hut ab und fährt mit der Hand durch ihr glattes dunkles Haar. »Was ist das für ein Gefühl, sechzehn zu sein?«

Ich reiche ihr eine kalte Flasche Wasser und ein in Alufolie gepacktes belegtes Brot. »Anders«, antworte ich, und es stimmt wirklich. Ich fühle mich älter. Und nicht nur, weil ich um ein Jahr gealtert bin.

Ruby nickt mir zu, langsam packt sie ihr Sandwich aus. Sie ist im April sechzehn geworden. Ihr Sternzeichen ist Stier, der Draufgänger. Aber heute wirkt sie deutlich verhaltener, längst nicht so draufgängerisch wie sonst.

Ich wickele mein eigenes Sandwich aus und nehme einen großen Bissen. Ich hab alles draufgetan, was ich im Kühlschrank finden konnte: Pute, Avocado und Kopfsalat – auf Vollkornweizenbrot. Es schmeckt gut. In den vergangenen Sommern haben Ruby und ich regelmäßig im Pine Park gepicknickt und uns beim

Brotemitbringen immer abgewechselt. Wenn ein Eisverkäufer im Park war, haben wir uns zum Nachtisch Eis geholt, und dann haben wir uns bis auf die Badeanzüge ausgezogen, Sonnencreme aufgetragen und uns auf der Wolldecke braten lassen.

Jetzt sind wir wieder hier, auf der Wolldecke, aber abgesehen von den Sandwiches und dem Kokosgeruch der Sonnencreme auf meiner Haut hat sich alles verändert.

Plötzlich bricht Ruby das Schweigen. »Ich weiß, warum du dich heute mit mir treffen wolltest.« Ihre Stimme ist sanft und sie legt das Sandwich auf die Decke.

»Wirklich?« Ich blinzele sie an, mitten im Abbeißen. Einen Moment lang glaube ich tatsächlich, dass Ruby über die Sache mit Dad Bescheid wissen könnte. Schließlich ist sie die immer recht habende, allwissende Ruby.

Nickend betrachtet sie ihr angebissenes Sandwich. »Du bist immer noch sauer auf mich.« Sie macht eine Pause und trinkt einen Schluck Wasser. »Du findest, wir sollten Schluss machen oder so.«

»Was?« Ich zucke zusammen und nehme die Sonnenbrille ab, als ob ich sie dann besser sehen könnte. »Nein«, sage ich. Ja, der Schmerz von unserem letzten Gespräch ist immer noch frisch. Aber irgendwie ist er im Kielwasser meines Familientraumas auch dumpfer und schwächer geworden. An jenem Abend im *Better Latte* hatte ich gedacht, das Allerschlimmste wäre passiert, ich hatte keine Ahnung, was das Schicksal noch für mich bereithielt. »Ruby, du irrst dich«, fahre ich fort. »Es ist ... etwas passiert. Deshalb wollte ich mich mit dir treffen.«

»Oh«, sagte Ruby. Es hat fast schon etwas Befriedigendes zu sehen, wie sich Überraschung auf ihrem Gesicht zeigt. Irgendwie hat sie wohl geglaubt, dass meine Welt mit ihr anfangen und enden würde. Und irgendwie war das auch so gewesen.

»Mein Vater hat eine heimliche Familie in Frankreich«, sage ich im selben Atemzug.

Der Satz schwebt in der Luft, er ist ausgesprochen – und hört sich genauso sinnlos an wie in meinem Kopf. Das Wort Familie hinterlässt einen giftigen Geschmack auf meiner Zunge. Ich lege mein Sandwich hin.

»Moment mal.« Ruby starrt mich mit offenem Mund an. Ihre ohnehin schon großen Augen werden riesig. Ihr Gesicht wird aschfahl. »Was redest du da?«, flüstert sie.

Das ist genau die Art Schockreaktion, die ich mir erhofft hatte, als ich Ruby erzählt habe, dass Mom mit Max ausgeht. Obwohl – im Rückblick war das überhaupt kein richtiger Schock. Was das Wort Schock wirklich bedeutet, weiß ich jetzt nämlich.

Ich hole tief Luft. Und da, zwischen Pinien und spielenden Kindern, in der glutheißen Mittagssonne, erkläre ich alles. Ich erkläre, warum Mom sich so seltsam aufgeführt hat wegen meiner Frankreichreise und warum Dad so kurz vor knapp abgesagt hat. Ich erkläre die Sache mit dem anderen Mädchen – ihren Namen will ich nicht aussprechen – und »meinem« Gemälde und Tante Lydia, und ich erzähle, was ich heute Morgen am Telefon zu Dad gesagt habe.

Während ich rede und Ruby zuhört, ist mir bewusst, dass ich all diese Dinge auch mir selbst erkläre – oder es zumindest versuche. Trotz allem scheint das immer noch die Geschichte einer anderen zu sein, einer anderen Summer.

Als ich fertig bin, nehme ich einen langen Zug aus der Wasserflasche, meine Kehle ist ausgetrocknet. Es erwischt mich also eiskalt, als Ruby auf mich losgeht, die Arme um mich schlingt und mich beinahe ins Gras wirft.

»Oh, mein Gott, Summer«, flüstert sie und drückt mich. »*Oh mein Gott.*«

»Ich weiß«, sage ich und erwidere ihre Umarmung. Wir sind beide klebrig vom Schweiß und – wie Ruby bereits sagte – ich bin immer noch sauer auf sie. Aber es ist ein gutes Gefühl, jemanden zum Festhalten zu haben, damit man nicht abhebt und ins All entschwindet.

»Was passiert jetzt?«, fragt Ruby in zittrigem Ton. Sie rückt von mir ab. »Mit dir, deiner Mom und ...« Sie beendet den Satz nicht. Normalerweise würde sie mir sagen, was ich machen soll. Jetzt wirkt sie genauso ratlos, wie ich mich fühle.

»Keine Ahnung«, seufze ich. Es gibt keine Zukunft, die ich mir vorstellen kann, ich kann die Dinge nur nehmen, wie sie gerade kommen. »Irgendwie ist es so, als ob das Leben, wie ich es kenne, vorbei ist.« Normalerweise kommt so was Übertriebenes eher von Ruby, aber in meinem Fall fühlt es sich ziemlich angemessen an.

»Ich kann mir das nicht mal vorstellen«, murmelt Ruby kopfschüttelnd. »Die ganze Zeit – *die ganze Zeit* –, während wir aufgewachsen sind?« Ich nicke, ich verstehe ihre Fassungslosigkeit. »Aber dein ... Dad«, sprudelt es aus ihr hervor. »Er war immer so nett.«

Ich zucke mit den Schultern und kratze meinen Mückenstich. »Ist eben nicht alles so, wie es aussieht«, sage ich und gebe damit wieder, was meine Mutter mal zu mir gesagt hat. Aber im tiefsten Inneren sehne ich mich danach glauben zu können, dass mein Vater kein schlechter Mensch ist.

Ruby schüttelt wieder den Kopf, sie wirkt ganz benommen. »Ich wünschte, du hättest es mir früher erzählt«, murmelt sie. »Du hättest mir gleich eine Nachricht schicken sollen. Du hättest vom *Orologio's* sofort zu mir nach Hause kommen können!«

Ich erinnere mich, wie leer ich mich gestern Abend gefühlt habe, als ich den Himmel nach Sternen absuchte. »Ich glaube, ich musste allein sein.« Ich bohre die Finger in das Plastik der Wasserflasche.

»Abgesehen davon«, mein Magen krampft sich zusammen, »lief es zwischen uns in letzter Zeit ja nicht gerade toll.«

Ruby macht ein langes Gesicht. Sie nickt und fummelt an ihren Freundschaftsbändern herum. »Das stimmt.«

Ich zupfe an meinem einzelnen Armband. »Ich weiß übrigens, dass du neulich Abend im *Orologio's* warst«, sage ich. »Mit Austin, Skye und Genji.« Ich stelle fest, dass ich nicht mehr sauer bin deswegen, im Wesentlichen bin ich einfach nur erleichtert, mal einen Moment nicht an Dad denken zu müssen.

Mit hochgezogenen Augenbrauen guckt Ruby mich an. »Instagram?«

Ich schüttele den Kopf. »Jerry.«

»Ah.«

»Also: dieses Zwei-Wochen-Jubiläum?« Ich kratze an der Brotkruste. »Ab wann habt ihr gezählt?« Diese Frage habe ich schon eine ganze Weile im Hinterkopf.

Ruby spielt wieder mit den Armbändern an ihrem Handgelenk herum. »Skyes Party am 4. Juli.« Sie macht eine Pause, dann spricht sie ganz schnell weiter: »Das Essen sollte am 18. Juli stattfinden. Aber ich hab Austin gesagt, dass wir es am Abend vorher machen müssten. Ich wusste nicht mal, ob du an deinem Geburtstag ins *Orologio's* gehen würdest, aber es hätte sich nicht richtig angefühlt, am selben Abend im Restaurant zu sein.« Sie wirft mir einen zögernden Blick zu. »Das ist unser Lokal, weißt du?«

Ich hab das Gefühl, dass ich jeden Moment losheulen könnte. Aber ich weiß gar nicht, wie das gehen soll. Eigentlich müsste ich meine Tränenquote fürs ganze Jahr bereits aufgebraucht haben.

»Das hier war auch unser Platz«, sage ich und weise mit einer Handbewegung auf den Park. Die Kinder haben aufgehört, Fangen zu spielen, sie sind in die Orchestermuschel geklettert und tanzen. »Weißt du noch?«

»Na klar«, murmelt Ruby. In ihren Wimpern hängen Tränen. Ihr Eyeliner wird verlaufen. »Oh, Summer. Es tut mir leid.«

»Schon gut«, antworte ich. »Du hast meinem Dad ja nicht gesagt, dass er eine Zweitfamilie gründen soll.« Das sage ich halb scherzhaft, so, als könnte ich tatsächlich über die Schrecklichkeit der Situation hindurch das Absurde sehen. Vielleicht kann ich das auch. Vielleicht. Eines Tages.

Ruby lächelt traurig. Sie wischt an den schwarzen Streifen auf ihren Wangen herum. »Das habe ich nicht gemeint. Ich fühle mich mies wegen ... du weißt schon. Freitagabend. Im *Better Latte*.«

Natürlich weiß ich das. Ich zupfe an einem Grashalm. »Du warst ja ehrlich«, murmele ich. Für Ehrlichkeit habe ich jetzt eine ganz andere Wertschätzung, so schmerzhaft das auch sein kann.

»Ich glaub, ich war frustriert.« Ruby runzelt die Stirn. In der Orchestermuschel lachen die Kinder über irgendwas. »Ich hatte so feste Vorstellungen davon, wie mein Sommer verlaufen sollte.«

»Ich auch«, erinnere ich sie. Mein Herz zieht sich zusammen. »Wir sind beide von der Annahme ausgegangen, dass ich in Frankreich sein würde, und haben entsprechend geplant.«

Ruby nickt schniefend. Eine Fliege summt vorbei. Ich schlage nach ihr.

»Aber«, sage ich, »du hast trotzdem gekriegt, was du haben wolltest. Wie du geplant hast.« Mein Ton ist sachlich, nicht hämisch. »Das ist der Sommer, in dem du dich verliebst.«

Sofort – und aus heiterem Himmel – kommt mir Hugh in den Sinn. Ich spüre, wie meine Wangen rot anlaufen. Ruby merkt es nicht.

»Der Sommer, in dem ich mich verliebe«, wiederholt sie und lacht auf. »Wer weiß, ob Austin und ich überhaupt im August noch zusammen sind?« Sie verdreht die Augen.

»Echt?« Vergeblich wehre ich mich dagegen, über diese Enthüllung nicht insgeheim erfreut zu sein. Ich nehme mein Sandwich wieder in die Hand und beiße ab. Die Kinder springen von der Bühne und rennen wie die Wilden auf den Eisverkäufer zu.

Ruby zuckt die Achseln und nimmt sich auch ihr Sandwich wieder vor. »Er ist süß, manchmal aber auch ziemlich beschränkt. Ich bin mir nicht hundertprozentig sicher, dass wir das ideale Paar sind. Vielleicht«, sagt sie, den Mund voll Pute, »hast du recht gehabt.«

Ich verschlucke mich fast an einer Avocadoscheibe. »Ich hab recht gehabt?«, pruste ich. »Und nicht du?«, frage ich. Ruby lächelt betreten. Ich bin in Versuchung, sie nach Skye zu fragen – ob ich da auch richtiglag –, aber ich will es nicht zu weit treiben.

»Könnt ihr euch wohl in einer Reihe anstellen?« Der

gestresste Eisverkäufer schnauzt die herumwimmelnden Kinder an.

Ich schlucke den letzten Bissen von meinem Sandwich runter und kratze den Mut für das zusammen, was ich jetzt sagen will.

»Mit einer Sache hattest du recht«, sage ich. Ruby schaut mich an. »Wahrscheinlich ist es ... gesund für uns ... nicht jede wache Minute zusammen zu verbringen.« Das zuzugeben tut weh. Aber ich erinnere mich daran, wie befreiend es sich angefühlt hat, im Zug mit Wren zu reden. Mich ins *Second Time Around* vorzuwagen. An der Badestelle herumzuplanschen. Alles ohne Ruby.

Eigentlich solltest du nicht mal hier sein, hatte Ruby zu mir gesagt. Plötzlich frage ich mich, ob es nicht genau andersherum war. Vielleicht sollte ich hier sein. Vielleicht ist alles aus einem bestimmten Grund passiert. Vielleicht war mein Schicksal nicht Frankreich – sondern Hudsonville.

Ruby nickt. Ihre Unterlippe zittert. »Ich glaube, wir brauchten mal eine Atempause«, sagt sie vorsichtig. »Aber ich wollte nie, dass wir aufhören Freundinnen zu sein.«

Ein Druck weicht von meiner Brust, ich schaue in den wolkenbehauchten blauen Himmel. »Na ja«, denke ich laut, »wir sind wohl so was wie siamesische Zwillinge. Die werden ja auch durch eine Operation getrennt, bleiben aber trotzdem Zwillinge.«

Ruby lacht los und bewirft mich mit ihrer zur Kugel

gerollten Alufolie. »Willst du damit sagen, wir sollten uns operieren lassen?«

Ich zucke mit den Schultern und lächele zum ersten Mal seit gestern Abend richtig. »Das wäre eine Idee.«

»Ich hab noch eine Idee.« Ruby setzt ihren Schlapphut auf und nickt Richtung Eisverkäufer, vor dem sich noch immer Kinder scharen. »Nachtisch?«

»Nachtisch«, bestätige ich. Wir stehen auf und gehen über die Wiese.

Einige Kinder haben ihr Eis schon bekommen und sind ein Stück weitergezogen. Regenbogenstreusel und Vanillesoße kleben an ihren Mündern und Händen. Aber zwei Kinder – zwei blonde sommersprossige kleine Mädchen – stehen vor dem Eiswagen und mustern ernst das Angebot.

Ich muss zweimal hingucken. Das sind die Mädchen, die ich am 4. Juli hier gesehen habe, beim Radschlagen auf dem Rasen. Die Mädchen, die mich an Ruby und mich erinnert haben.

Ich starre sie an. Ist ihre Gegenwart ein Zeichen dafür, dass mit Ruby und mir wirklich alles gut werden wird? Keine Ahnung. Ich beobachte, wie sie ihr Schoko-Vanille-Softeis bestellen und zusammen davonhuschen. Vielleicht bedeutet ihre Gegenwart ja etwas ganz anderes.

»Also ...« Ruby drückt mir ein Softeis in die Hand – sie kennt meine Lieblingssorte – und holt mich damit aus meinen Gedanken. »Ich frag mich gerade, ob du nicht irgendwie neugierig auf sie bist.«

Ich blinzele Ruby an. »Auf wen?«

Ruby beißt nervös ein Stück von ihrem Schoko-Mandel-Hörnchen ab. »Auf … das andere Mädchen.« Vorsichtig beäugt sie mich. »In Frankreich. Die, deren Name nicht genannt werden darf?«

»Oh.« Ich zucke vor Schreck zusammen. Irgendwie hatte ich es geschafft, sie – und Dad – aus meinen Gedanken zu verbannen. Jetzt rumoren sie wieder in meinem Kopf herum. Ich packe meine Eiswaffel ganz fest. *Nein*, möchte ich lügen. *Neugierig? Auf sie? Nicht die Spur.*

»Doch, das bin ich«, gestehe ich, die Wahrheit sprudelt aus mir heraus. »Sie ist meine … sie ist …« Das Wort *Schwester* kann ich nicht sagen. Oder Halbschwester. Ich will es noch nicht mal denken. »Sie ist ein Mysterium«, sage ich. Und es stimmt.

»Du schmilzt«, sagt Ruby. Ich sehe, dass mir Eis auf die Finger tropft, und fange an zu lecken. Sogar von Ablenkungen umnebelt wird mir bewusst, dass diese kühle Süße einfach perfekt schmeckt – nach Sommer eben.

»Willst du denn deinen Dad zurückrufen?«, fragt Ruby sanft. Sie klingt alles andere als herrisch. Ein heißer Wind weht über den Park, hebt die Krempe von ihrem Hut und zupft Locken aus meinem Knoten. »Er hat dich doch darum gebeten. Vielleicht wäre das ja irgendwie hilfreich?«

Vor einer Stunde hätte ich Ruby noch angeblafft und ihr zu verstehen gegeben, dass sie überhaupt nichts kapiert hat und ich meinen Vater ab sofort nicht mal mehr zur Kenntnis nehmen würde. Aber jetzt, wo ich mit ihr vorm Eisverkäufer stehe, merke ich, dass diese Gewissheit erschüttert ist. Ich weiß nicht recht, was ich machen soll.

Soll ich tatsächlich meinen Vater anrufen?

Eine Entscheidung. Ich bin schlecht darin, Entscheidungen zu treffen.

Die Kinder, inklusive der beiden blonden Mädchen, flitzen mit ihren Eiswaffeln in den Händen an uns vorbei und raus aus dem Park. Sie lachen, denn der Sommer liegt vor ihnen, der drohende August und die Schule sind noch Lichtjahre entfernt. Je jünger man ist, desto langsamer vergeht die Zeit, die Welt wirkt größer und mehr ist möglich. Ich beobachte, wie sie auf Räder und Roller springen und in den heißen blauen Tag verschwinden. Ob sie wohl zur Badestelle fahren?

Mein Handy summt ein Mal in der hinteren Tasche meiner Shorts und ich erschrecke. Eine Textnachricht. Ich bitte Ruby, mein Eis zu halten, und hole das Handy raus. Mein Herz macht einen Freudensprung.

Hi, Summer. Ich hoffe, du hattest einen schönen Geburtstag und die Präsentation im Kurs ist gut gelaufen. Du hast es garantiert toll hingekriegt, da bin ich sicher. Ich habe ein paar coole Aufnahmen von Washington gemacht. Muss ich dir zeigen, wenn ich wieder da bin. Bis morgen, Hugh Tyson

Gegen das Lächeln, das über mein Gesicht zieht, kann ich nichts machen. Typisch Hugh, dass er immer noch mit seinem vollen Namen unterschreibt, so als hätte ich ihn nicht seit dem Ausflug nach New York in meinem Handy abgespeichert. Beim Gedanken an New York lächele ich noch mehr. Ob Hugh und ich wohl irgendwann mal zusammen hinfahren? *Bis morgen*, hat er geschrieben. Er meint natürlich den Fotokurs, aber das Wort *morgen* hat schon so was Verheißungsvolles. Das ist ein Wort mit Potenzial – wie ein Kuss auf die Wange.

»Okay, was bringt dich dazu, so zu lächeln?«, will Ruby wissen. Mit Eiswaffeln in beiden Händen geht sie einen Schritt auf mich zu. »Wenn ich könnte, würde ich mir jetzt dein Handy schnappen.«

Jetzt werde ich auch noch rot, zusätzlich zu meinem verräterischen Lächeln. »Ich habe eine Nachricht von Hugh gekriegt«, sage ich. Dann nehme ich Ruby mein Eis ab, behalte aber das Telefon fest im Griff.

Ruby macht wieder große Augen. »Hugh Tyson? Willst du mich verarschen?«

Ich schüttele den Kopf und beiße in meine Waffel. Mitten in dem ganzen Drama habe ich total vergessen, dass ich Ruby gar nichts von Hugh, der Badestelle und allem anderen erzählt habe.

»Wie kannst du so ruhig sein? Was ist los?«, fragt Ruby. Jetzt schmilzt *ihr* Eis und kleckert über ihre Hände, während sie mich ehrfürchtig anguckt. »Wir reden doch vom selben Hugh Tyson, oder? Der Sohn der Bürgermeisterin? Der süße Nerd? Der, den du zu hassen vorgibst, damit er nicht draufkommt, dass du besessen von ihm bist? Der schreibt dir mal so eben ganz zufällig und nebenbei?«

Ich lache. »Ja, genau dieser Hugh.« In meinem Bauch schlägt etwas einen Salto, als ich an seine nerdige Süßheit denke. »Das ist eine ganz andere Geschichte.«

»Offenbar«, sagt Ruby, immer noch mit großen Augen. Ehe ich sie davon abhalten kann, reckt sie den Hals, um auf mein Handy zu linsen. Aber nicht, um Hughs Nachricht zu lesen, sie will bloß wissen, wie spät es ist. »Puh.« Sie stöhnt. »Und ausgerechnet jetzt muss ich zurück ins *Better Latte*. Ist das unfair!«

»Ich erzähl's dir später«, sage ich und stecke das Handy wieder in die Hosentasche.

Ruby guckt mich mit besorgt hochgezogenen Augenbrauen an. »Versprochen?«

»Versprochen!«

Sie stopft sich den Rest ihrer Eiswaffel in den Mund und umarmt mich noch mal. Ich rieche ihr blumiges Parfüm. Sie sagt noch, dass sie mir eine Nachricht schicken wird und dass Alice dieses Wochenende wiederkommt und dass wir uns alle treffen sollten, dann winkt sie und läuft aus dem Park. Ich winke zurück.

Erst als sie auf ihr Rad gesprungen und davongesaust ist, wird mir bewusst, dass wir nicht gesagt haben: *Hab dich lieb mal zwei.* Aber vielleicht ist das okay. Es gibt vielleicht Brüche in unserer Freundschaft, aber jetzt sehe ich, dass sie auch wieder heilen werden. Ich kann Ruby loslassen. Das heißt nicht, dass ich sie verliere.

Ich esse mein Eis auf und gehe dann zum Zusammenpacken wieder zur Wolldecke, verstaue alles in meiner Tasche und verlasse den Pine Park. Ich weiß genau, wo ich jetzt hinwill. Ich radele rüber zum Deer Hill und biege in die River Alley ein, die mageren Bäume sausen an mir vorbei.

Wie ich bald feststellen kann, ist die Kinderschar aus dem Park nicht an der Badestelle. Der abgeschiedene Ort ist so ruhig und schön wie an dem Tag, an dem Hugh ihn mir gezeigt hat. Ich kicke die Flipflops weg, setze mich auf die flachen, glatten Felsen und tunke die Füße in den kalten Fluss – eine Wohltat bei dieser Hitze. Der Wasserfall plätschert, ich mache Bilder und denke nach.

Stunden vergehen. Die Heftigkeit der Sonne lässt ein wenig nach und Wolken ziehen über den Himmel. Das Wasser schwappt um meine Knöchel, wird mal kälter, mal wärmer. Der Nachmittag geht langsam in den frühen Abend über.

Als ich wieder auf dem Rad sitze und nach Hause fahre, steht meine Entscheidung. Es gibt keine Zweifel und kein Hin und Her mehr, stelle ich fest, als ich in der Rip Van Winkle Road ankomme. Aber Unsicherheit muss ja nicht immer etwas Schlechtes sein. Gäbe es keine Unsicherheit, würden Menschen ihren Groll, ihre Geheimnisse oder ihre Ängste niemals loslassen.

Ich betrete unser klimatisiertes Haus. Hier ist es tatsächlich zu kalt geworden, ich stelle die Klimaanlage aus und mache im Wohnzimmer die Fenster auf. Ro döst auf dem Sofa. Als ich an der Badestelle war, habe ich eine Nachricht von Mom bekommen, in der sie schrieb, sie würde doch zu ihrem Kurs auf dem Campus gehen, aber nicht spät nach Hause kommen. Und sie wollte wissen, ob mit mir alles in Ordnung und wohin ich denn weggelaufen sei. Ich hab zurückgeschrieben, es gehe mir gut, ich sei nicht allzu weit weggelaufen.

Die Tasche lasse ich in meinem Zimmer fallen, die Sonnenbrille auch. Dann suche ich in der Unordnung auf meinem Schreibtisch nach dem leicht zerknitterten Zettel, den ich da vor Wochen abgelegt habe, und nehme ihn mit in Moms Zimmer, wo ich mir die Shorts abklopfe, ehe ich mich auf ihre Bettkante setze. Dann hole ich tief Luft, bevor ich den Telefonhörer von der Station nehme.

Ich wähle die Nummer von Dads Handy, lande aber sofort auf dem Anrufbeantworter. Ein Blick auf Moms Wecker: In Frankreich ist Mitternacht. Vielleicht schläft Dad. Ich lege wieder auf. Vielleicht sollte ich es lieber morgen noch mal versuchen? Nein. Ich habe meinen Mut zusammengerafft und ich muss das jetzt durchziehen. Abgesehen davon, warum soll Dad denn nicht mal von einem klingelnden Telefon aus dem Schlaf gerissen werden? Er hat bei mir mit einem Anruf alles auf den Kopf gestellt – die Seiten zu wechseln gehört zum Fairplay.

Als Nächstes versuche ich es auf dem Festnetzanschluss, mein Herz hämmert, als mir das Rufzeichen im Ohr schrillt.

Ein Mal, zwei Mal …

»*Allô?*«

Ein Mädchen ist dran, wie bei meinem letzten Anruf. Ihre Stimme klingt immer noch leicht und melodisch, aber jetzt kann ich einen besorgten Unterton ausmachen. Stress.

Ein kalter Schauer überläuft mich.

Das ist sie.

Das andere ... Mädchen.

Wer sonst.

Natürlich ist sie letztes Mal ans Telefon gegangen – und dieses Mal auch. Sie wohnt in Frankreich, in Dads Haus. Ihrem Haus.

»*Allô?*«, wiederholt sie verärgert.

Das Bild, das ich den ganzen Tag aus meinen Gedanken verbannt habe, taucht wieder vor meinem inneren Auge auf: lange blonde Locken, blaue Augen, weißes Kleid. Die jugendliche Version von *FILLE*. Aber das Bild ist schwach und zerbrechlich. Geisterhaft. Irgendwie ist sie ein Geist, stelle ich fest. Ihre Existenz hat etwas Schemenhaftes, Unwirkliches. Und sie verfolgt mich.

Stumm sitze ich auf dem Bett und halte das Telefon fest. Ich habe meine Stimme verloren.

»*C'est qui?*«, will der Geist wissen.

Diesen Satz kenne ich. Den habe ich online gelernt, als ich vor meiner Reise französische Vokabeln gepaukt habe. *C'est qui?* bedeutet: Wer ist da?

Wer bin ich?

Ich bin Summer Everett. Ned Everetts Tochter. Mein

Leben lang hab ich gedacht, ich wäre die einzige – da hab ich mich geirrt. Aber ich bin noch mehr als eine Tochter. Ich bin eine gute Fotografin. Ich bin eine gute Freundin. Ich komme manchmal zu spät, manchmal zu früh und manchmal rechtzeitig. *Ich bin groß.* Walt Whitman hat das in einem seiner Gedichte geschrieben: *Ich berge Vielfalt.*

Als ich aber den Mund aufmache und reden will, sage ich nichts davon. Ich sage nicht mal meinen Namen. Stattdessen – warum nur? – sage ich ihren.

»Eloise?«

Ich höre, wie sie nach Luft schnappt. Ich bin auch überrascht. Sie war kein Mensch, solange ich ihren Namen nicht ausgesprochen habe. Jetzt habe ich diese Schwelle überschritten.

»Ja«, sagt der Geist – Eloise. Alle Verärgerung ist aus ihrer Stimme gewichen, jetzt klingt sie vorsichtig. Dann flüstert sie: »Summer?«

Wieder läuft mir ein kalter Schauer den Rücken runter.

Stimmt. Sie kennt mich.

Wissen sie von uns?, hatte ich Mom gefragt, als ich total geschockt vor dem *Orologio's* stand. *Ja*, hatte Mom geantwortet.

Das war wohl die Erklärung dafür, dass Eloise so eisig zu mir war, als ich mich bei meinem letzten Anruf vorgestellt habe. Ich war ihr Geist, ein gesichtsloses Mysterium auf der anderen Seite des Ozeans.

»Ja«, sage ich.

Unsere Jas hängen zwischen uns wie ein Seil, an dem wir uns beide festhalten. Eine wechselseitige Bestätigung. Sie weiß, dass ich es weiß, und ich weiß, dass sie es weiß. Jede von uns ist der anderen gewahr. Es gibt kein Geheimnis mehr.

»Willst du mit … ihm sprechen?«, fragt Eloise, ihre Stimme bleibt an dem *ihm* ein bisschen hängen. Wie sie meinen Vater wohl nennt? Ihren Vater – unseren Vater. Das wird niemals nicht seltsam sein.

»Ist er wach?«, frage ich schroff und gucke noch mal auf Moms Wecker.

»Das ist er«, antwortet Eloise leise. »Wir sind alle wach.«

Wir. Meine Brust wird eng. Eloise ist nicht allein. Sie hat meinen Vater und ihre Mutter. Sie hat eine heile Familie. Und ich nicht. *Unfair*, hat Tante Lydia gesagt. Ich schlucke heftig.

»Er ist oben«, sagt Eloise. »Soll ich ihn holen?«

Ich gucke aus Moms Fenster auf die Rip Van Winkle Road und versuche mir das Haus in Les Deux Chemins vorzustellen, wo ich fast meine Ferien verbracht hätte. Es muss zwei Etagen haben. Wo mag Eloise sitzen oder stehen? Unten? Ich denke an die Bilder in meinem Reiseführer, Straßen mit Kopfsteinpflaster und Sonnenblumenfelder. Ob es wohl vor ihrem Fenster Kopfsteinpflaster gibt? Haben sie einen Garten mit Sonnenblumen?

Mein Albtraum fällt mir wieder ein, der mit dem Garten und dem geisterhaften Gesicht im Pool. Aber wie alle Träume ist er verblasst und hat im Laufe des Tages seine Kraft eingebüßt.

»Ich ... warte mal«, sage ich. Meine Neugier kommt zum Vorschein. Ich habe zwar Dad angerufen, aber vielleicht wollte ich von vornherein mit Eloise sprechen. »Darf ich dich was fragen?«, füge ich nervös hinzu. Ich drücke die Füße in Moms cremefarbenen Teppich, um den Halt nicht zu verlieren. »Was hat ... er dir erzählt? Über mich?«

»Oh«, sagt Eloise. Sie macht eine Pause, und in diesem Moment merke ich, dass sie selbst einen Haufen Fragen hat. »Nicht sehr viel. Ich weiß, dass du in New York lebst.«

Wie beeindruckt sie »New York« sagt! Ich verdrehe die Augen. »Aber nicht New York City«, sage ich. »Obwohl das nicht weit weg ist.« Typisch Dad, so ein Detail zu frisieren.

»Oh«, sagt Eloise wieder. Ich mache ein wenig Enttäuschung – ein wenig Missbilligung – in ihrem Ton aus. Ob sie wohl ein bisschen was Versnobtes an sich hat? Aber irgendwie ist da auch etwas Warmes und Vertrautes. Könnte das daran liegen, dass wir ... verwandt sind?

Oh Gott, wir sind verwandt. Mir schwirrt der Kopf.

»Und ich weiß, dass du gestern Geburtstag hattest«, fährt Eloise fort. Ich versuche mich wieder auf das zu konzentrieren, was sie sagt. »Herzlichen Glückwunsch«, sagt sie ein bisschen steif.

»Danke«, antworte ich ebenso steif, ganz so, als

wäre das hier ein ganz normaler, höflicher Austausch. »Wann hast du Geburtstag?«, frage ich.

»Am zwölften Juni«, antwortet sie.

Ein Sommerbaby wie ich. Nur ist ihr Sternzeichen Zwilling. Über Zwillinge sagt man, sie haben zwei Gesichter, was sich irgendwie nicht so gut anhört, muss aber nicht unbedingt so sein. Alle zeigen unterschiedlichen Leuten unterschiedliche Gesichter. Jeder ist ein Widerspruch.

»Glaubst du, du kommst mal nach Frankreich?«, fragt Eloise mich dann, vermutlich ist sie gerade dran mit dem Fragen. Sie klingt angespannt. Besorgt. Als ob sie meine Ankunft fürchten, aber auch begrüßen würde.

»Das weiß ich nicht«, antworte ich ehrlich. Ich schaue mich in Moms Zimmer um, mein Blick fällt auf das Heraklit-Zitat an der Wand. *Man kann nicht zwei Mal in denselben Fluss steigen.* »Diesen Sommer nicht«, sage ich mit Gewissheit. »Vielleicht ein anderes Mal.« Die Vorstellung, Eloise – und ihrer Mutter – zu begegnen, ist beängstigend, aber nicht mehr so furchtbar, wie sie mir gestern Abend noch erschien.

Eloise ist still. Jetzt bin ich dran. Mir liegen tausend Fragen auf der Zunge. Ich erwäge, sie zu fragen, ob sie je nach Amerika kommen wird. Oder ob sie *FILLE* oft in der Galerie besucht. Ob sie weiß, dass ich dachte, das Gemälde würde mich darstellen. Ob sie Dad hasst oder liebt – oder beides. Ob sie mich hasst. Ob sie gern malt, zeichnet oder fotografiert.

Aber ehe ich irgendwas fragen kann, höre ich eine

Männerstimme im Hintergrund, die etwas zu Eloise sagt. Es ist Dad.

»Bleib dran«, sagt Eloise, dann höre ich, wie sie zu ihm sagt: »Ja, das ist Summer.« Vermutlich reden sie Englisch miteinander. Kein Wunder, dass sie fließend spricht. »Okay«, sagt Eloise zögernd zu ihm. »Er will mit dir sprechen«, sagt sie dann zu mir.

Ich nicke, als ob sie mich sehen könnte, und setze mich gerade hin.

»Wäre …« Eloise zögert, offenbar ringt sie mit sich. Dann fragt sie ganz schnell: »Wäre das komisch, wenn ich dir auf Instagram folge?«

Meine Augenbrauen schießen hoch, mit dieser Frage hatte ich nicht gerechnet. Aber eigentlich hatte ich mit nichts von alledem gerechnet.

»Das wäre total komisch«, antworte ich. »Aber alles ist total komisch.«

Und ich lache, ich kann nichts dagegen machen. Eloise lacht auch. Das scheint die angemessene Reaktion auf diese surreale Welt zu sein. Nie hätte ich gedacht, dass ich mal hier auf Moms Bett sitzen und mit einem Mädchen in Frankreich reden würde, das meine … Halbschwester ist.

Endlich gestehe ich mir zu, das zu denken. Ich atme aus. Ich bin nicht sicher, ob ich es akzeptieren kann, aber wenigstens kann ich das Wort auf mich wirken lassen. Halbschwester. Denn das ist Eloise schließlich für mich. Meine Halbschwester. Meine Geisterschwester. Nur ist sie kein richtiger Geist mehr.

»Tschüs, Summer«, sagt Eloise.

»Au revoir«, sage ich. Irgendwie hab ich das Gefühl, unser Gespräch beginnt gerade erst. Es gibt noch so viel zu fragen.

Eloise reicht das Telefon an Dad weiter. Eine Sekunde später ist er am Apparat.

»Hi«, sagt er, er klingt erleichtert. Und müde. »Als das Telefon unten klingelte, hab ich gehofft, dass du es bist.« Er macht eine Pause und fragt: »Wolltest du skypen?«

»Nein«, sage ich. Dass ich nicht über Skype mit ihm Kontakt aufnehmen wollte, hatte ich mir reiflich überlegt.

»Gut«, sagt Dad schnell, aber ich merke ihm seine Enttäuschung an. »Ich bin froh, dass du Gelegenheit hattest, ein wenig mit Eloise zu reden.«

»Hm«, sage ich. Mit dem Zeh ziehe ich einen Strich auf Moms Teppich. Ohne bestimmten Grund brennen mir Tränen in den Augen, vermutlich war es ein Irrtum gewesen zu glauben, mit dem Weinen sei ich für dieses Jahr durch.

»Ich weiß, dass ich dich verletzt habe«, sagt Dad sanft. »Und deine Mutter.« Dieses Geständnis treibt mir noch mehr Tränen in die Augen. »Und ich weiß, man kann nicht alles entschuldigen. Es gibt viel zu tun. Viel wieder aufzubauen. Aber ich würde mich freuen, wenn du mir irgendwann wieder vertrauen könntest.« Ich höre, wie er schluckt, und frage mich mit einem ängstlichen Kribbeln, ob er wohl auch weint.

Eltern dürfen nicht weinen. Oder Angst kriegen. Oder lügen. Stimmt doch, oder? Ich dachte, ich würde sämtliche Regeln kennen. Aber es gibt keine Regeln.

»Im Moment kann ich mir das nicht vorstellen«, sage ich und wische mir über die feuchten Wangen.

»Das verstehe ich«, antwortet er mit einem Seufzen. »Wir gehen das Schritt für Schritt an. Die Sache ist die ...« Ich warte darauf, dass er fortfährt. Ob er noch eine schockierende Überraschung zu enthüllen hat? *Schockierende Überraschung.* Das hat Tante Lydia treffend formuliert. »Ich hab mich gefragt, wie du es wohl findest, wenn ich diesen Sommer nach Hudsonville komme. Vielleicht Anfang August?«

»In zwei Wochen, meinst du?« Ich gucke wieder aus Moms Fenster, der Himmel hat diesen pink-orangen Schimmer, der den Sonnenuntergang ankündigt. Wie wäre das, Dad wieder hier zu haben? »Warum?«

»Ich glaube, es wäre gut für uns, wenn wir uns sehen könnten«, erklärt Dad. »Von Angesicht zu Angesicht. Deshalb wollte ich ursprünglich, dass du nach Frankreich kommst«, fährt er fort. »Damit ich dir endlich die Wahrheit sagen könnte, persönlich. So konnte ich nicht weitermachen. Ich wollte kein Doppelleben mehr führen.«

Doppelleben. Das hört sich an wie etwas aus einem Spionagefilm. Wie etwas Kriminelles, Finsteres. Es passt zu Dad und zu dem, was er getan hat. Er hat versucht, zwei verschiedene Leben zu führen, aber ich vermute, letztlich ist das unmöglich. Irgendwann muss man sich für den einen oder den anderen Weg entscheiden.

»Summer?«, sagt Dad. Ich bin verstummt, merke ich. »Wärst du offen dafür, dass ich zu Besuch komme?«, fragt er. »Ich will nur sagen, dass ich es deiner Mutter vorhin vorgeschlagen habe – und sie schien dafür zu sein …« Er spricht nicht weiter, aber sein Ton ist hoffnungsvoll.

»Ich wäre offen dafür«, sage ich. Mehr geht nicht im Moment – mehr als offen sein. Das heißt nicht, dass ich Dad vergebe oder ihn verstehe. Aber ich bin bereit, mir anzuhören, was er zu sagen hat.

Dad fällt anscheinend ein Stein vom Herzen, er dankt mir. Er ruft Mom morgen an und klärt die Details, sagt er, und dann wird er einen Flug buchen.

»Ich hab dich lieb, weißt du«, sagt er. »Ich wünsche dir einen schönen Abend.«

»Ich dir auch«, sage ich. Ich kann nicht sagen *ich hab dich auch lieb*. Noch nicht.

Ich lege auf und gehe ganz benommen wieder in mein Zimmer. Den Zettel mit Dads Kontaktdaten lege ich auf den Schreibtisch, dann fällt mein Blick auf das Renoir-Poster mit den beiden Schwestern am Klavier und ich spüre einen Stich in der Brust. Ich finde das Bild gar nicht mehr so babyhaft. Aber vielleicht wird es trotzdem Zeit, etwas zu verändern. Ich nehme das Poster von der Wand. Der Platz bleibt leer. Ich muss erst überlegen, was ich da hinhängen will.

Als ich mit den Händen auf den Hüften mein Zimmer betrachte, streift mein Blick den gesprungenen Spiegel. Da bin ich – mit aufgelöstem Haarknoten und tränenverschmierten Wangen, mit meinen piccassoesken Gesichtszügen, meinem blauen Tanktop, dem einen geflochtenen Armband. Mein fragmentiertes Abbild erzählt die Geschichte meines Tages. Mein Gespräch mit Dad, mit Eloise scheint in meinen Augen auf.

Unsere letzten Kursaufgaben werden Selbstporträts sein, hat Lydia gestern Abend gesagt. Überraschend regt sich die Inspiration in mir, ich hole die Kamera aus meiner Büchertasche und richte das Objektiv auf mich im Spiegel, dann mache ich ein Bild. Selbstporträt: *Summer, in Splittern*. Ich lächele. Perfekt.

Ich glaube, ich brauch das gar nicht, von Dad gemalt zu werden. Ich brauch nicht mal, dass Tante Lydia mich fotografiert, sosehr mir das Foto auch gefällt, das sie mir geschenkt hat. Ich kann mein eigenes Porträt erschaffen.

Als ich mich mit Kamera und Handy an den Schreibtisch setze, wird es draußen bereits dunkel. Ich verbinde die Kamera mit meinem Laptop und lade alle Fotos runter. Das ist, als würde sich der Sommer vor meinen Augen zurückspulen: Da sind die Badestelle und der Postbote in New York City und der Eiskaffee. Aber natürlich ist der Sommer nicht vorbei. Es wird noch mehr zu fotografieren geben.

Einige der Fotos, darunter das Selbstporträt, lade ich auf mein Handy und poste sie auf Instagram. Dann kann Eloise mich sehen, wenn sie mich auf Instagram abonniert.

Ich scrolle mich gerade durch meinen Feed, als draußen ein gewaltiger Donner kracht. Ich lege das Handy weg und gucke aus dem Fenster in die Nacht. Plötzlich fängt es an, wie aus Eimern zu schütten. Und ich dachte, für heute wäre kein Regen vorhergesagt?

Ich renne aus meinem Zimmer, um die Wohnzimmerfenster zu schließen, aber sie sind schon zu. Mom muss nach Haus gekommen sein. Kein Wunder, dass ich sie nicht gehört habe, ich war so mit dem Telefongespräch und den Fotos beschäftigt.

»Mom?« Ich gehe in die Küche. Ro schlappt Wasser aus seinem Napf in der Ecke, aber keine Spur von Mom. Ob sie in ihrem Zimmer ist? Dann werfe ich einen Blick aus dem vom Regen gepeitschten Fenster auf unsere Veranda. Da sitzt Mom auf der gepolsterten Bank.

»Mom?«, wiederhole ich etwas besorgt, mache die Tür auf und gehe raus. Hätte ich einen Schirm mitnehmen sollen? Nein, unsere Veranda ist trocken, sie ist so weit überdacht, dass sie vor den Elementen geschützt ist. Der fallende Regen ringsum ist wie eine Wand.

»Setz dich zu mir«, sagt Mom und winkt mich herbei. Sie hat zusammengeheftete Blätter und einen gespitzten Bleistift auf dem Schoß, offensichtlich korrigiert sie hier draußen Seminararbeiten, im Sommer erledigt sie das gern hier. »Ist das nicht cool?«, sagt sie, als ich zu ihr komme. »Wir können das Gewitter beobachten.«

Ich setze mich neben Mom. Die Luft ist kühl, ich reibe mir die Arme. Ein Blitz zuckt weiß über den Himmel, es sieht aus wie das Blitzlicht einer Riesenkamera. Dann donnert es wieder heftig, so laut, dass unser Haus wackelt. So hat es an dem Abend gewittert, an dem ich beinahe nach Frankreich geflogen wäre – mit derselben Kraft und Wildheit.

Ich überlege, ob ich Mom sagen soll, dass ich heute Abend mit Dad geredet habe. Dass ich gesagt habe, es sei okay, wenn er nach Hudsonville kommt. Und dass ich Eloise am Telefon kennengelernt habe.

Aber all das kann bis später warten oder bis morgen. Im Moment ist es irgendwie eine Erleichterung, einfach still hier zu sitzen, während das Gewitter tobt.

»Ich hab Lydia auf dem Campus getroffen«, sagt Mom nach einer Weile. Sie nimmt die Brille ab und wischt die Gläser an einem Blusenzipfel sauber. »Sie hat nach dir gefragt. Sie hat nicht erwartet, dass du heute in den Kurs kommen würdest, aber sie war trotzdem besorgt.«

Ich bin dankbar für das Verständnis und die Fürsorge meiner Tante. Irgendwann bald will ich mit ihr reden, so richtig reden. Ich will ihre Seite der Mom-und-Dad-Geschichte hören. Ich will sie allgemein besser kennenlernen. Hoffentlich kann ich das.

»Was hast du ihr gesagt?« Ich ziehe die Füße auf die Bank und schlinge die Arme um die Knie.

Mom wirft mir einen Blick zu und tätschelt mir den Arm. »Dass mit dir alles gut ist. Und sein wird.«

Ich nicke. Ein zuckender Blitz zerteilt den Himmel. Ich stelle mir vor, wie Lydia diesen Blitz von ihrem Haus aus sieht und dass sie ihn vielleicht fotografieren will. Ob Ruby ihn auch sieht? Und Hugh, falls er schon aus Washington zurück ist? Austin? Skye? Alle Leute in Hudsonville?

Irgendwie kommt es mir so vor, als ob dieses Gewitter nur für Mom und mich da ist, der Spruch »Der Blitz schlägt nie zwei Mal an derselben Stelle ein« kommt mir in den Sinn. Klar, dass es da nicht um echte Blitze geht, sondern um Dinge, die sich nicht wiederholen.

»Ich hab mich gefragt«, sagt Mom über das Prasseln des Regens hinweg, »ob du vielleicht mit jemandem reden möchtest ... einem Profi ...« Sie guckt mich an.

»Einem Therapeuten, meinst du?« Ich erwidere ihren Blick. Als Rubys Eltern geschieden wurden, sind Ruby und Ray sofort zu Therapiesitzungen geschickt worden. Damals war ich fast schon neidisch.

Mom nickt, sie guckt nachdenklich. »Ich fand das hilfreich. Denk einfach mal drüber nach.«

»Mach ich«, verspreche ich. Dann nehme ich Moms Hand und betrachte ihr Profil. Ich habe ihr noch nicht ganz vergeben. Aber, wie Dad schon sagte, das gehe ich Schritt für Schritt an.

Vorhin, als ich mit Eloise telefoniert habe, war ich neidisch, weil sie eine vollständige Familie hat. Die habe ich auch, wird mir jetzt klar. Ich hab Mom. Und sie hat mich. Und wir haben Tante Lydia und Max und andere Leute, die uns unterstützen. Alle zusammen bilden wir ein Ganzes.

»Guck mal«, sagt Mom plötzlich mit großen Augen. Sie zeigt nach vorn und ich folge ihrem Blick.

Das Gewitter ist vorbei.

So schnell es angefangen hat, ist es auch schon wieder zu Ende. Ein paar Regentropfen platschen von den Bäumen auf den Boden und der Mond spiegelt sich in den Pfützen. Aber die Nacht ist still und ruhig.

»Wie ist so was möglich?«, frage ich und gucke Mom verwundert an.

Mom zuckt mit den Schultern. »Alles ist möglich«, sagt sie.

Ich schaue raus auf meine Straße, die so schön glänzt nach dem Gewitter. Sie sieht anders aus, als ich sie kenne. Ich denke an das, was Wren über Emily Dickinson erzählt hat, die ihre Heimatstadt nie verlassen hat, aber dennoch ein tiefes Verständnis für die Welt hatte. Ich nehme an, es geht nicht immer darum, wo man hinreist, sondern darum, was man sieht.

Der beste Sommer aller Zeiten. Das hätte Frankreich sein sollen. Aber wenn ich die Gelegenheit bekäme, die Zeit zurückzudrehen und Frankreich gegen zu Hause einzutauschen, würde ich das tun? Jetzt bin ich mir nicht mehr so sicher. Wenn ich nach Frankreich geflogen wäre, hätte ich die Badestelle nicht entdeckt, keinen Fotokurs gemacht und nicht gelernt, keine Angst mehr vor Hugh Tyson zu haben.

Ich lege den Kopf in den Nacken und schaue zum Himmel. Die Wolken sind verweht und die Sterne sind in ihrer ganzen überwältigenden Pracht erschienen. So viele, dass sie jeden Fleck des tintenschwarzen Universums bedecken.

»Erzähl mir was, Mom«, sage ich, als wäre ich wieder ein kleines Mädchen, das ein Märchen hören will. »Erzähl mir ein paar Theorien. Wie die mit den Paralleluniversen.«

Mom lacht leise und schaut auch in den Himmel. »Nun«, sagt sie, »manche Philosophen, einige Physiker glauben ...«

Ich höre Mom zu, angenehme Schauer laufen mir den Rücken hinunter, während ich die Sterne betrachte. Da draußen gibt es so viele Geheimnisse und Rätsel – und hier unten auch. Alle werde ich nie kennen, aber vielleicht ist das ganz in Ordnung. Und vielleicht soll es ja genau so sein.

TEIL SIEBEN

Doppelleben

Mittwoch, 19. Juli, 7:17 Uhr

Das pfirsichfarbene Haus mit den grünen Fensterläden wirkt leer. Ich habe vergessen, einen Schlüssel mitzunehmen, als ich gestern weggelaufen bin. Mein Magen krampft sich wieder zusammen, als ich an die Tür klopfe.

Stille.

Das könnte mein erster Tag sein, da habe ich genauso mit im Hals klopfenden Herzen auf dieser Schwelle gestanden.

Und dann, wie an jenem ersten Tag, regt sich etwas am Fenster im ersten Stock. Eine Spitzengardine flattert zur Seite und Eloises blasses Gesicht erscheint. Sie schaut zu mir runter, und ich schaue zu ihr hoch, mit angehaltenem Atem frage ich mich, was sie wohl denken mag.

Die Gardine geht wieder zu und die Haustür öffnet sich knarrend. Und da steht Vivienne mit den roten, im Nacken zusammengebundenen Haaren und den strahlend blauen Augen, in ihrem schicken gestreiften Hemd und den engen schwarzen Hosen. Beinahe lache ich los. Die Welt läuft in einer Schleife, alles wiederholt sich.

Viviennes Augen werden groß. »Summer«, sagt sie leise.

Sie macht einen Schritt auf mich zu, vielleicht will sie mich umarmen oder mich auf die Wangen küssen, aber dann scheint sie es sich anders zu überlegen.

Ich schaue sie an. Hier ist sie, die Person, die meine Familie mittendurch gerissen hat. Ich sollte sie hassen. Ich sollte sie anschreien wollen oder schubsen. Ihr sagen, dass ich kein Wort, keinen Blick von ihr will. Aber zwischen uns ist eine Förmlichkeit, die meine Wut irgendwie auflöst. Vivienne ist eine Fremde. Es ist so wie letztes Jahr, als Mom und ich ins Einkaufszentrum gefahren sind und so ein Typ auf unser Auto aufgefahren ist. Mom ist ausgestiegen, um mit ihm Versicherungsinformationen auszutauschen, und die beiden waren überraschend höflich zueinander. *Oh, Sie hätten mich umbringen können oder mein Leben, so, wie ich es kenne, für immer zerstören können, aber das ist nichts Persönliches, also wollen wir höflich bleiben!* Ob Mom sich Vivienne gegenüber wohl auch so verhalten würde, wenn die beiden sich je treffen sollten?

»Du hast deinen Vater nicht gesehen?«, fragt Vivienne mich jetzt.

Ich runzele die Stirn. »Was? Wo?« Verwirrt schaue ich über meine Schulter.

»Er ist vor einer Minute gegangen«, sagt Vivienne. Sie kommt vor die Tür und späht die Rue du Pain hinunter. »Du hast ihn verpasst?« Das scheint sie tief zu verstören.

Es ist kein so großes Wunder, ich habe meinen Vater verpasst, weil ich mich spontan entschieden habe, in der Bäckerei vorbeizuschauen. Während ich im Laden war, muss er wohl davor gewesen sein. Aber warum?

»Wo ist er hin?«, will ich wissen. Etwa wieder nach Berlin?, frage ich mich sauer. Würde mich nicht überraschen.

Vivienne ringt die Hände. »Er wollte dich abholen. Von den Cassels. Jacques Cassel hat Eloise gestern Abend angerufen und gesagt, dass du da übernachtest.«

»Oh«, murmele ich. Ich fühle mich ein bisschen verraten und stelle mir vor, wie Jacques in seinem Zimmer heimlich am Telefon Eloise über meinen Aufenthaltsort informiert. Sicherlich dachte er, er tue das Richtige. Mein Vater sollte sich schließlich keine Sorgen machen müssen. Ich verdrehe die Augen.

»*Ton père*, dein Vater war ganz außer sich«, sagt Vivienne, als wäre sie meinem Gedankengang gefolgt. Als ob ich wegen Dad ein schlechtes Gewissen haben müsste! »Ich hab ihm gesagt, er soll wenigstens bis zum Morgen warten, ehe er dich abholt. Er hat die ganze Nacht nicht geschlafen.« Sie reibt sich die Schläfen. »Keiner hier im Haus hat geschlafen.«

Ich schaue wieder hoch zu Eloises Fenster. Die Gardine bewegt sich nicht.

»Bitte, komm rein«, drängt Vivienne und geht wieder zurück ins Haus. »Ich rufe deinen Vater auf dem Handy an und sag ihm, dass du hier bist.«

Zögernd betrete ich den Flur. Was Vivienne wohl an

meinem ersten Tag von mir gedacht hat, von dieser anderen Tochter, die keine Ahnung von dem Geheimnis hatte, das wie ein Gespenst durch dieses Haus zog. Hatte ich ihr leidgetan? War sie neugierig auf mich gewesen? Hatte sie befürchtet, aus Versehen das Falsche zu sagen? Kein Wunder, dass sie mir mit Zurückhaltung begegnet ist.

»Möchtest du ... vielleicht etwas essen?«, fragt Vivienne jetzt und streicht sich nervös eine Falte aus dem gestreiften Oberteil.

Ich schüttele den Kopf und lächele ironisch, als ich mir vorstelle, wie wir uns fröhlich zu heißer Schokolade und Croissants zusammen an den Tisch setzen.

»Ich glaube, ich gehe hoch«, sage ich, um der wachsenden Peinlichkeit zu entkommen. Vivienne wirkt erleichtert, sie nickt und murmelt, dass sie auf den Markt gehen will. Wir bleiben eine Sekunde stehen und sehen uns an. Ich bemerke die Sorge und Unsicherheit in Viviennes Gesicht. Schließlich drehe ich mich um.

Auf dem Weg zur Treppe höre ich Vivienne noch sagen: *»Je suis désolée.«*

Das heißt »Es tut mir leid«. Aber was soll ich darauf erwidern? Schon okay, mach dir keinen Kopf, alles gut, *ça va*? Also sage ich gar nichts. Ich gehe weiter die Treppe hoch, in dem Bewusstsein, dass Vivienne mich dabei beobachtet. Oben angekommen, werfe ich einen ängstlichen Blick auf Eloises geschlossene Tür. Ich atme erst aus, als ich in meiner Kammer die Tür hinter mir geschlossen habe.

Beschäftige dich, sage ich mir, hole den leeren Koffer aus der Ecke und klappe ihn auf. Ich reiße eine der wackeligen Kommodenschubladen auf, aus der ich eine Handvoll Tanktops zerre. Solange ich in Bewegung bleibe, kann die Finsternis mich nicht verschlingen. Ich kann mir nicht zu viel Sorgen darüber machen, was passieren wird, wenn Dad wieder nach Hause kommt und wir reden müssen.

Ich packe meine Umhängetasche, Pass, Portemonnaie, zerknitterte Zeitschriften vom Flug, Kaugummi – und dann klopft es an meiner Tür. Ich erstarre.

»Dad?«, sage ich und könnte mich dafür treten. Ich wünschte, ich hätte *Ned* gesagt. Das würde deutlich machen, wie wenig ich mich mit ihm verbunden fühle.

Der Türknauf dreht sich und die Tür geht auf. Aber es ist nicht Ned Everett. Es ist Eloise.

»Hey«, sagt sie steif, so, als wäre das ein ganz gewöhnlicher Tag. Nur würde Eloise an einem ganz gewöhnlichen Tag nicht in mein Zimmer kommen und irgendwas sagen.

»Hey«, wiederhole ich ebenso steif, in der klammen Hand die Kaugummipackung.

Mit hängenden Armen steht sie da, genau so wie sie vor fünf Jahren im Mohnfeld Modell gestanden hat. Ihr Gesichtsausdruck ist kindlich, offen und vorsichtig zugleich. Ohne die übliche Häme. Die goldenen Locken sind ungekämmt und sie hat Ringe unter den Augen. Ihr weißes Sommerkleid ist zerknittert, so, als hätte sie darin geschlafen – oder nicht geschlafen, wie

Vivienne behauptet –, und der rosa Nagellack ist abgeplatzt.

Es ist ohne jeden Zweifel befriedigend, sie mal alles andere als perfekt zu erleben.

Aber während ich sie betrachte, kriege ich so ein mieses Gefühl im Bauch. Denn ich sehe noch etwas anderes. Ich sehe die Ähnlichkeit. Jacques hat das angesprochen. Sie ist subtil, aber sie ist da, angefangen bei der Form ihrer Schultern bis zum Schwung der Augenbrauen und der Art, wie die Haare das Gesicht umrahmen. Eloises Haare mögen heller sein als meine und leichter zu bändigen, aber sie sind meinen Haaren trotzdem ziemlich ähnlich.

Wir sehen uns ähnlich.

Zitternd weiche ich einen Schritt zurück. Eloise war mir irgendwie immer unheimlich. Vielleicht weil ich im tiefsten Inneren gespürt habe, dass ich bei allzu genauem Hinschauen sehen würde, was ich jetzt sehe. Vielleicht hat die Wahrheit mich die ganze Zeit verfolgt wie ein Gespenst. Aber es war ein sichereres Gefühl, meinen Argwohn und meine Überlegungen unter den Teppich zu kehren, statt sie dem Licht auszusetzen.

Eloise macht einen Schritt nach vorn. Dann schaut sie auf mein Bett, da liegen noch ein paar meiner Sachen, die Umhängetasche steht offen daneben.

»Wo willst du hin?«, fragt sie mich mit gerunzelter Stirn. »Reist du ab?«

»Was geht dich das an?«, blaffe ich, wirbele herum

und lasse die Kaugummipackung in die Umhängetasche fallen. Wenn *sie* doch abhauen würde!

»Gut«, blafft sie zurück, das Schnippische ist wieder da. »Entschuldige bitte, dass ich nach dir sehen wollte, dass es mir nicht egal ist, wie es dir geht, nachdem …« Sie macht eine Pause, schnappt nach Luft.

Mein Herz zieht sich zusammen, wie eine geballte Faust. »Was glaubst du denn, wie es mir geht?«, murmele ich.

Eloise seufzt. Ich rechne damit, dass sie sich umdreht und mich in Ruhe lässt. Stattdessen setzt sie sich auf die Bettkante, wobei sie den Südfrankreichführer vorsichtig zur Seite schiebt. Den brauche ich vermutlich nicht mehr so nötig.

Mir stellen sich die Nackenhaare auf. Ich bin kurz davor, Eloise zu sagen, dass sie aufstehen und mein Zimmer verlassen soll. Aber dann werde ich von einer Resignation erfasst, die wie bleierne Erschöpfung ist. Ich seufze und setze mich auch hin, aber nicht direkt neben sie. Meine Kamera ist der Grenzstein zwischen uns. Wir schweigen beide ziemlich lange, während draußen im Garten die Vögel zwitschern.

»Wann hast du es rausgefunden?«, frage ich und starre in den gesprungenen Spiegel.

Eloise kratzt an dem abgeplatzten Nagellack an ihrem Daumen. »Weiß ich nicht mehr so genau«, sagt sie. »Ich wusste es einfach. Schon als ich klein war. Es war … kein Geheimnis.«

Verständnislos schaue ich sie an. »Du hast es einfach gewusst – immer schon?«, frage ich geschockt. Ich versuche mir ein Leben vorzustellen, in dem ich ganz unbekümmert gewusst hätte, dass mein Vater auf der anderen Seite des Ozeans noch eine Familie hat. »Dass er eine … Dass es noch eine …« Mir fehlen die Worte.

Eloise nickt. »Als ich klein war, da war er …« Sie guckt mich an, als wolle sie sich vergewissern, ob es okay ist, wenn sie unverblümt von Dad redet. Ich erhebe keine Einwände, also fährt sie fort. »Er war den größten Teil der Zeit in Amerika. Ich wusste, dass er damals bei dir und deiner Mutter war, und ich hab das für normal gehalten.«

»Bis …«, sage ich an ihrer Stelle, denn ich spüre, was jetzt kommt.

Eloise kratzt weiter am Nagellack, so, als wäre das eine wichtige Aufgabe, die erledigt werden muss.

»Als ich älter wurde, hab ich mich damit nicht mehr wohlgefühlt«, erklärt sie schnell. »Meinen Freunden hatte ich nie was davon erzählt, und mir wurde klar, warum: Irgendwie war es was, wofür man sich schämen musste. Aber ich wurde auch neugierig. Auf dich.« Wieder guckt sie zu mir rüber, ihre Wangen sind rot.

Ich werde auch rot. Ich stelle mir Eloise als Kind vor – das Mädchen in *FILLE* –, das über mich nachdenkt, während ich meine Hausaufgaben mache, bei Ruby übernachte und die Greene Street hoch- und runterradele und keinen Schimmer von einem Mädchen in Frankreich habe.

»Was hast du gewusst?« Ich schaue auf unsere nackten Füße nebeneinander auf dem Dielenboden. Wir haben die gleichen Zehen, fällt mir auf, lang und dünn. Ungebeten taucht das Wort *Schwester* in meinem Kopf auf – und ich schmeiße es im hohen Bogen raus.

Eloise zuckt mit den Schultern. »Ich wusste, wie du heißt und dass du irgendwo in New York lebst. Das war alles. Ich hab dich gegoogelt und in den sozialen Netzwerken nach dir gesucht, aber deine Profile sind alle nicht öffentlich. Ich hab versucht, Dad auszufragen, aber er hat nie viel über dich geredet. Er meinte nur, es sei alles ein Geheimnis, und dass du nichts von mir weißt. Also konnte ich nie Kontakt zu dir aufnehmen.«

Zittrig atmet sie aus, mit gerunzelter Stirn. Ich frage mich, was schlimmer ist – wenn etwas vor einem geheim gehalten wird oder wenn man selbst das Geheimnis ist.

»Dann«, fährt sie fort und nimmt die Vernichtung ihres Nagellacks wieder auf, »hat er uns eines Tages im Frühling gesagt, dass du zu uns kommst. Er meinte, du würdest den Sommer in unserem Haus in der Provence verbringen und er würde dir die Wahrheit sagen.«

Ich zucke zusammen. *Unser Haus.* Ich schaue raus in den blühenden Garten. Das hier ist niemals nur Dads Haus gewesen, er hat hier immer mit Vivienne und Eloise gewohnt.

Nun strömen die Wörter nur so aus Eloise heraus: »Plötzlich warst du so real. Viel zu real. Ich hab Angst gekriegt.« Sie schaut auf, ihre blauen Augen sind ganz groß. »Und dann wurden all diese Regeln aufgestellt.

Meine Mutter und ich sollten dir nichts sagen. Es musste von … ihm kommen. Wir sollten so tun, als wären wir Gäste – in unserem eigenen Zuhause. Mein ganzes Leben würde auf den Kopf gestellt werden. Da fand ich es dann furchtbar, dass du kommen würdest. Ich fing an …«

Sie zögert und ich frage mich, ob sie vielleicht nach den richtigen Worten sucht. Je länger sie redet, desto stärker wird ihr französischer Akzent, fällt mir auf, obwohl ihr Englisch immer noch fließend ist. Natürlich ist es das. Sie hat einen amerikanischen Vater.

»Ich fing an, dich zu hassen«, sagt sie zum Abschluss.

Sie sieht mir in die Augen und wirkt dabei so wund, so gequält und echt, dass ich nicht wegschauen kann. Ich bin getroffen, aber ich habe auch Verständnis. Ich hätte mich genauso gehasst. So, wie ich Eloise hasse. Das tu ich doch, oder?

Schließlich beende ich unseren Anstarrwettstreit und werfe einen Blick auf mein totes Handy auf dem Bett. »Weißt du, eigentlich hätte ich gar nicht kommen sollen«, sage ich. Mit dem Finger streiche ich über das leere, unschuldige Gesicht des Telefons. »Er hat angerufen und wollte mich aufhalten, aber es war … zu spät.«

»Ich weiß«, sagt Eloise leise. Sie mustert ihren Daumennagel. »Als er nach Berlin aufgebrochen ist, hat er uns gesagt, er würde deinen Besuch verschieben. Ich war so erleichtert.« Sie reißt einen ganzen Streifen Nagellack ab, ihr Nagel ist jetzt nackt. »Es war eine

Achterbahnfahrt der Gefühle. Ich hatte wochenlang immer wieder geweint. Und normalerweise weine ich nicht viel ...«

»Ich auch nicht«, werfe ich ein. »Dieser Sommer scheint eine Ausnahme zu sein.«

Eloise schenkt mir ein winziges Lächeln. Ob sie jetzt wohl einen Kloß im Hals hat – so wie ich? Ich erinnere mich, wie sie in der Dusche geweint hat.

»Und dann bin ich doch gekommen«, sage ich, das Puzzle fügt sich zusammen. »Und ihr habt nicht mit mir gerechnet?«

Sie schüttelt so heftig den Kopf, dass ihr die Haare in die Augen wehen. »Ich war total ... sauer. Du warst wie ein Wesen aus einer Geschichte, mit der ich aufgewachsen war, und dann tauchst du plötzlich bei mir zu Haus auf.«

Ich schnaube. »Ein Wesen? Du meinst, eine Art Ungeheuer?«

Eloise lächelt wieder, dieses kleine, zögernde Lächeln. »Im Gegenteil«, sagt sie. »Du warst so hübsch.« Ungläubig mache ich den Mund auf, aber sie redet weiter, so schnell, dass ich sie nicht unterbrechen kann. »Und so toll, und du kamst hier rein, als würde dir hier alles gehören. Ich weiß noch, als wir im Atelier waren, da hast du gesagt, du wärest zuerst da gewesen. Darüber habe ich mich so aufgeregt. Obwohl du ja tatsächlich die Erste bist ...«

Sie hält inne und schaut mich schnell an. *Die Erstgeborene*, das denken wir wohl beide, und dieser Augenblick des Unbehagens verbindet uns. Dann redet Eloise weiter.

»Und meine Mutter wollte, dass ich nett bin und dich herzlich aufnehme, aber das konnte ich nicht. Es wirkte so, als ob du gekommen wärst, um mir wegzunehmen, was meins war.« Eloise wirft die Hände in die Luft. »Sogar Jacques hast du mir weggenommen!«

Ich blinzele. »Jacques ... gehörte dir?«, frage ich.

Sie zuckt die Achseln und läuft rot an. »Nein. Wir sind nicht zusammen. Aber ich mag ihn«, gibt sie zu und wird noch roter. »Ich komme schon viele Jahre nach Les Deux Chemins, aber Jacques habe ich erst diesen Sommer kennengelernt. Immer wenn ich mit meinen Freunden nach dem Malkurs ins Café des Roses gegangen bin, hat er mit mir geflirtet. Ich dachte ...« Wieder ein Achselzucken.

Ich nehme meine Kamera und spiele damit herum. »Jacques ist auch nicht mit mir zusammen«, sage ich ein bisschen traurig. »Wenigstens nicht mehr. War er vielleicht auch nie wirklich. Ich hab den Eindruck, dass er gern mit Mädchen flirtet«, sage ich. Eigentlich ist das laut gedacht.

Eloise verdreht die Augen. »Das ist bei vielen französischen Jungs so«, sagt sie. »Das ist ... wie sagt man noch? Ein Segen und ein Fluch?«

Trotz allem lache ich. Eloise lacht auch, ein echtes Lachen, ohne Häme. Mir fällt wieder ein, wie sie neulich beim Feuerwerk ausgesehen hat, so entspannt und glücklich. Es kommt mir vor, als würde der Vorhang weggezogen, und auf einmal ist eine andere Eloise zu sehen, eine, die mir noch nicht begegnet ist.

Jemand klopft an die Tür. Eloise hat sie nicht richtig zugemacht, als sie reinkam – und jetzt steht Dad auf der Schwelle.

»Hallo, Mädchen«, sagt er leise.

Er sieht erschöpft aus, seine Augen sind gerötet, das Gesicht ist abgespannt und das Kinn voll schwarzer Stoppeln. Er trägt dieselben Sachen wie gestern und am Hinterkopf stehen ihm die Haare ab. Aber als er Eloise und mich auf dem Bett sitzen sieht, lächelt er. Ob er sich wohl je vorgestellt hat, uns beide mal zusammen zu sehen?

»Ich bin so froh, dass du wieder zurückgekommen bist, Summer«, sagt er. »Möchtest du was essen?«

Na toll, *jetzt* regen sich seine Vaterinstinkte. Ich schüttele den Kopf und halte meine Kamera ganz fest.

»Okay.« Er nickt mir zu und registriert eindeutig meine köchelnde Frustration. »Wenn du reden willst – ich bin im Atelier.« Er nickt auch Eloise zu. »Bis später, ihr beiden.«

Er geht, aber seine Präsenz bleibt irgendwie im Raum hängen. Ich lasse den Gedanken zu, dass Eloise und ich ihn teilen. Er ist unser beider Vater. Und wird es immer sein.

»Wie nennst du ihn?«, frage ich Eloise, nachdem wir eine Weile geschwiegen haben.

»Papa«, antwortet sie. Sie rutscht unruhig hin und her. »Und du?«

»Dad«, sage ich. »Aber ich überlege, ob ich zu Ned übergehen soll.« Ich drehe die Kamera um und schaue mir das letzte Bild an, das ich gemacht habe. Es ist eine Nachtaufnahme vom Boulevard du Temps, die Schaufenster sind erleuchtet und glitzern.

»Darf ich das mal sehen?«, fragt Eloise. Sie rutscht dichter an mich heran. Ich verspanne mich und will schon wegrutschen, aber dann mache ich es doch nicht. Ich halte die Kamera so, dass sie den Monitor sehen kann.

»*C'est cool*«, sagt Eloise anerkennend, sie klingt ein bisschen wie Jacques. »Hast du mehr?«

Ich scrolle zurück. Alle Bilder, die ich in Frankreich aufgenommen habe, erscheinen in umgekehrter Reihenfolge – wie in einer Zeitmaschine: die azurblauen Wellen in Cannes, Jacques, grinsend an sein Moped gelehnt in Avignon, Zypressen und Sonnenblumen, das Mohnfeld ...

Ich breche ab. Mir stockt der Atem. Ich schaue Eloise an und frage mich, ob eine von uns diese total unangenehme Sache mit dem Mohnfeld, mit dem Gemälde, ansprechen wird.

Wenn Eloise überhaupt an *FILLE* denkt, dann zeigt sie es nicht. Sie schaut mich mit großen Augen an. »Summer«, sagt sie, »das sind ganz unglaubliche Fotos.«

Ich schalte die Digitalanzeige aus, irgendwie bin ich verlegen. »Danke«, sage ich. »Aber so was Besonderes sind sie gar nicht. Das ist eine ziemlich tolle Kamera und jeder kann Fotos machen ...«

»Nicht jeder«, sagt Eloise bestimmt. Sie schüttelt den Kopf. »Glaub mir. Meine Eltern sind Maler. Also, das weißt du ja.« Sie wird rot, fährt aber fort: »Mein Leben lang habe ich Kunstunterricht genommen. Ich bin nicht besonders gut, auch wenn meine Mutter das gern hätte.« Sie verdreht die Augen. »Egal, was ich sagen will, ist: Ich erkenne einen Künstler, wenn ich einen sehe.«

»Einen Künstler?«, wiederhole ich. Ich lache ungläubig, dann merke ich, dass Eloise ernst ist. »Oh«, sage ich. »Du meinst das ernst.«

Sie nickt. »Du solltest deine Bilder irgendwo ausstellen«, sagt sie.

Wieder lache ich. »Wo? Auf Instagram?« Aber noch während ich das sage, überlege ich schon, ob das nicht eigentlich eine gute Idee ist. Vielleicht sind meine Fotos ja wirklich besser, als ich dachte. Ich spüre einen Anflug von Stolz. Vielleicht möchte sie ja jemand sehen, vielleicht interessiert sich ja jemand für die Geschichte meines Sommers – meines bisherigen Sommers.

»Ich finde Instagram gut«, sagt Eloise. Dann – nach einem langen Seitenblick zu mir – ergänzt sie zaghaft: »Kann ich dich abonnieren?«

»Okay«, antworte ich ebenfalls zaghaft. »Heißt du eigentlich mit Nachnamen Everett?« Ich fürchte mich ein wenig vor der Antwort.

Eloise schüttelt den Kopf. »LaCour«, sagt sie lächelnd. »Das war meiner Mutter sehr wichtig.«

Ich erwidere ihr Lächeln. *Eloise LaCour*, denke ich. *Schön, dich kennenzulernen.*

Eloises Lächeln verblasst, vielleicht ist ihr – so wie mir – aufgegangen, dass dies hier ebenso ein Anfang wie ein Ende ist. »Du fliegst also wieder zurück nach New York?«, fragt sie und guckt auf meinen gepackten Koffer auf dem Fußboden. »Bist du sicher?«

»Ja«, antworte ich – und es ist ein gutes Gefühl, diese Aussage machen zu können.

»Meinst du, du kommst mal wieder nach Les Deux Chemins zurück?«, fragt Eloise. Ich zucke mit den Schultern. Das weiß ich wirklich nicht. »Oder vielleicht kommst du ja nach Paris?«, schlägt sie vor.

Paris. Genau. Wo Dad lebt, wenn nicht Sommer ist. Und wo Vivienne und Eloise dann auch sind. »Vielleicht«, sage ich. Daran kann ich noch nicht denken. An nichts dergleichen.

»Es tut mir so leid«, sagt Eloise leise. Sie schaut von meinem Koffer zu mir und sie hat Tränen in den Augen. »Wie ich dich diesen Sommer behandelt habe. So ... so bin ich eigentlich nicht.«

»Ich glaube, das weiß ich jetzt.« Ich beiße mir auf die Lippen, damit meine Augen nicht auch feucht werden. Mein Herz scheint aufzugehen, wie eine Faust, die sich löst. Ich weiß noch, wie ich gedacht habe, Eloise wäre wie Skye Oliveira. Das kommt mir jetzt nicht mehr so vor. Es sei denn, Skye ist komplizierter, als es den Anschein hat. Wäre ja möglich.

Eloise steht schnell auf und tupft sich die Augen. »Ich lass dich mal zu Ende packen«, sagt sie. Unbeholfen beugt sie sich vor, legt einen Arm um mich und drückt mich. Ich erschrecke so, dass ich die Umarmung nicht erwidere. Dann geht sie hastig zur Tür.

»Warte«, sage ich. »Vorhin wollte ich sagen: Ich bin nicht so hübsch. Aber du.«

Eloise lächelt mich an und legt den Kopf schräg. »Nun ja, wir sind Halbschwestern, oder?«

Schwestern. Dieses Mal darf das Wort in meinem Kopf bleiben. Halbschwestern. Was für ein komischer Ausdruck, wie etwas, das aus zwei Teilen besteht. Aber das sind wir, Eloise und ich.

Sie geht und ich höre, wie sich die Tür ihres Zimmers hinter ihr schließt. Ich stehe auf und betrachte mich eine Weile in dem gesprungenen Spiegel. Auf einmal überfällt mich die Inspiration, ich greife nach der Kamera und mache ein Bild von meinem gesprungenen Spiegelbild.

Dann kommt mir eine Idee. Ich krame in den Sachen auf meinem Bett, bis ich schließlich das Kabel finde, mit dem ich die Kamera an den Computer anschließen kann. Dann klopfe ich an Eloises Tür und frage sie, ob ich mir ihr Handy ausleihen kann, nur ganz kurz, sie kriegt es gleich wieder. Ein wenig zögernd gibt sie es her. Ich danke ihr überschwänglich und nehme ihr Handy, meine Kamera und das Kabel mit nach unten ins Wohnzimmer.

Dort setze ich mich an den Schreibtisch und verbinde die Kamera mit dem Computer. Draußen ist der Himmel über der Rue du Pain strahlend blau. Ich maile alle Fotos an mich selbst, und mit ein paar Mal

Wischen und Klicken auf Eloises Handy lade ich die Bilder auf Instagram hoch, mein erster Post, seit ich Hudsonville verlassen habe.

Als die Fotos dann auf dem Display erscheinen – die Aufnahmen aus dem Taxi, das zersplitterte Selbstporträt –, empfinde ich eine Art Befriedigung, so, als hätte ich etwas vollbracht, das dazu bestimmt war, von mir vollbracht zu werden.

Ich schreibe noch an den Untertiteln, als ich bemerke, dass eins meiner Fotos, das Selbstporträt, schon gelikt wurde und einen Kommentar bekommen hat.

Von Hugh Tyson.

Mein Herz setzt für einen Schlag aus.

Wahnsinnsbild, Summer, hat er geschrieben. *Ich mache gerade meinen ersten Fotokurs. Wir sollten irgendwann mal Erfahrungen austauschen.*

Mein Gesicht wird ganz warm. Was soll das bedeuten? Denkt er, ich mache einen Fotokurs, wegen der vielen Bilder?

Will er sich mit mir treffen?

Ich klicke auf Hughs Profil, als ob mir das Anhaltspunkte verschaffen könnte. Sein letztes Bild, das er vor ein paar Minuten erst hochgeladen hat, scheint das Fenster eines Hotelzimmers zu sein, das gegenüber der weißen Kuppel des Kapitols in Washington liegt. *Hellwach mitten in der Nacht, schreib ich schlechte Gedichte in der Hauptstadt der Nation, ganz im Sinne der Gründerväter,* steht da als Bildunterschrift.

Ich lächle. Dass Hugh witzig ist, war mir bisher

nicht bewusst. Ich hab ihn nie so richtig kennengelernt. Warum er jetzt wohl in Washington D.C. ist?

Und dann packt mich plötzlich der Mut. Ich *like* sein Bild und tippe darunter: *Aha. Triffst du dich etwa mit dem Präsidenten?*

Ein bisschen stolz auf mich, ein bisschen ungläubig, lehne ich mich zurück. Aber ich weiß, dass ich bei der nächsten Begegnung mit Hugh nicht mehr so fremdeln werde.

Eine Sekunde später erscheint eine Antwort unter meinem Kommentar. Nicht zu fassen! Hugh hat zurückgeschrieben. Offenbar ist er gerade online – auf der anderen Seite des Ozeans.

Haha, knapp daneben. Langweiliges Elternding. Dein Sommer scheint interessanter zu sein …?, schreibt er.

Ich stelle fest, dass ich grinse. Irgendwie, so unmöglich das auch erscheinen mag, unterhalte ich mich mit Hugh Tyson. Und ich mach das ganz gut! Ich könnte auf seine Antwort antworten und das Gespräch in Gang halten, aber ich beschließe, es erst mal gut sein zu lassen. In mir wächst die Hoffnung. Vielleicht können Hugh und ich unser Gespräch ja in Hudsonville fortsetzen. Persönlich. Vielleicht wäre das sogar noch besser.

Immer noch grinsend logge ich mich aus Instagram aus und aus purer Gewohnheit in meinen E-Mail-Account ein. Da liegt eine neue Nachricht für mich, die gestern abgeschickt worden ist. Von Ruby.

Herzlichen Glückwunsch, Süße, steht da. *Hoffentlich ist dein Frankreichaufenthalt total genial. Tut mir leid, dass ich diesen Sommer nicht viel von mir hab hören lassen. Ich glaube, irgendwie dachte ich, es wäre ganz gut für uns, mal ein bisschen Abstand zu haben. Keine Ahnung. Du fehlst mir. Wir haben viel zu besprechen, wenn du wieder da bist. Hab dich lieb, Ruby*

Ich atme durch. Gestern noch kam mir der Gedanke, dass es irgendwie befreiend war, von Ruby getrennt zu sein. Sie hatte das offenbar genauso empfunden, das war eine Erklärung für die ganze Aktion mit Skye-Austin-Genji und ihrem neuen Leben, die ich auf Instagram gesehen hatte. Aber die alten Wunden spüre ich jetzt nicht, nicht mal, als mir aufgeht, dass Ruby sich nicht mit »Hab dich lieb mal zwei« verabschiedet hat. Nur »Hab dich lieb«. Was sollte das mit dem »mal zwei« eigentlich heißen? Als wir klein waren, muss das irgendeinen Sinn ergeben haben, aber nicht alle Traditionen halten dem Wandel der Zeit stand.

Ich schließe ihre Mail. Ich kann noch nicht antworten, erst mal muss ich verarbeiten, was sie geschrieben hat. Mein Kopf ist voll. Ich werde sie anrufen, wenn ich wieder zu Hause bin, wenn mein Telefon aufgeladen ist. Dann kann ich ihr von Dad und Eloise erzählen. Und von meinem ersten Kuss und davon, dass Hugh Tyson und ich auf Instagram Kontakt hatten. Wir können über alles reden.

Während ich durch das stille Haus nach draußen gehe, wirbeln meine Gedanken von Ruby zu Hugh und zu Jacques, von Eloise zu Dad. Auf nackten Füßen tapse ich durchs feuchte Gras im Garten und drücke die knarrende Scheunentür auf. War ich wirklich erst gestern hier drinnen und hab meine Entdeckung gemacht? Es scheint ein ganzes Leben her zu sein. Ich fühle mich alt.

Dad sitzt an seinem Schreibtisch, der jetzt dank mir aufgeräumt ist, und guckt alte Papierstapel durch. Zwischen den Fingern hält er eine brennende Zigarette, was ganz bestimmt ernsthaft feuergefährlich ist. Vielleicht brennt er seine ganze Scheune nieder.

»Hallo, Ned«, sage ich kühl und gehe zu ihm. Dieser neue Name fühlt sich verkehrt an in meinem Mund. Er ist Dad.

Aber es hat die beabsichtigte Wirkung. Sein Kopf schnellt hoch, er blinzelt. »Oh. Summer«, sagt er, Runzeln ziehen sich über sein Gesicht. Auch er scheint an einem Tag um Jahre gealtert zu sein.

Auf dem kalten Scheunenboden trete ich von einem Fuß auf den anderen. »Ich wollte dir nur sagen, dass ich wieder nach Hudsonville fliege. Also, erst muss ich Mom zurückrufen und mich nach den Abflugzeiten erkundigen, aber dann ...«

»Schatz«, sagt Dad. Er drückt seine Zigarette im Aschenbecher aus. Dann streckt er den Arm aus, als ob er meine Hand nehmen will. Aber ich mache einen Schritt zurück.

»Sag bitte nicht ›Schatz‹ zu mir.« Ich funkele ihn wütend an. Bis eben war mir gar nicht klar, wie sehr mir dieser Kosename zum Hals raushängt – und wie hohl und bedeutungslos er sich immer angefühlt hat.

Dad zieht die Augenbrauen hoch, als würde er mich nicht wiedererkennen. »Ich ... okay«, stammelt er. »Ich wünschte, du würdest mich nicht Ned nennen ... Aber was soll ich machen?«

»Was du machen sollst?«, wiederhole ich zitternd. Endlich lasse ich alles raus, den ganzen Schmerz und die Wut. »Du sollst ehrlich sein. Du sollst nicht lügen und betrügen.« Ich hatte mir geschworen, nicht zu weinen, aber ärgerlicherweise fühle ich, wie die Tränen kommen.

»Mein Sch...« Er kriegt sich gerade noch ein und schüttelt den Kopf. »Summer. Hör zu. Es tut mir leid. Ich weiß.« Mit einem gefalteten Blatt Papier in der Hand steht er vom Schreibtisch auf. Sein Adamsapfel hüpft auf und ab. »Ich hab ein furchtbares Durcheinander angerichtet bei dir und deiner Mutter. Aber ich wollte euch wirklich nicht wehtun. Weder ihr noch dir.«

»Ist irgendwie zu spät für Entschuldigungen, Dad«, sage ich. Ich schlinge die Arme um mich. In der Scheune ist es kühl und zugig. Ich bin froh, dass keine anderen Maler hier sind, aber ich wäre auch so direkt zu ihm gewesen, wenn wir nicht allein gewesen wären. Ich hab es satt, Dinge unter den Tisch zu kehren.

Mein Vater presst eine Hand auf die Lippen. »Du hast recht«, sagt er leise. »Und genau deshalb wollte ich, dass du diesen Sommer nach Frankreich kommst«, erklärt er. »Ich wollte die verlorene Zeit wettmachen. Schnell handeln. Damit aus meinem Doppelleben endlich eines werden kann.«

Ich starre ihn an, ganz überrascht, dass Dad so einfach zugibt, zwei Leben geführt zu haben.

»Tja, ich will aber kein Teil deines anderen Lebens sein«, sage ich, obwohl das nicht so ganz stimmt. Ich denke an mein Gespräch mit Eloise. Ich denke an Paris. Es lässt sich nicht rückgängig machen, dass ich von meiner Halbschwester hier in Frankreich weiß. Trotzdem halte ich es nicht aus, meinen Vater noch länger anzusehen, erst recht nicht hier in seinem Atelier, das nach Farbe und Terpentin riecht, und wo ich Eloises Namen auf der Rückseite meiner Skizze gelesen habe – und meine Welt in die Brüche gegangen ist.

Ich drehe mich um und will gehen, aber Dad hält mich zurück, er nimmt meinen Arm und dreht mich um, sodass ich ihm wieder gegenüber stehe. Ich gucke runter.

»Ich will dir was zeigen«, sagt Dad. Er hält mir das gefaltete Blatt hin. »Ich habe meine alten Skizzen durchgeblättert und das hier gefunden.« Mit zitternden Fingern falte ich das Blatt auseinander. Es dauert eine Weile, bis das Gehirn die Augen einholt. Dann begreife ich, dass ich eine Skizze anschaue, die ich noch nie gesehen habe. Ein lockiges kleines Mädchen mit großen Augen und einem Buch in der Hand ist auf einer Liege ausgestreckt – barfuß, in Shorts und T-Shirt, genießt sie offensichtlich die Freiheit des Sommers.

Das bin ich.

»Erinnerst du dich daran?«, fragt mein Dad mich sanft. »Damals in Hudsonville?«

Ja. Ich erinnere mich an die Schwüle dieses Julitages, an den Mückenstich in meiner Kniekehle, den Duft von Pinien und an das Buch, das ich gelesen habe (*Harry Potter und der Halbblutprinz*). Ich weiß noch, wie Dad neben mir kniete und mir sagte, ich solle still halten, damit er mich zeichnen könne. Ich erinnere mich an all das.

Ich nicke, aber ich will jetzt nicht weich werden. Ich weigere mich, weich zu werden. Nur weil Dad mich auch gezeichnet hat – nicht nur Eloise –, ist nicht alles wieder in Ordnung. Es wird niemals in Ordnung sein.

»Ich muss Mom anrufen und einen Flug buchen«, sage ich. Ich gebe ihm seine Skizze zurück.

Bevor ich mich umdrehen kann, nimmt Dad wieder meinen Arm. »Summer, ich wünschte, du würdest nicht einfach so zurückfliegen«, sagt er. »Bleib doch noch eine Weile in Frankreich. Wir könnten noch mehr reden.« Er sieht meinen verhärteten Gesichtsausdruck und seufzt. »Ich liebe dich«, sagt er. »Du bist meine Tochter. Nichts kann das ändern.«

Ich antworte nicht. Mir tut der Hals weh vor lauter Tränen.

»Alles gut?« Dad guckt mich bittend an.

»Alles gut«, murmele ich, nur um von ihm wegzukommen. Mit einem Ruck befreie ich meinen Arm aus Dads Griff und stürme auf die Scheunentür zu. Irgendwie wünsche ich mir, dass er mich noch mal aufhält – aber das tut er nicht.

* * *

An diesem Abend treffe ich pünktlich am Flughafen Marseille ein. Es ist ein ganz neues Gefühl für mich, nicht gehetzt, gescheucht und mit hängender Zunge anzukommen. Und ich muss mir auch nicht sonst was ausdenken, um die leeren Stunden auszufüllen. Ich kann einfach mit meiner Umhängetasche auf dem Schoß im Abflugbereich sitzen, denn ich weiß, dass mein Flug bald aufgerufen wird. Mom hat mir den frühesten Flug an diesem Tag buchen können. Ich werfe einen Blick zur Uhr an der Wand und gucke dann aus dem Fenster auf die Startbahn, die im rosigen Schein der Provencesonne daliegt.

Nachdem ich Dad in seinem Atelier stehen gelassen hatte, habe ich schnell Mom angerufen, Eloise ihr Handy zurückgegeben und zu Ende gepackt. Dad kam ins Haus, als ich gerade mit meinem Koffer die Treppe runtergepoltert bin.

Trotz meiner Versicherungen, ich könne mir auch ein Taxi nehmen – (»Wäre ja nicht das erste Mal«, erinnerte ich ihn spitz) –, hat Dad mich zum Flughafen gebracht. Während der Fahrt haben wir geschwiegen, aber als wir an mein Gate kamen, hat Dad gesagt, er hoffe, ich würde ihm verzeihen, er habe noch so viel mehr zu sagen. Aber was immer das auch sein mochte, musste ein Geheimnis bleiben. Ich verabschiedete mich knapp und sprang aus dem Auto.

Niemals werde ich ihm verzeihen, denke ich jetzt – und spüre die Härte in mir wachsen.

Über meinem Kopf knistert es: Mein Flug, Delta

202, wird zum Boarding aufgerufen. Ich stehe auf und schultere die schwere Umhängetasche. Dann bemerke ich sie – die Mutter und die Tochter, die mit mir hierher geflogen sind. Nur ist jetzt der Vater bei ihnen.

Ich starre die kleine Familie an, die ihre Taschen zusammensammelt und sich anstellt. Ob das ein Zeichen ist? Aber wenn es eines ist, was hat es zu bedeuten? Dass ich Dad eines Tages vielleicht doch verzeihen kann? Dass es in meiner Familie auch wieder so was wie Vollständigkeit geben könnte, jetzt, wo wir alle die Wahrheit kennen? Ich weiß es nicht.

Ich gebe meinen Boardingpass ab und gehe durch den Korridor, der zum Flugzeug führt. Als ich die Kabine betrete, fummele ich an dem einen geflochtenen Armband an meinem Handgelenk herum. Beim Packen bin ich auf Rubys Armbänder gestoßen und musste an ihre E-Mail denken. Also habe ich ein Armband umgelegt und das andere in meinem Waschbeutel gelassen. Denn meine Gefühle Ruby gegenüber sind immer noch ein wenig gespalten.

Dieses Mal habe ich zum Glück einen Fensterplatz, ich kann meine Jacke also zu einem provisorischen Kissen zusammenknüllen und mich entspannt an die Wand lehnen. Die kleine, zierliche ältere Französin, die sich neben mich setzt, wird mich nicht stören. Das merke ich. Die kleine französische Familie sitzt ein paar Reihen vor mir.

Als das Flugzeug auf die Startbahn rollt, erinnere ich mich daran, wie es sich angefühlt hatte, Hudsonville zu verlassen, voller Erwartungen und Aufregung, überzeugt, den besten Sommer meines Lebens vor mir zu haben.

Und war er das?, frage ich mich, während das Flugzeug Fahrt aufnimmt und mit voller Kraft voraus dröhnend losrast. Auf eine Weise war es der schlimmste überhaupt – den Schmerz von gestern, als ich die Wahrheit erfahren habe, spüre ich noch immer schneidend in der Brust. Aber dann denke ich an Jacques und daran, wie ich durch Dads Garten geschlendert bin und Pain au Chocolat gegessen habe, und an die Fotos, die ich auf dem Markt gemacht habe, und daran, dass Eloise gesagt hat, meine Fotos seien unglaublich.

Hätte ich irgendetwas anders gemacht – wäre ich nicht nach Frankreich geflogen –, wenn sich die Gelegenheit geboten hätte? Hätte ich diesen Sommer gegen einen anderen eingetauscht? Als wir abheben, wird mir klar, dass ich mir da gar nicht so sicher bin.

Das ist etwas, worüber ich während des langen, ruckeligen Fluges immer wieder nachdenke, wenn ich gerade mal nicht kurz vor mich hin döse. Jedes Mal, wenn ich die Augen aufmache, bringt mich das rosige Sonnenlicht völlig durcheinander, das in die Kabine strömt. Immer wieder denke ich, dass es doch endlich mal Nacht werden müsste. Aber wegen der Zeitzonen fliegen wir direkt von Abend zu Abend.

Doch während wir zur Landung ansetzen, ziehen Wolken auf und der Himmel verfinstert sich. Und als die Räder des Flugzeugs auf dem Asphalt aufkommen –

ich atme erleichtert auf, es ist schön, wieder auf der Erde zu sein –, fängt es an zu gewittern.

Blitze zucken über den Himmel und der Regen prasselt an die kleinen Flugzeugfenster. Alle an Bord fangen plötzlich an, über das Wetter zu reden, und mit einem leichten Frösteln erinnere ich mich an das Gewitter bei meinem Abflug. Dieses hier ist dem so ähnlich, dass es schon unheimlich ist.

Mit schmerzenden Gliedern und pelzigem Mund gehe ich von Bord des Flugzeugs. Wieder lande ich hinter der kleinen französischen Familie, der ich bis zum Gepäckband folge. Ich versuche sie nicht aus den Augen zu verlieren und entdecke dabei ein bekanntes Gesicht in der Menge der Reisenden.

Mom.

Mit baumelnder Umhängetasche renne ich zu ihr, wir umarmen uns ganz fest. Ihre Brille stößt an meine Wange, und ich nehme etwas Abstand, damit ich sie ansehen kann, meine Mutter mit ihren hübschen braunen Augen und dem fürsorglichen Lächeln. Irgendwas an ihr wirkt unbeschwerter als sonst, sie hat ein strahlendes, entspanntes Gesicht. Vielleicht, weil dieses riesige Geheimnis nicht mehr zwischen uns steht.

»Du siehst so erwachsen aus«, sagt Mom, und ich werde rot. Ich bin in diesen Wochen über meine sechzehn Jahre hinausgewachsen, denke ich.

»Du siehst so glücklich aus«, antworte ich, weil es so ist.

Moms Lächeln wird noch strahlender. »Wir haben

uns so viel zu erzählen«, sagt sie – und ich frage mich, was genau sie damit meint.

Ehe ich nachfragen kann, hakt Mom sich bei mir unter und wir gehen auf das Gepäckkarussell zu. Die Koffer fahren im Kreis herum, wieder und wieder.

»Summer?«, sagt Mom vorsichtig. »Ich weiß, ich hab immer gesagt, dass Ehrlichkeit keine Einbahnstraße ist – es tut mir leid. Ich war ja nicht besonders ehrlich zu dir.«

Etwas beklommen schaue ich sie an. »Das stimmt«, sage ich.

Mom nickt. »Und im Geiste der Ehrlichkeit sollte ich dir etwas erzählen.«

Ich erstarre, denn ich weiß nicht, ob ich noch mehr Überraschungen verkraften kann.

»Dein Vater hat angerufen«, sagt Mom. Damit hatte ich nun nicht gerechnet.

»Was wollte er?«, frage ich säuerlich. In dem Moment entdecke ich meinen Koffer und schnappe ihn mir vom Band.

»Na ja.« Mom räuspert sich. »Er würde gern nach Hudsonville kommen. Irgendwann Anfang August.«

»Diesen August?« Mit dem Koffer in der Hand wirbele ich zu Mom herum.

Sie nickt. »Er sagt, er will mehr Zeit mit dir verbringen, weil du so überstürzt aus Frankreich abgereist bist. Und das kann man dir sicher nicht übel nehmen.« Verständnisvoll guckt sie mich an. »Aber die Sache ist die: Ich glaube deinem Vater tatsächlich. Ich denke, diesmal wird er wirklich seinen Worten Taten folgen lassen.«

»Echt?«, sage ich zweifelnd. »Seit wann hast du denn Vertrauen in Dad?«

Mom zuckt mit den Schultern und lächelt schräg. »Gelegentlich zeigt er ganz gute Eigenschaften, weißt du. Wie heißt dieser Spruch noch? ›Auch eine kaputte Uhr geht zwei Mal am Tag richtig.‹«

Ich lache. Im Moment fühlt sich das alles nicht real an – die Aussicht, dass Dad hierherkommt, die Erinnerung an meine Reise nach Frankreich.

In meiner Umhängetasche liegen neben Kamera, Pass und Reiseführer winzige Fläschchen mit Lavendelöl und Beutel mit duftenden Kräutern. Die hab ich letzten Montag auf dem Markt gekauft. Ich war mir nicht sicher gewesen, ob ich Souvenirs mit nach Hause bringen sollte, aber jetzt bin ich froh, dass ich es getan habe. Sie werden mich daran erinnern, dass Les Deux Chemins nicht nur ein Traum war. Mein Kopf ist schwer, ich gähne und denke an mein Bett.

»Komm«, sagt Mom. Sie nimmt mir den Koffer ab und steuert auf den Ausgang zu. »Leider habe ich keinen Schirm dabei. Das Gewitter kam aus heiterem Himmel.«

Der Regen platscht herunter, wir können uns nicht davor schützen. Aber ich habe keine Angst. Ich weiß, dass Mom und ich es schon zusammen bis zum Auto schaffen werden.

Doch sobald wir nach draußen kommen, hört es

auf zu regnen – so, als hätte jemand einen Knopf gedrückt. Die Nacht ist ruhig und friedlich, Pfützen glitzern im Mondschein. Mom und ich schauen uns an – mit hochgezogenen Augenbrauen.

»Ist das ein Zeichen?«, frage ich.

»Ein Zeichen wofür?« Mom lacht und wir gehen zu ihrem Auto. »Dass das Wetter verrücktspielt und unberechenbar ist?«

Nein, denke ich. Bei meiner Abreise nach Frankreich hat das Gewitter auch so plötzlich aufgehört, genau wie dieses. Das kann doch kein Zufall sein, oder?

Vielleicht ist es ein Zeichen, vielleicht bedeutet es, dass sich der Kreis geschlossen hat. Ich mache die Autotür auf und denke daran, dass ich bald wieder in Hudsonville sein werde. Ich werde in meinem vertrauten Zimmer aufwachen und im warmen Wind auf dem Rad durch die Greene Street fahren, fast so, als wäre Frankreich nie gewesen. Ich war aber dort – und es hat mich für immer verändert, obwohl ich wieder zurück am Ausgangspunkt bin.

Lasst eure Seele kühl und gelassen vor
einer Million Universen stehen!
Walt Whitman

Zeit gibt es nur,
damit nicht alles gleichzeitig passiert.
Albert Einstein

Epilog

Freitag, 11. August, 19:37 Uhr

Den warmen Wind in den Haaren radele ich die Greene Street entlang. Obwohl es ein typischer heißer Augustabend ist, liegt etwas in der Luft – eine leichte Abkühlung, ein Duft nach Frische wie nach einem Gewitter –, das schon ein Vorbote des Septembers ist. Das passiert jeden Sommer, man sieht das erste welke Blatt auf dem Bürgersteig und es kommt die erste Nacht, in der man ohne laufende Klimaanlage schlafen kann. Ich bin dann immer ein bisschen traurig, ich will nie, dass der Sommer zu Ende geht. Ich hab etwas gegen den Lauf der Zeit.

Doch als ich jetzt mein Rad vor der Bank stehen lasse, weht mich das sonst übliche Verzweiflungsgefühl nicht an. Es war ein turbulenter Sommer, ein Sommer voller Überraschungen und Veränderungen. Ein faszinierender Sommer – aber schwierig. Deshalb freue ich mich auch irgendwie über die ruhige Kühle des nahenden Herbstes, den Wechsel der Jahreszeiten. Es gibt manches, auf das ich mich freue.

Vor mich hin lächelnd überquere ich die Straße und gehe mit der Kamera in der Hand auf den Fluss zu.

Meine offenen Haare fallen locker auf den Rücken, ein angenehm wildes und unordentliches Gefühl, die Flipflops klatschen aufs Pflaster. Mein Glückskleid streichelt mir die Beine, für mich ist es immer noch mein neues Kleid, obwohl ich es schon im Juli gekauft habe.

Juli. Ich bleibe am Fluss stehen, irgendwie erschüttert. War es wirklich erst letzten Monat, an meinem Geburtstag, dass ich die Wahrheit über Dad erfahren habe – dass mein Leben zu Bruch ging? Auf eine Art fühlt es sich an, als wäre es gestern gewesen. Aber dann wieder scheint der Augenblick der Entdeckung in ein anderes Leben zu gehören.

Die Sonne geht bald unter, der Himmel über dem Hudson River schimmert blassrosa. Das vorbeiströmende Wasser ist grau wie immer. Als ich aber die Kamera vors Auge halte und durch den Sucher schaue, gelingt es mir, Schattierungen von Apricot, Blau und Grün einzufangen, eine ganze Palette von Farben glitzert in den Wellen.

»Ich hatte vergessen, wie schön der Hudson ist«, hat Dad gesagt, als er Anfang der Woche hier war und mit mir genau an dieser Stelle gestanden hat. »In der Provence gerät man leicht in den Sog des Romantischen, aber hier gibt es auch viel Schönheit.«

Ich hab genickt und an die Sonnenblumenfelder und die Straßen mit Kopfsteinpflaster gedacht. Die Provence und Hudsonville repräsentieren zwei ganz verschiedene Arten von Schönheit. Eine ist nicht notwendigerweise besser als die andere, sie sind einfach unterschiedlich.

Während ich Bilder vom Fluss mache, rufe ich mir Dads Besuch in Erinnerung. Er war vier Tage da, hat im *Marriot* in der Nähe des Einkaufszentrums gewohnt und ein Auto gemietet, damit er hin- und herfahren und mich besuchen konnte. Anders als bei seinen vorherigen Besuchen gab es dieses Mal keine schnellen Treffen zum Mittagessen und *»Tschüs, mein Schatz!«*-Rufe, bevor er davonstürzte. Nein. Stattdessen haben wir stundenlang bei Burgern in PJ's Pub zusammengesessen und geredet. Wir haben lange Spaziergänge die Greene Street hoch und runter gemacht und sind über den Campus geschlendert. Wir sind im Einkaufszentrum herumgewandert und waren mit dem Auto unterwegs.

Am Dienstagabend hatte Mom ihn sogar zum Essen nach Hause eingeladen. Da war ich ziemlich geschockt. Aber Mom ist offener geworden, als sie gemerkt hat, dass Dad sich bemüht. Außerdem ist sie jetzt offiziell mit Max zusammen, der ihre Laune generell zu verbessern scheint. Und so langsam habe ich mich auch an diese neue Realität gewöhnt.

Ich war nervös gewesen, weil Dad zum Essen kommen sollte, aber zwischen meinen Eltern war weniger Feindseligkeit, als ich befürchtet hatte. Sie waren beide milder geworden und haben Moms Hackbraten gegessen und geredet, während Ro uns drei unter dem Tisch angemiaut hat. Irgendwie haben wir uns wie eine Familie gefühlt – eine dysfunktionale, das schon, aber trotzdem eine Familie. Ich hatte gehofft, dass jetzt alles leichter werden würde, nachdem die Katze aus dem Sack war. Aber Dad hat vor Mom nicht von Vivienne und Eloise gesprochen – und dafür war ich dankbar.

Wenn er mit mir allein war, hat er die meisten meiner Fragen beantwortet – und ich hatte jede Menge Fragen. Über Eloise, Vivienne, Dad und Mom und das Gemälde *FILLE*. Nicht jede Antwort, die er mir gegeben hat, war zufriedenstellend. Oft hat es wehgetan, die Wahrheit zu hören – und bei bestimmten Themen ist er ausgewichen und hat Sachen gesagt wie: »Das wirst du verstehen, wenn du älter bist.« Da konnte ich nur stöhnen.

Und als wir uns Mittwochnachmittag verabschiedet haben, bevor er zum Flughafen gefahren ist, hatte ich auch nicht das Gefühl, als wäre nun alles vollständig geheilt, was zwischen uns kaputtgegangen ist. Denn das war es nicht. Und ich bin mir nicht mal sicher, ob es je heilen wird. Wie kann man sich von einem derartigen Schock erholen?

Aber jetzt, wo ich im schwindenden goldenen Sonnenlicht stehe, spüre ich, wie die Wunden des Sommers verschorfen. Ich spüre die Verheißung eines Neuanfangs. Ich mache noch ein Foto.

»Hey, Summer.«

Mein Herz schlägt Salto, und ich wirbele herum, achte dabei aber darauf, die Kamera nicht fallen zu lassen.

Hugh Tyson steht hinter mir, mit den Händen in den Taschen. Hinter seinen Brillengläsern strahlen graugrüne Augen. Mit einer Kopfbewegung weist er erst auf die Kamera, dann wieder auf den Fluss.

»Das werden bestimmt gute Bilder«, sagt er mit seiner etwas rauen Stimme und lächelt mich ein wenig an.

Ich wünschte, ich würde nicht so rot werden. Aber nichts zu machen. »Danke«, antworte ich und trete nervös von einem Fuß auf den anderen. Ob wohl mal eine Zeit kommen wird, in der ich in Gegenwart von Hugh Tyson nicht nervös bin? Doch dann denke ich daran, wie weit ich es schon gebracht habe. Nach allem, was diesen Sommer passiert ist, bin ich so viel mutiger geworden. »Hey, das Foto, das du gestern auf Instagram gepostet hast, war toll.« Ich schaue auf.

Ich nutze Instagram immer noch, um Hugh ein wenig auszuspionieren. Aber hauptsächlich nutze ich die App, um etwas über Fotografie zu lernen. Seit dem Tag nach meinem Geburtstag, an dem ich meine Fotos hochgeladen habe. Ich probiere verschiedene Filter aus und folge den Accounts von anderen Fotografen. Einige von denen haben sich auch meine Fotos angesehen, und ich habe jede Menge Kommentare bekommen, besonders zu meinem Selbstporträt im kaputten Spiegel. Darauf bin ich ganz stolz.

Und dann bin ich auf Instagram auch noch mit Eloise befreundet. *Befreundet* ist im Moment vielleicht noch zu viel gesagt. Aber ich habe das Gefühl, ich lerne sie nach und nach kennen. Sie postet nicht allzu oft, doch sie hat ein paar hübsche Bilder von Dads Garten hochgeladen, die Rosenbüsche, die rote Scheune, den Pool. Gestern hat sie eine Aufnahme von einem Zug gepostet, sie ist wieder zurück nach Paris gefahren. Sie alle, nehme ich an. Ich bin neugierig darauf, etwas von ihrem Leben dort zu sehen. Ich will immer noch gern nach Paris, irgendwann.

»Das Foto vom Central Park?«, fragt Hugh. »Oh, danke. Ich hab gesehen, dass du es gelikt hast.« Seine Wangen werden auch ein bisschen rot, das bringt meinen Puls auf Trab. »Ist aber schön, wieder aus New York City zurück zu sein«, sagt er und reibt sich den Nacken. »Ich meine, ich fahre gern für ein paar Tage hin, um meinen Cousin zu besuchen, aber am Ende fehlt mir Hudsonville doch immer.«

Sein Blick wandert zu mir, und ich beiße mir auf die Lippe und versuche, nicht zu viel rumzuzappeln und auch nicht zu viel in seine Worte reinzulegen. Er hat gesagt, *Hudsonville* fehlt ihm. Nicht *ich*. Richtig?

»Wo willst du denn gerade hin?«, frage ich, ehe meine Was-wenn-Fantasien mit mir durchgehen können.

Hugh zeigt auf die andere Straßenseite. »In den Buchladen, ehe die zumachen. Ich wollte ein paar Bücher für die Schule abholen.«

»Oh.« Ich denke an die Schule. Das neue Schuljahr fängt bald an, in nicht mal drei Wochen. Wieder rechne ich damit, dass mich das übliche Grauen anfällt, aber es bleibt aus. Stattdessen spüre ich so ein kleines erwartungsvolles Prickeln. »Ich komme mit«, sage ich impulsiv. Ich war ewig nicht im *Between the Lines*, das letzte Mal, als ich den Reiseführer für Südfrankreich gekauft habe. Der steht jetzt in meinem Zimmer im Regal, er hat seinen Zweck erfüllt.

»Cool«, sagt Hugh, er nagt an seiner Unterlippe und lächelt mich an.

Die Kamera in der Hand überquere ich mit Hugh die Straße. Unsere Ellenbogen streifen sich und mein Magen hüpft. Wir gehen am *Better Latte* vorbei und ich sehe Ruby mit ihrer braunen Schürze an der Espressomaschine stehen. Ich könnte vorbeischauen und ihr Hallo sagen, wenn ich im Buchladen fertig bin, aber eigentlich ist das nicht nötig. Wir treffen uns sowieso dieses Wochenende zum Picknick im Pine Park mit Alice und Inez.

Automatisch greife ich nach dem geknüpften Armband an meinem Handgelenk, seit dem Tag nach meinem Geburtstag trage ich jetzt immer nur eins, nicht mehr zwei. Und das fühlt sich irgendwie gut und natürlich an, so wie alle richtigen Entscheidungen.

Hugh und ich bleiben vor dem *Between the Lines* stehen. Genau vor uns schwirrt ein Glühwürmchen.

»Wow, guck mal!« Ich zeige auf das blinkende Tierchen und fühle mich wie ein kleines Kind.

Hugh macht auch ganz große Augen. »Oh ja, ein Leuchtkäfer!«, sagt er staunend.

»Leuchtkäfer?«, wiederhole ich und versuche das Glühwürmchen einzufangen. Ruby und ich waren früher immer mit Marmeladengläsern hinter ihnen her, aber sie sind uns immer entkommen. »Ich glaub, das hab ich noch nie gehört.«

»Irgendwie poetisch, oder?«, sagt Hugh. Ich nicke und beobachte, wie das Glühen verblasst und dann wieder aufleuchtet. Es wirkt tatsächlich wie ein Leuchten, ein kleines Stück Magie, das auf die Erde gekommen ist.

Schließlich schaffe ich es, das Glühwürmchen zwischen den Händen einzufangen, es schwirrt in der Höhle umher. Dann mache ich die Hände wieder auf, lasse es frei und beobachte, wie es wegfliegt in die Freiheit. Es wird hell, dunkel, hell, dunkel – schaltet sich an und wieder aus.

War das ein Zeichen?, frage ich mich. Aber für was? Ich bin mir nicht sicher, ob wirklich immer alles ein Zeichen sein muss. Manchmal sind Dinge einfach da – nur so.

Ich seufze zufrieden. Hugh streckt die Hand nach der Türklinke aus, aber ehe ich mit ihm in den Laden gehe, drehe ich mich noch mal zum Fluss um. Die Sonne sinkt am Horizont. Die Brise weht mir die Haare in die Stirn und ich spüre eine Art Spannung in der Luft.

»Warte mal«, sage ich zu Hugh und halte die Kamera hoch. »Ich will noch ein letztes Bild machen.«

»Klar«, sagt Hugh, lässt die Klinke los und stellt sich neben mich. Er grinst. »Ich würde die Meisterin doch nicht an der Arbeit hindern.«

Ich lache, verdrehe die Augen und mache mich zum Fotografieren bereit. Aber irgendetwas an Hughs scherzhaftem Kompliment, seiner Nähe und dem betörenden Sonnenuntergang macht meine Finger ungeschickt. Die Kamera rutscht mir aus den Händen und ich schnappe nach Luft …

»Hoppla«, sagt Hugh und fängt die Nikon auf, ehe sie aufs Pflaster knallen kann. »Vorsicht!«

»Vorsicht«, wiederhole ich ein wenig benommen. Ich stelle fest, dass Hugh mit einer Hand meine Kamera gerettet, seine andere Hand aber auf meinen Arm gelegt hat.

Plötzlich stehen wir ganz nah beieinander, so nah, dass ich den Leberfleck an seinem rechten Ohr und seine vollen Lippen betrachten kann. So nah, dass ich mir schon fast vorstellen kann, seinen Herzschlag zu spüren.

Hugh schaut mich ganz konzentriert an, und ich weiß nicht, ob es nun an dem elektrisierenden Augustabend, am Sonnenuntergang oder an dem Glühwürmchen liegt … oder daran, dass mein Sommer so war, wie er war. Jedenfalls scheint plötzlich alles möglich zu sein. Auf einmal wallt etwas in mir auf, ein neu entdeckter Mut – und ich merke, wie ich den Kopf hebe und …

Ich küsse ihn.

Ich küsse Hugh Tyson.

Seine Lippen sind warm und weich, vertraut und doch irgendwie fremd. Er erwidert meinen Kuss, ganz ernsthaft, seine Hand wandert über meinen Arm bis hoch zum Nacken und in meine wilden Haare. Ich schließe die Augen und lasse mich auf dieses wunderbare Gefühl ein.

Dann rücken wir beide voneinander ab und werden rot. Ich bin erleichtert, dass wir beide in gleichem Maße verwirrt, überrascht und aufgedreht sind. Mein Herz hämmert mir in den Ohren.

»Das war ... äh, um dir zu danken«, improvisiere ich. »Du weißt schon ... wegen der Kamera.«

Ich will Hugh die Nikon abnehmen und er greift sanft nach meiner Hand.

»Danke für dieses Dankeschön«, sagt er lächelnd. Er zieht mich auf!

Da stehen wir auf dem Bürgersteig, grinsen und halten Händchen. Ich will diesen Augenblick festhalten. Soll ich ein Foto machen? Natürlich nicht. Ich werde mich auch so daran erinnern.

Langsam drehe ich mich um und schiebe die Tür vom Buchladen auf, ohne dabei Hughs Hand loszulassen. Ich weiß nicht, was zwischen uns passieren wird. Wie auch? Ich weiß auch nicht, wie sich die Dinge mit Ruby entwickeln werden. Oder mit Dad und mit Mom oder mit Eloise. Ich weiß nicht mal, was morgen passiert. Wenn ich diesen Sommer irgendetwas gelernt habe, dann, dass nichts vorhergesagt oder geplant werden kann.

Ich lächele und betrete voll freudiger Erwartung den Buchladen.

Die Möglichkeiten sind grenzenlos.

Danksagung

Ich habe eine Weile gebraucht, um dieses Buch zu schreiben, und bin einer ganzen Reihe von Leuten zu großem Dank verpflichtet. Ich entschuldige mich im Voraus, falls ich in all dem Manuskriptabgabestress jemanden vergessen sollte!

Aller Dank der Welt geht an meine Lektorin Abby McAden für ihre Geduld, ihren Humor und die moralische Unterstützung während unserer Fastfood-Mittagessen; sowie an meine Agentin Faye Bender für *ihre* Geduld (davon verbrauche ich eine Menge), ihren klugen Rat und ihr unerschütterliches Vertrauen in mich. Ohne diese beiden tollen Frauen gäbe es dieses Buch nicht in dieser Form.

Ich bin glücklich, dass Scholastic meine Verlagsheimat ist, ich arbeite dort selbst schon lange als Lektorin. Dem Dreamteam, das mein Buch betreut hat, bin ich unendlich dankbar, besonders David Levithan, Ellie Berger, Lori Benton, Alan Smagler, Elizabeth Whiting, Alexis Lunsford, Annette Hughes, Jacquelyn Rubin, Nikki Mutch, Sue Flynn, Betsy Politi, Terribeth Smith, dem gesamten Verkaufsteam, Dave Asher, Tracy van Straaten, Sheila Marie Everett, Caitlin Friedman, Bess Braswell, Lauren Festa, Lizette Serrano, Leslie Garych,

Karyn Browne, JoAnne Mojica, Emily Rader, Elizabeth Parisi, Ellen Duda (Danke für die Pracht!), Sarah Evans, Jennifer Ung, Jazan Higgins, Anna Swenson, Charisse Meloto, Rachel Coun, Mark Seidenfeld, Yaffa Jaskoll, Paul Gagne, Samantha Smith, Caite Panzer, Janelle DeLuise, Jacqueline Hornberger, Kelly Ashton, Beka Wallin, Siobhan McGowan, Jacquie Bloese für die Französisch-Expertise und so vielen weiteren talentierten KollegInnen und FreundInnen für eure Beiträge, eure Hingabe und eure Leidenschaft. Ein besonderes Dankeschön geht an Lisa Ann Sandell und ebenso an Liel Leibovitz für ihre Gastfreundlichkeit, ihre Wärme und Weisheit.

Ich danke der Familie Falcitelli, die mich vor vielen Sommern in Aix-en-Provence beherbergte: merci beaucoup! Danke an Jennifer Clark, Jon Gemma, Robert Flax, Liz Hardenburgh, Martha Kelehan, Adah Nuchi, Jaynie Saunders Tiller, Emily Smith (und die Familie Richmond/Smith), Nicole Weitzner und andere fantastische Freunde – danke, dass ihr Verständnis hattet für mein Abtauchen in die Schreibhöhle und für die beharrlichen »Du schaffst das!«-Nachrichten. Daniel Treimans brillante Erkenntnisse, seine Liebenswürdigkeit und seine Unterstützung haben mir immens geholfen und mich inspiriert.

Meine Eltern haben mich geduldig und liebevoll verköstigt und umsorgt, wann immer ich mich bei ihnen einquartiert habe. Ein extra Dankeschön an die wachsamen Augen meiner Mutter, die beim zweiten

Korrekturgang mein Leben gerettet haben. Ich bin unendlich dankbar für meine Schwester (meine bessere Hälfte) und meinen Schwager, die mich immer willkommen heißen und mir wertvolle Berater sind. Und für meine Nichte und meinen Neffen – meine beiden Sommer – die Sonne und Freude in mein Leben bringen.